暗き炎 上

チューダー王朝弁護士シャードレイク

C・J・サンソム
越前敏弥 訳

集英社文庫

暗き炎　上

チューダー王朝弁護士シャードレイク

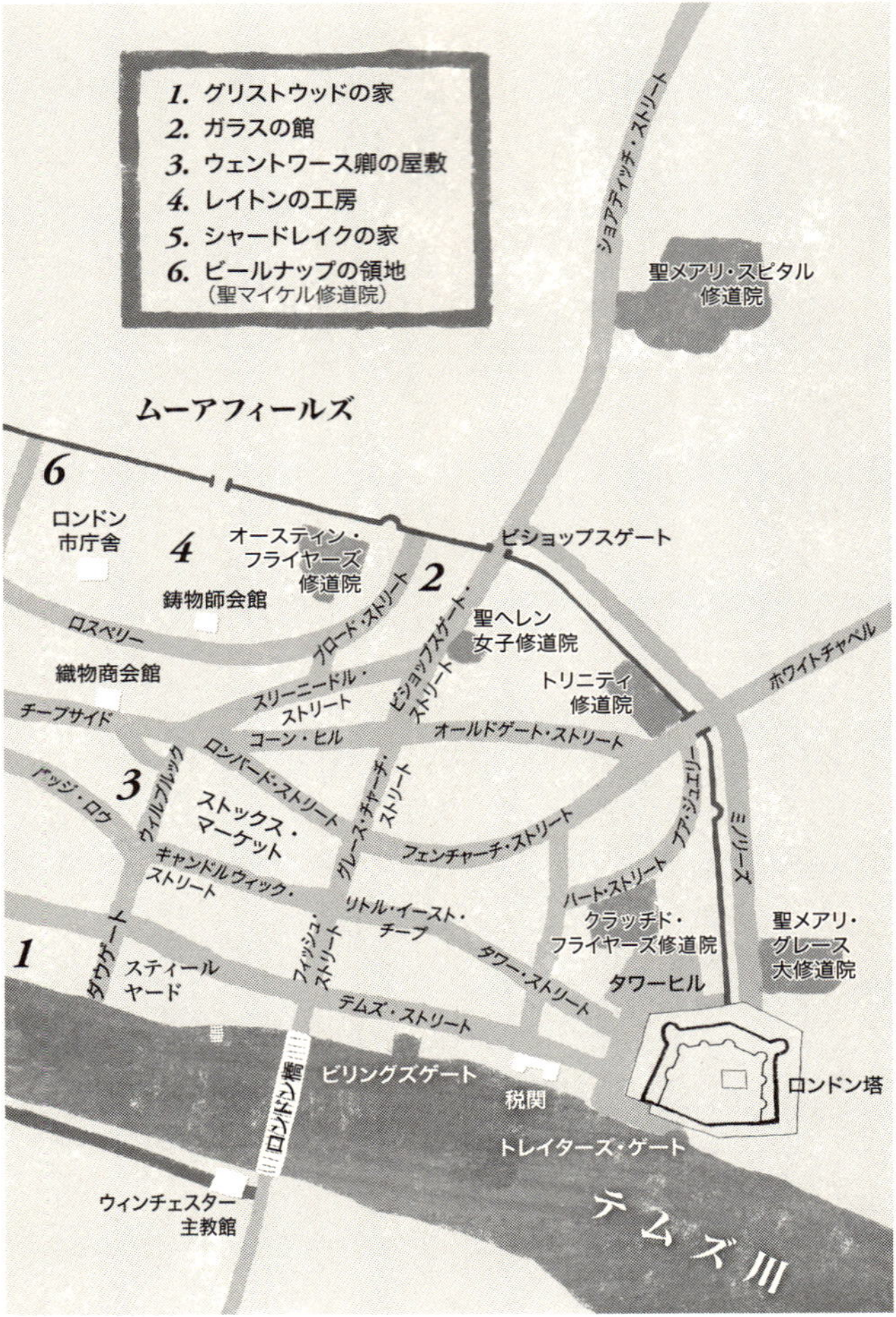
1. グリストウッドの家
2. ガラスの館
3. ウェントワース卿の屋敷
4. レイトンの工房
5. シャードレイクの家
6. ビールナップの領地
(聖マイケル修道院)
ショアディッチ・ストリート
聖メアリ・スピタル
修道院
ムーアフィールズ
6
ロンドン
市庁舎
4
オースティン・
フライヤーズ
修道院
2
ビショップスゲート
鋳物師会館
ブロード・ストリート
聖ヘレン
女子修道院
ロスベリー
ビショップスゲート・ストリート
織物商会館
トリニティ
修道院
ホワイトチャペル
スリーニードル・
ストリート
チープサイド
コーン・ヒル
オールドゲート・ストリート
ロンバード・ストリート
バッジ・ロウ
3
ウィルブルック
ストックス・
マーケット
グレース・チャーチ・
ストリート
フェンチャーチ・ストリート
ブア・ジュエリー
ミノリーズ
キャンドルウィック・
ストリート
ハート・ストリート
リトル・イースト・
チープ
クラッチド・
フライヤーズ修道院
聖メアリ・
グレース
大修道院
1
ダウゲート
スティール
ヤード
フィッシュ・
ストリート
タワー・ストリート
タワーヒル
テムズ・ストリート
ロンドン橋
ビリングズゲート
税関
ロンドン塔
トレイターズ・ゲート
ウィンチェスター
主教館
テムズ川

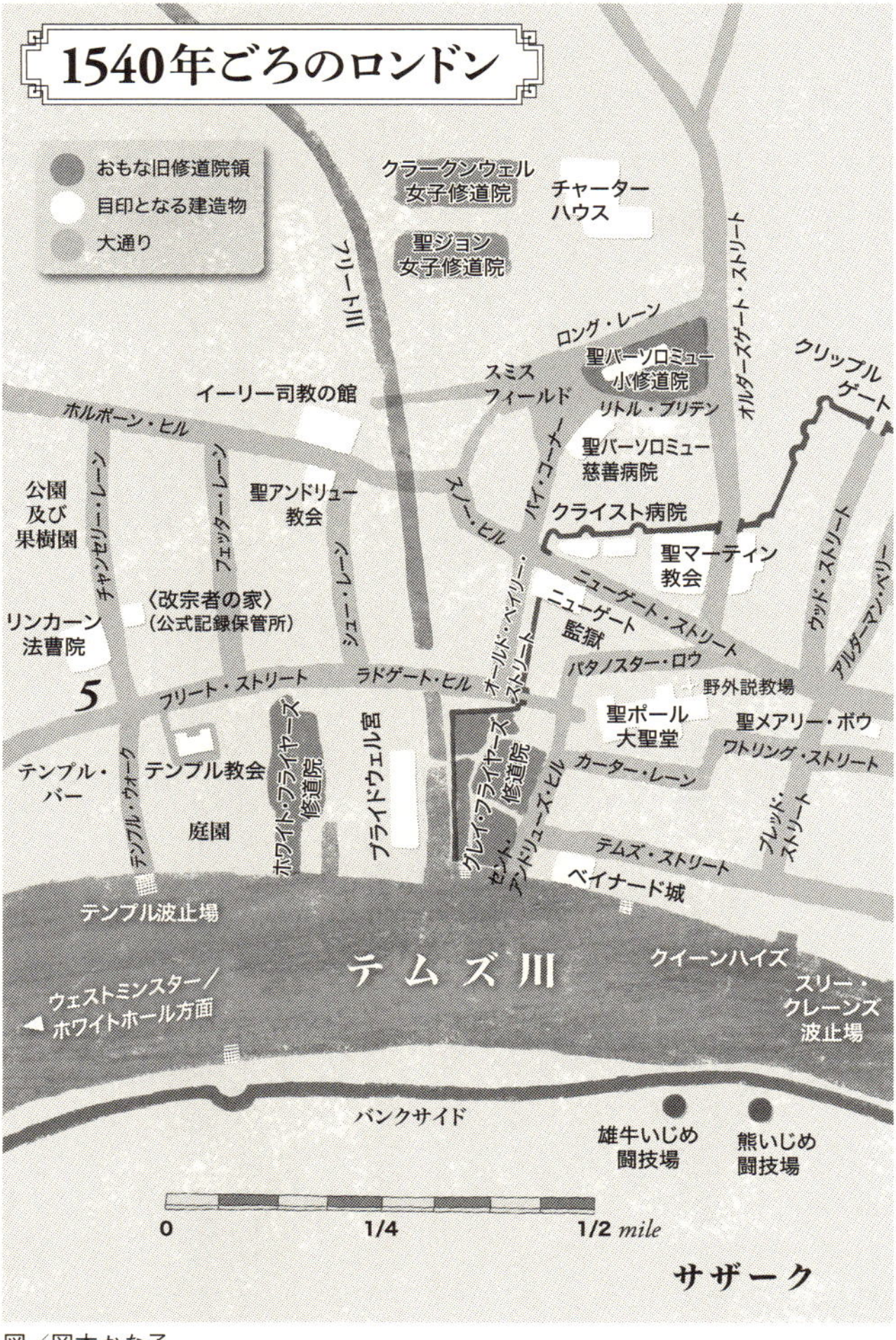
1540年ごろのロンドン
おもな旧修道院領
目印となる建造物
大通り
クラークンウェル
女子修道院
チャーターハウス
聖ジョン
女子修道院
フリート川
オルダーズゲート・ストリート
ロング・レーン
聖バーソロミュー
小修道院
クリップルゲート
スミス
フィールド
イーリー司教の館
リトル・ブリテン
ホルボーン・ヒル
聖バーソロミュー
慈善病院
パイ・コーナー
公園
及び
果樹園
チャンセリー・レーン
フェッター・レーン
聖アンドリュー
教会
スノー・ヒル
クライスト病院
聖マーティン
教会
ウッド・ストリート
アルダーマン・ベリー
ニューゲート・ストリート
ニューゲート
監獄
〈改宗者の家〉
（公式記録保管所）
シュー・レーン
オールド・ベイリー・ストリート
リンカーン
法曹院
パタノスター・ロウ
野外説教場
5
フリート・ストリート
ラドゲート・ヒル
聖ポール
大聖堂
聖メアリー・ボウ
ホワイト・フライヤーズ
修道院
ブライドウェル宮
グレイ・フライヤーズ
修道院
ワトリング・ストリート
テンプル・
バー
テンプル教会
カーター・レーン
テンプル・ウォーク
庭園
セント・アンドリューズ・ヒル
テムズ・ストリート
ブレッド・
ストリート
ベイナード城
テンプル波止場
テムズ川
クイーンハイズ
スリー・
クレーンズ
波止場
ウェストミンスター／
ホワイトホール方面
バンクサイド
雄牛いじめ
闘技場
熊いじめ
闘技場
0
1/4
1/2 mile
サザーク

図／岡本かな子

【主な登場人物】

マシュー・シャードレイク……………………法廷弁護士
トマス・クロムウェル……………………エセックス伯。ヘンリー八世の摂政。宗務長官
ジャック・バラク…………………………クロムウェルの臣下。シャードレイクの助手
エドウィン・グレイ………………………クロムウェルの事務長
ジョーゼフ・ウェントワース……………農場主。シャードレイクの依頼人
エリザベス…………………………………ジョーゼフの姪
エドウィン…………………………………ジョーゼフの弟
サビーヌ……………………………………エドウィンの長女
エイヴィス…………………………………エドウィンの次女
ラルフ………………………………………エドウィンの長男
レティス……………………………………ジョーゼフとエドウィンの母
デイヴィッド・ニードラー………………ウェントワース家の執事
レディ・オナー・ブライアンストン……織物商に先立たれた夫人
ヘンリー・ヴォーン………………………レディ・オナーの甥
リチャード・リッチ………………………増収裁判所長官
トマス・ハワード…………………………第三代ノーフォーク公爵

ゲイブリエル・マーチャマウント……上級法廷弁護士
スティーヴン・ビールナップ……法廷弁護士
ゴドフリー・ホイールライト……法廷弁護士。シャードレイクの友人
マイケル・グリストウッド……事務弁護士
セパルタス・グリストウッド……錬金術師。マイケルの兄
ジェーン・グリストウッド……マイケルの妻
デイヴィッド・ハーパー……ジェーンの息子
バーナード・キッチン……元聖バーソロミュー小修道院の図書館司書
バスシバ・グリーン……売春婦
ジョージ・グリーン……バスシバの弟
マダム・ネラー……売春宿〈司教の帽子〉の女主人
バーナード・トーキー……あばた面の男
ライト……トーキーの相棒。大男
ジョーン・ウッド……シャードレイクの家政婦
サイモン……シャードレイクの下僕
ジョン・スケリー……シャードレイクの助手
ガイ・モルトン……薬剤師

1

朝早くチャンセリー・レーンの自宅を出て、市議会の訴訟案件の打ち合わせのためにロンドン市庁舎へ出向いた。帰宅後に待ち受けるはるかに厄介な一件が心に重くのしかかっていたが、閑散《かんさん》としたフリート・ストリートを馬で進んでいると、早朝の柔らかな風がいくぶん心地よく感じられた。五月の下旬にしては異様に暑く、澄んだ青空で早くも太陽が火球と化しているため、黒い法服の下は薄手のダブレット（体に密着した上着）一枚だけだ。わが老馬チャンセリーをゆったりと歩ませ、青葉の盛りの木々をながめているうちに、弁護士業を引退したい、ロンドンの喧騒《けんそう》から逃れたいという思いがまた頭をもたげた。あと二年で四十歳になり、老境に差しかかる。仕事が順調なら、願いを果たせるかもしれない。やがて、古代の守護者ゴグとマゴグの像が立つフリート橋を渡った。市壁が前方に迫り、わたしはロンドンの悪臭と騒音に身構えた。

市庁舎に着き、ホリーズ市長と市議会の上級法廷弁護士と面会した。この一五四〇年の春に最後の修道院が解散したが、旧修道院領を買いあげていたある強欲な土地投機家を、市は不法妨害裁判所で提訴していた。その土地投機家は、恥ずべきことにわたしと同じリンカーン法曹院に所属する欲深い法廷弁護士で、名はビールナップという。ロンドンの小さな托鉢《たくはつ》修道院を手に入れたビールナップは、建物を取り壊さずに怪《あや》しげな共同住宅に改装した。間借り人共用の汚物溜《だ》めの穴を地面に掘ったはいいが、作業がずさんだったために、市が所有する近隣の家々の地下室へ汚物が漏れ出して、住人たちを大いに悩ませていた。

ビールナップはしかるべき措置をとるよう命じられたが、恥知らずにも王座裁判所に誤審の申し立てをし、托鉢修道院の設立時の証文には市の管轄《かんかつ》を免《まぬが》れるとの記載があるため、自分はなんの責務も負わないと主張した。一週間後に、判事による審理がおこなわれることになっている。わたしは市長に、ビールナップの勝ち目はほとんどないと説いた。あの男は世の弁護士がよく出くわす腹立たしい輩《やから》のひとりで、負けを認めて適切に対処する分別を持たず、不たしかな案件に時間と金を費やすことにゆがんだ喜びを見いだす手合いなのだから、と。

来たときと同じようにチープサイドを通って帰るつもりで、ラッド・レーンとの辻《つじ》まで行くと、荷馬車が横倒しになってウッド・ストリートが通行不能になっていた。聖バーソロミュー小修道院の解体で出た鉛板や屋根瓦《やねがわら》を載せていたらしく、苔《こけ》むした瓦がこぼれて道を埋めつくしている。荷馬車は大型で、二頭のたくましい荷馬で引いていたようだが、一頭は御者《ぎょしゃ》がすでに助け出していたものの、もう一頭は轅《ながえ》のあいだになす術《すべ》もなく倒れたままだ。巨大な蹄《ひづめ》を激しく蹴《け》り出すたび、瓦が砕けてもうもうと砂ぼこりが舞いあがる。馬は恐怖にいななき、群がる野次馬に目をむいている。滞《とどこお》った荷馬車の列がクリップルゲート付近まで連なっている、とだれかが言うのが聞こえた。

近ごろの市内では、こうした光景は珍しくない。いたるところで古い建物が取り壊されて、石の砕ける音が響く。あまりに多くの空き地ができたため、土地を手に入れた廷臣や金の亡《もう》者《じゃ》たちは、これだけ人の多いロンドンにおいてさえ、処理に窮していた。

わたしはチャンセリーの向きを変え、チープサイドへ通じる小道の迷路をどうにか進んでいった。道幅がせまく、家々の張り出した軒《のき》の下を馬一頭と乗り手が通るのが精いっぱいだ。まだ朝早い時分だが、そこかしこで仕事がはじまって人通りが多く、歩みはなかなか進まない。職人や露天商、それに円錐《えんすい》形の大きなかごをかつぐ水売りの姿もある。このひと月はほとんど雨が降らず、天水桶《おけ》が干あがって商売繁盛らしい。また帰宅後の面会のことが脳裏《のうり》をかすめた。ずっと気が重く、約束の時間に遅れそうだった。

暑さで下水溝から立ちのぼる強烈な悪臭に、わたしは顔をゆがめた。そのとき、鼻面《はなづら》を得体の知れない汚物にまみれさせて餌《えさ》を漁《あさ》っていた豚が、甲高い声を発しながら目の前を横切ってチャンセリーを跳びのかせたので、わたしは大声で悪態をついた。その声に、むくんだ顔で深夜の酒宴から帰る途中の、青いダブレットを着たどこかの徒弟ふたりが振り向き、一方のずんぐりした乱暴そうな顔つきの若い男が蔑《さげす》みの笑みをよこした。わたしは口を引き結び、チャンセリーに拍車を加えた。男が目にしたおのれの姿がまぶたに浮かんだ。黒い法服と帽子を身につけ、長剣ではなく筆記具入れと短剣を腰に携《たずさ》えた、顔の生白い亀背《きはい》の弁護士の姿だ。

ようやくチープサイドの広い舗道に出て、ほっと息をついた。安物市の露店のまわりをおぜいの人々がうろついていた。色鮮やかな日よけの下では、呼び売り商人が「何が入り用かね」と声をかけたり、白い頭巾《ずきん》をかぶった主婦たちと話し合ったりしている。日差しから白肌を守るために布の仮面で顔を覆った、裕福そうな婦人の姿も珍しくあった。その婦人は護衛の者たちを従えて露店をまわっている。

やがて、堂々たる聖ポール大聖堂の前を通り過ぎて角を曲がったとき、新報売りの大きな呼び声が聞こえた。汚れた黒いダブレットを着た痩《や》せぎすの男で、紙束を小脇《こわき》にかかえて、群衆に声を張りあげている。「ウォルブルックで子供を殺した女がニューゲート監獄へ！」わたしは馬を止めて身をかがめ、男にファージング銅貨を手渡した。男は指をなめてから一枚めくってよこし、さらに叫びつづけた。「今年いちばんの恐ろしい犯罪だ！」

わたしはそれを読むために、大聖堂が投じる影のなかで馬を止めた。例のごとくその周辺には物乞《ものご》いがあふれていた——痩せこけてぼろをまとった大人や子供が壁にもたれ、情けを求めて体の傷や奇形部を人目にさらしている。わたしはいくつもの訴えかけるような顔から視線をそらし、新報に目を落とした。木版画の女の顔——だれというわけでもない、髪の乱れた女の顔の大ざっぱな絵——の下にはこう書いてあった。

ウォルブルックの恐るべき犯罪

妬《ねた》んだ従姉《いとこ》に少年が殺害される

去る五月十六日の安息日の夕刻、ウォルブルックの織物商同業組合員、エドウィン・ウェントワース卿の邸宅において、唯一の子息である十二歳の少年が、庭の井戸の底で首の骨を折った遺体となって見つかった。当家の十五歳と十六歳の令嬢の証言によると、少年は従姉のエリザベス・ウェントワースに襲われ、深井戸に突き落とされたという。エリザベスは孤児であり、父親の死後、叔父《おじ》にあたるエドウィン卿が善意で引きとって同居させていた。このあと、エリザベスはニューゲート監獄へ送られ、来《きた》る五月二十九日に審問に付される。黙秘をつづけているので重石責めに処せられる見こみだが、答弁をして有罪が確定すれば、つぎの処刑日にタイバーンの絞首台へ送られる。

安手の紙に粗悪な印刷がなされていて、指にインクのしみがついた。わたしは新報をポケットに突っこみ、パタノスター・ロウを進んだ。いよいよ例の事件が大衆の知るところとなり、新たな噂話《うわさ》の種を提供するわけだ。咎《とが》の有無がどうあれ、この娘がいまのロンドンの陪審裁判で公正な審理を受けられるはずがあろうか。印刷技術の普及は、昨年すべての教会の常備が義務づけられた英語訳聖書をもたらしただけでなく、裏通りの印刷屋の儲《もう》けや死刑執行人の糧《かて》となるこの手の新報をも生み出した。まさしく先人の教えどおり、いかにすぐれたものであれ、月下にあるものは何ひとつ堕落を免れない。

わが家の前でチャンセリーの歩みをゆるめたのは正午近くだった。太陽が空の頂《いただき》に達し、帽子の紐《ひも》をほどくと顎《あご》の下に汗の筋が残った。馬をおりたとき、家政婦のジョーンが玄関の扉をあけた。ふくよかな顔に心配そうな表情が浮かんでいる。

「お見えです」ジョーンは背後に一瞥《いちべつ》をくれ、小声で言った。「例の娘の伯父《おじ》さ――」

「わかっている」ロンドンを通り抜けてきたはずのジョーゼフも、あの新報を見たかもしれない。「どんな様子かな」

「沈んでいらっしゃいます。居間でお待ちですよ。スモールビールをお出ししました」

「ありがとう」わたしは駆け寄ってきたサイモンに手綱《たづな》を渡した。サイモンは先だってジョーンが手伝いに雇った少年で、髪が黄色く、体は棒のように痩せている。新入りにまだ慣れていないチャンセリーは蹄で砂利を搔《か》き、サイモンのむき出しの足を踏みそうになった。サイモンはなだめるように声をかけ、わたしにあわただしく頭をさげるや、チャンセリーを厩《うまや》へ引いていった。

「靴を履かせたほうがいい」わたしは言った。

ジョーンが首を横に振った。「履こうとしないんです。足がひりひりすると言ってね。紳士のお宅では靴を履くものだと言って聞かせたんですけど」

「一週間履いたら六ペンスやると伝えてくれ」わたしは言った。そして深く息をついた。「さて、ジョーゼフに会うとしよう」

ジョーゼフ・ウェントワースは赤ら顔で肉づきのよい五十代前半の男で、一張羅《いっちょうら》とおぼしき地味な茶色のダブレットを着てかしこまっていた。毛織なのでこの陽気にそぐわず、汗をかいている。見かけどおりの男で、エセックスに荒れた農地をいくらか持ち、みずから働いている。弟ふたりはロンドンで身を立てたが、ジョーゼフは農地にとどまったという。わたしは二年前にはじめてジョーゼフの弁護をつとめ、牧羊場への転化を目論《もくろ》む大地主からその土地を守ってやった。好ましい男ではあるものの、数日前に手紙が届いたときは気が滅入《めい》った。力になれるとは思えないと返信したいのが本音だったが、その文面はあまりにも切実だった。

わたしを見たとたん、ジョーゼフは顔を輝かせ、歩み寄ってこちらの手を力強く握った。

「シャードレイク殿！　お久しぶりです。手紙は届きましたか」

「届きましたよ。いまはロンドンに滞在を？」

「クイーンハイズの近くの宿屋に泊まっています」ジョーゼフは言った。「姪《めい》の肩を持つせいで、弟の家への出入りを禁じられたもので」濃緑の目が絶望をたたえている。「どうかお助けください。エリザベスを救ってやっていただきたい」

まわりくどく処してもはじまらない。わたしはポケットから例の新報を取り出して、ジョーゼフに手渡した。

「これはもう見ましたか」

「ええ」ジョーゼフは縮《ちぢ》れた黒い髪を手で掻きあげた。「こんなことを書いて許されるんですか。有罪だと立証されるまでは無罪なのでは?」

「法律上はそうです。実際にはなかなか守られませんが」

ジョーゼフはポケットから優美な刺繍《ししゅう》の施《ほどこ》されたハンカチを取り出し、額をぬぐった。

「けさ、エリザベスに会いにニューゲート監獄へ行きました。まったくひどいところです。しかし、エリザベスはいまだに何も話そうとしません」剃《そ》り残しが目立つまるい頬《ほお》を手でなでた。「いったいなぜ話をしないのか。助かるにはそうするしかないのに」わたしが答を知っているかのように目で訴えかける。わたしは片手をあげて制した。

「まあ、すわってください。はじめから話を聞かせてもらいましょう。わたしが知っているのは手紙に書いてあったことだけで、この低俗な新報と大差がありませんから」

ジョーゼフは申しわけなさそうな顔で椅子に腰をおろした。「すみません。手紙は苦手なもので」

「まず、あなたには弟がふたりいて、ひとりが亡くなった少年の父親で、もうひとりがエリザベスの父親ということですね」

気持ちを落ち着かせようとつとめながら、ジョーゼフはうなずいた。

「ピーターという弟がエリザベスの父親です。若くしてロンドンへ出て、染物師の修業をはじめました。まずまず成功したのですが、フランスが禁輸措置をはじめてからは――そう、ここ何年かで商売が急に落ちこみましてね」

わたしはうなずいた。わが国がローマと決別して以来、フランスは染色に不可欠な明礬《みょうばん》の輸出を禁じている。いまやわが国では、国王すら黒いタイツを穿《は》いているという噂だ。

「ピーターは二年前に妻を亡くしました」ジョーゼフはつづけた。「そしてピーター自身が去年の秋に赤痢《せきり》で命を落としたときは、葬儀代を出すのがやっとで、エリザベスへの遺産はありませんでした」

「子供はひとりですか」

「はい。エリザベスはうちの農場で暮らしたいと言いましたが、わたしはエドウィンの屋敷で暮らすほうが本人のためになると考えたんです。なんと言っても、わたしはひとり身ですし。それに、弟には金も爵位もありますから」声に辛辣《しんらつ》な響きが加わった。

「その人が新報に書いてあった織物商人ですね」

ジョーゼフはうなずいた。「エドウィンには商才があります。ピーターを追うように若くしてロンドンへ出て、織物業界に飛びこみました。どこにいちばんうまみが多いかを知っていたんですよ。いまではウォルブルック川のそばに豪勢な屋敷を構えています。当然ながら、エドウィンはエリザベスを引きとると申し出ました。すでに母にも住まいを与えていますし——母は十年前に天然痘《てんねんとう》で視力を失い、農場から弟の屋敷へ移ったんです。エドウィンはいつでも母の気に入りの息子でした」ジョーゼフは顔をあげ、ゆがんだ笑みを浮かべた。「五年前にエドウィンの妻が死んでからは、母が家政を取り仕切っています。七十四で目が見えないというのに」片手でハンカチをねじった。刺繍がほどけはじめている。

「つまり、エドウィンも男やもめだと？」

「ええ。子供が三人います。サビーヌ、エイヴィス――それにラルフです」

「新報には、娘たちは十代で、息子がいちばん年下だと書いてありました」

ジョーゼフはうなずいた。「そうです。母親に似て、金髪ですべすべの肌をしたかわいらしい娘たちです」悲しげに微笑《ほほえ》む。「あの子たちが話すことと言えば、流行の服装や、織物商組合のダンスパーティーに来る若い男たちの噂など、娘らしくたわいないものばかりです。いいえ、先週まではそうでした」

「では、息子のほうは？　ラルフといいましたね。どんな子供でしたか」

ジョーゼフはまたハンカチをねじった。「エドウィンが目に入れても痛くないほど溺愛《できあい》していました。商売を継いでくれる息子をずっとほしがっていましたから。妻のメアリーがサビーヌの前に男の子を三人生みましたが、ひとりも育たなかったんです。そのあと、娘がふたりと息子がひとり生まれて、ようやく元気に育ちました。エドウィンの悲しみは大変なものです。たぶん甘やかしすぎたほどで――」ことばが途切れた。

「なぜそう思うんですか」

「実のところ、ラルフは腕白《わんぱく》でした。いたずらのしどおしでしてね。亡くなった母親がいつも手を焼いていたものです」ジョーゼフは唇を嚙《か》んだ。「でも、よく笑う陽気な子で、去年チェスを持っていったらたいそう気に入り、あっという間に覚えてたちまち負かされましたよ」ジョーゼフの悲しげな笑みに、家族との断絶がもたらすさびしさが感じとれた。今回の依頼は、軽々しい気持ちで起こした行動ではない。

「ラルフの死を知ったのはどうやって？」わたしは静かに尋ねた。

「エドウィンからの手紙です。事件の翌日に早馬で届きました。ロンドンに来て検死審問に立ち会ってもらいたいとありました。亡骸《なきがら》を確認しなくてはならず、エドウィンひとりでは耐えきれなかったんです」

「そしてあなたはロンドンへ来た。それが一週間前ですか」

「はい。エドウィンといっしょに正式な身元確認をしました。やりきれませんでしたよ。小さなダブレットを着て白い顔をしたラルフが、あの忌《い》まわしい検死台に横たわっていて。哀れなエドウィンは泣き崩れました。あいつが泣くのを見たのははじめてです。わたしの肩にすがって、何度も繰り返しました。〝よくも大事なせがれを、あの邪悪な魔女め〟と」

「エリザベスのことですね」

ジョーゼフはうなずいた。「そのあと、法廷で検死官による審問がおこなわれました。あまり時間はかかりませんでした。あまりにあっけなくて驚いたほどです」

わたしはうなずいた。「たしかに。グリーンウェイはやっつけ仕事をする。だれが証言をしたんですか」

「最初はサビーヌとエイヴィスです。法廷にふたりがじっと立っているのを見るのは妙なものでした。かわいそうに、恐怖で体をこわばらせていましたよ。ふたりは問題の日の午後、部屋でタペストリーを織っていたと証言しました。エリザベスは庭にいて、井戸のそばの木陰で読書をしていた。その姿が部屋の窓から見えたそうです。ラルフが近づいていって、エリザベスに話しかけるのが目にはいった。そして悲鳴が——恐ろしいうつろな声が聞こえた。ふたりが手を止めて顔をあげると、ラルフは消えていたそうです」

「消えていた？」

「姿が見えなかったんです。ふたりは庭へ駆け出しました。エリザベスが怒りの表情を浮かべて井戸のそばに立っていて、ふたりは近づくのがためらわれたものの、何が起こったのかとサビーヌが尋ねました。エリザベスは答えようとせず、それ以来ずっと口を閉ざしたままです。サビーヌが言うには、妹とふたりで井戸をのぞいたけれど、暗くて底までは見えなかったそうです」

「いまも使われている井戸ですか」

「いいえ、ウォルブルックの井戸水はずいぶん前から下水で汚れています。エドウィンは屋敷を買ってまもなく、水路からじかに水を引く地下の導管を鋳物師《いものし》に作らせました。国王がアン・ブーリンと結婚した年です」

「それはさぞ高くついたでしょうね」

「エドウィンは裕福ですから。でも、あの井戸はふさいでおくべきでした」ジョーゼフは力なく首を振った。「蓋《ふた》をすべきだったんです」

暗闇《くらやみ》へ落下していくさまと、湿っぽい煉瓦《れんが》の壁に響く悲鳴を、不意に感じとれた気がした。暑い日にもかかわらず、わたしは身震いした。

「姉妹はそのあと何が起こったと証言したんですか」

「エイヴィスは執事のニードラーを呼びに屋敷へ走っていきました。ニードラーが縄梯子《なわばしご》を持ってきて、井戸のなかへおりたそうです。ラルフは井戸の底で首の骨を折っていました。かわいそうに、まだ体はあたたかかったらしい。ニードラーはラルフを運び出しました」

「その執事は審問で証言をしましたか」

「ええ、もちろん。デイヴィッド・ニードラーも審問に来ていました」ジョーゼフは眉根《まゆね》を寄せた。わたしはじっと見つめた。

「気に入らない執事なんですね」

「無礼な男でして。田舎から訪ねていくたびに、あざけるような目を向けられたものです」

「では、証言によると、姉妹のどちらも何が起こったかを見てはいないんですね」

「ええ、叫び声を聞いてはじめて気づいたんです。エリザベスは庭にひとりでいることが多かった。実のところ――ほかの家族とあまり折り合いがよくなくて。ラルフのことを特にきらっていたようです」

「なるほど」わたしはジョーゼフの目を見つめた。「では、エリザベスはどんな娘なんでしょう」

　ジョーゼフは揉《も》みくちゃにしたハンカチを膝《ひざ》に載せ、椅子の背にもたれた。「いろいろな点でラルフに似ています。ふたりともうちの家系によくある黒っぽい髪と目の持ち主です。エリザベスにもわがままな面がありました。ひとりっ子なので、死んだ両親が甘やかしていましたから。娘らしくない生意気な意見を言うこともあり、女らしい関心事よりも学問を好みました。でも、バージナルを上手に弾きますし、刺繍も好きでした。まだ、ええ、子供なんです。それに心根はやさしくて――よく飼い主のいない犬や猫を救ってやっていました」

「なるほど」

「しかし、ピーターが死んでから人が変わったことはたしかです。無理もありません。母親につづいて父親を亡くし、住んでいた家も売られてしまったのですからね。自分の殻に閉じこもり、わたしの知っていた溌剌《はつらつ》たる話好きな娘ではなくなってしまいました。いまも覚えていますが、ピーターの葬儀のあと、わたしと田舎へ引っこむよりもエドウィンの屋敷へ行ったほうが将来のためになると話したとき、エリザベスはすさまじい怒りに満ちた目でわたしをにらんだあと、何も言わずに顔をそむけてしまいました」記憶がよみがえり、ジョーゼフの目のふちに涙がにじんだ。まばたきをして涙をこらえている。

「そして、エドウィン卿の屋敷に引きとられても、うまくいかなかったと」

「ええ。ピーターの死後、わたしもそこへ何度か足を運びました。エリザベスのことが心配だったもので。訪ねていくたびに、母とエドウィンが、エリザベスはどんどん気むずかしく手に負えなくなっているとこぼしていました」

「たとえば、どんなふうに?」

「家族と話すのを拒む、自分の部屋に閉じこもる、食事をしない、などです。身なりにもかまいません。だれかがたしなめようとすると、無視するか、いきなり癇癪《かんしゃく》を起こしてほうっておいてくれと叫ぶかのどちらかだそうです」

「三人の従妹弟《いとこ》全員と折り合いが悪かったんですか」

「サビーヌとエイヴィスは、エリザベスにどう接していいかわからなかったんだと思います。娘らしいあれこれで関心を引こうとしたけれど、エリザベスにすげなく追い払われたと審問で証言していました。エリザベスは十八で、姉妹より少しだけ年上ですが、みな同じ年ごろの娘にはちがいありません。それに、エドウィンの子供たちは上流社交界に出入りしていましたから、エリザベスが教わることは多かったはずなんです」ジョーゼフはまた唇を噛んだ。

「あの子には立派な大人になってもらいたかった。それがこんなことになってしまって」

「エリザベスがラルフを特にきらっていたと考える理由は？」

「よくわからないんです。先だってエドウィンから聞いた話では、ラルフが近くに来ると、エリザベスは見るからに恐ろしい憎悪のまなざしを向けたそうです。わたしも二月のある晩に一度見たことがあります。家族で食卓につき、全員が勢ぞろいしていました。気詰まりな食事でしたよ。牛肉の厚切りを食べていて、弟は生に近い焼き方が好きなのですが、エリザベスはそれが苦手だったようで――皿の上でもてあそんでいました。わたしの母が注意をしても返事をしない。そのときラルフが、きわめて礼儀正しくこう尋ねたんです。柔らかい赤身の肉はお好きではないのでしょうか、と。エリザベスは真っ青になり、ナイフを置いて例の凶暴な目つきでラルフをにらんだんです。わたしはふと――」

「ふと？」

ジョーゼフはささやき声で言った。「エリザベスは心の病《やまい》に冒《おか》されているのではないかと思いました」

「一家をきらう理由に心あたりは？」

「ありません。エドウィンは弱り果てていますよ。あの子を引きとってからずっと途方に暮れています」

エドウィン卿の屋敷で何が起こったのか。ジョーゼフは率直に話しているふうに見えるが、家庭の揉め事の例に漏れず、知っていながら明かしていないことがあるのだろうか。ジョーゼフはつづけた。「遺体が見つかったあと、デイヴィッド・ニードラーがエリザベスを自室に閉じこめて、織物商会館にいたエドウィンに知らせました。エドウィンは家にもどり、エリザベスが質問に答えないので警吏を呼んだんです」ジョーゼフは両手をひろげた。「ほかにどうしようもないでしょう？　エドウィンは娘たちと老母の身の安全が気がかりでした」

「審問では？　エリザベスは何も言わなかったんですか。ひとことも？」

「ええ。申し開くならいまだと検死官に説得されたにもかかわらず、うつろな目で冷ややかに見返すだけでした。そのせいで検死官と陪審の怒りを買ってしまいました」ジョーゼフは深く息をついた。「陪審はラルフがエリザベス・ウェントワースに殺害されたとの評決をくだし、検死官はエリザベスを殺人罪での巡回裁判にかけるため、ニューゲート監獄への収監を命じました。法廷を侮辱《ぶじょく》したとして、土牢での監禁を指示したんです。そのとき――」

「そのとき？」

「エリザベスは振り返ってわたしを見ました。ほんの一瞬です。その目に宿っていたのは、途方もない悲しみでした。もはや怒りではなく、ただの悲しみでした」ジョーゼフはもう一度唇を噛んだ。「その昔、まだ幼かったころ、エリザベスはわたしになついていて、よく農場に遊びにきたものです。弟たちはわたしをつまらない田舎者だと思っていましたが、エリザベスは農場が好きで、着くなり動物たちに会おうと駆け出していきました」さびしげな笑みを浮かべる。「そのころは、羊や豚とまるで飼い犬や飼い猫のようにいっしょに遊ぼうとして、相手にされずに泣いていましたよ」裂けて皺《しわ》の寄ったハンカチをなでる。「この刺繍は二年前にエリザベスがしてくれたものです。こんなめちゃくちゃにしてしまいました。けれど、あの恐ろしい監獄へ面会にいっても、ただ死ぬのを待っているように、不潔な恰好《かっこう》で横になっているだけです。話をしてくれないかと頼みこんでも、わたしなどそこにいないかのような目を向けてくるだけです。土曜日には裁判にかけられます。あと五日しかありませんし」ふたたびささやき声になる。「ときどき思います。エリザベスは何かに取り憑《つ》かれているのかもしれないと」

「いや、ジョーゼフさん、そんなふうに考えてもどうにもなりませんよ」

ジョーゼフは哀願するようにわたしを見た。「お助けくださいますか、シャードレイク殿。エリザベスを救ってやってもらえますか。あなただけが頼みの綱なんです」

わたしはしばし黙し、慎重にことばを選んだ。

「エリザベスに不利な証拠がそろっています。エリザベスがみずからを弁護しようとしないなのはたしかですか」

かぎり、陪審が判断するにはじゅうぶんです」間を置いてから尋ねた。「エリザベスが無実

「はい」ジョーゼフは間髪を入れずに答え、こぶしを胸に叩きつけた。「ここで感じます。エリザベスはほんとうにやさしい子です。ほんとうにね。わたしが正真正銘のやさしさを感じたのは、家族のなかであの子だけです。たとえ心の病に冒されていたとしても——おそらくそのとおりなのでしょうが——あの子が子供を殺すなんて信じられません」

わたしは大きく息を吐いた。「法廷では、エリザベスは有罪か無罪かの答弁を迫られることになります。それを拒めば、法の定めるところによって、陪審裁判を受けることはない。ただしもっと悪い結果が待っています」

ジョーゼフはうなずいた。「知っています」

「ペイン・フォート・エ・デュール。苛酷《かこく》な拷問です。ニューゲートの監房へ連れていかれ、鎖でつながれて床に寝かされる。背中の下には鋭くとがった大きな石が、体の上には板が置かれる。その板の上に重石《おもし》がいくつも載せられる」

「あの子が口をきいてさえくれたら」ジョーゼフはうめくように言い、両手で頭をかかえた。しかし、わたしは先をつづけた。そうせざるをえなかった。エリザベスが何に直面しているかをジョーゼフは知る必要がある。

「食料と水はごくわずかしか与えられない。日々、重石が追加されていく。エリザベスが口を割るか、重石の圧迫で窒息死するまで、それがつづく。重石が増えると、やがて背中の下

に置かれた石によって背骨が砕ける」ことばを切る。「中には、弁明を拒み、押しつぶされて死ぬ道を選ぶ気丈な者もいます。有罪の確たる証拠がなければ、財産は国家に没収されないからです。エリザベスに資産はありますか」

「まったくありません。家を売った代金でピーターの借金を返すのがやっとでして。かろうじて残った数マークは葬儀代に消えました」

「もしかしたら、ふと魔が差したエリザベスが今回のことに手を染めてしまい、罪の意識に耐えきれず、暗闇でひっそり死にたいと願っているのかもしれない。そう考えたことは？」

ジョーゼフは首を横に振った。「ありません。そんなことは信じられない。ぜったいに信じられません」

「刑事被告人には法定代理人が認められないことは知っていますね」

ジョーゼフは悄然《しょうぜん》とうなずいた。

「法が定めるその理由は、刑事裁判で有罪が決まるのに必要な証拠はきわめて明白で、弁護士など不要にちがいない、というものです。わたしに言わせれば、まったくの戯言《たわごと》ですがね。審理は駆け足でざっとおこなわれ、陪審員はたいていどちらの言い分が気に入ったかだけで判断します。ほとんどの陪審員は人を絞首台送りにするのがいやなので、被告人に寛大な評決をくだすことが多いのですが、今回は――」わたしは机の上の粗末な新報に目をやった。「子供を殺した罪ですから、陪審員の同情は期待できません。エリザベスが助かるには、答弁をすることに同意して、わたしに真実を話すしかない。そしてもし、一時的に正気を失って罪を犯したというのであれば、精神錯乱を主張する。そうすれば命は助かるでしょう。相応の施設へ送られるでしょうが、そうなったら国王の恩赦《おんしゃ》を請求する手もあります」ただし、それにはジョーゼフの資力を超える多額の費用がかかるだろう。

ジョーゼフが顔をあげた。その目にはじめて希望の光が宿っている。わたしは思わず口にした。「やってみましょう」もうあとへは引けない。

「だがもし、本人が話そうとしなかったら」と付け加える。「だれにもエリザベスを救うことはできない」

ジョーゼフは身を乗り出し、湿っぽい両の手のひらでわたしの手を握った。「ありがとうございます、シャードレイク殿。心からお礼を申します。あなたならきっとあの子を救ってくれると――」

「救える自信はまったくありません」わたしは鋭く言い放ったが、こう付け加えた。「努力はします」

「お礼はいたしますよ。お金はあまりありませんが、お支払いします」

「ニューゲートへ出向いてエリザベスと面会しなくては。残り五日なら――なるべく早く会いたいが、きょうの午後はずっとリンカーン法曹院で仕事があります。あすの朝いちばんにニューゲート監獄のそばの〈教皇の首〉亭で落ち合いましょう。九時でどうですか」

「はい、お願いします」ジョーゼフは立ちあがってハンカチをポケットにもどし、わたしの手を握りしめた。「あなたはいい人だ。神のようなお人です」

むしろまぬけな男だと思う。だが、その褒《ほ》めことばには胸を打たれた。ジョーゼフとその家族は、かつてのわたしと同じ熱心な宗教改革派で、そのようなことばを軽々しく口にはしないからだ。

「母と弟はエリザベスの仕業だと信じているので、わたしがあの子を助けたいと言ったら激怒しました。しかし、わたしはなんとしても真実を突き止めたい。検死審問であんな妙なことがあって、わたしもエドウィンもすっかり――」

「妙なこととは？」

「わたしたちが遺体を確認したのは、ラルフが死んで二日後のことでした。この春は暑い日がつづいていますが、検死のために死体を保管する地下室があって、死体は涼しいところにありますす。そのうえラルフは服を着ていました。それなのに、遺体からものすごいにおいがしたんです。わたしも検死官も気分が悪くなりました。エドウィンは卒倒するのではないかと思いましたよ。あれはどういうことなんでしょう。その謎《なぞ》をずっと考えているんです。いったいあれは何を意味するのか」

わたしは首を左右に振った。「この世の物事の半分は意味がわからないものです。それに、なんの意味もないこともよくある」

ジョーゼフも首を振った。「しかし、神はわたしたちに、物事の真《しん》の意味を突き止めるようお望みです。だから手がかりを与えてくださる。それに、もしこの事件が解決されずにエリザベスが死んだら、何者であれ、真の殺人犯は野放しのままです」

2

翌日の早朝、わたしはまた市街へ出かけた。この日も暑く、チープサイド沿いの建物の菱《ひし》形窓《がた》に日差しが反射して目がくらんだ。

王旗の近くで、紙の帽子をかぶって首にパンをぶらさげた中年の男がさらし台につながれていた。貼《は》り紙によると、目方を少なくごまかして売ったパン屋だという。腐った果物が服に飛び散っているが、通行人はほとんど目もくれない。この刑罰で最悪なのは屈辱感にちがいないと思いながら見あげると、男が姿勢を変えて苦痛に顔をゆがめるのが目にはいった。頭と両腕を固定されて首を前へ曲げた恰好は、もう若くはない者にとってひどくつらいにちがいない。自分が同じ目に遭《あ》った場合の背中の痛みを想像し、わたしは身震いした。とはいえ、このごろは痛みもずいぶんと少なくなった。ガイのおかげだ。

ガイの店はせまい路地に軒を連ねる薬屋のひとつで、オールド・バージ（この少し前の時代にトマス・モアが住んでいた家《でい》）の少し先にある。オールド・バージは古びた大きな建物で、かつては豪壮な邸宅だったが、いまでは安い下宿屋になっている。銃眼つきの崩れかけた屋根にミヤマガラスの巣が積み重なり、煉瓦造りの壁には蔦《つた》がはびこっている。わたしは路地にはいり、日陰をありがたく感じた。

ガイの店の前で馬を止めたとき、だれかに見張られているような落ち着かない心地がした。路地は閑散とし、店のほとんどはまだあいていない。わたしは何気ないふうを装いつつも、背後に動きがないかと耳を澄ましながら、ゆっくり鞍《くら》からおりてチャンセリーを柵《さく》につないだ。そしてすばやく振り向き、路地の様子をうかがった。

オールド・バージの上階で何かが動いた。そちらへ目をやったが、窓にぼんやりした人影がちらりと見えたかと思うと、すぐに虫食いだらけの鎧戸《よろいど》が閉まった。わたしはにわかに不安がこみあげるのを感じ、しばし目を凝らしたのち、ガイの店へ向かった。

扉の上の看板には〝ガイ・モルトン〟と名前だけが書いてあった。店の窓には、たいていの薬屋が好むワニの剝製《はくせい》や化け物じみた動物ではなく、几帳面《きちようめん》に貼り紙をしたフラスコが陳列してある。わたしは扉を叩いて中へはいった。いつものとおり店は清潔に片づけられ、瓶入りの薬草や香辛料が棚にずらりと並んでいる。店に漂う麝香《じやこう》のような芳《かぐわ》しいにおいを嗅《か》ぐと、スカーンシアの修道院にあったガイの施療所が思い出された。そのうえ、ガイが着ている薬剤師の長衣は濃い深緑なので、薄明かりのなかではほぼ黒に近く、修道士の黒衣と見まがうばかりだ。ガイは作業台の前に腰かけ、痩せた浅黒い顔で眉を寄せて集中しながら、ずんぐりした若い男の腕の醜い火傷《やけど》の跡に鉢から湿布をあてていた。ラベンダーのほのかな香りが鼻孔をくすぐる。ガイは目をあげ、白い歯をきらめかせて微笑んだ。

「もう少し待ってくれ、マシュー」いつもの舌のもつれたような話し方で、ガイは言った。

「すまない、予定の時刻より早く来てしまった」

「かまわない、もうじき終わる」

わたしはうなずいて椅子に腰をおろした。壁に貼られた図表に目をやった。いくつもの同心円の真ん中に裸の男が描かれ、自然の鎖によって創造主と結びつけられた人間を表している。まるで弓術の的《まと》に人がピンで留められているかのようだ。その下の図には、四大元素とそれに対応する四つの人間性が記されている——土は憂鬱《ゆううつ》、水は冷静、空気は快活、火は怒り。

若い男が大きく息を吐き、ガイを見あげた。

「これはすごい、もう痛みが和《やわ》らいできました」

「それは何よりだ。ラベンダーには冷却作用と保湿作用があって、乾いた熱を腕から取り去ってくれる。フラスコ一本ぶん渡すから、一日に四回、自分で塗りなさい」

若い男はガイの茶色い顔をまじまじと見た。「そんな薬のことははじめて聞きました。あなたの祖国ではそれを使ってるんですか。たぶん、だれもが日差しで火傷をするんでしょう」

「ああ、そうとも、ペティット」ガイは真顔で言った。「ラベンダーを塗っていないと、火傷でしなびてしまうからね。ヤシノキにも塗るよ」からかわれたと感づいたのか、若い男がガイに険しい目を向ける。その大きく頑丈な手に青白い傷跡が点々とあるのにわたしは気づいた。ガイは立ちあがり、微笑みながら男にフラスコを手渡して、長い指を一本立てた。

「いいかい、一日四回だ。あの愚かな医者がこしらえた脚の傷にも塗るといい」

「はい、そうします」男は腰をあげた。「この一週間は袖《そで》がこすれるだけでも痛くてたまらなかったのに、もう治りかけてるのがわかります。どうもありがとう」ベルトから財布を取り出し、ガイにグロート銀貨を手渡した。男が店を出ていくと、ガイはわたしを見て静かに笑った。

「ああいう発言を聞くと、以前は誤りを指摘して、グラナダでも雪が降ると教えてやったものだ。でも、いまでは話を合わせることにしている。こちらが冗談を言っているのかどうか、向こうにはわかりっこない。それでも、印象には残るだろうがね。たぶん、ロスベリー（中世に鋳物職人や銅細工師が住んでいた区域）に帰ったら仲間に話すだろう」

「鋳物師なのか」

「ああ、ペティットは見習い修業を終えたばかりのまじめな若者だ。腕に熱い鉛をこぼしたんだが、昔ながらの治療法で痛みはおさまるだろう」

わたしは微笑んだ。「商売のやり方を覚えつつあるな。人とのちがいをうまく利用している」

薬剤師ガイ・モルトン——かつての修道士モルトンのガイ——は、幼いころムーア人の両親とともにグラナダ陥落後のスペインをあとにした。その後、ルーヴェンで医師として訓練を積んだ。三年前、スカーンシアでの任務に派遣されたわたしと知り合い、あの大変な時期に力になってくれた。修道院が解散したとき、わたしはガイにロンドンで医師になってもらいたいと考えた。だが、肌の色と教皇派だった過去から、大学には受け入れられなかった。しかし、わたしが少々金を積んで薬剤師の組合にガイを加入させ、本人の努力もあって店はまずまず繁盛《はんじょう》していた。

「ペティットは最初、医者に診《み》せたんだ」ガイはかぶりを振った。「医者は腕の痛みを流し去ると称して、脚に糸を縫いこんだ。脚の傷が炎症を起こすと、効いている証拠だと言い張ったそうだ」薬剤師の帽子を脱ぎ、縮れ毛に覆われた頭があらわになった。かつては黒髪だったが、いまではかなり白くなっている。剃髪《ていはつ》していないガイを見るのはいまだに妙なものだ。ガイは鋭い茶色の目でわたしをじっと見つめた。

「ところで、このひと月の調子はどうだね、マシュー」

「上々だ。模範患者よろしく一日二回の体操をつづけている。背中の痛みはほとんどないな。リンカーン法曹院の執務室に積んである法律文書の分厚い束のような、ひどく重いものを持ちあげたりしないかぎりは」

「それは助手に頼むといい」

「助手は順序を乱してしまうんだよ。スケリーほどのまぬけはきみも見たことがあるまい」

ガイは微笑んだ。「よければ、一度お目にかかりたいね」

わたしがダブレットとシャツを脱ぎはじめると、ガイは立ちあがって、香りのよい蠟燭《ろうそく》をともし、それから鎧戸を閉めた。わたしが曲がった背中を見せる相手はガイひとりだ。ガイはわたしを立たせて肩と腕を動かしたのち、後ろにまわって背中の筋肉をそっと調べた。

「よし。凝りはほとんどない。服を着ていいぞ。体操をつづけるように。まじめな患者を持つのはいいものだな」

「昔にもどりたくはないからな。ひどくなる一方の痛みを恐れる日々には」

ガイはまた鋭い目を向けた。「まだ憂鬱なのか。顔にそう書いてあるぞ」

「憂鬱質だからだよ。そういう性質《たち》だ」わたしは壁の図表を見た。「この世のすべては四大元素が混じり合ってできているが、わたしには土が多すぎる。その割合は変わらない」

ガイは首をかしげた。「この世に変わらないものは何ひとつない」

わたしはかぶりを振った。「政治の動乱や法律にますます関心が持てなくなってきたようだ。かつてはそれらが生きがいだったのに。スカーンシアの一件からだよ」

「あのときはひどい目に遭ったからな。懐かしくないのか、権力中枢の近くが」ガイはためらいがちにことばを切った。「クロムウェルの近くが」

わたしはまたかぶりを振った。「いや、どこかの田舎で静かな生活を送りたいね。父の農場のそばがいいかもしれない。そうすればまた絵筆をとる気になるだろう」

「しかし、それがきみの生きる道かどうかは疑問だ。持ち前の才覚を生かす訴訟案件や解決すべき問題がなかったら、退屈するんじゃないのか」

「以前なら退屈しただろう。だが、いまのロンドンは――」もう一度かぶりを振る。「異常者や詐欺師が年々増えて、山ほどいる。仕事柄、そういう手合いをいやというほど見てきた」

ガイはうなずいた。「たしかに、宗教に対する考え方がいっそう偏《かたよ》ってきたな。お察しのとおり、わたしは自分の過去をいっさい話さない。よく〝ネズミはネズミ色に〟と言うように、身を守るには目立たずにおとなしくしていることだ」

「このごろはもう我慢がならなくてね。大事なのはキリストへの信仰心だけであって、ほかはみな、戯言の羅列《られつ》にすぎない」

ガイは苦笑した。「昔のきみならそこまでは言わなかった」

「ああ。でも、その肝心の信仰心にすら自信が持てないことがあるよ。信じられるのは、人間は堕落した生き物だということだけだ」わたしは苦々しく笑った。「それだけだよ」ポケットから皺になった新報を取り出して卓に置く。「これを見てくれ。その娘の伯父がかつての依頼人でね。姪を助けてくれと頼まれた。裁判は土曜日だ。きょう早く来たのはそのためだよ。その伯父とニューゲートで九時に会うことになっている」前日のジョーゼフとの面会についてガイに話して聞かせた。厳密には秘密の漏洩《ろうえい》にあたるが、ガイがけっして口外しないことはわかっていた。

「まったく話をしないのか」わたしが語り終えると、ガイは思案げに顎をなでながら訊《き》いた。

「ひとこともだ。重石責めになると知ったら驚いて口をききそうなものだが、そうはならなかった。だから、正気を失っているにちがいないと思う」わたしはガイをじっと見つめた。

「娘の伯父は、悪魔に憑かれたのではないかと考えはじめている」

ガイは首をかしげた。「〝悪魔に憑かれた〟と言うのはたやすい。主が悪魔を追い払ったという男は、哀れな乱心者にすぎなかったのではないかと思うことがある」

わたしはガイを横目で見た。「聖書には、その男が悪魔に憑かれていたとはっきり書いてある（ルカによる福音書第十一章十四節）」

「そして今日《こんにち》のわれわれは、聖書に記されたすべての事柄を、ただひたすら信じなくてはならない。カヴァーデイルによる英訳版をということだが」ガイは苦笑した。それから考えこむような顔つきになり、長衣の裾《すそ》で清潔なイグサの敷物をかすめながら部屋を行きつもどりつしはじめた。

「正気を失ったと決めつけるのはまだ早い」ガイは言った。「人が口を閉ざすにはいろいろな理由があるんだよ。打ち明けるのが恥ずかしかったり恐ろしかったりという物事はたくさんある。あるいは、ほかのだれかを守ろうとしているか」

「もしくは、自分の身に何が起ころうがどうでもよくなってしまったか」

「ああ。それは危険な状態だ。自殺に近い」

「どんな理由があるにしろ、命を救うためには、どうにか説得して口を開かせなくてはならない。重石責めはむごい死だ」わたしは腰をあげた。「ああ、ガイ、なぜこんなことに自分を巻きこんだのだろう。たいていの弁護士は刑事事件にかかわらない。刑事被告人には代理答弁が認められていないからだ。一、二度、裁判の前に助言をしたことはあるが、あまり好きな仕事じゃない。それに、巡回裁判に漂う死のにおいには我慢がならないんだ。数日後にはあの荷車がタイバーンの絞首台へ行くと思うとね」

「きみが見ようが見まいが、荷車はタイバーンへ行く。その一台にひとつでも空席を作ってやれれば――」

わたしは力なく笑った。「いまでも修道士だったころのように、善行による救済を信じているんだな」

「われわれはみな、同胞愛の教えを信じるべきではないのか」

「ああ、そのための気力と体力があればだ」わたしは立ちあがった。「さて、ニューゲートへ行かなくては」

ガイは言った。「よかったら、気分を高揚させる効果のある薬がある。体内の黒胆汁を減らすんだ」

わたしは手ぶりで制した。「いや、ガイ、気持ちはありがたいが、頭が鈍っていないかぎりは、神の思《おぼ》し召しのままでいようと思う」

「ご自由に」ガイは手を差し出した。「きみのために祈ろう」

「あの古くて大きなスペイン式十字架の下でかい。いまも寝室に置いているのか」

「家伝の品だ」

「警吏に気をつけたほうがいい。福音主義者が逮捕されているからといって、教皇派に甘いわけではない」

「警吏とは友達だ。先月、水売りから買った水を飲んで一時間後に、苦しみのあまり腹を押さえて店へ駆けこんできた」

「生水を飲んだのか？　沸かしていない水を？　毒だらけなのはだれでも知っている」

「喉がからからだったんだ。この暑さだからな。ひどい毒にあたったようなので――辛子《からし》をひとすくい飲ませて、胃の中身を吐き出させた」

わたしは身震いをした。「塩を入れたビールがいちばん効くと思っていたが」

「辛子のほうがいい。即効性がある。警吏は快復して、いまではわたしを褒めちぎって歩いているよ」ガイの顔つきが真剣になった。「かえって助かったよ。侵略の噂で持ちきりなせいで、このごろでは異国の人間はきらわれやすい。通りで侮辱のことばを投げかけられることが多くなったから、徒弟の一団がいるときは道の反対側を歩くようにしている」

「それは気の毒に。過ごしづらい世の中になってきたな」

「街の噂では、国王は新しいお妃《きさき》がお気に召さないらしい」ガイは言った。「クレーヴズのアンは離縁され、クロムウェルも失脚すると言われている」

「新たな噂や不安はつぎつぎ生まれるものじゃないか」わたしはガイの肩に手を置いた。

「勇気を持ちつづけるんだ。来週食事に来てくれ」

「ぜひとも」ガイは戸口まで見送ってくれた。わたしは振り向いて言った。「祈りを忘れないでくれ」

「もちろんだ」

結びつけておいた手綱を解き、チャンセリーに乗って路地を進んだ。オールド・バージの前を通るとき、さっき人影を目にした窓を見やった。鎧戸は閉まったままだ。しかし、角を曲がってバックラーズベリーの広い道に出ると、またもやだれかに見張られている気がした。すばやく振り返る。人通りが増えつつあったが、派手な赤いダブレットを着た男が目に留まった。腕組みをして壁に寄りかかり、こちらをじっと見つめている。二十代後半で、乱れた茶色の髪に、端整だが精悍《せいかん》で力強い顔立ち。肩が広く腰は引きしまり、戦士の体つきをしている。わたしと目が合うと、大きな口をゆがめて人を食ったような薄笑いを浮かべた。そして向きを変えるや、すばやく軽快な足どりでオールド・バージのほうへ歩きだし、雑踏のなかに消えた。

3

ニューゲート監獄へ向かいながら、先刻の男が気がかりであれこれ考えた。ウェントワース事件と何かのかかわりがあるのだろうか。きのうの午後にリンカーン法曹院で事件について話したので、噂はあっという間に——ムーアゲートの洗濯女のあいだで広まるより速く——弁護士たちに伝わったにちがいない。あるいは、あの男は国の捜査官か何かで、肌の浅黒い元修道士とのつながりを調べているのだろうか。とはいえ、わたしはこのところ政治にはいっさい関与していない。

チャンセリーがぎこちなく身をよじって、いなないた。わたしの不安を感じとったのか、あるいは鼻を突く臭気に動揺したのか。ブラッダー・ストリート一帯が異臭を放っている。この界隈《かいわい》のにおいはつねに強烈で、きょうのような炎暑の日にはきびしいものがある。裕福そうな通行人の多くが春の花を束ねたものを顔にあてがっている。この陽気がつづくなら、わたしも芳香用の花束を買って持ち歩かざるをえないだろう。

ニューゲート市場に差しかかった。いまなおグレイ・フライヤーズ修道院の壮麗な教会が影を落としていた。そのステンドグラスの窓の向こうには、国王がフランスとの海戦で手に入れた戦利品が保管されている。教会の先には、高い市壁と、それに連なるニューゲートの格子《こうし》模様の塔が見えた。ロンドン随一の監獄は歴史のある立派な建物だが、住人の多くが処刑される運命にある、ロンドン一惨《みじ》めな場所だ。

〈教皇の首〉亭へはいった。一日じゅう開いていて、監獄の訪問者でつねににぎわっている。ジョーゼフはほこりっぽい裏庭に面した席にいた。喉の渇きを癒《い》やす弱いスモールビールを前にし、かたわらには花束が置いてある。愛想《あいそ》笑いを浮かべて寄ってきた身なりのよい若い男を、落ち着かなげに見あげていた。

「いいだろう、兄弟、カードをひとゲームすればきっと気が晴れる。いまから近くの宿屋で連れと会うんだよ。みんな気のいい連中だ」その若い男は街に居ついた詐欺師のひとりで、野暮ったい田舎者を探しては持ち金を巻きあげている。

「失礼」わたしはきっぱりと言い、椅子に腰をおろした。「こちらの紳士と打ち合わせがある。わたしはこのかたの弁護士だ」

男はジョーゼフに眉を吊りあげてみせた。「てことは、あんたはどのみち有り金をすっかり失うってわけだ。正義とやらは高くつくからな」立ち去り際、わたしのほうへ身をかがめて小声で言った。「背曲がりの吸血鬼め」

男の声はジョーゼフの耳には届かなかった。「もう一度監獄へ行ったんです」ジョーゼフは暗い声で言った。「弁護士を連れてくると看守に言ったら、面会料として六ペンス要求されました。看守はあの新報を持っていましたね。一ペニーで人を招き入れて、エリザベスを見物させているそうです。見物人はのぞき穴から大声で罵《ののし》るんだと、笑いながらそう言うんですよ。ひどすぎる――そんな真似が許されていいはずがない」

「看守はみずからを利するために何をしても許されます。エリザベスへのいやがらせをさせないための賄賂《わいろ》がほしくて、わざとそんな話をしたんでしょう」

ジョーゼフは髪を掻きあげた。「エリザベスの食事も水も何もかも、わたしが代金を払いました。これ以上はもう無理です」首を左右に振る。「あそこの看守たちはこの世でいちばん腹黒い連中にちがいない」

「ええ。でも、金儲けをするだけの知恵はあります」わたしはジョーゼフをじっと見た。

「きのうの午後、リンカーン法曹院へ行きました。土曜日の巡回裁判の担当判事はフォーバイザーだそうです。いい知らせではありません。聖書の教えに忠実で、清廉《せいれん》潔白――」

「でも、いいはずでしょう、聖書の教えに忠実なら――」

わたしは首を横に振った。「清廉潔白だが、石のごとく無情です」

「親に死なれて、気が動転している若い娘に同情はしないと？」

「だれに対してもです。わたしは民事事件でフォーバイザーが担当する裁判に出廷したことがあります」体を前へ乗り出した。「なんとしてもエリザベスに話をさせなくては。さもないと死んだも同然です」

ジョーゼフはいつもの癖で唇を噛んだ。「きのう食べ物を差し入れにいったら、横になったままそれを見ているだけでした。感謝のことばもなく、うなずきもしない。もう何日もろくに食べていないはずです。あの子のために花束を買ったんですが、見てくれるかどうかもわからない」

「では、とにかく説得してみましょう」

ジョーゼフはうれしそうにうなずいた。わたしは席を立って言った。「ところで、エドウィン卿は、わたしが弁護士として雇われたことを知っているんですか」

ジョーゼフは首を横に振った。「エドウィンとは一週間話していません。エリザベスは無実ではないかと言ったら、家から追い出されたんです」顔に怒りの色がよぎる。「エリザベスを死なせたくないというだけで、目の敵《かたき》にされてしまう」

「それでも」わたしは考えながら言った。「知っているかもしれないな」

「どうしてそう思うんです」

「いや、別に。どうぞ気にせずに」


監獄へ近づくにつれ、ジョーゼフの肩が力なく沈んでいくように見えた。格子張りの物乞い窓の脇を通った。貧しい囚人たちがつかみかかるように手を突き出し、通行人に神の愛の恵みを乞うている。金のない囚人たちはめったに食料にありつけず、餓死する者もいるという噂だ。わたしは薄汚れた懸命そうな手に一ペニーを載せてから、頑丈な木の扉を強く叩いた。のぞき窓が開いて、脂《あぶら》じみた帽子をかぶった険しい顔が現れ、その目がわたしの黒い法服へさっと動いた。

「エリザベス・ウェントワースの弁護士だ。当人の伯父もいっしょにいる。面会料は伯父が払った」のぞき窓が勢いよく閉まり、扉が開いた。中へ進むと、汚い上っ張りを着て大きな棍棒《こんぼう》をベルトに差した看守がわたしをまじまじと見た。酷暑の日であるにもかかわらず、分厚い石壁でできた監獄は涼しく、石のひとつひとつが湿っぽい冷気を発しているかに思えた。看守が「ウィリアムズ！」と大声で呼ぶと、革の袖なし胴着を身につけた太った牢番が、手に持った大きな鍵束を鳴らしながら現れた。

「子供殺しの弁護士か」看守はわたしに意地の悪い笑みを向けた。「新報を見たろ？」

「ああ」わたしはそっけなく答えた。

看守は首を左右に振った。「相変わらずしゃべろうとしねえ。このぶんじゃ重石責めだな。知ってたか、弁護士さんよ。重石を載せるために鎖につないで床に寝かすとき、囚人を裸にしなきゃいけねえっていう昔からの規則があるんだ。残念だよなあ、きれいなおっぱいを拝んでから、そいつをぺしゃんこにしなきゃならねえってのは」

ジョーゼフの顔に苦悩の皺が刻まれた。

「わたしの知るかぎり、そんな規則はない」わたしは冷ややかに言った。

看守は床に唾《つば》を吐いた。「おいらの監獄の規則はおいらが知ってるさ、頭のいいお偉いさんが何を言おうとな」牢番にうなずく。「女囚の土牢へ案内しろ」

牢番の先導で、両側に監房が並ぶ広い通路を進んだ。扉の格子窓から、長い鎖で壁に脚をつながれて敷き藁《わら》の上にすわったり横たわったりしている男たちが見えた。小便のにおいが強烈に鼻を突く。牢番は鍵を鳴らしながらよたよたと歩いていった。重い扉の錠をあけ、薄暗がりへと階段をおりていく。下にはまた扉があった。牢番はのぞき窓を引きあけて中の様子を見てから、こちらを振り返った。

「きのうの午後とおんなじ場所で横になってる。見物人を連れてきて、こっからのぞかせたときとな。扉越しに魔女だとか子供殺しだとか罵られても、石みてえにだまりこくって身を隠してたよ」牢番は首を軽く振った。

「中にはいっても？」

牢番は肩をすくめて扉をあけた。わたしたちが足を踏み入れるなり、すぐさま扉を閉めて錠を掛けた。

ニューゲート監獄の最も深く最も暗い場所にある地下牢には、男用と女用の土牢があった。女用は四角い小部屋で、天井近くの鉄格子の窓から薄明かりが差しこみ、窓の外には通行人の靴とスカートが見えた。監獄内のほかの場所に劣らず肌寒く、湿っぽい瘴気《しょうき》が排泄物《はいせつぶつ》の悪臭をも圧倒している。床は一面、あらゆる汚れがしみてこびりついた不潔な藁で覆われていた。片隅では、粗《あら》い毛織の服を身につけた太った老女がうずくまって眠りこけている。最初はほかに人の姿が見えず、わたしは困惑して室内を見まわした。だがやがて、いちばん奥の隅で藁が人の形に盛りあがっているのに気づいた。藁からのぞいているのは、もつれた髪――ジョーゼフとよく似た黒っぽい巻き毛――に囲まれた泥まみれの顔だけだ。ジョーゼフと同じ深緑色の大きな目がぼんやりとこちらへ向けられている。あまりに奇妙な光景で、全身に震えが走った。

ジョーゼフが近づいていった。「リジー」たしなめるように言う。「なぜそんなふうに藁を積みあげるんだ。汚いだろう。寒いのかい」

エリザベスは答えなかった。目の焦点が定まっておらず、わたしたちをまっすぐ見ようとしていない。泥の下の素顔は、頬骨が高く、かわいらしくて繊細な目鼻立ちをしている。藁越しに、薄汚れた一方の手が半ば見える。ジョーゼフがその手を握ろうとしたが、エリザベスはうつろな目をしたまま、すばやく引っこめた。ジョーゼフはエリザベスの目の前に立った。ジョーゼフは姪のかたわらに花束を置いた。

「花を持ってきたよ、リジー」ジョーゼフは声をかけた。エリザベスは花束を一瞥し、ジョーゼフの目を見返した。驚いたことに、そのまなざしは怒りに満ちている。藁の上には、パンと干し魚の載った皿と、瓶にはいったビールが置いてある。ジョーゼフが差し入れたものにちがいない。手つかずのままで、干からびた魚の上をまるまる肥えたゴキブリが這《は》っている。エリザベスはまた目をそむけた。

「エリザベス――」ジョーゼフの声は震えていた。「こちらはシャードレイク殿だ。弁護士さんで、ロンドン一優秀なおかただよ。おまえを助けてくださる。だが、そのためにはおまえが話をしなくてはだめだ」

わたしは汚らしい藁の上に腰をおろさずに相手の顔をのぞきこめるよう、膝を曲げてしゃがみ、静かに言った。「ミス・ウェントワース、聞こえているだろうか。なぜ口をきこうとしないんだ。秘密を守っているのかい。自分の——あるいはだれかの秘密を」そこでことばを切った。エリザベスはうつろな目で見返すばかりで、身じろぎすらしない。静寂のなか、頭上の通りを行き交《か》う足音がする。急に怒りがこみあげた。

「答弁を拒むとどうなるかは知っているね。重石責めに処せられる。土曜日の担当判事はきびしい人だから、まずまちがいなくその判決をくだす。重石責めがどういうものか知っているかな」なおも返事はない。「何日もかけてじわじわと弱っていく、恐ろしい死に方だ」

そう聞いたエリザベスの目に生気が宿り、視線が合ったが、それもほんのつかの間だった。その目に深い苦悩が見てとれ、わたしは身震いした。

「話してくれたら、きみを助けられるかもしれない。あの日井戸で何が起こったにしろ、採りうる道はいくつかある」わたしは間を置いた。「何があったのかな、エリザベス。わたしはきみの弁護士だから、だれにも秘密を漏らさない。わたしだけに話したいのなら、伯父さんには席をはずしてもらうこともできる」

「そうだよ」ジョーゼフが同意した。「そのほうがいいなら」

それでもエリザベスはだまっていた。片手で藁をいじりはじめる。

「ああ、リジー」ジョーゼフがこらえかねたように言った。「おまえは一年前のように本を読んだり音楽を奏《かな》でたりしているべきなんだ。こんなひどい場所にいるのではなく」こぶしを顔に近づけて指の付け根を嚙んだ。わたしは姿勢を変え、エリザベスの目をまっすぐに見つめた。ある考えがひらめいていた。

「エリザベス、ここへ見物人が来て罵ったんだろう。でもきみは、体は隠しているのに顔は出したままだった。もちろん藁が汚いのはわかっているが、頭を隠すことはできるわけだから、牢番が見物人を中へ入れない以上、人に見られずにすむはずだ。まるできみは見物人に顔を見せたがっているようじゃないか」

全身に震えが走り、一瞬、泣き崩れるのかと思ったが、エリザベスは歯をきつく食いしばった。筋肉に力がはいっているのが見てとれる。しばし待ったのち、わたしは痛みをこらえつつ立ちあがった。そのとき、部屋の反対側から藁のこすれる音がしたので振り向くと、老女が肘《ひじ》を突いてゆっくりと上体を起こしていた。重々しく首を左右に振る。

「その子はしゃべりゃしないよ、旦那」しゃがれ声で言う。「あたしはここに三日いるけど、その子はひとことも口をきいてない」

「あなたはどうしてここに？」わたしは老女に尋ねた。

「せがれとふたりで馬を盗んだからだそうだ。あたしらの裁判も土曜日だよ」老女はため息を漏らし、ひび割れた唇を舌でなめた。「なんか飲み物は持ってないかい。ひどく水っぽいビールでもいいから」

「ないな。あいにくだが」

老女はエリザベスを見た。「その子には悪魔が取り憑いてるって話だね。ずいぶんしぶといやつが」苦々しく笑う。「でも悪魔憑きであろうがなかろうが、首吊《くびつ》り役人にとっちゃ変わりはない」

わたしはジョーゼフに向きなおった。「いまここでわたしにできることはもうないと思います。さあ、行きましょう」戸口までゆっくりとジョーゼフを導いて扉を叩いた。扉はすぐに開いた。さっきの牢番がすぐ外で耳を澄ましていたにちがいない。振り返ると、エリザベスはじっと横になったままだった。

「ばばあの言うとおりだ」牢番は扉の錠をかけて言った。「あの娘には悪魔が取り憑いてる」

「なら、見物人を連れこんであの窓からのぞかせるときは、せいぜい気をつけることだな」わたしは鋭く言った。「鴉《からす》に変身して見物人の顔に飛びかかるかもしれない」ジョーゼフを連れてその場を離れた。ほどなく監獄の外に出て、まぶしい日差しに目をしばたたいた。わたしたちは〈教皇の首〉亭へもどり、ジョーゼフの前にビールを置いた。

「エリザベスの面会には何回行きましたか」わたしは訊いた。

「きょうで四回目です。いつ行っても石ころみたいにじっと動きません」

「わたしには説得できそうもない。まったくお手あげです。実のところ、ああいうのははじめてですよ」

「できるだけのことはしてくださいましたから」ジョーゼフは悄然と言った。

わたしは指で卓を軽く叩いた。「たとえ有罪になっても、縛り首にならずにすむ道はいくつかあります。陪審員が精神錯乱を認めるかもしれないし、仮にエリザベスが自分は身ごもっていると訴えれば、子供が生まれるまでは刑の執行を猶予《ゆうよ》される。そうすれば時間を稼げます」

「なんの時間ですか」

「なんのって、調べる時間ですよ。ほんとうは何が起こったのかを」

ジョーゼフはビールのジョッキをひっくり返しそうになりながら、勢いこんで身を乗り出した。「では、あの子の無実を信じてくださるのですね」

わたしはジョーゼフの目をまっすぐに見た。「あなたは信じています。ありていに言って、あのような恩知らずな態度にもかかわらず」

「信じているのは、エリザベスをよく知っているからです。それに、監獄にいるあの子を見ていると、なんと言うか――」ジョーゼフは懸命にことばを探している。

「大それた罪を犯した人間ではなく、大きな過ちを犯した人間のようだと？」

「はい」熱っぽく言う。「そうです。まさしくそのとおりです。あなたもそう感じますか」

「ええ、感じます」わたしは冷静にジョーゼフを見据えた。「しかし、あなたやわたしがどう感じるかは証拠になりません。それに、わたしたちはまちがっているかもしれない。弁護士が直感に基づいて仕事をするのは禁物《きんもつ》です。必要なのは無私の精神であり、理性ですよ。これまでの経験から言うとね」

「わたしたちに何ができるでしょうか」

「きょうから土曜日まで、毎日面会に行ってください。それでエリザベスが話をするとは思いませんが、自分が忘れられていないことは伝わるはずで、それが重要な気がします。たとえわたしたちを無視していようともね。もし何かしゃべったり、様子が少しでも変わったりしたら、わたしがもう一度会いにいきますから、知らせをください」

「そうします」

「それから、たとえエリザベスが話さないとしても、わたしは土曜日の裁判に出廷します。フォーバイザー判事が耳を貸すかどうかはわかりませんが、精神が錯乱していると訴えてみるつもり――」

「そうです、そのとおりに決まってます。そうでなければ、わたしにあんな態度をとるわけがない。もっとも――」ジョーゼフはためらった。「あの老婆の言うとおりなら話は別ですが」

「そんなふうに考えてもどうにもなりませんよ。エリザベスが正気かどうかについては、陪審裁判に差しもどして審理すべきだと訴えるつもりです。きっと判例があるはずだ。フォーバイザーが従うかどうかはともかくね。いずれにしろ、時間稼ぎにはなる」わたしは真剣な顔でジョーゼフを見据えた。「でも、楽観はしていません。あなたも最悪の事態を覚悟してください」

「したくありません」ジョーゼフは答えた。「わたしたちのために動いてくださってるあいだは、希望を持ちつづけます」

「最悪の事態を覚悟してください」わたしは繰り返した。ガイが善行の功徳《くどく》を説くのは大いにけっこうだが、未決囚一掃審理の日にフォーバイザー判事の前に出廷する身になってみるといい。

4

ニューゲート監獄から、チャンセリー・レーンのわが家の少し先にあるリンカーン法曹院の執務室へ向かった。エドワード三世がロンドン市街での弁護士の開業を禁じ、われらが先達を市壁の外へ立ちのかせたおかげで、リンカーン法曹院は背後に大きな果樹園と広大な庭を擁し、田園風の趣《おもむき》を呈している。

四角い塔を戴くグレート・ゲートの下をくぐったあと、チャンセリーを厩に預け、ゲートハウス・コートを抜けて執務室をめざした。日差しが赤煉瓦の建物を明るく照らしている。心地よいそよ風が吹いているが、市壁から遠く離れたここへはロンドンの悪臭も届かない。

法廷弁護士たちが忙しそうに構内を歩いていた。来週からはじまるトリニティー開廷期に向けて、訴訟案件の準備に追われている。黒い法服と帽子が行き交うなか、色鮮やかなダブレットと仰々《ぎょうぎょう》しい股袋を身につけたふつうの若者の姿も見られた。ロンドンの流儀を学んで人脈をひろげるためだけに法曹院で学んでいる、地主階級の子息たちだ。近くを通りかかったふたり連れがコニー・ガースでウサギ狩りをしてきたのは明らかだった。すぐ後ろで猟犬が跳ねまわり、その目は飼い主の両肩に渡された棒から血をしたたらす獲物に据えられていた。

　そのとき、グレート・ホールへ通じる小道をぶらぶらと歩いてくる、スティーヴン・ビールナップの痩せた長身が見えた。とがった顔にいつもの愛想笑いを浮かべている。数日後にわたしが王座裁判所で対決する相手だ。ビールナップはわたしの前で立ち止まって会釈《えしやく》をした。法廷弁護士たるもの、訴訟でいかに激しく対決しようとも互いに礼を尽くすのが暗黙の合意ではあるが、ビールナップの親しげなそぶりにはつねに人を食ったようなところがあった。自分はどうしようもないならず者だが、それでも礼儀正しく応対しろよ、と言っているかのようだ。

「ブラザー・シャードレイク！」ビールナップは声を張りあげた。「きょうも暑い。このぶんでは井戸も干あがってしまいますよ」

　ふだんならそっけない挨拶《あいさつ》を返して歩きつづけるところだが、参考までにひとつ尋ねておこうという気になった。「ほんとうに。この春は雨が少なかったから」

　こちらのいつにない愛想のよさゆえに、ビールナップの顔に笑みが浮かんだ。一見実に感じがよいが、近づいて見ると、口もとには卑《いや》しさが漂い、こちらがいくら試みてもその薄青い目と視線が合うことはまずない。帽子の下から、針金のような金髪の巻き毛が数本はみ出している。

「ところで、例の裁判は来週ですね」ビールナップが言った。「六月一日ですよ」

「ああ。実に早い。あなたが誤審の申し立てをしたのはつい三月のことだ。いまでも意外に思えてならないよ、ブラザー・ビールナップ。まさか王座裁判所へ持ちこむとはな」

「王座裁判所では財産法の諸権利をしかるべく尊重してもらえるものでね。〈ドミニコ会士対オーカム小修道院長〉の判例を提示するつもりです」

　わたしは軽く笑った。「不法妨害裁判所の文書保管所を探しまわったんだな。その判例は争点が異なるうえ、二百年も前のものだ」

　ビールナップは微笑を返した。視線が泳いでいる。「大いに関連がありますとも。欠陥のある排水溝などの生活妨害に関する問題は、市の管轄外だと小修道院は主張しました」

「その小修道院は国王の直轄だったからだよ。しかし、聖マイケル修道院はあなたのものだ。あなたは自由土地保有者であり、自分の修道院が引き起こした生活妨害に対して責任がある。もっとましな論拠を口にしてもらいたいものだ」

　ビールナップは引こうとせず、身をかがめて法服の袖に見入っている。「では、ブラザー」わたしは軽い口調で言った。「法廷で会おう。だが、せっかく会ったんだから、別件でひとつ訊きたいことがある。土曜日の未決囚一掃審理には出向くのか」主教裁判における宣誓保証人の手配がビールナップの恥ずべき副業のひとつであり、たびたび中央刑事裁判所の廊下をうろついては顧客を探していることは知っている。ビールナップはわたしをちらりと見た。

「おそらく」

「担当の判事はフォーバイザーのはずだ。審理にどのくらいの時間をかけるだろう」

ビールナップは肩をすくめた。「できるだけ手短にすますでしょうね。王座裁判所の判事のことはあなたもよくご存じだ。けちな盗人《ぬすっと》や人殺しの裁判を軽く見ている」

「しかし、フォーバイザーはきびしいが法の知識が豊富だ。被告人を弁護する法的な主張にどのくらい耳を貸すかと思ってね」

ビールナップの顔が興味津々《しんしん》に輝き、好奇心で光る目が一瞬こちらの視線をとらえた。

「ああ、そう、ウォルブルックの女殺人犯の件であなたが雇われたと聞きましたよ。信じられない、財産権が専門なのに、とわたしは言ったんだが」

「殺人容疑者だ」わたしはそっけなく返した。「土曜日にフォーバイザーの審理を受ける」

「あの人が相手じゃむずかしいでしょうねえ」ビールナップは愉快そうに言った。「聖書の教えに忠実な御仁《ごじん》で、罪人を軽蔑《けいべつ》していて、速やかに相応の罰を与えようとする。その件でフォーバイザーの慈悲は期待できないでしょう。抗弁するか、処刑されるかだ」ビールナップの目が鋭くなった。この件をうまく利用できないかと考えているのだろう。だが、無理な話だ。でなければ、最初からこの男に尋ねるわけがない。

「やはりそうか。ともあれ、ありがとう」そして、できるだけ軽い調子で付け加えた。「では、また」

「土曜日はがんばってください、ブラザー！」ビールナップはわたしの背中に声をかけた。

「幸運を祈りますよ。並みの運じゃ戦えない相手だ」

わたしは不愉快な気分のまま、友人のゴドフリー・ホイールライトと共用する一階の続き部屋へ足を踏み入れた。控え室では、助手のジョン・スケリーが痩せこけた顔にいかにも哀れな表情を浮かべて、書きあげたばかりの財産移転証書を読みなおしていた。茶色の髪をネズミの尻尾《しっぽ》のように長く伸ばした、小柄でしなびた男だ。まだ二十歳にも満たないが、結婚していて一児の父でもある。その明らかな貧窮ぶりを見かねて、去年の冬にわたしが雇い入れた。聖ポール大聖堂付属学校にかよっていたのでラテン語に長《た》けてはいるものの、救いがたいほど無能で筆写が下手なうえ、けさガイにこぼしたとおり、書類を失《な》くしてばかりいる。スケリーはばつが悪そうにわたしを見あげた。

「ベックマンの財産移転証書が完成しました」ぼそぼそと言う。「遅くなってすみません」

わたしは書類を手にとった。「本来なら、二日前に仕上げなくてはな。手紙は来ているか」

「お部屋の机の上です」

「よろしい」

わたしは執務室へはいった。薄暗くて空気がむっとし、中庭に面した小窓から差しこむ光のなかで細かな塵《ちり》が舞っている。法服と帽子を脱いで机の前にすわり、短剣で手紙の封を切った。またしても仕事を失ったと知り、驚くとともに落胆した。テムズ川下流のソルト波止場にある倉庫の購入案件を手がけていたのだが、売り主が譲渡を取りやめたのでお役御免になった旨《むね》を依頼主がそっけなく知らせてきたのだった。わたしは手紙に見入った。これは興味深い案件だった。というのも、依頼してきたのはテンプル法曹院の事務弁護士で、倉庫はその人物の名義に書き換えられることになっていたが、購入者は自分の名を伏せたいから弁護士に依頼したにちがいないからだ。突然わけもなく依頼を取りさげられるのは、ここ二か月でこれが三件目だ。

わたしは眉をひそめて手紙を脇へ置き、財産移転証書に目を向けた。お粗末な出来で、下のほうにはしみがある。スケリーはこんな代物《しろもの》でもまかり通ると思ったのか。やりなおしだ。給金を支払っている時間をさらに無駄に費やすことになる。わたしは財産移転証書を脇へのけて羽根ペンの先をとがらせ、備忘録を取り出した。そこには長年にわたる議論や読書の覚え書きが記してある。刑法に関する古い覚え書きに目を通したが、ほんのわずかしかなく、苛酷な拷問については何も記述がなかった。

扉を叩く音がして、ゴドフリーがはいってきた。彼はわたしと同い年だ。二十年前にはともに学徒で、熱心な若き宗教改革派の同志だった。ゴドフリーはわたしとはちがい、ローマとの決別によってイングランドに新たなキリスト教国家が誕生するという信念をいまも強く持ちつづけていた。わたしはゴドフリーの繊細な細い顔が曇っているのに気づいた。

「例の噂は聞いたかい」ゴドフリーが尋ねた。

「こんどはなんだ」

「ゆうべ国王がテムズ川をくだって、亡き先代ノーフォーク公の夫人の屋敷へ食事に出かけたのだが、天蓋《てんがい》の下にキャサリン・ハワードをはべらせていたそうだ。国王専用の御座船だから、ロンドンじゅうの注目を集めた。街はその噂で持ちきりだよ。国王はわざと見せたんだ――あのクレーヴズのアンとの結婚は終わったというしるしにね。そして、ハワード家と姻族《いんぞく》になることはローマへの回帰を意味する」

わたしはかぶりを振った。「だが、五月祭の馬上槍《やり》試合にはアン王妃をともなっていらっしゃった。ハワードとかいう小娘に関心をお持ちだからといって、王妃を離縁するとはかぎらない。何しろ、これまでに四人の妻を娶《めと》られたんだぞ。五人目はありえまい」

「そうだろうか。ノーフォーク公がクロムウェル伯爵の後釜《あとがま》にすわるところを想像してみろ」

「クロムウェルは冷酷きわまりないはずだが」

「必要に迫られたときだけだ。それにノーフォーク公のほうがはるかに無慈悲だ」ゴドフリーは机の向かいにどさりと腰をおろした。

「知っている」わたしは静かに言った。「枢密顧問官のうち最も非情な人物との噂だ」

「ノーフォーク公は日曜日の法曹院評議員の午餐会《ごさんかい》に招待されているんだろう？」

「ああ」わたしは渋い顔をした。「本人に会うのはこれがはじめてだ。あまり気が進まないよ。しかし、ゴドフリー、国王はけっして時計の針をもとにおもどしにはなるまい。いまは英語訳聖書が存在し、クロムウェルは伯爵の地位を賜《たまわ》ったばかりだ」

ゴドフリーは首を左右に振った。「ひと波乱起こりそうな気がする」

「この十年間で波乱のなかったときがあったか？　とはいえ、ロンドンに新しい話題が生まれたなら、エリザベス・ウェントワースに対する興奮を冷ましてくれるだろう」エリザベスの弁護を引き受けることは、きのうゴドフリーに伝えてあった。「ニューゲートへ面会に行ったよ。ひとこともしゃべろうとしない」

ゴドフリーはまた首を振った。「だとしたら、圧死刑だぞ、マシュー」

「聞いてくれ、ゴドフリー。正気を失って口がきけない者を圧死刑に処することはできないとした判例はないだろうか」

ゴドフリーは弁護士にしては異様なまでに邪気のない、青みがかった灰色の大きな目でわたしを見つめた。「正気を失っているのか」

「かもしれない。判例年鑑のどこかにあるはずだ」わたしはじっと見返した。ゴドフリーは過去の判例に関して並はずれた記憶を有している。

「そうだな」ゴドフリーは答えた。「きみの言うとおりだと思う」

「図書館で調べようと思っていてね」

「未決囚一掃審理の日はいつだ――土曜日か。時間がないな。探すのに手を貸そう」

「ありがたい」わたしは感謝をこめて微笑んだ。ゴドフリーは自分の心配事を脇に置いて助けてくれるらしい。ゴドフリーの悩みが切実なのは知っていた。ロバート・バーンズを中心とする福音主義者の一派と親しくしているのだが、バーンズはあまりにルター派寄りの説教をしたとして、先だってロンドン塔へ送られていた。

ゴドフリーと図書館へ行き、判例法の膨大な山に囲まれて二時間過ごした。役に立ちそうな先例が二、三見つかった。

「スケリーに写しを作らせよう」

ゴドフリーが微笑んだ。「では、手伝った褒美《ほうび》に昼食をご馳走《ちそう》してもらおうか」

「いいとも」

連れ立って暑い午後の戸外へ足を踏み出した。わたしは深く息をついた。いつもながら、壮美な図書館で法律書に囲まれているときは、つかの間の安心感を覚え、秩序と理性が保たれている気分になる。だが、強烈な日差しのもとへ出ると、判事が先例を無視する可能性もあることを思い出し、ビールナップのことばが脳裏によみがえった。

「勇気を出すんだ」ゴドフリーが言った。「もし無実なら、若い娘が苦しむのを神はお許しになるまい」

「無実の者が苦しみ、悪党が栄えるものなのは、きみも知ってのとおりだよ。さもしいビールナップは執務室にある名高い櫃《ひつ》にエンジェル金貨を千枚貯めこんでるという噂だ。さあ行こう、腹が減った」

中庭を通ってグレート・ホールへ向かう途中、近くの執務室棟の外に、ダマスク織りのカーテンがついた立派な輿《こし》があるのが目に留まった。織物商組合の制服を着た四人のかつぎ手がそばに控えている。少し離れた場所に花束を手にしたふたりの侍女がいて、その近くで襟の高いビロードの青いドレスを着た長身の女性が上級法廷弁護士のゲイブリエル・マーチャマウントと立ち話をしていた。マーチャマウントは長身で肉づきのよい体を上等な絹の法服に包み、頭には白鳥の羽根がついた帽子を載せている。マーチャマウントはかつてビールナップに目をかけていたが、度重なる不正に辟易《へきえき》して手を引いていた。謹厳実直というみずからの評判を損ないたくないのだろう。

わたしはそのかたわらの女性を観察した。宝石をちりばめた香り玉が金の鎖で胸もとに吊りさげられているのに気づいたそのとき、相手がこちらへ顔を向け、わたしと目が合った。女性が何やらささやくと、マーチャマウントが手を高くあげてわたしの足を止めた。女性に腕を貸し、中庭を横切ってこちらへ連れてくる。侍女たちも、スカートの裾で敷石をかすめながら、あとにつづいた。

マーチャマウントの連れは三十代とおぼしき魅力豊かな貴婦人で、射貫《いぬ》くようなまなざしの持ち主だった。みごとなまでに美しい金髪にフランス風のまるい頭飾りをつけていて、はみ出た幾筋かの髪の毛がそよ風に揺れている。頭飾りの表面が真珠で覆われていることにわたしは気づいた。

「シャードレイク」マーチャマウントが血色のよい顔に笑みを浮かべ、よく響く低い声で言った。「紹介しよう。こちらはわたしの依頼人で、よき友人でもある、レディ・オナー・ブライアンストン。こちらはマシュー・シャードレイク殿です」

女性が手を差し出した。わたしは白く長い指をそっと握り、一礼した。「はじめまして、マダム」

「お仕事の邪魔をしてごめんなさい」レディ・オナーは言った。声はかすれ気味の澄んだ低音で、発音は貴族そのものだ。微笑むと、ふっくらとした唇が動き、頬に少女のようなえくぼができた。

「いえ、かまいませんよ」

わたしはゴドフリーを紹介しようとしたが、レディ・オナーはそれを無視してつづけた。

「マーチャマウントさまと打ち合わせをしていましたの。あなたのことはすぐにわかりました。前回お食事をごいっしょした折に、エセックス伯からうかがっておりましたから。ロンドン屈指の優秀な弁護士だと褒めちぎっていらっしゃいましたわ」

エセックス伯。すなわち、トマス・クロムウェルだ。わたしのことは忘れたはずだと思っていたし、そう願ってもいた。背曲がりの男を探してみろ、とでも言ったにちがいない。

「大変光栄に存じます」わたしは注意深く言った。

「ああ、べた褒めだったよ」マーチャマウントは言った。口調はさりげないが、飛び出た茶色の目は鋭くこちらを観察している。わたしはマーチャマウントが反宗教改革派として知られているのを思い出し、クロムウェルと会食していったい何をしていたのだろうと考えた。

「わたくしは食卓を囲んで才知を刺激し合える優秀なかたがたをいつも探しておりますの」レディ・オナーは言った。「クロムウェル伯爵はあなたをその候補にあげられました」

わたしは手をあげて制した。「それは持ちあげすぎです。わたしは単なる雇われ弁護士です」

レディ・オナーはふたたび微笑み、手を軽く振った。「いいえ、それだけではないと聞いております。リンカーン法曹院の柱石でいらして、いずれは上級法廷弁護士におなりになるかただとね。砂糖の宴《うたげ》への招待状をお送りしますわ。お住まいはチャンセリー・レーンの先ですわね」

「事情通でいらっしゃる」

レディ・オナーは笑った。「そうあろうと心がけていますの。新しいお話や新しい友人は、夫を失った女の無聊《ぶりよう》をまぎらせてくれますから」中庭を見まわし、景色を興味深そうにながめた。「市街の汚れた空気の外で暮らすのは、きっとすばらしいでしょうね」

「ブラザー・シャードレイクはなかなかの屋敷をお持ちらしい」マーチャマウントがかすかな棘《とげ》を含んだ声で言い、濃い茶色の出目を光らせた。白い歯をすべて見せて笑う。「土地法はそんなに儲かるのかな」

「正当な報酬ですわ、きっと」レディ・オナーは言った。「では、これで失礼いたします。織物商会館で約束がありますので」向きを変え、軽く手をあげた。「近々お便りを差しあげますわ、シャードレイクさま」

マーチャマウントはわたしとゴドフリーに一礼すると、レディ・オナーを輿まで送って仰々しく手を貸したのち、全装備の帆船よろしく威風堂々と執務室へもどっていった。しずしずと歩く侍女たちを従えて揺れながら門へ向かう輿を、わたしたちは見送った。

「すまない、ゴドフリー」わたしは言った。「きみを紹介しようとしたのに、レディ・オナーがその暇を与えなかった。あれはいささか失礼だったな」

「紹介されなくて御《おん》の字だったよ」ゴドフリーは平然と言った。「何者か知っているのか」

わたしは首を横に振った。ロンドンの社交界に興味はない。

「ハーコート・ブライアンストン卿の夫人だ。ブライアンストンはロンドン最大の織物商で、三年前に亡くなった。あの夫婦はずいぶん歳が離れていてね」ゴドフリーは感心しかねるふうに言い添えた。「葬儀には貧しい者たちが六十四人招かれた。故人の年齢にちなんでだ」

「で、それの何がいけないんだ」

「レディ・オナーはヴォーン家の出身だ。没落貴族さ。金が目当てでブライアンストンと結婚し、夫の死後はロンドン一の名流夫人として身を立てた。ランカスター家とヨーク家の権力闘争で没落した家を再興しようとしている」

「旧家なんだな」

「ああ。食事の席で改革派と教皇派を対立させるのを得意としていて、その趣味にゆがんだ喜びを見いだしている」ゴドフリーは真剣な顔でわたしを見た。「以前、ガードナー主教とリドリー主教を招いて、化体説（聖餐のパンと葡萄酒がキリストの体と血に変わるとする教理）に関する話をはじめたことがある。宗教真理の問題はそんなふうにもてあそばれるべきではない」声が急にきびしさを帯びる。

「それは深い思索の対象だ。われわれの普遍の魂《たましい》がたどる運命のよりどころだよ。かつてきみ自身がよく口にしていたとおりにね」

「ああ、そうだな」わたしはため息を漏らした。ここ数年、わたしが宗教に対する熱意を喪失していることを、ゴドフリーは苦々しく思っている。「ということは、レディ・オナーは新旧両派に取り入っているのか」

「クロムウェルとノーフォークの両方を食事に招いてはいるが、どちらか一方を支持しているわけではない。まだ行くなよ、マシュー」

わたしはためらった。レディ・オナーには、わたしの心のなかで長らく静まっていた何かを揺り動かす力強さがあり、洗練された空気もあった。とはいえ、ゴドフリーが語ったような議論に巻きこまれるのは気が進まないし、たとえわたしを褒めていたにしろ、クロムウェルに二度と会う気はなかった。「考えておこう」

ゴドフリーはマーチャマウントの執務室を見やった。「賭《か》けてもいいが、あの上級法廷弁護士は、レディ・オナーのような家柄を手に入れるためならなんでも差し出すだろうな。いままでも紋章院に栖の紋章をせがんでいるらしい。父親はただの魚売りだったのに」

わたしは笑った。「ああ、毛並みのいい連中との付き合いが大好きだしな」

思いがけぬ出会いのせいで心配事が脳裏から消えたが、食堂へはいったとたんによみがえった。梁《はり》を渡した堂々たる丸天井の下には、長い食卓の端にひとり坐するビールナップの姿があった。スプーンで食べ物を掻きこみながら、大ぶりの判例集を読んでいる。それは一週間後にウェストミンスター・ホールでわたしへの反論に用いる〈ドミニコ会士対オーカム小修道院長〉の資料にちがいなかった。

5

中央刑事裁判所は市壁の外側に接したせま苦しい建物で、ニューゲート監獄の向かいにある。ウェストミンスター・ホールの民事法廷のような壮麗な装飾はいっさいない。もっとも、この法廷で扱われるのは金銭や財産ではなく、傷害や殺人である。

土曜の朝、わたしは時間に余裕を持って到着した。本来なら土曜日は休廷だが、民事裁判の開廷期を翌週に控えて判事たちが多忙をきわめるため、刑事事件を先に片づけるべくロンドンの巡回裁判の日程が繰りあげられていた。わたしは判例の写しを携えて法廷へ足を踏み入れ、判事席に一礼した。

フォーバイザー判事は書類に目を通していた。その緋色《ひいろ》の法服が、傍聴席に詰めかけた庶民の冴《さ》えない色の服に囲まれて、ひときわ精彩を放っている。巡回裁判は見世物として人気が高く、ウェントワース事件は大きな関心を呼んでいた。ジョーゼフを目で探したところ、傍聴席の長椅子の端に腰かけているのが見えた。人ごみのせいで窓際へ追いやられ、不安げに唇を噛んでいる。挨拶に手を振ってよこしたので、わたしは微笑を浮かべ、いかにも自信があるふうを装った。ジョーゼフは火曜日から毎日面会をつづけていたが、エリザベスは無言のままだった。わたしはゆうべジョーゼフに会い、唯一残された道である精神錯乱の主張を試みるつもりだと伝えた。

少し離れたところに、ジョーゼフにそっくりな、弟のエドウィンとおぼしき男がいた。毛皮でふちどりをした上質な緑の長衣を着ているが、顔は心労でやつれている。わたしと目が合うと鋭くにらみつけ、長衣を体のまわりにきつく引き寄せた。こちらが何者かを知っているというわけだ。

そのとき、エドウィン・ウェントワースの前の列に、ガイの店の近くでわたしを見張っていた若い男がいるのがわかった。きょうは深緑の地味なダブレットを着て、不躾《ぶしつけ》にも、法廷と傍聴席を仕切る手すりに片肘を載せて顎を支えている。好奇心もあらわに、黒っぽい大きな目でこちらをじっと見ている。わたしが眉をひそめると、男は小さく微笑み、いっそうゆったりとくつろいだ。やはり思ったとおりだ。敵はこの悪党にわたしを見張らせ、調子を乱そうとしているにちがいない。だが、そうはさせるものか。わたしは法服を引っ張って整え、弁護人用の長椅子へと向かった。刑事裁判なので空席だったが、腰をおろすと、戸口にビールナップがいるのが見えた。聖職者の服——主教用の黒い長衣を身につけた人物と話している。

このころはまだ、聖職者特権の不正使用が頻繁《ひんぱん》におこなわれていた。罪を犯して有罪になった者は、自分が聖職者だと訴えることにより、身柄を主教へ引き渡されて処罰を受ける権利を得ることができた。そのためには、詩篇第五十一編の冒頭を音読して、読み書きができいことを証明するだけでよい。ヘンリー八世はこの特権が行使できる範囲を死刑に値《あたい》しない犯罪に制限したが、特権自体はなおも存続していた。音読の試験に受かった者は、改悛《かいしゅん》したと見なされるまでボナー主教の牢獄に収容された。改悛の証明は、十二名の宣誓保証人――被告人の信頼性を保証する身分の高い人々――によっておこなわれた。ビールナップには、報酬と引き換えにだれの宣誓保証人でも喜んでつとめる仲間が多くいた。ビールナップの副業についてはリンカーン法曹院じゅうに知れ渡っていたが、密告しようとする法廷弁護士はだれもいなかった。

弁護人席につくと、フォーバイザー判事がわたしをじっと見た。この判事の腹を読むのは不可能だ。痩せた険しい顔にはいつも同じ表情――人間の罪深さへの冷ややかな嫌悪――が浮かんでいる。切りそろえられた長い灰色の顎ひげと、きびしい漆黒《しっこく》の目。その目はこちらを冷ややかに見据えている。刑事裁判に法廷弁護士が現れるのは、法律上の煩《わずら》わしい横槍がはいることを意味するからだ。

「何用だ」フォーバイザー判事が尋ねた。

わたしは一礼した。「ミス・ウェントワースの代理人として参りました」

「なんだと？　どれ」判事は書類を確認しはじめた。

廷内にざわめきが起こり、だれもが注目するなか、十二名の陪審員――栄養じゅうぶんで体格のよいロンドン商人たち――が陪審員席へと案内された。そして、監房につづく扉が開き、みすぼらしいなりをした十人余りの囚人が事務官に率いられてはいってきた。最初に裁かれるのは重大な犯罪、すなわち死刑をともなう犯罪だ。殺人、押しこみ強盗、一シリングを超える額の窃盗。囚人同士は足枷《あしかせ》でつながれ、鎖の音をさせながら被告人席へと導かれていく。強烈な悪臭が漂い、見物人のなかには花束を取り出した者もいたが、フォーバイザー判事はにおいが気にならないようだった。エリザベスは列の最後尾で、隣には太った老女がいた。馬泥棒の容疑者だ。老女はぼろを着た若い男の手をしっかりと握っていた。男は体を震わせて涙をこらえている。息子にちがいない。わたしはそれまでエリザベスの顔しか見たことがなかったが、このときはじめて姿のよい娘だとわかった。灰色の室内着は、ニューゲート監獄で一週間以上着つづけたために皺だらけでひどく汚れている。わたしはエリザベスと目を合わせようとしたが、顔は伏せられたままだった。見物人のあいだで低いささやきが交わされる。鋭い顔立ちの例の若い男がエリザベスを興味深そうに見つめているのにわたしは気づいた。

囚人たちが被告人席についた。ほとんどの顔は恐怖に引きつり、馬泥棒の若者はいまや激しく身を震わせている。フォーバイザー判事がきびしい目を向けた。事務官が立ちあがり、囚人ひとりひとりにどういう答弁をするかと尋ねた。だれもが「無罪です」と答えた。エリザベスの番は最後だった。

「エリザベス・ウェントワース」事務官はおごそかに訊いた。「汝《なんじ》は、去る五月十六日、ラルフ・ウェントワースを無惨にも殺害した罪に問われている。答弁はいかに——有罪か、無罪か」

廷内に緊張が走る。わたしはまだ立ちあがらなかった。この最後の機会に本人が口を開くかどうかを見きわめなくてはならない。だが、何か言ってくれと祈りながら見守った。エリザベスはうつむき、もつれた長い髪が前へ垂れて顔を隠した。フォーバイザー判事が机越しに身を乗り出した。

「答弁を求められているのだよ」冷ややかに声をかける。「答えなさい」

エリザベスは顔をあげて判事を見たが、その目は土牢でわたしに向けられたときと同じだった。まるで相手の向こうを見ているかのような、焦点の定まらないうつろなまなざしだ。フォーバイザー判事の顔がかすかに赤くなった。

「そなたは、神と人類に対する犯罪のうち、想像しうるかぎり最も卑劣な罪のひとつで告発されている。対等なる地位の陪審員による裁判を受けるのか、受けないのか」

それでもなお、エリザベスは口を開かず、動きもしなかった。

「よろしい、この件は最後に検討するとしよう」判事はもうしばらく探るような目でエリザベスを見たのち、言った。「では審理をはじめる」

わたしは大きく息をついた。事務官が一件目の起訴状を読みあげるあいだ、エリザベスは身じろぎもせず立っていた。それから二時間ずっとそのままで、ごくたまに一方の足からもう一方へ体重を移すだけだった。

刑事裁判に出廷するのは何年ぶりかのことで、無頓着《むとんちゃく》なまでの手続きの速さにはあらためて驚かされた。それぞれの罪状が読みあげられたあと、証人が呼ばれて宣誓させられた。囚人たちは告発人に質問したりみずから証人を呼んだりできるので、罵詈雑言《ばりぞうごん》の応酬に成り果てた案件もいくつかあったが、その場合はフォーバイザー判事がよく通る耳障りな声で沈黙させた。馬泥棒の親子を告発したのは、体格のよい宿屋の主人だった。証人がふたりいるにもかかわらず、太った老女は、その宿屋へは一度も行ったことがないと何度も繰り返した。息子は体を震わせてむせび泣くばかりだった。ついに陪審員が退廷した。評決に達するまで飲食せずに陪審員室に閉じこめられるので、さほど長くはかからないはずだ。囚人たちが不安そうに足を動かすたびに鎖が鳴り、見物人からは話し声が漏れた。

暑い部屋に午前中ずっと閉じこめられているせいで、悪臭はいまやすさまじいものになっている。窓から差しこむ陽光が背中にあたり、自分が汗ばみはじめているのがわかった。わたしは悪態をついた。汗をかいた弁護士は判事の受けがよくないからだ。ジョーゼフが両手で頭をかかえている一方、弟のエドウィンは口をきつく引き結んで険しい目をし、エリザベスのなお微動だにしない姿をじっと見つめていた。例の見張りの男は腕を組んで長椅子の背にもたれている。

陪審員がもどってきた。評決と注釈を記した書類の束を、事務官がフォーバイザー判事に手渡した。陪審員席の緊張が高まり、囚人は自分たちの運命を握る紙の束を見つめた。エリザベスでさえ一瞬目をあげた。

窃盗罪に問われていた五人の男が無罪、プーリンというあの老女と息子を含む七人が有罪となった。自分たちの評決が読みあげられると、老女は判事に慈悲を乞い、まだ十九歳の息子の命は助けてくれと訴えた。

「プーリン夫人――」フォーバイザー判事の整えられたひげの真ん中で赤い下唇がかすかにゆがんだ。いつもの軽蔑のしぐさだ。「そなたらは共謀して馬を盗んだ。いずれも窃盗で有罪が確定したので、双方の首を牽引《プーリン》することになる」笑い声をあげた何人かの見物人を、フォーバイザー判事はにらみつけた。たとえみずからの冗談に対する反応でも、法廷における軽薄な態度を好まないからだ。老女はふたたび泣きだした息子の腕をきつく握った。

無罪になった者たちは警吏に足枷をはずされ、急いで立ち去った。既決囚はニューゲートへ連れもどされていく。鎖の音が徐々に遠ざかり、やがて消えた。いまや被告人席にはエリザベスひとりが残っている。

「さて、ミス・ウェントワース」フォーバイザー判事がざらついた声で言った。「答弁をする気になったかね」

返事がない。法廷にざわめきが起こった。フォーバイザーがひとにらみで沈黙させる。わたしは立ちあがったが、判事は手ぶりで腰をおろすよう合図をした。

「待ちなさい、ブラザー。いいかい、ミス・ウェントワース。有罪か無罪か、それだけだ。口にするのは造作もあるまい」それでもなお、エリザベスは石のごとく立ちつくしている。フォーバイザーは口を引き結んだ。「よろしい。こういう場合の処し方を法は明確に定めている。そなたを苛酷拷問に処し、重石で体を押しつぶす。そなたが答弁をするか、もしくは死に果てるまでだ」

わたしはふたたび立ちあがった。「よろしいでしょうか――」

フォーバイザーは冷ややかにこちらを見た。「これは刑事裁判だぞ、ブラザー・シャードレイク。弁護人の弁論は認められない。そこまで法律を知らんのか」見物人席から忍び笑いが漏れた。笑った者たちはエリザベスの死を望んでいる。

わたしは深く息をついた。「畏《おそ》れながら、わたしから判事に申しあげたいのは、殺人事件についてではなく依頼人の判断能力についてです。依頼人が答弁をおこなわないのは、正気を失っているからだと考えられます。したがって、依頼人は圧死刑に処せられるべきではありません。精神の鑑定をおこな――」

「精神の状態は陪審員が判断する。きみの依頼人が裁判を受けるときにな」フォーバイザーがそっけなく言った。「仮に答弁をする気になったらの話だ」わたしはエリザベスに目をやった。エリザベスはこちらを見ていたが、目にはやはり生気がなく、ぼんやりとしていた。

「畏れながら」わたしはきっぱりと言った。「一五〇五年、王座裁判所の〈アノン〉の判例では、答弁を拒み、その正気が疑われる被告人は、陪審員による精神鑑定に処すべきとされております」写しを取り出す。「こちらに判例を――」

フォーバイザーは首を左右に振った。「それなら知っている。その逆もだ。一四九八年、王座裁判所の〈ベドロウ〉の判例では、正気か否かは公判陪審のみが決定するとある」

「しかし、どちらの判例に従うかの選択においては、わたしの依頼人が女性であること、さらには未成年であることを考慮していただきたく――」

　フォーバイザーの唇――灰色のひげとは好対照な肉色の湿った唇――がふたたびゆがんだ。「その場合、正気か否かを判断するために、またしても陪審員の選任をおこなわなくてはならないから、きみは依頼人のために時間を稼げるというわけだな。だめだ、ブラザー・シャードレイク、そうはいかん」

「畏れながら、わたしの依頼人を圧死刑に処しても、本事件の真相はけっして明らかにはなりません。状況証拠しかないのですから、正義のために徹底した捜査をおこなうべきです」

「いまの発言は事件そのものに関する弁論だ。認めるわけには――」

「身重の体かもしれません」わたしは懸命に食いさがった。「本人が何も言わないのですから、われわれには知りようがありません。その可能性があるかどうか、しばらく成り行きを見守るべきです。圧死刑は胎児を殺すことになります！」

　見物人のざわめきが大きくなった。エリザベスの表情は一変していた。いまや憤怒《ふんぬ》の形相《ぎょうそう》でわたしを見つめている。

「身ごもっていると主張しますか、マダム」フォーバイザーが尋ねた。エリザベスはゆっくりと首を横に振ってからうつむき、また髪で顔を隠した。

「なるほど、英語は理解できるのだな」フォーバイザーはエリザベスに言った。そしてわたしを見た。「ブラザー・シャードレイク、きみは刑の執行を遅らせるためにどんな口実でも使おうとしている。それを許すわけにはいかない」肩をまるめてから、ふたたびエリザベスに向かって言う。「ミス・ウェントワース、そなたは成年に達していないかもしれないが、刑事責任年齢には達している。神の御前における善と悪が何かを知りながら、この忌まわしい罪で告発されたうえ、答弁を拒んでいる。そなたに苛酷拷問を命じる。重石を載せるのは本日の午後だ」

　わたしはまた立ちあがった。「畏れながら——」

「ええい、静かにしろ！」フォーバイザーは鋭く言い放ち、机にこぶしを打ちつけた。警吏に向かって手を振る。「その女を連れていけ！　軽犯罪人をここへ」警吏は被告人席へ行き、頭をさげたままのエリザベスを連れ去った。

「重石責めは縛り首よりじわじわと苦しむからねえ」ひとりの女が別の女に話しかけるのが聞こえた。「いい気味だよ」エリザベスと警吏が出ていき、扉が閉まった。

　わたしは頭《こうべ》を垂れて坐していた。話し声や衣擦《きぬず》れの音がして、見物人たちが席を立つのがわかった。その多くはエリザベスを見るためだけに来ていた。一シリングにも満たぬけちな窃盗犯などには関心がない。有罪になっても、焼き印を押されるか、耳を切り落とされるだけだ。ビールナップだけは、興味津々の顔つきでなおも戸口をうろついていた。軽犯罪で有罪となった者たちのなかには、聖職者の特権を利用する者がいるかもしれないからだ。エドウィン・ウェントワースはほかの見物人とともに歩き去り、法廷を出ていく長衣の背中が見えた。ジョーゼフはひとり長椅子に残り、弟の姿を悲しそうに見送っていた。鋭い顔立ちの若い男はすでに消えている。おそらくエドウィンといっしょに去ったのだろう。わたしはジョーゼフに歩み寄った。

「申しわけない」と詫《わ》びた。

ジョーゼフはわたしの手をつかんだ。「いっしょに来てください。いまからニューゲートへ行きます。重石を見せられたら──背中の下に置く石を見せられたら──エリザベスは恐怖のあまり口を開くかもしれません。そうすれば助かるでしょう？」

「ええ、裁判を受けるために法廷へ連れもどされます。だが、口を開くとも思えません」

「お願いします、試してください──これが最後の頼みです。どうかいっしょに来ていただきたい」

わたしはしばし目をつぶった。「いいでしょう」

裁判所の玄関へ歩いていくと、ジョーゼフが小さくあえいで腹をつかんだ。「ああ、腹が。心配事のせいで具合がおかしくなってしまって。屋外便所はありますか」

「裏手にあります。わたしはここで待っていますよ。急いでください。すぐにも重石責めがはじまる」

ジョーゼフは裁判所を出ていく人波を肩で押し分けて進んでいった。わたしは玄関にひとり残り、長椅子に腰をおろした。そのとき、法廷からすばやい足音が聞こえた。扉が勢いよく開き、フォーバイザーの事務官をつとめるよく肥えた小男が、法服をひるがえしながら赤い顔でこちらへ駆けてきた。「ブラザー・シャードレイク」息を切らして言う。「これはありがたい。もうお帰りになったと思っていました」

「どうしました」

事務官は一枚の紙を差し出した。「フォーバイザー判事が考えをお変えになったのです。あなたにこれをお渡しするようにとおっしゃいました」

「なんだって？」

「考えを改められたのです。答弁をするようミス・ウェントワースを説得するのに、あと二週間の猶予をお与えになりました」

わたしはわけがわからぬまま、事務官の顔を見つめた。フォーバイザーほど考えを改めそうにない人物はほかにいない。事務官の顔には何やら落ち着かないものがあった。「これの写しはすでにニューゲートに届いています」事務官は書類を押しつけるようにわたしに渡すと、法廷の扉の向こうへ姿を消した。

わたしは書類に目を向けた。フォーバイザーによるとがった文字の署名の上に、つぎのような短い命令が記されていた。答弁を再考する機会を与えるため、エリザベス・ウェントワースをさらに十二日間――六月十日まで――ニューゲート監獄の土牢に勾留《こうりゅう》するものとする。わたしはすわったまま玄関を見まわし、理解しようとつとめた。どの判事であれ、こんなことをするとは尋常でない。フォーバイザーならなおさらだ。

だれかが腕にふれた。顔をあげると、例の鋭い顔立ちの若い男がすぐ近くにいた。わたしが眉をひそめると、男はまた微笑した。歯並びのよい白い歯をのぞかせて、口の片端をあげる皮肉めいた笑みだ。

「シャードレイク」男は言った。「命令書は受けとったな」声は顔と同じように鋭く、ロンドンの庶民の訛《なま》りがある。

「どういうことだ。きみはだれだ」

男は軽く辞儀をした。「ジャック・バラク。以後、見知り置きをよろしく。たったいまフォーバイザー判事を説得して、発令に同意させた者だ。判事席の裏へ忍びこんだのを見なかったか」

「見ていない。しかし――これはいったいどういうことだ」

男の顔から笑みが消え、きびしさがもどった。「クロムウェル伯爵に仕えてるんだよ。伯爵の名を出して、あんたに時間を与えるよう判事を説得した。あの頑固なくそじじいはいやがったんだが、伯爵に逆らうわけにはいかない。あんたも知ってのとおりな」

「クロムウェルが？　なぜだ」

「あんたに会いたいそうだ。あんたの家の近所にいる。公式記録保管所だ。そこへ案内しろと言われてる」

不安のあまり、心臓が高鳴りだした。「なぜだ。何が望みなんだ。もう三年近く会っていないのに」

「頼み事があるらしい」バラクは眉を吊りあげ、大きな茶色の目で横柄《おうへい》にわたしをじっと見据えた。「あの娘の残り二週間ぶんの命があんたへの報酬だ。前払いのな」

6

バラクが足早に裁判所の厩へといざなった。わたしの心臓はなおも激しく脈打ち、顔がこわばって引きつったように感じた。クロムウェルなら判事に圧力をかけかねないが、法律上の細かい規定をつねに重んじる人物であり、軽々しくこんな真似をするはずがない。それに、判事との折衝役として、このバラクは不似合いだ。しかし、摂政の座にのぼりつめたとはいえ、クロムウェルはパトニーの居酒屋主人の息子であり、すこぶる聡明《そうめい》で非情な者なら、身分が低かろうとためらわず登用する。それにしても、クロムウェルがこのわたしにいったい何を望むというのか。最後の任務では殺人と暴力の地獄に陥《おちい》る羽目《はめ》になり、思い出すといまも背筋が寒くなる。

バラクの馬はみごとな黒い牝馬《ひんば》で、毛並みが力強く輝いていた。バラクはわたしがまだチャンセリーに鞍をつけているあいだに馬を早足で進めて外へ出、厩の戸口でじれったそうに振り返った。「まだか？　伯爵は午前中に会いたいそうだ」

わたしは踏み台にのぼってチャンセリーの背中に身を落ち着けながら、もう一度バラクを観察した。前にも見たとおり、鋭い目と戦士のような体つきの持ち主だ。腰には大ぶりの剣を、ベルトには短剣を差している。だが、両の目と大きくて肉感的な口には知性が感じられる。上を向いた口角はあざけり笑いにうってつけだ。

「少し待ってくれ」わたしは言った。庭を横切ってこちらへ駆けてくるジョーゼフの姿が見えたからだ。肉づきのよい顔は晴れやかで、手には帽子を握っている。先刻、ジョーゼフが屋外便所からもどったときに、フォーバイザーが考えなおしたことを知らせたが、理由はわからないと伝えた。すると、ジョーゼフはこう言った。「弁護してくださったおかげですよ。あなたのことばが判事の良心を動かしたんです」どこまでも純真な男だ。

いま、ジョーゼフはチャンセリーの脇腹に手を置いてわたしをにっこり見あげていた。

「こちらの紳士と出かけなくてはなりません」わたしは言った。「処すべき緊急の案件がもうひとつありまして」

「不正から救い出すべき気の毒な人がほかにもいると？　しかし、すぐにお帰りになりますね」

わたしがちらりと目をやると、バラクがかすかにうなずいた。

「すぐにもどりますよ、ジョーゼフさん。こちらから連絡します。ラルフの殺害のいきさつを調べる時間ができたので、頼みたいことがありましてね。むずかしいかもしれませんが――」

「なんでもいたします。どんなことであれ」

「エドウィン卿に会って、彼の屋敷でわたしと会ってもらえるかどうかを尋ねてください。エリザベスが犯人かどうか確信を持てないので、話を聞きたがっていると伝えてもらえますか」

ジョーゼフの顔に影が差す。「ご家族に会う必要があるんですよ、ジョーゼフさん」わたしはやさしく言った。「それに、屋敷と庭を見たい。重要なことです」

ジョーゼフは唇を嚙み、それからゆっくりとうなずいた。「できるかぎりやってみます」

わたしはジョーゼフの腕を軽く叩いた。「ありがとう。では失礼します」

「エリザベスに話してやります!」馬を進めて道へ出たとき、ジョーゼフが後ろから呼びかけた。「あなたのおかげで重石責めを免れたと教えてやりますよ!」バラクがわたしに向かって皮肉っぽく眉を吊りあげた。


バラクとわたしは、中央刑事裁判所のあるオールド・ベイリー・ストリートを進んだ。公式記録保管所はわが家からほど近く、リンカーン法曹院の真向かいにある。いくつもの建物からなるその施設は、かつては〈改宗者の家《ドムス・コンウエルソルム》〉と呼ばれ、キリスト教への改宗を望むユダヤ人への教育がおこなわれていた。何世紀も前にイングランドから全ユダヤ人が追放されてからは、大法官裁判所の記録保管所として使われている。ただし、いまもときおり、イングランドで行きづまってキリスト教への改宗に同意したユダヤ人がひとりふたり収容されていることがある。大法官裁判所を運営する六書記室もここに置かれている。〈改宗者の家〉の責任者はいまなお記録長官が兼務することになっていた。

「クロムウェルは記録長官の職を辞したはずだが」わたしはバラクに言った。

「いまも記録保管所に執務室があるんだよ。だれにも邪魔をされたくないときに、そこで仕事をすることがある」

「いったい何事なのか、教えてくれないか」

バラクは首を横に振った。「伯爵からじかに話がある」

ラドゲート・ヒルの坂をのぼった。きょうも暑い。街へ農産物を売りにきた女たちは顔を布で覆い、行き交う荷馬車が巻きあげるほこりをさえぎっている。わたしはロンドンの赤い瓦屋根の連なりと、幅広の帯のように輝く川を見おろした。いまは引き潮で、北岸から日々注ぎこむ廃棄物で黄と緑に染まったテムズの泥が、巨大なしみのごとくあらわになっている。街の噂では、このごろ夜になると芥《あくた》の上を鬼火が舞うのが目撃されているそうで、何の前ぶれかと人々が不安そうに話していた。

わたしはバラクから話を聞き出そうと再度試みた。「クロムウェルにとってよほど重要な件にちがいない。フォーバイザーはたやすく屈するような人物ではない」

「法律屋はみんなそうだが、自分の身がかわいいのさ」バラクの声には蔑みの棘があった。

「気になってしかたがないんだが」わたしはいったんことばを切り、そして言った。「わたしの身は危ういのか」

バラクがわたしを見た。「いいや、命令に従えばそうはならない。さっきも言ったとおり、伯爵はあんたに頼み事があるんだよ。さあ、急ごう。時間は貴重だ」

わたしたちはフリート・ストリートにはいった。ホワイト・フライヤーズ修道院の建物がほこりの幕をかぶっているのは、解体作業の真っただなかだからだ。門番小屋は足場に覆われ、男たちが鑿《のみ》で飾り物を削りとっている。行く手にひとりの職人が進み出て、ほこりまみれの手をあげた。

「馬を止めてください」職人は言った。

バラクは眉を寄せた。「クロムウェル伯爵のご用だ。そこをどけ」

職人は汚れた作業着で手を拭いた。「すみません。ご注意申しあげようと思ったまででして。いまからホワイト・フライヤーズの会堂を爆破するので、騒音に馬が驚くかも――」

「とにかく――」バラクがことばを呑《の》んだ。壁の上に赤い閃光《せんこう》が走り、雷鳴より大きな音をともなうすさまじい爆発が起こった。掛け声とともに石の崩れ落ちる轟音《ごうおん》が鳴り響き、あたりにもうもうとほこりが立ちこめる。バラクの牝馬は気性が荒そうに見えるものの、いなないて脇へ跳びのいただけだったが、チャンセリーは悲鳴をあげて後ろ脚で立ちあがり、鞍からわたしを振り落としそうになった。バラクがすかさず手を伸ばし、チャンセリーの手綱をつかんだ。

「落ち着け、ほら」バラクは力強い声で言った。チャンセリーがすぐに平静を取りもどし、前脚を地面につける。馬もわたしもしばし震えていた。

「だいじょうぶか」

「ああ」わたしは息を呑んだ。「平気だ。ありがとう」

「まったく、すごいほこりだな」火薬の刺激臭に満ちた粉っぽい煙があたりに渦巻き、わたしの法服とバラクのダブレットはたちまち灰色になった。「さあ早く、ここから抜け出そう」

「どうも、申しわけありません」後ろから、さっきの職人が心配そうに声をかけてきた。

「あたりまえだ、くそ野郎！」バラクは顔だけ振り返って叫んだ。

わたしたちはチャンセリー・レーンにはいった。二頭の馬はまだ落ち着かぬ様子で、暑さと蠅《はえ》に難儀していた。わたしは盛大に汗をかいているが、バラクは実に涼しげな顔をしている。不本意ながらもバラクに感謝した。先刻のすばやい助けがなかったら、落馬していただろう。

なじみ深いリンカーン法曹院のゲートハウスを恋しい思いで見やった。バラクは真向かいの記録保管所の門へはいっていく。いくつもの建物に囲まれて、大きくて頑丈な造りの教会堂がある。その扉の外に、クロムウェル配下のしるしである黄と青を組み合わせた仕着せを身につけた守衛が槍を手に立っていた。バラクがうなずくと、守衛は一礼してから指を鳴らして少年を呼び、馬を誘導させた。

バラクが教会堂の重い扉を押しあけ、わたしたちは中へはいった。赤い紐で縛られた羊皮紙の巻き物がいたるところにあり、聖書の場面の絵画が掛かった壁際や信徒席に沿って積みあげられている。黒い法服を着た法律事務官があちらこちらで判例を探したり選びとったりしている。六書記室に通じる扉のそばでは、さらに多くの事務官が、令状や審理期日を得ようと一列に並んでいた。

わたしは六書記室を訪れたことが一度もなかった。まれに大法官裁判所の訴訟案件を扱うときは、助手を使いに出し、世に聞こえる長々しい事務手続きをまかせることにしている。無数の巻き物をじっと見つめていると、バラクが視線の先を追った。

「ユダヤ人の亡霊たちも、つまらない読み物しかなくて気の毒にな」バラクは言った。「さあ、この先だ」塀に囲まれた付属礼拝堂へとわたしを導いていく。その扉の外にも色鮮やかな仕着せ姿の守衛が立っていた。近ごろのクロムウェルはどこにでも武装兵を置いているのか。バラクが扉を静かに叩き、中へはいった。わたしは胸郭《きょうかく》のなかで心臓を激しく打たせながら、大きく息をついてあとにつづいた。

付属礼拝堂の壁画は水漆喰《みずしっくい》で塗りつぶされていた。トマス・クロムウェルが偶像崇拝の装飾をきらうからだ。礼拝堂は広い執務室に改造されていた。壁際には戸棚が並び、引き寄せて置かれた椅子の先に、ステンドグラスの窓明かりが不似合いな堂々たる執務机がある。そこにはだれの姿もない。クロムウェルは不在だった。一方の隅の小ぶりな机の向こうに、見覚えのある黒い法服姿の小柄な男がいた。クロムウェルの事務長をつとめるエドウィン・グレイだ。クロムウェルがウルジー枢機卿《すうききょう》に仕えていた時分からの十五年来の臣下である。わたしがクロムウェルの寵《ちょう》を得ていたころ、よくこの事務長を通して法的な手続きを進めたものだ。グレイが立ちあがり、辞儀をした。灰色の髪は薄くなりつつあり、薄紅色のまるい顔は不安げだ。

グレイはわたしと握手をした。長年にわたるインクのしみで指が黒い。それからバラクにうなずいた。その表情から、よそよそしさが見てとれた。

「シャードレイク殿。お元気ですか。ずいぶんご無沙汰《ぶさた》しています」

「まああですよ、グレイ殿。そちらは？」

「まずまずですよ、このご時勢にしては。伯爵は所用でお出かけですが、じきにもどられます」

「ご様子は？」わたしは探りを入れた。

グレイはためらった。「いまにわかります」そのとき、急にグレイが体の向きを変えた。扉が開き、トマス・クロムウェルが執務室にはいってきた。かつてのわが主君のふくよかな顔は険しかったが、わたしを見るなり満面の笑みが浮かんだ。わたしは深々と礼をした。

「マシュー！　来たか！」クロムウェルは熱っぽく言った。わたしの手を力強く握りしめてから、歩を進めて机の向こうに腰をおろす。わたしはクロムウェルを観察した。黒い長衣をまとった地味な装いだが、紺青のダブレットには国王から賜ったガーター勲章がぶらさがっている。顔へ目をやったわたしは、三年ぶりに見る容姿の変わりように衝撃を受けた。白髪がはるかに増え、際立った粗野な顔立ちは緊張と不安でこわばっているように見える。

「よく来たな、マシュー」クロムウェルは言った。「元気か。仕事は順調か」

逃したいくつかの案件を思い、わたしはためらった。「まずまずです。ありがとうございます、閣下」

「法服についているのはなんだ。おまえのダブレットにもついているぞ、ジャック」

「ほこりです」バラクが答えた。「ホワイト・フライヤーズ修道院の会堂が取り壊されていて、危うく巻き添えでつぶされるところでした」

クロムウェルは笑ったのち、バラクを鋭くにらんだ。「片づいたか」

「はい、閣下。フォーバイザーは面倒を起こしませんでした」

「案の定だ」クロムウェルはわたしに向きなおった。「きみがウェントワースの事件にかかわっているのを知って興味を覚えたんだよ。昔のよしみで互いに助け合えるのではないかと思ってな」また笑みを浮かべる。どうやって知ったのかとわたしは不審に思った。だが、クロムウェルはあらゆる場所に目と耳を持つ。むろんリンカーン法曹院にもだ。

「大変ありがたく存じます、閣下」わたしは注意深く言った。

クロムウェルは苦笑した。「ちょっとした援軍だよ、マシュー。あの娘の命はきみにとって大事だろう？」

「はい、そのとおりです」この数日はエリザベスの件しか頭になかったことに気づいた。なぜか、と一瞬考えた。ニューゲート監獄の汚い藁にまみれて横たわるエリザベスの無力で打ちひしがれたさまと無縁ではあるまい。もしクロムウェルがわたしを縛りつける縄としてエリザベスの命を利用しようというのなら、目のつけどころは正しかった。

「無実を信じております」

クロムウェルは指輪をはめた手を振り、「それは知ったことではない」とそっけなく言った。真剣なまなざしでわたしを見据える。その黒っぽい目の力をあらためて感じた。「きみの助けが必要だ、マシュー。重要な仕事で、かつ秘密を要する。そのかわりに例の娘をあと十二日間生かしておく。こちらの仕事にはそれしか猶予がない。二週間足らずだ」クロムウエルはぶっきらぼうにうなずいた。「すわれ」

わたしは言われたとおりにした。バラクは歩いていって壁際に立ち、金色の大きな股袋の前で両手を組んだ。クロムウェルの机に目をやると、書類のあいだに小さな銀の額縁にはいった細密画があるのが見えた。精巧な肖像画で、女性の肩から上が描かれている。クロムウエルはわたしの視線をたどり、眉をひそめて絵を伏せた。バラクに向かってうなずく。

「ジャックは腹心の部下だ。この話を知る九人のうちのひとりだよ。わたしと、ここにいるグレイと、国王陛下を含めてのな」最後の名前にわたしは目を瞠《みは》った。教会へはいるときに脱いだ帽子がまだ手にあり、それを無意識のうちにねじりはじめた。

「残りの五人のなかには、きみの古い知り合いがひとりいる」クロムウェルはまた微笑した。皮肉めいた笑みだ。「今回の件はきみの良心を悩ますことはない——帽子を握りつぶしてぼろにしなくてもいいぞ」椅子の背にもたれて鷹揚《おうよう》に首を振る。「スカーンシアの件ではきみに対して短気を起こしてしまったよ、マシュー。あとからそう気づいた。あの事件がどれほど複雑な結果をもたらすかはだれにも知りようがなかったのだよ。わたしはきみの頭脳、人の世の出来事の真相を探り出す技量には、つねに感服してきた。われらがみな若き宗教改革派だった過ぎにし日々からずっとだ。覚えているか」笑みが浮かんだが、つぎの瞬間、顔に影がよぎった。「いまより希望が多くて苦労の少なかった日々だ」しばし沈黙がつづき、クロムウェルが国王とクレーヴズの結婚問題で不興を買っているという噂が思い出された。

「古い知り合いというのはだれか、お尋ねしてもよろしいでしょうか」わたしは思いきって質問した。

クロムウェルはうなずいた。「マイケル・グリストウッドを覚えているな」

リンカーン法曹院はせまい世界だ。「事務弁護士のグリストウッドですね。スティーヴン・ビールナップのもとで働いていた」

「その男だ」

小柄ですばしこく、目の輝きの鋭い男の記憶がよみがえった。グリストウッドはかつてビールナップと親しくしていて、同様に新たな金儲けの方策に絶えず目を光らせていた。しかし、ビールナップのような計算高い冷酷さがなく、うまくいったためしがなかった。一度、引き受けた土地の案件についてわたしに助けを求めにきたことがあった。一介の事務弁護士にはとうてい手に負えなかったからだ。泥沼の争いに陥っていたため、こちらの手助けに大仰なほど感謝していた。わたしはリンカーン法曹院のグレート・ホールで馳走にあずかりながら、感謝のしるしにと言って数々の無謀な金策に引き入れようとするグリストウッドの話に、半ば愉快な気持ちで耳を傾けたものだ。

「ビールナップと仲たがいをしたらしく」わたしは言った。「長いあいだリンカーン法曹院には姿を見せていません。増収裁判所へ行ったのではありませんか」

クロムウェルはうなずいた。「そうだ。長官のリチャード・リッチが修道院の解散で稼ぎまくるのを手伝っていた」指先を合わせて尖塔《せんとう》の形を作り、その上からわたしを見た。

「去年、スミスフィールドの聖バーソロミュー小修道院が解散に応じたとき、国王のものとなる動産の目録作成を監督するために、グリストウッドが派遣された」

わたしはうなずいた。聖バーソロミュー小修道院は慈善病院を兼ね具《そな》えた施設だった。クロムウェルやリッチと通じていた院長が、解散の見返りに旧小修道院の領地のほとんどを手に入れたことを思い出した。清貧の修道誓願などその程度のものだ。しかし、フラー院長はいまや死にかけており、慈善病院を閉鎖したことで神が科した消耗性の病ゆえだと言われていた。院長の立派な屋敷に移り住んだリチャード・リッチが少しずつ毒を盛ったからだという噂もあった。

「グリストウッドは増収裁判所の人間を何人か連れていった」クロムウェルはつづけた。「備品や鋳つぶす献金皿などの数量を確認するためにだ。修道院の司書には、保存する価値のありそうな本を調べさせた。増収裁判所の者たちは徹底している。修道士たち自身が忘れてしまったような場所までくまなくつつきまわす」

「存じております」

「そして、教会堂の地下聖堂の蜘蛛《くも》の巣だらけの片隅で、あるものを見つけた」クロムウェルは身を乗り出した。黒っぽい鋭い目が刺すようにわたしを見据える。「何世紀も前に人類から失われたもの――伝説同然で、錬金術師の慰みにすぎなくなったものをだ」

わたしは呆気《あっけ》にとられてクロムウェルを見つめ返した。こんな話は予想もしていなかった。クロムウェルが落ち着かなげに笑った。「役者か何かの作り話のように聞こえるか？　どうだ、マシュー、ギリシャ火薬について聞いたことはあるか」

「さあ」わたしは眉をひそめた。「名前になんとなく聞き覚えはありますが」

「わたし自身は数週間前まで何も知らなかった。ギリシャ火薬は八百年前に東ローマ帝国の皇帝が異教徒との戦いに用いた未知の液体だ。敵の船に向けて発射すると、船は端から端まで燃えあがり、消すことのできない激しい炎に包まれた。水の上でも燃えたという。その製法は極秘とされ、東ローマ帝国の皇帝に代々伝わったが、やがて失われた。錬金術師たちが何百年も追い求めているものの、いまなお突き止められていない。おい、グレイ」クロムウェルが指を鳴らすと、事務長は席を立ち、一枚の羊皮紙を主人の手に置いた。「ていねいに扱えよ、マシュー」クロムウェルは小声で言った。「とても古いものだ」

　わたしはそれを受けとった。ふちがすり減り、上のほうが破りとられている。ギリシャ語で何かが書いてある上に、昔の修道士たちが描いた本の挿絵のような、遠近法なしの豊かな色彩の絵があった。古めかしい櫂船《かいせん》二隻が水面を隔てて向かい合っている。一方の船の舳先《へさき》にある金色の管《くだ》から炎が噴き出し、もう一方の船を呑みこんでいる。

「修道士が描いたものらしいですね」わたしは言った。

　クロムウェルはうなずいた。「そのとおりだ」口を閉ざして考えをまとめている。わたしはバラクを見た。まじめな顔で、いまは人を食ったようなところはまったくない。グレイはわたしの横に立ち、両手を組んで羊皮紙を見おろしている。

　クロムウェルはまた話しはじめた。聞いているのはわたしたち三人だけにもかかわらず、声を落とした。「去年の秋のある日、聖バーソロミュー小修道院にいたグリストウッドは、増収裁判所の者に教会堂へ呼ばれた。地下聖堂の古いがらくたに交じって大きな樽《たる》が見つかったからだ。あけてみると、どろりとした黒っぽい液体が詰まっていた。ひどいにおいがして、グリストウッドが言うには、堕天使ルシファーの便所並みだったそうだ。グリストウッドはそんなものを見るのがはじめてで、興味を覚えた。樽には銘板がついていて、アラン・セント・ジョンという名前が記されていたという。ラテン語のことばもだ。〝ルプス・エスト・ホモ・ホミニ〟」

「人は人にとって狼《おおかみ》なり」

「修道士というのはわかりやすい英語が使えないのだな。ともあれ、グリストウッドは司書にセント・ジョンという名前を図書館で調べさせようと考えた。図書目録にその名前があり、それが手がかりとなって、ギリシャ火薬に関する手稿のはいった古い箱が見つかった。一世紀前に聖バーソロミューの慈善病院で死んだ、キャプテン・セント・ジョンなる人物が図書館に託したものだ。その人物は元兵士で、オスマン・トルコに敗れたときに東ローマ帝国の首都コンスタンティノープルにいた傭兵《ようへい》だった。セント・ジョンは回想録を残していた」クロムウェルは眉を吊りあげた。「そこには、いっしょに船へ逃れた東ローマ帝国の司書が樽を自分に渡したこと、そのなかにギリシャ火薬の最後の残りがはいっていると言っていたこと、製法書もいっしょに渡されたことが書いてあった。司書は皇帝の図書室を掃除していたときにそれを見つけて、セント・ジョンに託した。そうすれば、最後に秘密を握るのは異教徒のトルコ人ではなく、キリスト教徒になるからだ。紙が破れているのがわかるか」

「はい」

「絵の上にギリシャ語で書いてあった製法書を、グリストウッドが破りとったのだよ。それを放つ発射装置の作り方の説明書きとともにな。むろん、わたしのもとへ持ってくるべきだった——修道院の財産だった以上、いまは国王の所有物だからな——ところが、そうはしなかった」クロムウェルの眉がひそめられ、頑丈な顎が引きしまった。しばし沈黙がおり、わたしは自分がまた帽子をねじっていることに気づいた。クロムウェルはなおも声をひそめて先をつづけた。

「マイケル・グリストウッドには兄がいる。名前はサミュエルだ。錬金術師のセパルタス・グリストウッドとしても知られている」

「セパルタス」わたしは鸚鵡《おうむ》返しに言った。「ラテン語では、埋葬されたという意味です」

「錬金術師だけが突き止めうる、埋葬された知識。そう、あの連中がよくやるように、凝ったラテン語の名前をつけたわけだ。で、マイケルの話を聞いたサミュエルは、ギリシャ火薬の製法書が大金に値すると考えた」

わたしは大きく息を呑んだ。いまになって、この問題がいかに重要かを悟った。

「もしそれが本物だとしたら」わたしは言った。「錬金術師の奇跡の製法はとるに足りないものになります」

「ああ、本物だとも」クロムウェルが言った。「使われるところをこの目で見たよ」

不敬なしぐさではあるが、わたしは急に十字を切りたい衝動に駆られた。

「グリストウッド兄弟はギリシャ火薬を多く作ろうとしていくらか時間を費やしたにちがいない。というのも、弟がわたしに連絡をしてきたのは今年の三月だからだ。むろんあの者の立場上、じかにではなく、複数の仲介者を通してだ。そのひとりが、羊皮紙と、修道院にあったほかの書類をわたしによこした。製法書以外の何もかもをだ。グリストウッド兄弟からの伝言も添えてあった。ギリシャ火薬を作ったので、実演してご覧に入れよう、もしその製法書がほしければお譲りしてもいい、ギリシャ火薬製造の独占権を得られる開発認可と引き換えならば、と」

わたしは羊皮紙に目を落とした。「しかし、それはグリストウッドのものではありません。先ほどおっしゃったとおり、修道院の財産だったんですから、いまは国王のものです」

クロムウェルはうなずいた。「ああ。だから、兄弟をロンドン塔の牢へ送って製法書を取りあげることもできた。最初はそうしようと考えたよ。だが、つかまえる前に逃げられたらどうする？　やつらが製法書をフランスやスペインに売ったら？　油断のならないふたり組だ。向こうがどうするかを見きわめるまでは調子を合わせることにした。もしそれなりの価値があるとわかれば、ひとまず認可を与え、それから向こうの隙《すき》を突いて窃盗で捕らえることもできる」薄い唇を引き結ぶ。「それがまちがいだったよ」クロムウェルはわたしの横に立っているグレイを見た。「すわれ、事務長」鋭く言った。「そこで立っていられると落ち着かない。羊皮紙ならマシューが大事に持っているとも」

グレイは頭をさげて自分の机にもどり、表情も変えずに腰をおろした。クロムウェルの癇癪の矢面に立つのには慣れているのだろう。バラクが主君に向けるまなざしには孝順の色が浮かんでいる。クロムウェルはふたたび椅子の背にもたれた。

「イングランドは欧州に火をつけたのだよ、マシュー。ローマと決別した最初の大国だからな。教皇はフランスとスペインが手を組んでわが国を倒すことを望んでいる。二国はわが国と貿易しようとしないし、海峡ではフランスと宣戦布告なしの戦争が起こっているから、修道院からの収入の半分を防衛費に投じざるをえない。われわれがいくら費やしているか知ったら、身の毛がよだつぞ。新たな砦《とりで》を沿岸に築き、船や銃や大砲を作り――」

「存じております、閣下。だれもが侵略を恐れていますよ」

「改革派の者は、だ。最後に会ってから、旧教に鞍替えしていないだろうな」クロムウェルのまなざしは恐るべき鋭さをたたえている。

わたしは帽子をきつく絞った。「そんなことはしておりません、閣下」

クロムウェルはゆっくりとうなずいた。「ああ、そのように聞いているよ。きみはわれわれの大義への情熱は失ったが、敵に寝返ってはいない。だが、そうでない不届き者もいる。そうなると、われわれの艦隊を無敵にしうる新たな兵器がいかに重要かはわかるだろう」

「はい、ですが――」わたしはためらった。

「なんだ」

「畏れながら、人は追いつめられると窮余の策にすがることがあります。錬金術師は何百年も奇跡を約束してきましたが、実際に起こったのはごくわずかです」

クロムウェルは満足そうにうなずいた。「さすがだな、マシュー。きみはいつでも議論の穴を的確に突いてくる。しかし、いいか、わたしはこの目で見た。この部屋でグリストウッド兄弟と会い、こう伝えた。ある早朝に、デットフォードの使われていない桟橋に古い小舟を浮かべておく。もしわたしの目の前でそれをギリシャ火薬で破壊できたら、取り引きに応じよう、とな。ジャックが何もかも手配し、月はじめのある朝、ジャックとわたしと兄弟だけがその場に立ち会った。そして、やつらはやってのけた」クロムウェルは腕を大きくひろげてかぶりを振った。目にしたものにいまなお驚いているのがわかった。

「兄弟は鋼鉄で自作した妙な装置を持ってきた。回転台に導管が載ったものだ。装置のポンプを作動させると――燃えさかる火炎が水のように飛び出して、古い小舟をほんの数分で焼きつくした。それを見たときは川に落ちそうになったよ。ふつうの弾薬のような爆発ではなく、ただただ――」またかぶりを振る。「これまでに見たどんな火よりも速く激しい、消すことのできない炎があがった。ドラゴンの吐く息のようにな。そのうえ、魔法の儀式も呪文《じゅもん》もなしだ。ごまかしはいっさいない、まったく新しいものだよ。いや、むしろ、古いものが再発見されたと言うべきか。一週間後に二回目の実演をおこなったところ、やつらはまたやってのけた。そこで、わたしは国王陛下に話をした」

グレイを見ると、こちらへ深刻な顔でうなずいてみせた。クロムウェルは深く息をついた。

「陛下はわたしが期待申しあげた以上に乗り気になられた。御目が輝くところをきみにも見せたかったよ。そしてわたしの肩をお叩きになった。そんなことはずいぶん久しぶりだ。陛下は実演を見せよとおっしゃった。解体を待つ〈神の恩恵〉という名の古い軍艦がデットフォードにある。それを六月十日に手配した。十二日後だ」六月十日はエリザベスの猶予期間が終了する日だ。

「不意を突かれたよ」クロムウェルはつづけた。「陛下がそれほどすぐに飛びつかれるとは思っていなかったからな。これ以上グリストウッド兄弟をはぐらかすことはできない。陛下に実演をお目にかける前に、例の製法書と、連中が作ったギリシャ火薬をなんとしても手に入れなくてはならない。きみにそれを頼みたい」

わたしは重苦しい息をついた。「なるほど」

「単に説得の問題だよ、マシュー。マイケル・グリストウッドはきみを知っているし、尊敬してもいる。ギリシャ火薬の製法書が法律上は陛下のものであることを説いて、陛下ご自身がじかに関与なさっていると伝えれば、向こうはきみを信じて製法書を渡すだろう。ただちに片づけてもらいたい。グリストウッドへ渡す報酬として、ジャックにエンジェル金貨で百ポンドを持たせてある。そして、もし協力しないなら、わたしがロンドン塔の拷問台の力を借りると警告してよい」

わたしは目をあげてクロムウェルを見た。国王その人にかかわる問題に巻きこまれると思うと頭がくらくらするが、エリザベスの命はクロムウェルの掌中《しょうちゅう》にある。わたしは深く息をついた。

「グリストウッドの住まいはどこでしょうか」

「セパルタスとマイケルは、マイケルの妻とともに、クイーンハイズのオールハローズ・ザ・レス教会区に住んでいる。ウルフズ・レーンにある大きな古い家だ。セパルタスはそこで仕事をしている。きょうそこへ行ってくれ。ジャックに供をさせる」

「どうかこれきりでご放免願います。近ごろは静かに暮らしておりまして、それだけが望みなのです」

こちらの弱音に対するきびしいことばを予期したが、クロムウェルは苦笑しただけだった。

「いいとも、マシュー。これがすんだら静かな暮らしにもどるがよい」わたしをまっすぐに見据える。「機会を得たことを感謝しろ」

「ありがとうございます、閣下」

クロムウェルは立ちあがった。「では、すぐにクイーンハイズへ行け。グリストウッド兄弟が留守なら、見つけ出すんだ。ジャック、おまえはきょうじゅうにここへもどってこい」

「はい、閣下」

わたしは立って一礼した。バラクが歩いていって扉をあけた。そのあとにつづく前に、わたしはかつての主君に向きなおった。

「お尋ねしてもよろしいでしょうか。この一件にわたしを抜擢《ばってき》なさったのはなぜですか」グレイがわたしに向かってわずかに首を振るのが視界の端に見えた。

クロムウェルは首をかしげた。「グリストウッドはきみが正直者だと知っていて、きみを信用するだろうからだ。つぎに、わたしはきみがこの一件で私利を得ようとしない数少ない者のひとりであることを知っているからだ。生《き》まじめだからな」

「ありがとうございます」わたしは静かに言った。

クロムウェルの顔がきびしくなった。「そして、きみがウェントワースの娘に夢中になりすぎているからだ。最後に、わたしを恐れて逆らえないからだ」

7

外へ出ると、馬を連れてくるから待てとバラクがそっけなく言った。わたしは〈改宗者の家〉の階段に立って、チャンセリー・レーンを見やった。大きな危険をはらむ事件にクロムウェルの手でぞんざいにほうりこまれるのは、これで二度目だ。しかし、わたしにはどうしようもない。勇を鼓してはねつけたとしても、エリザベスの問題が残る。

黒い牝馬に乗ったバラクが、チャンセリーを従えてもどってきた。わたしも騎乗し、連れ立って門へ向かった。バラクはむっつりと真剣な顔をしている。バラクというのは、いったいどこの名前だろう。イングランドのものではないが、本人はイングランド人に見える。

門口で馬を止めて、皮革商組合の青と赤の記章を身につけた不機嫌そうな徒弟たちの長い行列が通り過ぎるのを待った。みな大弓を肩にかけ、数人が長い火縄銃を持っている。外からの侵略の恐れがあるため、いまではすべての若者に軍事訓練が義務づけられている。一行はホルボーン・フィールドのほうへ向かっていった。

わたしたちは市街へ向けて坂をくだった。「きみはギリシャ火薬の実演に立ち会ったんだな、バラク」わたしはあえて尊大な口調で言った。この無礼な若者に怖《お》じ気《け》づくまいと意を決していた。

「声を落とせよ」バラクはこちらへ険しい目を向けた。「その名前をみだりに口にされては困るんだよ。ああ、立ち会ったさ。そして伯爵が言ったとおりだった。自分の目で見なかったら、おれも信じなかったろうな」

「粉末火薬を使えば鮮やかな奇術がいろいろとできる。前回の市長の行進では、爆発する火の玉を吐くドラゴンが――」

「粉末火薬の奇術を見ても、おれにはそうとわからないというのか。デットフォードで起こったことはそれとはちがった。あれは粉末火薬じゃない。あんなものが世に現れたのははじめてだ。少なくともイングランドではな」バラクは顔を前へもどし、ラドゲートを進む人波を通り抜けて馬を進めた。

テムズ・ストリートを行く馬の歩みは、昼食時の人だかりでなかなか進まなかった。一日のうち最も暑い時刻で、チャンセリーが汗をかいて落ち着きがない。日焼けで頬が刺すように痛み、舞いあがったほこりが口にはいって、わたしはむせた。

「もうそう遠くないさ」バラクが言った。「じきに川へ出る」

わたしはふと思いついた考えを口にした。「クロムウェルに近づくのに、グリストウッドはなぜリチャード・リッチを介さなかったんだろう。増収裁判所の長官なのに」

「リッチを信用するはずがない。あいつが悪党なのはだれもが知ってるさ。リッチなら製法書をひとり占めして、自分で取り引きを持ちかけたよ。おまけにグリストウッドを解雇しただろうな」

わたしはうなずいた。リッチは法律家としても行政官としても有能だが、イングランドで最も冷酷非情で不誠実な男だと言われている。

テムズ川へと通じる小道の迷路へはいった。川を見やる。茶色の川面《かわも》は、渡し舟や白い帆を張った日よけつきの小舟でにぎわっているが、川から吹き寄せる風は濁っている。相変わらず引き潮で、汚物の散らばった泥が日差しで煮つまっていた。

ウルフズ・レーンは長くせまい通りで、古い家々とあばら家のような安売り商店と宿泊所が軒を連ねていた。とある大きな家の外にある色鮮やかな明るい看板が目に留まった。哲学者の卵の両側に立つアダムとイヴが描かれている。哲学者の卵というのは、卑金属を金に変えるとされる伝説上の密閉された瓶で、錬金術師の目印となっている。その家はすぐにも修繕が必要なありさまで、壁の漆喰が剝《は》げ落ち、張り出し屋根の瓦が何枚か欠けていた。テムズ川の泥の上に建つ多くの家がそうであるように、一方へ大きく傾いている。

玄関の扉はあいていて、驚いたことに、使用人の質素な服を着た女が、倒れまいとするかのように戸口の脇柱にしがみついているのが見えた。

「なんだ、あれは」バラクが言った。「昼の一時から酔っぱらってるのか」

「そうではないと思う」わたしはにわかに恐怖を覚えた。そのとき、女がわたしたちの姿を見るなり、金切り声で叫んだ。

「お助けを！　どうかお願いです、お助けください！　人殺しです！」

バラクが馬から飛びおり、女のもとへ走った。わたしは二頭の馬の手綱を手早く柵に引っかけて、あとを追った。バラクは女の両腕をしっかりと支えていた。女は恐ろしい形相でバラクを見つめながら、大声で泣きじゃくっている。

「さあ、話してごらん」バラクは驚くほどやさしく言った。「何があったんだい」

女は気を静めようとつとめた。若くて頬がふっくらし、見かけから判断すると田舎出の娘らしい。

「ご主人さまが」女は言った。「ああ、大変、ご主人さまが――」

わたしは戸口の枠木が粉々に砕けているのに気づいた。扉は蝶番《ちょうつがい》ひとつでぶらさがり、叩き壊されている。女の後ろへ目を向け、赤子のイエスに贈り物を捧げる三人の王が描かれた古めかしいタペストリーの掛かった、長く薄暗い廊下を見やった。そしてバラクの腕を握った。木の床に撒《ま》かれたイグサに足跡が縦横についている。濃い赤の足跡だ。

「ここで何があったと？」わたしは小声で言った。

バラクは女を静かに揺すった。「助けにきたんだよ。さあ、あんたの名前は？」

押し入った何者かがまだ中にいるかもしれない。わたしは腰の短剣をつかんだ。

「スーザンと申します。この家の女中です」娘は震える声で言った。「奥さまとチープサイドへ買い物に行き、帰ったら扉がこんなふうになっていました。そして二階で、ご主人さまとそのお兄さまが――」スーザンは息を呑んで家のなかを見た。「ああ、どうしましょう――」

「その奥さまはどこにいる」

「台所です」スーザンは深く大きな息をついた。「おふたりを見るなり板のように硬くなられて、動けなくなってしまいました。わたしは奥さまを椅子にすわらせて、助けを求めにいくと言いましたが、玄関までたどり着いたら気が遠くなり、もう一歩も動けなくて」そう言ってバラクにしがみついた。

「勇気があるな、スーザン」バラクは言った。「さあ、奥さまのいる場所へ案内してくれるかい」

スーザンは扉から手を離した。血染めの足跡に身震いし、それから唾を呑んで、バラクの手をしっかりと握りしめ、先頭に立って廊下を進んだ。

「足跡を見るかぎり、ふたりらしいな」わたしは言った。「大男と、それより小柄な男だ」

「まずいことになったみたいだ」バラクがつぶやいた。

わたしたちはスーザンにつづいて、石敷きの庭を臨む広い台所へはいった。部屋は薄汚く、暖炉は煤《すす》で真っ黒で、漆喰の天井にはネズミの小便がしみている。グリストウッドの金策はほとんど利益をもたらさなかったらしい。婦人がひとり、長年使いこまれた食卓についていた。小柄で痩せていて、思った以上に年配で、安手の服に白い前掛けをしている。白の頭巾の載った髪に白いものが交じっているのが見えた。身をこわばらせて両手で食卓の端をつかみ、頭を震わせている。

「衝撃で心が乱れているんだな、気の毒に」わたしは小声で言った。

スーザンが婦人に近づいた。「奥さま」おそるおそる声をかける。「こちらのかたがたがお見えです。助けにきてくださいました」わたしはなだめるように手をあげた。

婦人ははっとして、荒々しい目でわたしたちを見た。

「グリストウッド夫人ですね」

「どちらさま」その婦人が訊いた。その顔に険しい警戒の色が浮かぶ。

「ご主人とそのお兄さんに用があって参りました。スーザンの話では、帰宅なさったところ、何者かに押し入られたと――」

「ふたりは二階よ」グリストウッド夫人はささやくように言った。「二階」骨張った両手を関節が白くなるほどきつく握り合わせる。

わたしは深く息をついた。「お会いしても?」

グリストウッド夫人は目を閉じた。「耐えられるならどうぞ」

「スーザン、奥さんの世話を頼む。さあ、バラク」

バラクがうなずいた。わたしと同じ衝撃と恐怖を感じているとしても、そんなそぶりはまったく見せなかった。わたしたちが戸口へ向かうと、スーザンが腰をおろして女主人の手をおずおずと握った。

その様式からずいぶん古いと思われるタペストリーの横を通り過ぎ、二階へつづくせまい木の階段をのぼった。ここは家の傾きが如実に現れていて、いくつかの段がゆがみ、壁には大きな亀裂《きれつ》が走っている。血染めの足跡がさらにつづき、濡《ぬ》れて光っている――この血はごく最近流されたものだ。

階段の上の廊下には扉がたくさんあった。あいているのは真正面の一枚だけだ。玄関の扉と同じく蝶番ひとつでぶらさがり、錠は壊されていた。わたしは大きく息を吸い、扉の向こうへ足を踏み入れた。

部屋は広々として明るく、家の端から端まで伸びていた。鼻につく硫黄《いおう》のにおいが漂う。天井の大きな梁にラテン語が記されているのが目に留まった。〝アウレオ・ハモ・ピスカリ〟――金の針で魚を釣る、ということだ。

ここで魚を釣る者はもういまい。割れたガラスの管や蒸留器が散乱するなか、ひっくり返った作業台の上に、しみのついた錬金術師の長衣を着た男が仰向けで手脚をひろげて横たわっていた。顔は完全につぶれ、不気味などろどろの肉塊のなかから青い目玉ひとつがこちらをにらんでいる。わたしは気分が悪くなり、すぐに顔をそむけて、部屋の残りを観察した。

工房全体が混沌《こんとん》としていた。ほかにもひっくり返った作業台があり、割れたガラスがそこらじゅうに散らばっている。大きな暖炉の横には、鉄帯の巻かれた大ぶりの櫃の残骸《ざんがい》がある。いまや木切れの山も同然で、金属の箍《たが》はみごとに壊されていた。ここへ――そしてその痕跡《こんせき》が残るすべてのものへ――斧《おの》を振るったのは、尋常でない力の持ち主にちがいない。

櫃の脇には、マイケル・グリストウッドが仰向けに倒れていた。壁から剝がれ落ちて血に染まったアストラル界の図表が体の半分を覆っている。頭は首からほぼ切り離され、動脈血のしぶきが床や壁にまで広く飛び散っていた。わたしはまたたじろいだ。

のままだった。

「そうだ」マイケルの目と口は大きく開き、驚きと恐怖に見舞われて最期《さいご》の絶叫をあげた形
「なるほど、クロムウェル伯爵から預かった金貨の袋は用なしのようだな」そのことばにわたしが眉をひそめると、バラクは肩をすくめた。「だって、そうじゃないか。さあ、階下へもどろう」

惨殺死体に最後の一瞥をくれ、わたしはバラクのあとについて台所へ引き返した。スーザンはいくらか落ち着きを取りもどしたらしく、汚れた竈《かまど》で鍋に湯を沸かしていた。グリストウッド夫人はなおもこぶしを握りしめたまま坐していた。

「ほかにここに住んでる人間はいるのかい、スーザン」バラクが尋ねた。

「いいえ」

「そばについていてくれる人はいますか」わたしはグリストウッド夫人に尋ねた。「ほかに身内は？」

夫人はふたたび険しい表情を浮かべたのち、答えた。「いないわ」

「そうか」バラクがそっけなく言った。「おれは伯爵に会いにいく。どうすべきか指示があるはずだ」

「警吏に知らせるべき――」

「警吏なんかどうでもいい。いますぐ伯爵に会いにいく」バラクは夫人を指さしてわたしに

言った。「ここにいろ。このふたりをどこへも行かせるな」

スーザンが不安げに顔をあげた。「伯爵というのはクロムウェル伯爵のことですか。でも――でも、わたしたちは何もしていません」恐怖で声がうわずる。

「心配は要《い》らないよ、スーザン」わたしはやさしく言った。「知らせなくてはいけない。伯爵は――」ことばに詰まる。

グリストウッド夫人が冷たく硬い声で言った。「夫とセパルタスは伯爵のための仕事をしていたんだよ、スーザン。わたしが知ってるのはそれだけ。ふたりには、あんたたちは愚か者だ、伯爵は危険な人だって警告したよ。だけど、マイケルは耳を貸さなかった」急に怒りに満ちた薄青い目でわたしたちを見据えた。「ほら、ご覧よ、あのふたりがどうなったか。あの愚か者たちが」

「いいかげんにしろ」バラクが憤《いきどお》りをあらわにした。「亭主が二階で血まみれになって殺されてるんだぞ。それしか言うことがないのか」わたしは驚いてバラクを見た。強がってみせてはいるが、バラクもさっき目にしたものに動揺しているのがわかった。グリストウッド夫人は苦々しく笑みを漂わせただけで顔をそむけた。

「ここにいろ」バラクはもう一度わたしに言った。「すぐにもどるから」きびすを返して台所を出ていった。スーザンは怯《おび》えた目でわたしを見つめ、グリストウッド夫人は自分の殻《から》に閉じこもった。

「だいじょうぶだ、スーザン」わたしは微笑もうと試みながら言った。「何も困ったことにはならない。いくつか質問をされるだけだ」それでもなお、スーザンは怯えた様子だった。クロムウェルの名前を聞くとたいていの者がそうなる。わたしは歯を食いしばった。いったいなんという問題に巻きこまれてしまったのか。そして、わたしに命令するとは、バラクはいったい何さまのつもりだ。

窓へ近づいて庭を見やり、驚いた。敷石と高い塀の両方が真っ黒に汚れている。「ここで火事があったのかい」わたしはスーザンに訊いた。

「セパルタスさまがそこでときどき実験をしてたんです。恐ろしい爆発音や空気の漏れる音をさせてました」スーザンは十字を切った。「わたしには見せようとなさらないのでよかったですけど」

グリストウッド夫人がまた口を開いた。「そう、セパルタスとマイケルがばかげたことをやるときは、わたしたちは台所から追い出されてたからね」

わたしは焼け焦げた跡をもう一度見た。「ふたりはよく庭へ出ていたのか」

「最近だけです」スーザンが言い、女主人のほうを向いた。「煎《せん》じ液を作りますね、奥さま。飲めば落ち着くでしょうから。お客さまもいかがですか。マリーゴールドの――」

「けっこうだ、ありがとう」

わたしたちはしばし無言で腰かけていた。わたしの頭にはいろんな考えが駆けめぐっていた。ふと、製法書はまだ工房にあるのではないかという気がした。ひょっとしたら、ギリシャ火薬そのものの見本もあるかもしれない。いまなら、あの部屋がこれ以上混乱する前にたしかめることができる。あそこへもどるのは気が進まないが。わたしはふたりに台所にいるように指示をして、ふたたび階段をのぼった。

　戸口にしばしたたずみ、あのおぞましい死体をもう一度目にする覚悟を決めた。哀れなマイケルはたしか三十代半ばで、わたしより若い。午後の日差しが部屋のなかまで差しこみ、マイケルの死に顔を照らしていた。リンカーン法曹院のグレート・ホールで食事をともにしたときのこと、愛嬌《あいきょう》ある小動物のような好奇心に満ちた顔だと感じたことを思い出した。わたしはマイケルの恐怖の形相から目をそらした。

　ふたりの殺され方には異様なほど無造作なところがあった。どうやら犯人たちは、扉を叩き壊したのち、それぞれを動物のように斧の一撃で仕留めたらしい。おそらく家を見張り、女たちがいなくなるのを待っていたのだろう。マイケルとセパルタスは玄関が破られる音を聞き、命を守るむなしい試みとして工房に立てこもったのだろうか。

　マイケルがシャツの上に安手の上っ張りを着ているのに気づいた。兄の手伝いをしていたのだろう。だが、何を手伝っていたのか。わたしはあたりを見まわした。錬金術師の工房に来るのははじめてだが――大いなる詐欺師として知られるその手の連中には近寄らないことにしている――絵に描かれたものは見たことがあり、ここには何かが欠けていた。割れたガラスを踏み砕きつつ、壁に並ぶ棚に歩み寄った。棚のひとつに本が詰まっているが、そのほかは空《から》だ。ほこりに覆われた棚板にまるい跡が残っているので、壺《つぼ》や瓶が収納されていたのだろう。絵画ではそういうものを見たことがある。錬金術師の部屋を埋めつくしていたのは、液体や粉末のはいった瓶だった。それらがここにはひとつもない。絵には、作業台に載った妙な形の蒸留器も描かれていた――床に散乱するガラスはそれで説明がつく。「秘薬は持ち去られたのか」わたしはつぶやいた。

棚から『ヘルメス選集概説《エピトメ・コルプス・ヘルメティクム》』という本を抜きとり、ざっと目を通した。しるしのついた一節にはこうあった。〝蒸留術は、乾いた物体の本質を火を用いて高めることであるから、たとえほかのすべてが焼きつくされても、火を用いれば物質の本性にたどり着ける〟。わたしはかぶりを振って本を置き、櫃の残骸へ目を向けた。暖炉とその後ろの壁が、庭と同じように焼け焦げている。

櫃の中身は床にぶちまけられていた。手紙や書類が多く、血に染まった親指の指紋がそれぞれに一、二個残されている。つまり、犯人たちは中身をくまなく調べたわけだ。三年前の日付が記された、グリストウッド兄弟に家を譲渡するとした書類と、それより十年前に作成された、マイケル・グリストウッドとジェーン・ストーリーの婚姻証書があった。その下には、ジェーンの父親が義理の息子に全財産を遺贈することが記された、異例なほど寛大な条件の契約書があった。

床にあるほかのものに目が留まった。わたしは身をかがめてエンジェル金貨を一枚拾った。近くの革の袋からこぼれたもので、袋にはさらに二十枚はいっている。兄弟の金は持ち去られていない。犯人たちの目当ては金ではなかったことになる。わたしは立ちあがり、金貨をポケットに入れた。部屋に漂う硫黄の悪臭を別のにおいが覆いつつあった。甘く強烈な腐敗臭だ。靴のかかとで何かを踏みつぶした。見ると、繊細な秤《はかり》を壊してしまったのがわかった。セパルタスの錬金術の天秤《てんびん》だ。とはいえ、もはや必要あるまい。血まみれの死体を最後に一瞥し、わたしは部屋をあとにした。

ジェーン・グリストウッドはわたしが台所を出たときと同じ場所にいて、その隣でスーザンが木の杯《さかずき》から何かを飲んでいた。わたしがはいっていくと、スーザンは不安そうに顔をあげた。わたしは金貨を取り出してグリストウッド夫人の前に置いた。夫人はこちらを見た。

「何かしら」

「二階で見つけました。ご主人の櫃の残骸のなかにあったんです。家の権利証書やその他の書類といっしょに、袋いっぱいのエンジェル金貨もありましたよ。安全な場所にしまっておいたほうがいい」

夫人はうなずいた。「ああ、権利証書。いまとなってはわたしのものね。大きいだけのあばら家で、ほしいと思ったことは一度もないけど」

「ええ、あなたのものになります。ご主人に息子さんがいなければ」

「息子はいないわ」夫人は急に苦々しい口調で言い、わたしを見た。「法律にくわしいのね。相続についてもわかるかしら」

「法廷弁護士ですから」わたしは鋭く言った。バラクと同じく、夫人の冷淡さを不快に感じはじめていた。「金貨と書類をとっていらっしゃってはいかがですか。じきに他人がこの家を引っ掻きまわしますよ」

夫人はしばしわたしを見つめた。「あそこへは行けない」ささやくように言う。それから大きく目を見開き、甲高い声で叫んだ。「あそこへ行かせないで。後生《ごしょう》だから、二度とあのふたりの姿を見せないで！」夫人はむせび泣いた。罠《わな》に掛かった獣《けもの》の絶望の遠吠《とおぼ》えのようだ。スーザンがまた夫人の手を握った。

「とってきます」先刻のそっけない物言いに恥じ入りながら、わたしは言った。二階へ引き返し、書類と金貨入りの袋をまとめた。暑い午後なので、死のにおいが強烈になりつつある。立ちあがろうとしたとき、何かに滑《すべ》って転びかけた。血かと恐れながら足もとに目をやると、別の何かが暖炉のそばにあるのが見えた。床に横倒しになったガラスの小瓶から、粘り気のある透明な液体がこぼれている。かがみこみ、液体に指を浸した。指をこすり合わせると、ぬるぬるした感触がある。わたしはにおいを嗅いだ。水のように無臭だ。倒れた瓶を起こし、乱闘で抜けて近くに落ちていた栓をした。瓶に貼り紙はなく、粘り気のある透明な液体の名前はわからない。おそるおそる舌先を浸し、あわてて引っこめた。刺すような苦味が口のなかにひろがり、あえいで咳きこんだ。

外から足音が聞こえたので、焼けつく舌を軽く叩きながら窓へ歩み寄った。クロムウェルの仕着せを着て剣を持った五人ほどの男とバラクの姿が見えた。一団が木の床を大きく踏み鳴らして足早に台所へ向かったため、わたしはあわてて階下をめざした。階段を駆けおりる途中で、スーザンが小さな悲鳴をあげるのが聞こえた。台所には男たちが押し寄せていて、グリストウッド夫人が険しい顔で見ている。わたしがかかえた書類の束を見て、バラクが鋭い口調で尋ねた。「なんだ、それは」

「家族の書類と金貨だ。二階の櫃にはいっていた。グリストウッド夫人のかわりにとりにいったんだよ」

「見せろ」

バラクに書類をつかまれ、わたしは眉をひそめた。この男は、少なくとも字は読めるわけだ。バラクは金貨のはいった袋をあけ、中身を検《あらた》めた。満足したらしく、金貨と書類をグリストウッド夫人の前に置く。夫人はそれらを抱きかかえた。バラクはわたしを見た。

「二階に製法書があった形跡は？」

「見たかぎりではない。櫃のなかにあったのなら、持ち去られたんだろう」

バラクはジェーン・グリストウッドに向きなおった。「亭主とその兄が持ってた書類について何か知らないか。ふたりが取り組んでた製法について書かれた書類だが」

夫人は力なくかぶりを振った。「いいえ。わたしには何をしているかいっさい話さなかったから。聞いていたのは、クロムウェル伯爵のための仕事をしていたことだけ。こっちも知りたくなかった」

「いまからこの者たちがこの家を隅から隅まで捜索する」バラクは言った。「その書類をどうしても見つけなくてはならないからだ。そのあと、ふたりがここに残る」

夫人は目を険しくしてバラクを見た。「つまり、わたしたちは囚《とら》われの身なの？」

「用心のためだ。まだ安全とは言いきれない」

夫人は頭巾をはずし、白いものの交じった髪を指で梳《す》いたのち、バラクを鋭くにらんだ。

「玄関の扉はどうなの。だれでもはいれるわ」

「修理させよう」バラクは手下のひとりの強面《こわもて》の男に向かって言った。「頼んだぞ、スミス」

「承知しました、バラク殿」

バラクはわたしに向きなおった。「クロムウェル伯爵がいますぐ会いたいそうだ。いまはステップニーの屋敷にもどってる」

ためらうわたしに、バラクが歩み寄った。「いまのは命令だ」静かに言う。「伯爵に報告したよ。ご機嫌は麗《うるわ》しくない」

8

あの静まり返った死の家にいたあとで、ふたたび市街を馬で通り抜けていると、押し合いへし合いする騒がしい群衆とのあいだに妙な隔《へだ》たりを感じた。道のりは遠く、クロムウェルのステップニーの屋敷は市壁のはるかかなたにある。わたしたちは行列を通すために一度だけ立ち止まった。白の長衣を着た聖職者が先頭に立ち、粗布を身にまとって灰を顔に塗った、薪《まき》の束を持つ男と、教会の信徒たちを率いていく。男は改革派としての理念を異端と見なされて悔い改めた者で、灰と薪の束は逆行した場合に待ち受ける火刑を暗示している。男は涙を流しているが——理念を枉《ま》げるのは不本意だったのだろう——ふたたび罪を犯せば炎にあぶられて血を流すことになる。

バラクを見ると、行列に嫌悪の目を向けていた。この男はどんな宗教理念を持っているのだろう。クロムウェルのもとへ報告に行き、手下を集めてクイーンハイズへあれほど早くもどってくるとは、たいした手並みだ。それでも疲れているふうには見えないが、こちらはくたびれ果てている。行列がのろのろと通り過ぎたあと、わたしたちは出発した。さいわい、午後の影が延びつつあり、頭上に庇《ひさし》を張り出した家々が通りにありがたい陰影をもたらしていた。

「ポケットにあるのはなんだ」ビショップスゲート・ストリートを進んでいるとき、バラクが訊いた。

わたしは法服の上からポケットに手をふれ、セパルタスの本を無意識のうちに滑りこませていたことに気づいた。

「錬金術の本だ」バラクをじっと見据える。「よく見ているな。わたしがグリストウッド夫人に渡した書類のなかに製法書があるかもしれないと思ったのか」

バラクは肩をすくめた。「近ごろはだれも信用できないからな。たとえあんたが伯爵に仕えているとしてもだ。それに」無礼な笑みを浮かべて付け加える。「あんたは弁護士だ。弁護士には気をつけなきゃいけないなんて、だれでも知ってるさ。それを怠るのは〝クラサ・ネグレゲンティア〟だ。あんたらのことばで言うならな」

「〝重大な過失〟だな。ということは、ラテン語のたしなみがあるのか」

「ああ、あるさ。ラテン語をたしなみ、法律家のことはよく知ってる。法律家の多くは改革派だろう?」

「そうだ」わたしは注意深く答えた。

「じゃあ、愉快じゃないか。修道士や托鉢修道士がいなくなったいま、黒い法服を着て歩きまわり、互いをブラザーと呼び合って人々に金を使わせようとするのは法律家だけだ」

「法律家をからかう冗談は大昔からある」わたしはぴしゃりと言った。「もう聞き飽きた」

「それに、法律家は服従の誓いを立ててる。貞潔や清貧の誓いは立てないけどな」バラクがまたあざけるような笑みを浮かべた。人ごみをすいすい抜けていくバラクの馬についていくため、哀れなチャンセリーに拍車を入れざるをえなかった。ビショップスゲートを抜けると、三階建ての堂々たるクロムウェル邸の煙突が見えてきた。

前回この屋敷を訪れたのは三年前の寒さきびしい冬の日で、そのときは通用門の前でおおぜいの客が待っていた。この日の暑い午後、そこには別の客がいた。裸足《はだし》でぼろをまとったロンドンの無宿者たちだ。間に合わせの杖《つえ》で体を支えている者や、顔にあばたのある者もいる。ロンドンの職なしの貧困者の数は手の施しようがないほど増えてきた。修道院の解散は、ロンドンじゅうの修道院から何百人もの使用人を、慈善病院や施療所から哀れな患者を、路上へほうり出した。教会による施しは微々たるものだったが、いまやそれすらもなくなった。慈善目的の学校や病院の建設、公共事業の計画が噂されていたが、まだ何も実現していない。その一方で、クロムウェルは裕福な土地所有者の習慣にならってみずから施しを与えることで、ロンドンにおけるおのれの立場を強化していた。

わたしたちは物乞いたちの横を通り、正面の門をはいった。玄関の扉の前で使用人が出迎えた。玄関の間で待つように言われて数分後、クロムウェルの執事であるジョン・ブライズマンが現れた。

「シャードレイク殿」ブライズマンは言った。「ようこそ。しばらくぶりですね。法律の仕事はお忙しいですか」

「まずまずです」

バラクが剣をはずして帽子とともに下働きの少年に渡したのち、もどってきて言った。

「伯爵がお待ちだ、ブライズマン」

ブライズマンはわたしに申しわけなさそうに微笑みかけると、わたしたちを屋敷の奥へ案内した。ほどなく、クロムウェルの書斎の前に着いた。ブライズマンがそっと扉を叩くと、「はいれ」という主《あるじ》の鋭い声が返ってきた。

クロムウェルの書斎は記憶にあるとおりだった。報告書や法案の草稿が山積した机がずらりと並び、日の光が差しこんでいるのに気味が悪い部屋だ。クロムウェルは机の向こうに坐していた。けさとは様子がちがった。首を縮めて椅子にうずくまるように腰かけている。こちらへ向けられた目は異様に鋭く、わたしは身震いした。

「殺されていたのか」クロムウェルが前置きもなく言った。「ふたりとも」声は冷たく張りつめていた。

わたしは大きく息をついた。「はい、閣下。実にむごたらしく」

「手下の者に製法書を探させています」バラクが言った。「必要なら、家を取り壊してでも」

「女たちは？」

「家に留め置きます。夫人も女中も恐怖のあまり動転しています。ふたりとも何も知りません。襲撃を見かけた者がいないか、近隣の家に尋ねてまわるよう手下に指示しましたが、どうやらウルフズ・レーンは互いに干渉しない土地柄のようです」

「わたしにそむいたのはだれだ」クロムウェルは思いつめたように低い声で言った。「どいつなんだ」わたしをじっと見据える。「で、マシュー、現場を見てどう思った」

「犯人はふたりいて、斧を使って押し入ったものと思われます。そして、兄弟が仕事をしていた錬金術の工房でどちらも一気に殺したあと、工房にあった櫃を打ち壊した。中には金貨の袋がありましたが、手つかずのままでした」わたしはためらってから言った。「おそらく櫃のなかに製法書があって、犯人はそのことを知っていたのでしょう」

クロムウェルの顔に影が差した。唇が引き結ばれる。

「そうは言いきれまい」バラクが口をはさんだ。

「言いきれることなど何もない」わたしは急にかっとなって応じた。声を抑えてつづける。「しかし、部屋の残りの部分が探された形跡はまったくありません。棚の書物はふれられていませんでした。ふつうなら、真っ先に秘密の書類を探すはずの場所でしょう？　また、棚から瓶が何本か持ち去られています。あの哀れな兄弟を殺した者たちは、目的のものをはっきり決めていたと思います」

「つまり、実験の成果の痕跡は見つからないわけだな」クロムウェルが言った。

「そう推測いたします、閣下」わたしは不安な思いで顔を見たが、クロムウェルは思案げにうなずいただけだった。

「いいか、ジャック」クロムウェルはだしぬけに言い、わたしを顎で示した。「観察の名人から学ぶんだな」きびしい目をわたしへもどす。「マシュー、この件を解決するのに力を貸せ」

「しかし、閣下――」

「ほかの者には話せない」やにわに激した口調で言った。「とてもそんなことはできない。もしも陛下の耳に届いたら――」震えるため息を吐き出す。トマス・クロムウェルが怯えているのを見るのははじめてだ。

「かならず解決しろ」クロムウェルは繰り返した。「いかなる権限、いかなる手段を行使してもよい」

わたしは高級な絨毯《じゅうたん》の上で心臓の高鳴りを感じた。この男はかつて一度、わたしを殺人事件の調査へ出向かせ、想像を絶する恐怖のただなかへほうりこんだ。二度と引き受けまい。二度と。

こちらの心を読んだかのように、クロムウェルの目に突如怒りの炎が燃えあがった。「おい、いいか」吐き捨てるように言う。「あの娘の命を救ってやっただろう。というより、きみが力を貸せば救ってやるまでだ。必要とあらばフォーバイザーの考えを変えさせることもできる。きみがかつて信じていたあらゆるものだけでなく、いまやわたし自身の命も危うくなりかねない」わたしの脳裏を、監房でうつろな目をして横たわるエリザベスの姿がよぎった。そして、クロムウェルのひとことで、このわたしも多くを知りすぎた者として監獄送りになりうることも知っていた。

「お手伝いいたします、閣下」静かに言った。

クロムウェルは長々とこちらを見つめてから、バラクに合図をした。「ジャック、聖書を持ってこい。マシュー、きみにこれ以上話す前に、この件を秘密にするという誓いを立ててもらおう」

バラクが新しい大聖書——すべての教会への設置が義務づけられた英語訳聖書——の豪華版を机に置いた。わたしは色鮮やかな扉絵を見た。玉座についたヘンリー国王が両脇のクロムウェルとクランマー大主教に聖書を預け、そのふたりが国民に譲り渡している。わたしは唾を呑み、大聖書に手を置いた。

「ギリシャ火薬の件を秘密にすることを誓います」クロムウェルが言い、わたしは復唱した。

クロムウェルにふたたび自分を縛りつける足枷に施錠する気分だった。

「そして、わたしのために最善を尽くす、と」

「最善を尽くします」

クロムウェルは満足そうにうなずいたが、追いつめられた猛獣のように机にかがみこんだままだった。何かをつかみとり、大きな手のなかで裏返した。公式記録保管所の執務室にあった細密肖像画だ。

「改革派の理念がぐらついているのだよ、マシュー」静かに言った。「噂されているよりもいっそうひどい。陛下は恐怖に怯えていらっしゃる。ノーフォーク公とガードナー主教に害毒を耳打ちされ、日に日に恐怖を募《つの》らせておいでだ。聖書を読む庶民を恐れ、彼らがいずれミュンスターの再洗礼派のように流血の大混乱で世の秩序を覆《くつがえ》すのではないかと恐れていらっしゃる。改革派の急進者たちは火あぶりの刑になりかねない――ロバート・バーンズが収監されたのは知っているな」

「耳にしております」わたしは深く息をついた。こんな話は聞きたくなかった。

「去年陛下が強引に可決させた六か条法は、われわれをローマへ半ば逆もどりさせた。いまでは下々が聖書を読むことを禁じようとなさっている。それに侵略を恐れていらっしゃる」

「わが国の防備は――」

「フランスとスペインが力を合わせて猛襲してきたら太刀打《たち》ちできまい。フランソワとカルロスが仲たがいをしたから、いまのところその心配はなくなったが、情勢はまた変わる可能性がある」クロムウェルは細密画を聖書の上に置いた。「いまも気晴らしに絵を描くのか、マシュー」

話ががらりと変わって面食らい、わたしはクロムウェルの顔を見た。「しばらく描いておりません」

「この肖像画の感想を聞かせてくれ」

その絵をじっくりながめた。描かれているのは若い女性で、ややうつろではあるものの魅力豊かな顔立ちをしている。描写が非常に鮮明で、窓越しに見ているかのようだ。手のこんだ頭飾りやドレスの襟にちりばめられた宝石から、裕福な貴婦人だとわかる。

「すばらしい」わたしは言った。「まるでホルバインが描いたようです」

「実はホルバインの作品だ。いまやわが国の王妃であるクレーヴズのレディ・アンだよ。陛下がわたしの顔に向けてお投げになったのを取っておいた」クロムウェルは首を左右に振った。「陛下がドイツ君主の娘と結婚なされば、わが国の防衛と改革派の信念を同時に強化できる。わたしはそう考えたのだよ」苦々しい笑い声を短く漏らす。「ジェーン王妃が亡くなったあと、二年を費やして、陛下のために異国人の王妃を探そうとつとめた。楽な仕事ではなかった。陛下はある種の評判の持ち主だからな」

小さな咳払いがクロムウェルをさえぎった。バラクが気づかわしげに主人を見つめている。「ジャックはわたしの行きすぎに警告しようとしている。だがきみは誓ったな、マシュー、口を固く閉ざすと」ことばを強調しながら、茶色のきびしい目でこちらを見据えた。

「はい、閣下」わたしは額《ひたい》に汗がにじむのを感じた。

「そしてようやく、クレーヴズ公が娘のひとりをわが国へ嫁《とつ》がせることを承諾した。陛下は結婚に同意する前にレディ・アンを見たいとおっしゃったが、ドイツ側はそれを侮辱と受けとった。そこでわたしはホルバインを派遣して肖像画を描かせた。なんと言っても、ホルバインの天与の才は正確な肖像画を描くことにある。そうだろう？」

「欧州で右に出る者はおりません」わたしは躊躇《ちゅうちょ》した。「そうは言っても――」

「だが、正確な肖像画とはいったいなんだ、マシュー。だれであれ、見方がちがえばちがって見えるのが当然で、ひとつの見方で完全にとらえうるものではない。わたしはホルバインに、レディ・アンを最も見栄えよく描くようにと指示をした。そしてホルバインはそうした。それがもうひとつの過ちだった。わかるか」

わたしはしばし考えた。「正面を向いて――」

「横顔を見るまでは、鼻の高さはわからないものだ。肖像画を見るかぎりでは、体臭がきついことも、英語をひとことも話さないこともわからなかった」クロムウェルは肩を落とした。

「レディ・アンが一月にロチェスターに到着すると、陛下はひと目で嫌悪なさった。そして、いまやノーフォーク公が自分の姪を陛下の目の前にちらつかせて、陛下の気を引くように仕込んでいる。キャサリン・ハワードは可憐《かれん》で、まだ十七歳になる前で、陛下は夢中だ。上等な肉片を前にした老犬さながら、よだれを垂らし、クレーヴズの牝馬を押しつけたとしてわたしを責めていらっしゃる。もし陛下がノーフォークの姪と結婚なさったら、ハワード家はわたしを亡き者にし、イングランドをローマの配下に逆もどりさせるだろう」

「そうなったら、この十年間に起こったすべてが」わたしはゆっくりと言った。「すべての苦しみや死が無駄になります」

「無駄よりもなお始末が悪い。トマス・モアの審問が手ぬるく思えるような、改革派の間引きがおこなわれるだろう」クロムウェルは大きなこぶしを握りしめると、立ちあがって窓へ歩み寄り、芝地をじっと見つめた。「やつらの信用を失墜させ、教皇派の陰謀を突き止めるために、あらゆる手を尽くしている。ライル卿を拘束し、サンプソン主教も捕らえた。ロンドン塔に送り、拷問にかけた。しかし、何も見つからない――何もだ」振り返ってわたしを正面から見る。「そこでわたしはギリシャ火薬について陛下に話した。陛下は実演を心待ちにしていらっしゃる。兵器がお好きだし、とりわけ軍艦がお好みだ。これでイングランドの海軍を世界最強にし、南岸からフランスの脅威を一掃できるとお考えなのだよ。国王はふたたびわが友となられた」こぶしを固める。「海外の強国はギリシャ火薬の製法に大金を出すにちがいない。わたしは大使の屋敷へさらに密偵を送りこみ、すべての港を監視させている。実演までに是《ぜ》が非でも無事に製法書を取りもどさねばならない。きょうは五月二十九日だ。あとまる十二日しかない」

そのとき、驚いたことに、わたしはトマス・クロムウェルに対して奇妙な感情をいだいた。憐《あわ》れみを覚えたのだ。けれども、獣は追いつめられたときが最も危険だと自分に言い聞かせた。

クロムウェルは細密画を長衣のポケットへ滑りこませた。「マイケル・グリストウッドは、わたしに近づくのに三人の仲介者を使わざるをえなかった。われわれのほかにギリシャ火薬のことを知っているのは、その者たちだけだ。そのうちふたりは弁護士で、きみの知っているリンカーン法曹院の者たちだ。ひとり目はスティーヴン・ビールナップ――」

「まさか、ビールナップが。とんでもない。最も信用ならない男です。それに、マイケルと仲たがいをしていたのに」

「そう聞いている。和解したのだろう」

「わたしはビールナップを相手どった訴訟を担当しています」

クロムウェルはうなずいた。「勝てるか」

「ええ、多少とも正義があれば」

クロムウェルはうなるように言った。「ビールナップと話して、だれかほかの者に漏らしていないかを確認しろ。漏らしていないとは思うがな。口を閉じていろというわたしからの命令を伝えるよう、グリストウッドに話したからだ」

「ビールナップは自分の身の安全には抜け目がありません。しかし、強欲ならず者です」

「たしかめろ」間があく。「グリストウッドからギリシャ火薬のことを聞いて、ビールナップはわたしへのつてがあるのはだれかと考えたのだよ。そしてゲイブリエル・マーチャマウントに会いにいった」

「そうなのですか。ふたりは過去に付き合いがありましたが、ビールナップのあさましさがマーチャマウントの好みに合いませんでした」

「マーチャマウントは教皇派寄りの仲間とつるんでいる。それが気がかりだ。マーチャマウントにも探りを入れろ。口を軽くするためなら、脅《おど》そうが、おだてようが、金貨を渡そうがかまわない」

「やってみます。そして三人目は——」

「マーチャマウントはその話を、わたしとの共通の知人に持ちこんだ。レディ・ブライアンストンだ」

わたしは驚きに目を瞠った。「数日前に会ったばかりです。晩餐会に招かれました」

「ああ、先週の宴席できみの名前を出した。グリストウッドから製法書を手に入れるのにきみを使おうと考えていたのでな。ちょうどよい、行ってこい。レディ・ブライアンストンとも話をしろ」

わたしはしばし考えをめぐらせた。「そういたします。しかし、この問題の真相に迫るためには──」

「なんだ」

「ギリシャ火薬についてもっとよく知らなくてはなりません。発見されてから閣下の実演がなされるまでのいきさつをたどりたいのです」

「必要と思うなら好きにしろ。だが、時間に余裕がないのを忘れるな。実演についてはこのバラクがなんでも答えられる。なんなら現場のデットフォードへも案内できる」

「それに、修道院の司書とも話をしたいと思います。それが発見された場所を見に、聖バーソロミューを訪ねることになるでしょう」

クロムウェルは冷ややかに微笑んだ。「まだギリシャ火薬の存在を信じていないのだな。そのうち信じる。かつての司書ブラザー・バーナード、つまりバーナード・キッチンについては、レディ・オナーがはじめてわたしのもとへ来たときから行方を探している。やはり、口を封じるためにだ。しかし、元修道士の半数と同じで、跡形もなく姿を消してしまった」

「増収裁判所で調べてみます。年金を受けとる手続きをしているはずですから」

クロムウェルはうなずいた。「そちらはリチャード・リッチの領分だ。しかし、関連があるとも言える」鋭い目でわたしを見る。「リッチにはこの件を嗅ぎつけられたくない。国王評議員に取り立ててやったのに、わたしに対する陰謀について知ると、保身のためにあっさり立場を変えた。もしリッチが国王のもとへ行き、わたしがギリシャ火薬を紛失したと告げたら――」眉を吊りあげる。

「もう一度グリストウッド夫人と話してみようと思います」わたしは言った。「何かを隠している気がしたもので」

「よろしい」

「そしてもうひとつ。助言を求めたい学者がいます。ある薬剤師です」

クロムウェルは眉をひそめた。「例の、スカーンシアの肌の黒い修道士ではあるまいな」

「彼は学識のある人物です。事と次第によって、錬金術についての助言を求めたいだけです。必要以上に巻きこむつもりはありません」

「ギリシャ火薬のことを伏せておくのならな。ギリシャ火薬は三百年前に再発見され、ラテラノ公会議がその使用を禁じたと言われている。あまりに危険だからということでな。元修道士なら、それに従うべきと考えるかもしれない。あるいは、修道士の同胞がいまも活躍するフランスかスペインに譲りたいと考えるかもしれない」

「そんなことはありえません。ただ、わたしは彼を危険にさらしたくないのです」

クロムウェルは唐突に微笑んだ。「この仕事に興味が湧《わ》いたようだな、マシュー」

「専心いたします」

クロムウェルはうなずいた。「何か用があれば来るがよい。だが、時がすべてだ。すぐ動け。ジャックに手伝わせろ。きみといっしょに仕事をさせる」

わたしはバラクを見た。こちらの思いが顔に表れたにちがいない。バラクが皮肉っぽく微笑んだ。

「このごろはひとりで仕事をしております」わたしは言った。

「この件では助手が要る。ジャックはきみの家に泊まる。この男の荒っぽい流儀にもそのうち慣れるだろう」

バラクがわたしを信用していないことはすでにわかっていた。ふと、クロムウェルもすっかり信用しているわけではなく、バラクにわたしを見張らせるつもりなのだろうという気がした。

わたしはためらったのち、「畏れながら」と切り出した。「ミス・ウェントワースの案件にもいくらか時間を割《さ》かなくてはなりません」

クロムウェルは肩をすくめた。「いいだろう。その件もジャックに手伝わせろ。だが、こちらの仕事が最優先だぞ」例のきびしい茶色の目でわたしを見据える。「もししくじったら、わたしのまわりの者はみな危険にさらされることになる。きみたちの命も危うくなりかねない」

クロムウェルが小さな呼び鈴を鳴らすと、グレイが奥の部屋から姿を現した。心配そうな顔をしている。

「グレイには話してある。進捗《しんちょく》の具合を毎日報告しろ。新たな知らせや、必要なものがある場合も、グレイを通せ。ほかの者ではなく」

　わたしはうなずいた。

「いまやだれも信用できない」クロムウェルは低い声で言った。「評議員に取り立ててやった連中も、自分の部下でさえもだ。ノーフォークが金を積んでわたしの動きを探らせているからな。しかし、グレイはわたしが何者でもなかったころからそばにいる。そうだな、エドウィン」

「はい、閣下」グレイは躊躇した。「この件にはバラク殿も関与なさるのですか」

「そうだ」

　グレイは口をすぼめた。クロムウェルがグレイを見る。

「駆け引きが必要となったらマシューが対処すればよい」

「それなら――その――何よりでございます」

「腕っぷしが必要となったらジャックが対処すればよい。そうだろう？」

　わたしはバラクに目をやった。主人の顔を注視している。またもやあの孝順の色が見てとれ、バラクがクロムウェルを心底恐れているのがわかった。そしておそらく、みずからの運命をも。

9

クロムウェルの執務室から出ると、バラクが身のまわりのものをまとめてくると言った。わたしは外へ出てチャンセリーを引きとり、前庭へ連れていった。少し離れた場所から人の声が聞こえ、「こら、押すな！」という叫び声がした。施し物が配られているのだ。

頭がぐるぐるとまわっていた。クロムウェルと宗教改革が凋落《ちょうらく》しかかっているのか？　数日前のゴドフリーの苦悩と、そこかしこでささやかれている王妃に関する噂が脳裏によみがえる。おのれの宗教改革への信念は薄らいだものの、教皇派による再支配、流血の惨事、迷信への回帰がこの先起こると思うと、慄然《りつぜん》とした。

放心のていで庭をぶらついた。いまやあの無作法者のバラクを押しつけられるありさまだ。あの男、いったい何を手間どっているのか。「あの野郎！」思わず大声で悪態をついた。

「おいおい、どうした」その声に振り向くと、バラクがにやりとしていた。わたしはばつが悪く、赤面した。

「気にするな」バラクは言った。「おれもときどきそうなる。でも、おれは胆汁質で、激しやすくて短気だからな。伯爵から聞いた話では、あんたは黒胆汁質で憂鬱質、感情を表に出さないそうだが」

「ふだんはそうだ」わたしはそっけなく言った。

バラクは大きな革の鞄《かばん》を肩に掛けていて、そちらへ首をかしげて言った。「小修道院にあった書類と、伯爵が集めたギリシャ火薬に関する資料だ」

バラクが黒い馬を引きとりにいき、わたしたちはふたたび出発した。「死ぬほど腹が減ったよ」バラクは打ち解けたふうに言った。「あんたの家政婦はうまいものを食わせるのか」

「簡素で悪くない料理だ」わたしは淡々と答えた。

「あの娘の伯父にすぐ会うのか」

「家に着いたら手紙を書く」

「伯爵のおかげで重石責めは免れたな」バラクは言った。「あれはむごい死に方だ」

「十二日間。時間にゆとりはない。エリザベスにも、もうひとつの仕事にも」

「おれはすっかりお手あげだよ」バラクは首を左右に振った。「グリストウッドのおっかさんにもう一度話を聞いてみるのも悪くないと思う」

「おっかさん？　子供はいないぞ」

「そうなのか？　まあ無理もない。おれだってあんな女とやりたいとは思わない。性悪のイタチばばあだ」

「なぜそう毛ぎらいするかがわからないが、それは疑る根拠にならない」わたしは突き放すように言った。バラクが鼻を鳴らす。わたしは体の向きを変えてバラクを見た。「クロムウエルはリチャード・リッチをどうしてもかかわらせたくないようだったな」

「もしあいつが、ギリシャ火薬のことや、それが消えたことを知ったら、伯爵に対する武器として利用するにちがいない。さっきの話にもあったとおり、伯爵がリッチを取り立ててやったのに、リッチは自分の利益のためならだれでも裏切る男だ。あいつの評判は知ってるだろう」

「ああ。トマス・モアの裁判で偽証をして出世をした。多くの者が、それはきみの主人の命令だったと言っている」

　バラクは肩をすくめた。わたしたちはしばし無言で馬を進め、イーリー司教のロンドンの居館へ近づいた。するとバラクが馬を寄せてきた。「振り向くなよ」小声で言う。「あとを尾《つ》けられてる」

　わたしは驚いてバラクを見た。「たしかか」

「おそらくな。一、二度ちらっと振り返ったら、同じ男がいた。おかしな風体のくそ野郎だ。さあ、聖アンドリュー教会にはいるぞ」

　バラクは先に門をくぐり、教会を取り囲む高い塀の陰へはいるなり、馬からすばやく跳びおりた。わたしはおりるのにもたついた。「早くしろ」バラクが苛立《いらだ》たしげに言い、自分の馬を奥へ引っ張っていく。門口の様子をうかがうバラクのもとへ、わたしはようやくたどり着いた。

「ほら」バラクはささやいた。「やつが来る。あんまり頭を突き出すな」

あたりにはおおぜいの通行人がいて、荷車も数台見えるが、馬に乗っているのは白い若駒《わかごま》にまたがった男だけだった。バラクと同年配で、背が高く痩せていて、茶色の髪はひどく乱れている。青白い顔は学者風だが、痘瘡《とうそう》の跡が穴だらけの古いチーズを思わせる。男は馬を止めて日差しをさえぎりながら、ホルボーン・バーへつづく通りに目を凝らしている。バラクがわたしを引きもどした。「おれたちを見失ったんだ。すぐにあたりを探しだすぞ。なんて顔だ、掘っくり返したばかりみたいだな」体をつかまれるという非礼にわたしは眉をひそめたが、バラクは青白い顔の男を撒いたことに気をよくして、上機嫌で笑みを返すだけだった。

「さあ、教会の裏へ馬を引っ張っていって、シュー・レーンを通って帰ろう」バラクは馬の手綱をつかんだ。わたしはそのあとについて教会の庭の小道を進んだ。

教会堂の裏手で立ち止まり、バラクの足が速いのでいささか息を切らしながら、わたしは訊いた。「あれは何者だ」

「さあな。おれたちが伯爵の屋敷を出たときから尾《つ》けてたにちがいない。あそこに見張りを置く度胸がある人間はそう多くない」バラクは軽やかに鞍にまたがり、わたしはもたつきながらチャンセリーの背に体を持ちあげた。一日じゅう馬であちこち移動しているせいで背中が痛む。バラクがまじまじとわたしを見た。

「だいじょうぶか」

「平気だ」わたしは鋭く言い、鞍に腰を落ち着けた。

バラクは肩をすくめた。「もし助けが要るなら、いつでもそう言うといい。あんたが背曲がりでもおれはどうってことないし、迷信なんか信じてないさ」そう言って馬首をめぐらせ、調子っぱずれの口笛を吹きながらシュー・レーンへ出ていくバラクの後ろ姿を、わたしはあきれて見つめた。

チャンセリー・レーンへの帰途、バラクのあまりに横柄な言動に気分を害して話す気になれないでいたが、この忌々《いまいま》しい男のことをできるだけ知っておかなくてはと思いなおした。

「あとを尾けられるのはこの一週間で二度目だ」わたしは言った。「さっきの男と、その前はきみだ」

「ああ」バラクはあっけらかんと答えた。「伯爵に命じられて、あんたがどんな案件を手がけてるか、この仕事に耐えられるかどうかをたしかめてたんだ。かなりの意気ごみだと報告した」

「なるほど。クロムウェルに仕えて長いのか」

「ああ、まあな。おれの親父《おやじ》は、伯爵の父上が居酒屋を営んでたパトニーの出なんだよ。親父が死んだとき、クロムウェル伯爵の下で働くように頼まれた。そのころのおれは、ロンドンじゅうになじみのつてがいて、あれやこれやをしてたんだ」眉を吊りあげ、例の皮肉めいた笑みをよこす。「で、こいつは使えると伯爵が見こんだ」

「お父さんの仕事はなんだった」

「勲章ものの変人で、汚穢屋《おわいや》をしてたよ。あのくそ親父、汲《く》みとりの真っ最中に便壺に落ちて溺《おぼ》れ死にやがった」口調はあっさりとしていたが、かすかな影が顔をよぎった。

「それは気の毒に」

「おれにはもう身内はいない」バラクは朗《ほが》らかに言った。「だからなんのしがらみもない。あんたは？」

「父がまだ存命だ。中部のリッチフィールドに農場を持っている」わたしは良心の咎《とが》めを覚えた。父は老いつつあるのに、この一年は顔を見に帰っていない。

「田舎もんの息子か。どこで教育を受けたんだ。地元にも学校があるのか」

「ある。リッチフィールド大聖堂付属学校へ行った」

「おれも勉強したぜ」バラクは答えた。「ラテン語も多少わかる」

「ほう」

「聖ポール大聖堂付属学校へかよって、優等生の奨学金がもらえたんだが、親父が死んで自立しなきゃならなくなった」また悲しみの影が顔をよぎる。あるいは怒りだろうか。バラクは鞄を叩いて言った。「伯爵からあんた宛に預かったラテン語の書類も読めるぜ。まあ、だいたいだが」

わが家の門を抜けると、バラクは建物をじっとながめた。縦仕切りのある窓と高い煙突に感じ入っているのがわかる。わたしに向かって眉を吊りあげた。「立派だな」

「いまのうちにはっきりさせたほうがいいだろう。わが家の使用人には、きみはわたしの依頼主の代理人で、ある案件の手伝いをしてもらっていることにしようと思う」

バラクはうなずいた。「わかった。どんな使用人がいる」

「家政婦のジョーン・ウッドと、下働きの少年だ」わたしはバラクをじっと見た。「わたしに対する話し方にも気をつけたほうがいい。互いの立場を考えると、きみは敬語を使うのがふさわしい。最低でも〝シャードレイク殿〟と呼ぶべきだ。これまではずっと、まるでわたしがきみの兄弟か飼い犬であるかのようにふるまってきたがね。それでは困る」

「仰せのとおりに」バラクはいかにも生意気そうに、にやりとした。「馬をおりるのをお手伝いいたしましょうか、シャードレイク殿」

「自分でできる」

馬からおりると、家の裏手から下働きのサイモンが現れた。バラクの馬にうっとりと見とれている。

「こいつの名前はスーキーだ」バラクがサイモンに言った。「よく面倒を見れば、いいことがあるかもしれないぜ」片目をつぶってみせる。「ときどき好物の人参をやってくれ」

「はい」サイモンが辞儀をして馬たちを引いていった。バラクはじっと見守っていた。

「靴を履かせたほうがいいんじゃないか。このからからの陽気だと、溝や石で足を切るぞ」

「履こうとしなくてね。ジョーンとわたしが説得したんだが」

バラクはうなずいた。「ああ、靴は最初いやな感じがするからな。足の胼胝《たこ》がこすれる」

ジョーンが戸口に姿を現した。バラクを見て驚いた顔をする。「お帰りなさいませ。法廷でのご首尾はいかがでしたか」

「エリザベスに十二日間の猶予をもらえたよ」わたしは言った。「ジョーン、こちらはジャックだ。しばらくわが家に滞在する。依頼主の代理として、ある新しい案件の手伝いをしてもらうことになった。客用の寝室を整えてくれるか」

「かしこまりました」

バラクは一礼し、ジョーンに微笑みかけた。これまでの笑みが皮肉たっぷりだったのと同じくらい、実に愛嬌たっぷりに。「家政婦さんがこんなに魅力豊かな女性だとは、シャードレイク殿から聞いてなかったな」

ジョーンがふっくらとした顔を赤く染め、白いものが交じりかけた髪を帽子のなかへ押しこんだ。「まあ、いやですよ、そんな――」

わが家の分別ある家政婦がこんな戯言《たわごと》を鵜呑《うの》みにするとは。わたしは驚きに目を瞠ったが、ジョーンはバラクを招じ入れるときもなお顔を紅潮させていた。荒々しい魅力に弱い女はこの男に惹《ひ》かれるのだろう。ジョーンはバラクを二階へ案内した。「お泊まりいただくのはしばらく使われていないお部屋なんですよ」という声が聞こえた。「でも、きれいですから」

わたしは居間へ行った。ジョーンが窓をあけておいたので、壁のタペストリーと化したジョーゼフと弟たちに関する資料があたたかな風に揺れていた。床に新しいイグサが撒かれていて、その上にジョーンが置いた蚤《のみ》よけのニガヨモギが独特のにおいを放っている。

ジョーゼフと会うために手紙を書かなくてはならないのを思い出した。階段をのぼって書斎へ向かう。バラクの部屋の前を通ったとき、ジョーンが老いた雌鶏《めんどり》を思わせる声で毛布についてしゃべっているのが聞こえた。そこはかつて助手をしていたマークの部屋だった。運命の紡《つむ》ぎ車の転がりように当惑し、わたしはかぶりを振った。

ジョーンが早い夕食を調えてくれた。きょうは魚の日なので鱒《ます》を食べ、そのあとで器《うつわ》にいっぱいの苺《いちご》を食した。今年は春に好天がつづき、苺の出まわるのが早い。バラクと食卓をともにし、わたしは食前の祈りを捧げた。ひとりのときはもうつづけていない習慣だ。「神がお与えくださった糧に感謝いたします。アーメン」バラクは目を閉じてうつむき、わたしが唱え終わるやいなや顔をあげた。嬉々《きき》として魚に食らいつき、行儀の悪いことにナイフで口に運んでいく。もしあるとするなら、この男の宗教観はどんなものなのだろう。

バラクの声で物思いから引きもどされた。「あとで本と書類を渡す。まったく、おかしな読み物だよ」

わたしはうなずいた。「それに今後の進め方を考えなくてはな」そろそろこちらの権威を印象づけてもよい頃合だ。「話を整理しよう。順序立てて言うと、最初にかかわったのは司書をつとめていた修道士だ」わたしは指を使って名前をあげていった。「それからグリストウッド兄弟がビールナップに会い、ビールナップがマーチャマウントに話を持ちこんだ。マーチャマウントはレディ・オナーに話し、レディ・オナーがクロムウェルに伝えた。となると、三人だ。事態を動かした人間として、修道士は計算からはずせる」

「なぜだ」

「その人物は残忍な悪党ふたりを雇って、グリストウッド兄弟を殺害したからだ。レディ・オナーであれ、弁護士ふたりのどちらであれ、自分で斧を持ってあの家へ押し入ったとするのは無理があるだろう？　ただ、その三人ならいずれも刺客を雇えただろうが、年金暮らしの修道士にはとうていそんな報酬は出せまい。それでもやはり、その修道士とは話がしたい——発見者だからな。ビールナップとマーチャマウントにはあすリンカーン法曹院で会う予定だ。午餐会がある。主賓はノーフォーク公だ」

バラクは不快そうに顔をゆがめた。「あのくそ野郎。伯爵を目の敵にしていやがる」

「知っている。あすの朝は、きみが船が燃えるのを見たという桟橋へ行って、そのあとでジョーゼフに会おう。増収裁判所へも行ける——このごろは忙しくて日曜日も開いているからな。一度くらい教会を休んでもわたしはかまわない。きみはどうだ」

「チープサイドにあるおれの教会区は人の出入りが激しくて、だれがいるかいないか、司祭もろくに記録しやしないよ」

行動計画がすばやくまとまったことに満足し、わたしはバラクに合わせて皮肉っぽく微笑んでみせた。「つまり、神の前でかしこまって、罪の許しを乞う必要は感じないわけだな」

バラクは眉を吊りあげた。「おれの主人は国王の宗務長官で、国王は地上における聖別された神の代行者なんだよ。主人のために働くなら、神の意思にそむくことにはなりえまい？」

「本気でそう信じているのか」

バラクは例の人を食ったような薄笑いを浮かべた。「あんたと同じくらいにね」

わたしは苺をいくつか皿にとり、器をバラクに渡した。バラクは匙《さじ》で器の半分を自分の皿に盛って、クリームを加えた。「残るはレディ・オナーだ」わたしは話をつづけた。バラクはうなずいた。「あの貴婦人が砂糖の宴を開くのは火曜日と決まってる。月曜の朝までにあんたに連絡がなかったら、先方をつついてくれと伯爵に頼んでみよう」

わたしはバラクをまっすぐ見据えた。「できるかぎりわたしの役に立とうというのか」

「ああ」

「それがきみの役目なんだな。わたしの助手が」

「補佐役だ」バラクはぶっきらぼうに答えた。「伯爵からそう命じられた。自分の役割はわかってる。あの小うるさいグレイじいさんは気にするな。あいつはおれの荒っぽさが気に入らないんだ。伯爵自身より仕事をわかってるつもりらしいが、わかっちゃいない。鼻づまりの頭でっかちだよ」

その手には乗るまい。「最初、きみはわたしの監視役だった」

バラクは話題を変えた。「例のウェントワースの件は——言わせてもらうと、見かけほど単純じゃないな。法廷であの娘を見て、おれが何を思い出したと思う？　ジョン・ランバートの火あぶりだ。覚えてるか」

よく覚えている。ランバートは国王に対してはじめて度を過ごしたプロテスタントの牧師だ。十八か月前、ランバートは化体説を否定した罪で、神学における純潔の色である白の長衣をまとったイングランド国教会の首長たる国王その人、判事、尋問官の前で裁判にかけられた。それは宗教改革のはじめての大きな方向転換だった。「あの火刑は残酷だった」わたしはバラクに鋭い目を向けて言った。

「見たのか」

「いや。そういう見世物には近寄らないことにしている」

「伯爵は部下が足を運んで国王への忠誠を示すのを好む」

「そうだったな。わたしはアン・ブーリンの処刑を見せられた」しばし目を閉じ、記憶をよみがえらせぬようにつとめた。

「じわじわと焼き殺されて、まさに血の汗が流れ出ていたよ」

バラクの顔に嫌悪の色がよぎるのを見て、わたしは安堵《あんど》した。火刑はむごたらしい死であり、当時の告発や逆告発ではだれもがそれを恐れていた。わたしは身震いし、額をぬぐった。火照《ほて》ってひりつく感触がある。暑気あたりを起こしたらしい。

バラクは食卓に両肘を突いた。「ランバートが群衆の罵りにも答えずに、頭を垂れて磔柱《はりつけばしら》へ歩いていくさま。あの娘を見てそれを思い出したよ。ランバートの態度をだ。そのあとは、もちろん、叫んでたけどな」

「つまり、エリザベスが殉教者のように見えたというのか」

バラクはうなずいた。「そう、殉教者だ。そう言いたかった」

「しかし、なんのためにだ」

肩をすくめる。「そんなことがだれにわかる？　でも、ウェントワース一家と話をするのは正しいと思う。答はそこにあるはずだ」

エリザベスの様子が殉教者のようだとは思いつかなかったが、言われてみればそのとおりという気がする。わたしはまたバラクを見た。何にせよ、この男はばかではない。「サイモンをジョーゼフのもとへ使いに出した。あす十二時にここへ来るようにとのことづけを持たせてある」わたしは立ちあがった。「朝いちばんで桟橋へ行こう。あすの出発は早いぞ。場所は正確にはどこだ」

「川下の、デットフォードの先だよ」

「では、きみが預かってきた書類に目を通すとしよう。持ってきてくれるか」

「よし」バラクは立ちあがってうなずいた。「あんたが真剣に取り組みはじめたのがよくわかるよ。綿密に計画を立ててる。あんたはそういう人間だと伯爵が言ってたさ。一度はじめたらあきらめないとな」


日が傾きはじめたころ、バラクの鞄を持って庭へ出た。この二年間は庭で仕事をすることも多く、よくここで腰をおろして心安らぐ香りを楽しむ。庭の造りは単純だ。蔓薔薇《つるばら》のからむ格子垣《こうしがき》で囲った小道が四角い花壇を区切っている。迷宮のような凝った装飾庭園はわたしには向かない。謎解きは仕事だけでじゅうぶんであり、わが庭は平穏な秩序の場だ。同様に、かつては宗教改革が世に秩序をもたらすものと信じていたが、その望みも絶えて久しい。その後、庭の安らぎはロンドンを離れた静かな暮らしの前兆ではないかと期待したものだが、それもまた遠い昔に思える。わたしは長椅子に腰をおろし、ようやくひとりになれたことを素直に喜びつつ、鞄をあけた。

二時間読んでいるうちに太陽が徐々に沈み、最初の蛾《が》が姿を現して、家のなかでサイモンがともした蠟燭のほうへ飛んでいった。まず目を通したのは、マイケル・グリストウッドが修道院から持ち出した書類だった。昔の修道士の書記がしたためた挿絵入りの稿本が四、五冊あり、ギリシャ火薬の使用法が鮮明に描写されていた。ときには飛び火と呼ばれ、ときには悪魔の涙、ドラゴンの吐く火炎、〝暗黒火〟とも呼ばれている。最後の名前には頭をひねった。どうして火が暗黒になりうるのか。黒い炭から黒い炎が立ちのぼる奇妙な光景が頭に浮かぶ。ありえない。

ギリシャ語で書かれた一ページが破りとられていた。四百年前に東ローマ帝国を治めていた皇帝アレクシオス一世の伝記の一部だ。

> 東ローマ帝国のガレー船にはいずれも舳先に管が据えつけられ、その先端には真鍮《しんちゅう》に金鍍金《めっき》を施した見るからに恐ろしい獅子《しし》の頭があり、その開いた口から、兵士の操《あやつ》る可動装置によって火が放射されるようになっていた。ピサ人は退散した。そのような装置は見たことがなく、上へ燃えあがるはずの炎が操縦者の意のままに下や左右へ放たれるのが不思議でならなかった。

書類を置いた。発射装置はどうなったのだろう。やはりウルフズ・レーンから持ち去られたのか。金属でできているなら重いにちがいない。犯人たちは荷車を用意していたのだろうか。わたしは別の書類に移った。六七八年、アラブの巨大艦隊がコンスタンティノープルを攻撃するために送りこまれ、空飛ぶ火により壊滅した。その火は海の上でも燃えていたという。わたしは遠くの芝地をじっと見やった。下向きに燃え、水の上でも燃える火だと？　錬金術の神秘については何も知らないが、そんなことは不可能ではないだろうか。

一連の書類のなかで、ただひとつ英語で書かれたものへと移った。まるみを帯びたぎこちない筆跡で記されていた。

わたし、すなわち東ローマ帝国皇帝コンスタンティヌス十一世の元兵士アラン・セント・ジョンは、一四五四年三月十一日、スミスフィールドの聖バーソロミュー小修道院の慈善病院においてこの文書を記す。

コンスタンティノープルがオスマン帝国の手に陥落した年の翌年だ。

死を宣告され、罪の告解をした。わたしは傭兵として苛酷な生涯を送ってきた。コンスタンティノープルの陥落で重傷を負って帰国して以来、この聖なる地の修道士たちが看護と慰めを与えてくれたが、その傷がふたたび化膿《かのう》ししつつある。修道士たちの看護は神の愛のしるしであり、わたしは彼らに、東ローマ帝国のギリシャ火薬に関する古《いにしえ》の秘密を記したこの書類を遺《のこ》す。その秘密は代々の皇帝にひそかに伝えられ、ついにはギリシャ火薬そのものの最後のひと樽とともに消え失せたが、わたしはそれを東ローマ帝国から持ち帰った。その秘密を見つけたのは、迫りつつあるトルコの魔の手から書物を守るべく図書館を片づけていたコンスタンティノープルの司書で、ヴェネチアが派遣した船で首都を脱出する間際に、書類と樽をわたしに託した。わたしはギリシャ語もラテン語も読めないので、イングランドの錬金術師に助言を求めるつもりでいたが、病状の悪化でそれもままならなくなった。神よ許したまえ。この秘密で利を得るつもりでいたが、いまとなっては金はなんの助けにもならない。それは神の思し召しだと修道士たちは言う。哀れな人間たちに大いなる破壊と流血をもたらしかねない恐るべき秘密だからだ。ギリシャ火薬の主成分が暗黒火と呼ばれていたのももっともだ。わたしはすべてを修道士たちの意に委《ゆだ》ねる。神の慈悲に最も近い人々に。

わたしは書類を置いた。つまり、修道士たちは危険と破壊の元凶となりうるものを手にしたことに気づき、書類と樽を隠したのだ。九十年後にヘンリー国王とクロムウェルが何もかも調べあげることは知る由《よし》もない。庭にすわったわたしの目に、この時代の一大悲劇であるコンスタンティノープル陥落の光景が浮かんだ。大砲のとどろきとオスマン帝国のトルコ人たちの叫び声を聞きながら、滅亡の都市を逃れ、波止場とヴェネチア行きの船に兵士や役人や市民たちが殺到していく。

ふたたび書類を手にとり、においを嗅いだ。かすかに麝香のようなよい香りがする。残りの書類も嗅いだところ、同じにおいが残っているものがいくつかあった。わたしは眉をひそめた。このにおいは香のたぐいではない。修道院の地下室に由来するものでないことはたしかだ。こんなにおいを嗅いだことはかつて一度もない。また書類を置いたとき、蛾が顔にぶつかって驚いた。入り日がリンカーン法曹院の木々の梢《こずえ》に達し、牛が遠くで鳴いている。つぎは書物に取りかかった。

そのほとんどは、ギリシャ火薬についてラテン語とギリシャ語で書かれたものだった。身につけると燃えあがる魔法の衣装に関する古代アテネの伝説を読み、燃えやすい泥を出したユーフラテス川近郊の溜め池に関するプリニウスの記述を読んだ。書き手はそれらの話を繰り返しているだけで、ギリシャ火薬がどのように作られたかを理解していない。錬金術の本も数冊あり、賢者の石、ヘルメス・トリスメギストスの金言、金属と星と生物のあいだの類似に関する問題について論じていた。セパルタスの工房から拝借した本と同じく、わたしには理解しがたかった。

最後は、執務室でクロムウェルに見せられた古い羊皮紙にもどった。ギリシャ火薬を放つ船の絵があって、上部が破りとられているものだ。破れ目を指でなぞる。自分がしたことの代償としてマイケル・グリストウッドは命を失った。

「修道士がすべて始末してしまえばよかったんだ」わたしは声に出してつぶやいた。

足音が聞こえて顔をあげると、バラクがこちらへ歩いてきていた。バラクは花壇を見まわした。

「ここはいいにおいがするな」わたしのまわりの書類を顎で示した。「で、それをどう思う」

「たいしたものではない。ごちゃごちゃと書き連ねてあるわりには、ギリシャ火薬の正体をだれもわかっていないらしい。錬金術の書物などは、不可解な謎とわけのわからない記述ばかりだ」

バラクがにやりとした。「前に法律書を読もうとしたときに、そんなふうに感じたな」

「ガイならいくらか意味を理解できるかもしれない」

「あんたの知り合いの、あの浅黒い修道士か？　おれの下宿の近所じゃ有名人だ。まったく、どう見ても風変わりな男だよな」

「とても聡明な男だ」

「ああ、オールド・バージ界隈でもそういう評判だよ」

「あそこに住んでいるのか」わたしは鎧戸が閉まったのを思い出した。

「ああ、ここみたいに住み心地のいい場所じゃないが、ロンドンのど真ん中だよ——仕事で市街のあちこちに出かけるには便利だ」バラクは隣に腰をおろし、わたしに鋭い目を向けた。

「あんたはあの浅黒い修道士にはなるべく何も教えないことになってる。忘れるなよ」

「これらの錬金術の本を解明してくれと頼むつもりだ。依頼人のために調べなくてはならない資料だと言って。ガイはそれ以上穿鑿《せんさく》しない。わたしが依頼人の秘密を守らなくてはならないことを知っている」

「ガイ・モルトン。あの浅黒い薬剤師はそう名乗ってる」バラクは思案ありげに言った。

「生まれたときの名前じゃないな」

「ああ、生まれたときはムハンマド・エラクバルという名前だったが、グラナダの陥落後に両親がキリスト教に改宗した。それを言うなら、きみだって変わっている。バラクはバルクに似ているな。バルクは旧約聖書に出てくる名前で、いまでは改革派が子供につけている。だが、きみはそれよりずっと歳をとっている」

バラクは笑い、長い脚を前に伸ばした。「あんたは学者だな？　おれの親父の家系は、古くにキリスト教に改宗したユダヤ人の子孫だ。イングランドから追放される前の話だよ。〈改宗者の家〉に伯爵を訪ねるときはいつもそのことを思い出す。だから、昔はバルクといったんだろう。そのころから代々伝わるものだと言って、親父がおれに遺した妙な金の入れ物がある。遺したのはそれだけさ、あの哀れなくそ親父め」また例の暗い影が顔をすばやくよぎった。肩をすくめる。「その古い書類の山からわかることはほかにないのか」

「ない。ただ、修道士が製法書と樽を隠したのは、ギリシャ火薬に破壊されかねないのを恐れてのことだったようだ」わたしはバラクの目を見た。「正しい判断だよ。すさまじいものにちがいない」

バラクは目を見返した。「でも、外国の侵略からイングランドを守れるかもしれない。そのためならどんなものにも価値がある」

わたしは返事をしなかった。「ギリシャ火薬の実演がどんなだったか話してくれ」

「いいとも。だが、あす桟橋で話す。ここへ来たのは、出かけると伝えるためだ。オールド・バージへ着るものを取りにいかなきゃならない。それに、酒場を聞きこみにまわるつもりだ。あのあばた面《づら》の男のことを知らないか、あれこれあたってみる。それが終わったら、女と会う約束になってるから、帰りは遅くなる。鍵はあるか」

わたしは非難がましくバラクを見た。「ジョーンに借りろ。あすは朝早く出発するんだぞ」

バラクはわたしの顔つきを見て微笑んだ。「心配無用だ。手抜きで取り組んだりしないから」

「そう願うよ」

「女にもな」バラクは思わせぶりに片目をつぶってみせ、歩み去った。

10

その夜は眠れなかった。暑かったせいと、脳裏で映像が追いつ追われつせめぎ合っていたせいだ。独房にいるエリザベス、クロムウェルのやつれて不安げな顔、むごたらしいふたつの死体。夜更けにバラクがもどり、忍び足の音が二階の自室へ向かうのが聞こえた。蒸し暑い暗闇のなか、わたしは起きあがってベッドのそばにひざまずき、休息とあすの導きを祈った。このごろは祈る回数も徐々に減り、自分のことばが神へは届かずに頭のなかで雲散するだけに感じることが多い。だが、ベッドにもどるやたちまち深い眠りに落ち、早朝の光にはっとして目を覚ますと、開いた窓からあたたかいそよ風が吹きこむのが感じられ、朝食に呼ぶジョーンの声が聞こえた。

ゆうべ聞きこみをつづけたにもかかわらず、バラクはとてもすがすがしそうで、出発する気満々の様子だった。わたしたちを尾けていた男の手がかりは得られなかったが、知り合いに頼んで、調べる手筈《てはず》を整えてきたという。朝食を終えてすぐ、わたしとバラクは舟に乗るためにテンプル波止場へ徒歩で向かった。まだ七時にもなっていない。日曜のこんな時刻に出かけることはめったになく、どこにも人気《ひとけ》がないのを見て妙な気がした。川も静かで、波止場でぼんやり待っていた船頭が、わたしたちを見るなり嬉々として仕事に取りかかった。潮が引いていて、舟までたどり着くのに、ごみの散乱する汚泥に渡された木の通路を歩いていかなくてはならない。ふくれあがった驢馬《ろば》の死骸が放つ悪臭に、わたしは思わず顔をそむけた。舟に足を踏み入れたときはほっとした。船頭は川の中央へと舟を進めていく。

「ロンドン橋の下で急流くだりをしたいか」船頭が尋ねた。「それならあと二ペンスだ」顔に喧嘩《けんか》か何かでこしらえた古傷が走っている不器量な若い男だ。テムズ川の船頭は喧嘩好きの連中がそろっている。わたしは躊躇したが、バラクがうなずいた。「ああ、いまは水位がかなり低いから、橋脚の下もたいして揺れないだろう」

人家の建てこんだ大きな橋が前方に迫り、わたしは舟のへりをしっかりと握ったが、船頭は巧みに舟を操り、橋の下をくぐって下流へ進んだ。大型の遠洋航海船が係留されているビリングズゲートを通り、ロンドン塔の不気味な巨体の横を過ぎていく。それから、デットフォードに新しくできた軍艦の係留場へ差しかかった。修理のために停泊している国王の軍艦〈メアリー・ローズ〉には目を瞠った。巨大な帆柱や索具がまわりの建物の上に尖塔のごとくそびえている。

デットフォードを過ぎると、人の住む形跡が途絶え、川幅がひろがって、対岸がみるみる遠ざかっていった。沼と葦《あし》の荒れ地が水際まで押し寄せている。たまに見かける波止場はほとんどが廃《すた》れている。いまでは船の往来が上流に集中しているからだ。

「あれだ」舟のへりから身を乗り出しながら、ようやくバラクが言った。少し離れたところに、木の支柱に載った壊れかけの桟橋が見える。その先に、周囲の葦原が切り開かれて雑草がまばらに生えた土地に面する、荒れ果てた木の小屋が建っていた。

「もっと広いところだと思っていた」わたしは言った。

「伯爵がここを選んだのは辺鄙《へんぴ》な場所だからだ」

船頭が舟を桟橋につけ、先端に具えつけられた梯子をつかんだ。バラクが梯子を軽快にのぼっていく。わたしは注意深くあとにつづいた。

「一時間後に迎えにきてくれ」バラクはそう言って船賃を手渡した。船頭がうなずいて舟を漕ぎだし、わたしたちを残して去っていく。わたしはまわりを見渡した。何もかもが静まり返り、周囲の葦が微風にそよいで、そのあいだを色鮮やかな蝶が舞っている。

「小屋の様子を見てくる」バラクが言った。「どこかの流れ者が住みついてるとまずい」

バラクは歩いていって、反り返った板のあいだから小屋をのぞきこみ、わたしは鉄の係船柱の輪にぶらさがっているものに目を留めた。船をつなぐのに使うような固く結ばれた太い麻の綱が、桟橋の端から垂れさがっている。引きあげてみると、綱の長さは二フィートほどしかなく、先端が黒く焦げていた。そこで焼き切れたのだろう。

バラクがもどってきた。「異状なしだ」革袋を差し出す。「飲むか」

「ありがとう」わたしは栓を抜いて、スモールビールをひと飲みした。

バラクはまだわたしの手のなかにある綱に顎を向けた。「そこにつないだ船のうち、残ったのはそれだけだ」

「話してくれ」わたしは静かに言った。

バラクは小屋の投じる影のなかへわたしを導いた。しばし川を見やり、ビールをもうひと口飲んでから話しはじめた。思いのほか流暢《りゅうちょう》な語りだった。驚異の念がふだんの生意気さを打ち消していた。

「この三月に、古い小型帆船をおれの名前で買ってここへ運べと伯爵に言われたんだ。おれは三十フィートのおんぼろ船を見つけて、ここへ運んで係留した」

「以前、小型帆船でサセックスからロンドンまで旅をしたことがある」

「じゃあ、どんなものかはわかるな。長くて重たい船だ。おれが見つけたのは、ニューカッスルから海岸沿いに石炭を運んでた、帆と櫂《かい》のある大きくて頑丈なやつだった。〈ボナヴェンチャー号〉と呼ばれてた」バラクはかぶりを振った。「いい旅に出る運命だったんだ。

さっきも言ったとおり、伯爵がここを選んだのは辺鄙な場所だからだ。三月のある日の夜明け、つまり、船の往来がないと期待できる時間に、ここで伯爵を待つように言われた。変わったものが見られるかもしれないからとな。〝ただし、あまり期待はできない〟とも言っていた。

ともあれ、おれは夜明け前に馬でここへ来た。暗闇のなかでこの沼地の道をたどるのはずいぶん骨が折れたよ。古い帆船はおれが係留しておいた場所にちゃんとあった。だれも盗もうとは思わない代物だったからな。スーキーをつないであたりを歩きまわり、足をあたためようと踏み鳴らしてると、朝日がのぼりだした。一日のはじまりに川の鳥があげる鳴き声は気味が悪くて、何度かぎくりとさせられたよ。

やがて馬の蹄の音と何かがきしる音が聞こえて、葦の向こうから馬に乗った伯爵が近づいてくるのが見えた。そんな場所で伯爵の姿を見るのは変な感じがしたな。伯爵は不機嫌な顔つきで、連れの男ふたりをずっとにらみつけてた。男たちも馬に乗り、そのうちの一頭は荷車を引いてて、粗布の山の下に何やら重いものが隠してあった。

ついに桟橋にたどり着き、三人は馬をおりた。グリストウッド兄弟をよく見たのはそれがはじめてだった。哀れなやつらだと思ったよ。神よ、ふたりに安らぎを与えたまえ」

わたしはうなずいた。「マイケルは出来の悪い事務弁護士だった。瑣末《さまつ》な案件を扱い、仕事を法廷弁護士へ押しつけるたぐいの」

「ああ、その手のやつらはよく知ってる」バラクが急に鋭い口調で言い、わたしは思わず顔を見た。「ふたりとも小柄で痩せてて、伯爵を不安げに盗み見てたよ。そういう何もかもが自分の威信にかかわると伯爵が考えてるのがわかった。もしふたりが伯爵を満足させられなかったら、ただじゃすまされないだろうと思った。兄弟の片方は、沼地を旅してきたせいで泥が跳ねてはいたが、ふちなし帽と錬金術師の長衣という完璧《かんぺき》ないでたちだった。伯爵はひとりで移動するときの常で、簡素な黒の外套《がいとう》を着ていたな。伯爵がグリストウッド兄弟におれを紹介すると、ふたりは帽子を脱いで、片足を引いて深くお辞儀をした。まるでおれのほうが伯爵であるみたいにな」バラクは笑った。「あんなに腰をひん曲げたくそ野郎どもを見るのははじめてだった。

伯爵はおれに、小屋の近くのスーキーをつないである柱に馬たちを縛りつけろと言った。おれがもどると、兄弟は荷車から荷をおろしてた。あんな奇っ怪なものを見るのははじめてだったよ。長くて薄い真鍮の管に、貯水池によくある金属製の大きな手押しのポンプ。伯爵はおれのそばへ来て小声で言った。〝いっしょに船の下見をしてくれ、ジャック。仕掛けがないのをたしかめたい〟とな。いったい何事ですかと訊くと、伯爵は怪訝《けげん》な顔つきで、鉄の容器らしきものを荷車からおろしてる兄弟を見た。ふたりは汗を流してうなってたから、中に何か重いものがはいってるんだろうと思った。そのとき伯爵が言った。セパルタスは錬金術師で、あの装置を使ってわれわれに驚くべきものを見せると約束した、とな。伯爵は眉を吊りあげ、それから船のほうへ歩いていった。

手を貸して乗せると、伯爵は船を端から端まで調べた。船倉にまでおりて、少し残っていた石炭の粉に咳きこみながら歩きまわってたよ。仕掛けや奇妙なものがないか探せと言われたが、何もなかった。船の商人から安く買った、ただの空っぽのおんぼろ船だったからな。甲板にもどると、桟橋の上に装置が置かれてたんだ。金属の容器の片端にポンプが、もう一方の端に管が取りつけられてた。容器から何かのにおいがするのに気づいた。それまでに嗅いだことのない、鼻の穴から脳天に突き抜けるようなつんとする強烈なにおいだったよ」

「その装置の見た目をもう少しくわしく教えてくれ」

「管は長さが十二フィートぐらいで、銃身のように中空だったな。先端の下には灯心がつけてあった。そこには蠟を塗った紐がはいってる。反対側の端は、さっきも言ったとおり、金属の容器に取りつけられてた」

「その容器の大きさはどのくらいだった。たとえば、大樽にいっぱいの液体ははいるのか」

バラクは眉根を寄せた。「ああ。どれだけ中身が詰まってたかはわからないけどな」

「なるほど。つづけてくれ」

「陸地にもどった伯爵とおれは、容器が大きな鉄の三脚台の上に載ってるのに気づいた。驚いたことに、その下で兄弟が、騒々しく火打ち石を扱いながら小枝に火をつけようとしてた。すると、マイケル・グリストウッドが興奮の雄叫《おたけ》びをあげた。〝ついた！〟とな。そして〝火がついた！　さあ、離れて、閣下、管から離れて！〟と叫んだ。あまりになれなれしい呼びかけに伯爵は憤慨《ふんがい》したふうだったが、移動して兄弟の背後に立った。おれも伯爵といっしょに移った。いったい何が起こるのかと思いながらな」

バラクはしばし口をつぐみ、川面を見やった。ふたたび潮が押し寄せ、水が小さな渦を巻いて流れていく。

「そして、あっという間にそれが起こった。マイケルが火のついた小枝を持って灯心に点火してから、走ってもどり、セパルタスといっしょにポンプを上下に動かした。管の先で何か動いたと思った瞬間、長さ十フィート余りの黄色い炎の幕が轟音をあげながら噴き出し、空中を飛んでいって船のど真ん中を直撃した。炎は生き物みたいにくねってたよ」

「ドラゴンが吐く火炎のようにか」

バラクは肩をすくめた。「ああ。木の船だからたちまち燃えあがり、獲物の死骸を食いつくす獣みたいに、炎が船体にまとわりついてむさぼり食ってるように見えた。炎の一部が水の上に落ちたが、おれは水が燃えるのを見た。誓ってもいい。たしかにこの目で見たんだ。火の粉《こ》が川面で飛び跳ねるのをな。一瞬、川全体が燃えあがってロンドンまで火の粉が飛んでいくんじゃないかと恐ろしくなった。

つぎに兄弟は、管の向きを別の角度に変えてポンプを動かした。すると、直視できないほどまぶしくて長い炎の塊《かたまり》がまた飛び出して、船尾に命中した。何かの生き物が飛びかかっていくみたいだったよ。船は盛大に燃えていて、空飛ぶ火の熱はものすごかった。おれは二十フィート離れたところにいたのに、顔が焼け焦げるかと思ったね。もう一回、さらにもう一回と火が放たれて、おんぼろ船は端から端まで炎に包まれた。沼地のそこらじゅうで鳥たちが騒ぎ、飛んでいった。ほんとうにこわかったよ。おれは信心深い人間じゃないが、聖母マリアとすべての聖人にどうかお守りくださいと祈ったし、もしロザリオを持つのが許されていたら、壊れるまで珠《たま》を手繰《たぐ》ってたろうな。

おれたちは、いまやただの炎の塊と化した船と、そこから真っ黒な煙がもうもうと空へ立ちのぼっていくのを見守った。横へ目をやると、伯爵は恐れもせずに、ただじっと腕を組んでながめてたよ。その目は興奮で輝いてた。

そして悲鳴が聞こえた。しばらく前からつづいてたのかもしれないが、そのときはじめて気づいたんだ。馬たちの声だった。大きな炎の塊が飛んでいくのを見て、こわくなったんだろう。そばへ駆け寄ると、柱から逃れようとして蹴ったり暴れたりしていた。おれは馬が怪《け》我《が》をする前にどうにか落ち着かせた。馬の扱いは心得てたし、さいわいもう炎の幕が飛んでこなかったからな。そのころには船の残骸が沈みかけていた。おれが桟橋にもどったときにはもう見えなくなってて、舫《もや》い綱までも焼き切れていたよ。伯爵はグリストウッド兄弟と話をしてた。兄弟は汗で服が体に張りついてたけど、満足そうだったな。そして荷造りをはじめた」バラクは笑って首を振った。「川はまた静かになり、船は沈んで水の上の火もきれいさっぱり消えちまってた。まるで何事もなかったかのようにな。ただし、三十フィートの小型帆船が瞬時に燃えつきたことを除けばだ」バラクは深く息をつき、眉を吊りあげた。「そう、おれがこの目で見たものの話はこれでおしまいだ。そのあと、グリストウッド兄弟が引きあげていってから、伯爵から説明があった。さっき見たのはギリシャ火薬と呼ばれるもので、マイケル・グリストウッドが聖バーソロミュー小修道院でその製法を見つけたものだとな。そして、秘密を守るように釘《くぎ》を刺した」

わたしはうなずいた。桟橋の端まで歩いていくと、バラクがあとからついてきた。わたしは暗く波打つ波紋を見おろした。

「二回目の実演には立ち会ったのか」

「いや。別のもっと大きな船――古い海洋帆船を探してここへ運ぶように言われたが、そのときは伯爵ひとりが立ち会った。伯爵の話では、二度目の船もまったく同じように焼きつくされたらしい」バラクは川をのぞきこんだ。「だから、この川底には二隻の船の残骸がある」

わたしは考えこみながら、またうなずいた。「ギリシャ火薬を使うにはその装置が必要なんだな。だれがそれを作って、兄弟はそれをどこに保管したんだろう」

バラクはいぶかしげにこちらを見た。「おれの話を聞いただけで、ギリシャ火薬のことを信じるのか」

「きみがとてつもないものを目にしたことは信じる」

川の真ん中を大型の武装商船でさかのぼる商人の姿が見えた。どこか世界の果てからロンドンへ帰ってきたところだ。そよ風をとらえようと帆をひろげ、銃眼つきの胸壁を具えた船首で誇らしげに波を切り開いていく。甲板の船員がこちらに気づき、声を張りあげて手を振った。イングランド人を見るのは何か月かぶりなのだろう。ロンドンへ向かうその船を見ているうちに、わたしの頭に恐ろしい映像が浮かんだ。船体が端から端まで炎に包まれ、船員たちが逃げる暇もなく悲鳴をあげるさまだ。

「世界の終わりの日々が近づいていると言う者が多いのはきみも知っているな」わたしは静かに言った。「もうすぐ世界が破滅して、キリストが復活し、最後の審判がくだされると」

「あんたは信じてるのか」バラクが尋ねた。

「信じていなかったよ。たったいままでは」わたしは言った。また別の舟が見えた。かなり小さなその舟は、武装商船とすれちがってこちらへ近づいてきた。「さっきの船頭だ。ロンドンへもどって例の司書を探そう」

船頭に言い、ウェストミンスターまで向かわせた。増収裁判所の事務所はウェストミンスター・ホールの一室にある。ウェストミンスターの波止場の階段をのぼり、ニュー・パレス・ヤードでしばし休憩した。太陽はもう高い。きょうもまた暑い一日だ。噴水の量が少ない。ポンプや吸いあげ管や金属容器のことが頭に浮かんだ。

「なるほど、ここが弁護士が議論をしにくる場所か」バラクが言った。高くそびえるウェストミンスター・ホールの北側の正面に巨大なステンドグラスの窓が配されたさまを、興味津々の様子で見つめている。

「ああ、このなかに民訴裁判所がある。来たことがないのか」

「真っ当な人間の常で、近寄らないことにしてる」

わたしはバラクを連れて北玄関に通じる階段をのぼった。守衛がわたしの法服を見てうなずき、中へ通した。冬になると、この巨大な石造りの建物のなかは氷のように冷え、毛皮を身につけた判事のほかはだれもが身を震わせるものだ。この季節ですら空気がひんやりとしている。バラクは曲線を描く壮麗な天井や、高窓のそばに並ぶ古代の王の像を見あげた。口笛を吹くと、ここではどんな音でもそうなるように、周囲に反響した。

「中央刑事裁判所とはちょっとちがうな」

「ああ」わたしはあたりを見渡した。無人の売店の先に、低い仕切りで分けられた王座裁判所、民訴裁判所、大法官裁判所の法廷があり、長椅子や机には人気《ひとけ》がなく閑散としていた。あす開廷期がはじまれば、隅から隅まで人で埋めつくされるはずだ。来週ここでビールナップと対決することになるのを思い出した。どうにか準備の時間を作らねばならない。いちばん奥の端にある扉へ目をやった。その向こうから人の話し声が聞こえてくる。「こっちだ」わたしは言い、バラクを連れて増収裁判所の事務所へ向かった。

増収裁判所が日曜日も開所する特別許可を得たことは、驚くにはあたらなかった。何百もの旧修道院領の売却と元修道士の年金業務を一手に引き受けているのだから、わが国でここより多忙な場所はない。部屋の両側に、事務官が問い合わせに対応する受付台が並んでいた。地味な服装の不安げな女性の一団が、げんなりした様子の事務官と言い争っている。「あの高十字架は修道院長が引きとる約束になっていました」女性のひとりが哀れっぽく訴えていた。「わたくしたちの暮らしのかけがえのない思い出に」

事務官は苛立たしげに書類を手で示した。「権利放棄証書には書かれていない。いずれにせよ、なぜそれが要るんです。あなたがた元修道女がいまも旧教の礼拝をするために集まっているのなら、法に反しますよ」

わたしはバラクを連れて、身なりのよい男たちの横を通り過ぎた。みな、修道院教会と歩廊の描かれた見取り図に熱心に見入っている。「建物を取り壊さなきゃいけないなら、千ポンドの値打ちもないな」と、ひとりの男が話していた。

わたしたちは〝年金〟と記された受付台にたどり着いた。係の者がだれもいない。小さな呼び鈴を鳴らすと、扉の向こうから、仕事の邪魔をされて不機嫌そうな年配の事務官が現れた。わたしはある元修道士の住所を知りたいと告げた。忙しいのであとで来るようにと事務官が言いかけたとき、バラクがダブレットを探ってクロムウェルの紋章入りの印章を取り出し、受付台に叩きつけるように置いた。事務官はそれを見るなり、卑屈な態度になった。

「むろん、わたしにできることならなんでもいたします。伯爵のお役に立つのなら——」

「バーナード・キッチンという人物を探している」わたしは言った。「スミスフィールドの聖バーソロミュー小修道院で司書をしていた男だ」

事務官は微笑んだ。「ええ、はい、聖バーソロミュー——それならお安いご用です。こちらで年金を受けとるはずですから」抽斗《ひきだし》をあけて大きな台帳を取り出し、すばやくめくりはじめる。しばらくして、ある個所をインクのしみついた指で示した。

「ありました。バーナード・キッチン、一年につき六ポンド二マーク。ムーアゲートにある聖アンドリュー教会の寄進礼拝堂の聖職者として登録されています。まったくけしからんことです、寄進礼拝堂の存続が許されて、聖職者がいまも毎日死者のためにラテン語で祈りを唱えているのは。寄進礼拝堂も廃止すべきですよ」事務官はわたしたちに明るく微笑みかけた。クロムウェルの臣下だから、こちらが同意するものと思ったのだろう。しかし、わたしは鼻を鳴らしただけで、台帳の向きを変えて記載事項をたしかめた。

「バラク、わたしがチャンセリー・レーンにもどったら、きみはキッチンのところへ行って、伝えてもらいたいんだが——」

事務官の背後の扉が開き、わたしはことばを呑んだ。仰天したことに、姿を現したのは、痩せこけた顔をしかめたスティーヴン・ビールナップだった。「きみ、話はまだ終わっていないぞ。リチャード・リッチ卿がお望みなのは——」ビールナップもまた、わたしを見てことばを呑んだ。驚いた様子で、一瞬わたしと目を合わせてからすばやくそらした。

「ブラザー・シャードレイク——」

「ビールナップ、増収裁判所の年金業務に興味があるとは知らなかったよ」

ビールナップは笑みを浮かべた。「ふだんは興味などありません。ただ……ムーアゲートのわたしの土地に受領権者がいましてね。居住権を持つ年金受給者です。その責任もわたしが負わなくてはならないようなんですよ。興味深い法律問題でしょう?」

「たしかに」わたしは事務官に向きなおった。「用件は以上です。では、ブラザー、明後日に」ビールナップに会釈をした。事務官は台帳を抽斗にしまい、ビールナップを部屋のなかへ連れもどした。扉がしまった。

わたしは眉をひそめた。「受領権者は修道院にはいるが、托鉢修道院にはいないはずだ。あの男はここでいったい何をしている」

「リッチの名前を口にしたぞ」

「ああ」わたしは躊躇した。「クロムウェルならあの事務官を尋問しただろうか」

「それはないだろう。リチャード・リッチの耳にはいることになる」バラクは茶色の髪を掻きあげた。「あのやつれ顔のくそ野郎、前にどこかで会ったことがある」

「ビールナップか。どこでだ」

「思い出せない。大昔のことだが、あの顔に見覚えがあるのはまちがいない」

「行こう」わたしは言った。「ジョーゼフが待っている」

わたしとバラクが馬で帰れるように、チャンセリーとスーキーをウェストミンスターまで連れてくるよう、あらかじめサイモンに言いつけてあった。サイモンは東側の控え壁の近くでチャンセリーの広い背にまたがって、慣れない靴を履いた両足を揺らして待っていた。わたしとバラクは馬に乗り、ゆっくり歩いて帰るようサイモンに言い残して出発した。

チャリング・クロスに差しかかったとき、毛並みのよい去勢馬に乗った身なりのよい女性が目に留まった。日差しから守るために仮面で顔を覆っている。馬に乗った従僕三人もいっしょで、背後には花束を手にした暑そうな侍女ふたりがいる。馬は立ち止まって放尿していて、一行はそれがすむのを待っていた。わたしたちが通りかかると、女性はこちらを向いてわたしをじっと見つめた。豪華な頭飾りに囲まれた仮面は縞《しま》模様の布製で、のぞき穴があいており、仮面越しのうつろな視線は奇妙なほどこちらを動揺させた。やがて、女性は仮面をあげて微笑み、わたしはそれがレディ・オナーだと気づいた。仮面は息苦しいにちがいなく、暑い陽気にコルセットは苛酷であろうに、実に涼しげだった。片手をあげて挨拶をよこす。

「シャードレイクさま！　またお会いしましたわね」

わたしはチャンセリーの手綱を引いた。「レディ・オナー。きょうも暑いですね」

「ほんとうに」レディ・オナーはしみじみと答えた。「お会いできてよかったわ。つぎの火曜日に食事においでくださる？」

「喜んでうかがいます」わたしは答えた。

かたわらのバラクが気になった。まさしく召使いのように目を伏せている。

「ブルー・ライオン・ストリートのガラスの館《やかた》とおっしゃっていただければ、だれに聞いても場所はわかるはずです。五時にお越しください。砂糖の宴のみですから、遅くはなりません。ごいっしょできるのが楽しみですわ」

「心待ちにしております」

「ところで、エドウィン・ウェントワースの姪の弁護人をなさっているとか」

わたしは苦笑した。「ロンドンじゅうに知れ渡っているらしい」

「あのかたとは織物商組合の食事会で会ったことがあるの。ご本人が思っているほど利口ではないわね。お金儲けには長けているけれど」

「そうなのですか」

レディ・オナーは笑った。「まあ、お顔が鋭くなって、いかにも弁護士という感じよ。関心がおありなのね」

「姪御さんの命をお預かりしていますので」

「責任感というわけね」眉をひそめた。「さて、失礼しなくては。亡き主人の親類を訪ねるところですの」

仮面がおろされ、一行は立ち去った。「別嬪《べっぴん》だな」馬を進ませながら、バラクが言った。

「生まれながらの貴婦人だよ」

「おれにはちょっと小癪《こしゃく》ざかしすぎる。身のほどをわきまえた女が好みだからな。夫に先立たれた裕福な女は小癪でかなわない」

「おおぜい知っているのか」

「知ってて悪いか」

わたしは笑った。「あの女性はきみには高嶺《たかね》の花だよ、バラク」

「あんたにもな」

「否定するほど厚かましくはない」

「あの女はぜったいに極貧に甘んじるものか」

「名門貴族もいまはかつてのような確固たる地位を有していない」

「それはだれのせいだ」バラクはきびしい声で言った。「ヨーク家とランカスター家の戦いに便乗して、貴族同士が共倒れ寸前まで権力争いをしたからだ。新しく身を立てた伯爵のような人に仕えるほうが賢明なんだよ」

「そうは言っても、クロムウェルは伯爵の身分がお気に入りだぞ、バラク。紋章を授かるのは万人の夢だ。マーチャマウントは自分の先祖に生まれのよい人々がいると紋章院に思いこませようとして、リンカーン法曹院の笑い草になったことがある」ある考えがひらめいた。「だからレディ・オナーと近づきになろうとしているのか。家柄のよい相手と結婚すれば――」そう考えると、思いがけず心が痛んだ。

「マーチャマウントがレディ・オナーに目をつけたって？　それはおもしろいかもな」バラクは首を左右に振った。「そういうお偉方同士の身分争いはほんとばかばかしいや」

「紳士の身分を志《こころざ》す者は、より高い生活様式をめざすものだ。低いのは考えられない」

「おれにはおれの家系がある」バラクはあざけるような笑みを浮かべた。

「むろん、そうだ。お父さんの遺した入れ物もある」

「ああ、ただし、自分の家系については人には話さない。ユダヤ人は強欲非道で黄金の亡者だったと言われてるからな。子供殺しだったとさえも。さてと」急に話題を変えた。「キッチンって野郎を見つけ出さないとな」

「見つかったら、あすわたしと会ってもらえるかと尋ねてくれ。聖バーソロミューで」

バラクは鞍の上でこちらを向いた。「聖バーソロミューで？　でも、いまあそこにはリチャード・リッチが住んでる。伯爵はリッチをかかわらせたくないと考えてるんだ。それに、あんたの友達のビールナップがリッチの名前を口にしたのがどうも気になる」

「なんとしても例のものが見つかった場所で会いたいんだ、バラク」

バラクは眉をあげた。「いいだろう。ただし、用心しないとな」

「おい、わたしがそんなことに気づかないとでも？」

チャンセリー・レーンの南の端でバラクと別れた。ひとりで通りを北上していると、きのう尾行されていたことを思い出したり、クイーンハイズの家で見た死体が目に浮かんだりして、急に心細くなった。自宅の門に近づいたときはほっとした。そのとき、通りの向こうからジョーゼフがこちらへ歩いてくるのが見えた。肩を落とし、悲しげで思いに沈んだ顔をしていたが、わたしに気づくなり、笑みを浮かべて手を振ってよこした。それを見て元気が湧いた。エリザベスの裁判以来はじめて目にした親愛のしぐさだった。

11

近くで馬を止めて見ると、ジョーゼフは疲れて暑そうだった。サイモンがまだ帰宅していないので、わたしはジョーゼフに家へはいるよう言い置いて、馬を厩へ連れていった。

玄関へもどり、帽子と法服を脱いだ。屋内のほうが涼しく、その場でしばし汗まみれの顔にあたる空気を味わってから、居間へ向かった。わたしの肘掛け椅子にすわっていたジョーゼフが、きまりが悪そうにあわてて腰を浮かした。わたしは手を振った。

「かまいませんよ、ジョーゼフさん。この暑さですから」向かいの硬い椅子に腰をおろす。くたびれた様子ではあるものの、ジョーゼフの目は興奮に輝き、新たな希望をたたえているのが見てとれた。

「聞いてください」ジョーゼフが言った。「うまくいきました。弟があなたに会うそうです」

「よくやってくれました」わたしはジョーンが卓に出しておいた容器からビールを注いだ。

「どう説得したんですか」

「簡単ではありませんでした。屋敷を訪ねたんですが、使用人の前で騒ぎを起こすわけにもいかず、向こうはわたしを招き入れざるをえませんでした。わたしはエドウィンに、こちらの弁護士はエリザベスが有罪だという確信が持てなくて、弁護をつづけるかどうか決める前に家族と話をしたがっていると言いました。エドウィンは最初はものすごい剣幕で、わたしの口出しに腹を立てていました。それに、わたしは嘘が苦手なので、話がめちゃくちゃになるんじゃないかと不安でした」

わたしは微笑んだ。「たしかに。そういう駆け引きをするには正直すぎますね」

「駆け引きは好きではありません。でも、リジーのためなら――ともあれ、母が弟を説《と》き伏せたんです。驚きましたよ。母はエリザベスをとりわけ敵視していましたからね、実の孫娘だというのに。でも、母はこう言いました。ラルフを殺したのはエリザベスにちがいないと納得できたら、もう自分たちをそっとしておいてもらいたい、と。そんなわけで、あすの朝十時に会うそうです。その時分には全員が家にいるとのことでした」

「よかった。よくやってくれました、ジョーゼフさん」

「あなたがリジーの無実を疑っていると弟たちに信じこませてしまったかもしれません」ジョーゼフはすがるような目でこちらを見た。「でも、リジーのために嘘をつくのは、キリストの教えに反しませんよね」

「とかくこの世は清廉潔白ではいられないものです」

「神はつらい試練をお与えになる」ジョーゼフは悲しげにかぶりを振った。

わたしは炉棚の置き時計を見やった。急がなくてはならない。「すみません、ジョーゼフさん。また出かけなくては。リンカーン法曹院に用事がありましてね。あすの朝十時前に、ウォルブルックの水路で会いましょう」

「わかりました。そんなにお忙しいのに時間を割いてくださって、ほんとうにすばらしいかただ」

「食事はすませましたか。ここで食べていってください。家政婦に何か持ってこさせますから」

「ありがとうございます」

わたしはすばやく会釈をして、部屋をあとにした。ジョーゼフに何か食べさせてやるようジョーンに言いつけてから、あわててまた法服を着た。きのう洗ったばかりなのに、もう市街の悪臭がしみている。午餐会がはじまる前に、マーチャマウントとビールナップの両方と話がしたい。急ぎ足で通りへ出ながら思った。哀れな正直者のジョーゼフは、クロムウェルがわたしを巻きこんだ悪夢のごとき欺瞞《ぎまん》を知ったら、わが家から一目散《いちもくさん》に逃げ出すだろう。いや、やはり逃げまい。わたしがエリザベスを救い出す唯一の望みの綱であるかぎりは、梃《て》子《こ》でも動くまい。いかなる風雨にも耐え抜く岩のように。

けさ桟橋でバラクから聞いた話についてじっくり考えた。疑り深い性質《たち》ゆえ、ギリシャ火薬が本物だとは信じがたいし、とりわけ〝セパルタス〟・グリストウッドについて言えば、錬金術師ほど胡散《うさん》くさい連中はほかにいない。とはいえ、バラクがその目で見たものを正直に語ったのはまちがいない。それに、バラクもクロムウェルも簡単にだまされる人間ではない。この世は日々新たな驚異や恐怖を生み、終末に近づきつつあると多くの預言者が述べているが、わたしはまだすっかり信じる気にはなれずにいた。あまりにも現実離れしている。しかし、もしギリシャ火薬が本物だとしたら？　東ローマ帝国の人々は滅亡するまで秘密を守りつづけたが、密偵や宗教紛争の多いこの欧州で、イングランドがそのような秘密を長く守ることはできまい。遅かれ早かれ盗まれて、それからどうなるか。ありとあらゆる軍艦が焼きつくされて、海から船が一掃されるのか。わたしは困惑してかぶりを振った。静かでなじみ深いチャンセリー・レーンをゆっくり歩きながらそんなことを考えるのが、あまりに突飛に思えた。考え事を頭から追い払い、目の前の仕事に集中するよう心に言い聞かせた。それに、きのう尾行されたのだから、身の安全に注意を払わなくてはならない。周囲をすばやく見まわしたが、通りにいるのは馬に乗ってリンカーン法曹院へ向かう法服姿の弁護士ばかりだった。知り合いが手を振ってよこしたので、挨拶を返した。通り向かいの〈改宗者の家〉へ暗鬱《あんうつ》な一瞥をくれ、詰所にいる門番の会釈を受けながら、リンカーン法曹院の門をくぐった。

まずは執務室へ向かった。ゴドフリーに書き置きを残したかったからだ。だれもいないものと思っていたが、控え室にはスケリーがいた。書類に鼻がつきそうなほど羽根ペンの上にかがみこみ、筆写をしている。スケリーはこちらをじっと見あげた。

「日曜日に出勤か、ジョン。書類に顔を近づけすぎないほうがよい。脳に体液が溜まる」

「ベックマンの財産移転証書を書きなおすのに時間がかかってしまって、仕事が遅れているんです。乾物商組合向けの調停同意書を筆写するために来ました」

「なかなか勤勉だな」わたしは身をかがめて書類を見、息を呑んだ。スケリーがインクの混ざり具合の確認を怠ったせいで、ひどく色の薄い文字が並んでいる。「これではだめだ」

スケリーがおずおずとわたしを見あげた。目が赤い。「どこがいけませんか」

「インクが薄い」惨めったらしい目つきが急に腹立たしくなった。「ほら、見えないのか。これでは一年で消えてしまう。法律文書というのは濃い黒のインクで書かれていなくてはだめだ」

「申しわけありません」

苛立ちがあふれ出した。「やりなおしだ。また上質な紙を無駄にしたな、スケリー。そのぶんの費用は給金から差し引くことにする」怯えた顔をにらみつけた。「さあ、すぐにはじめろ」

ゴドフリーの執務室の扉が開いた。「何事だい。怒鳴り声がしたようだが」

「ジョン・スケリーなら大空の天使にも怒鳴り声をあげさせかねない。きみがいるとは思わなかったよ、ゴドフリー。ノーフォーク公との食事会はむろん欠席だろう？」

ゴドフリーは鼻を鳴らした。「あの教皇派の面をこの目で見てやろうと思ってね」

「せっかくだから、頼み事を聞いてもらいたい。わたしの部屋へ来てくれ」

「いいとも」

わたしは執務室へはいって扉を閉め、ゴドフリーに腰をおろすように言った。「実は、ひとつ——新しい仕事がはいった。緊急の案件だ。その件とウェントワースの事件に、この先二週間のほとんどの時間を費やすことになる。ほかの仕事をいくらか引き受けてはもらえないだろうか。もちろん、そのぶんの報酬は払う」

「喜んで手伝うさ。ビールナップの審理もかい」

「いや、それは自分でやる。だが、そのほかすべてだ」

ゴドフリーはわたしをまじまじと見た。「困った顔だな、マシュー」

「ついかっとなる自分が許せなくてね。でも、スケリーとその新しい案件とで——」

「興味深い仕事なのか」

「それについては話せない。では——」わたしは机の上の書類の山を持ちあげた。「手持ちの案件について説明しよう」三十分かけてゴドフリーに仕事の引き継ぎをし、ビールナップの案件を別にすれば二週間は法廷に立たなくてもよくなって安堵した。

「これでまた借りができたな」打ち合わせを終えて、わたしは言った。「きみの友人のロバート・バーンズについて、何か新しい知らせは？」

ゴドフリーは重いため息を漏らした。「まだロンドン塔にいる」

「バーンズはクランマー大主教の友人だ。きっと大主教が守ってくれる」

「そうだといいな」ゴドフリーの顔が輝いた。「来週はクランマー大主教が聖ポール大聖堂の野外説教場で説教をなさる。サンプソン主教がロンドン塔にいるからだ」こぶしが握られるのを見て、ふだんは温厚であっても宗教には熱心なことが思い出された。「神の力添えでなんとしても旧教勢力に打ち勝ってみせる」

「ゴドフリー、わたしはできるかぎり執務室に顔を出すようにする。きみもスケリーから目を離さずに、せめて見苦しくない書類を作るよう指導してやってくれないか。いまから別の用事があるが、午餐会で会おう。いろいろとありがとう」

　わたしはまた外に出ると、中庭を横切ってマーチャマウントの執務室へ向かった。かなたのグレート・ホールを使用人たちがせわしなく出入りし、午餐会に向けて準備を整えつつある。四つの法曹院は国王の重臣の引き立てを求めて争っていて、ノーフォーク公の政治活動はリンカーン法曹院の法律家の多くに不評であるとはいえ、そのお出ましを賜るのはいわば僥倖《ぎょうこう》だった。

　わたしは扉を叩き、マーチャマウントの執務室の控え室にはいった。本や書類が棚にずらりと並んだ立派な部屋で、日曜日だというのに事務官がせっせと書類仕事にいそしんでいた。物問いたげな視線が向けられる。

「いらっしゃいますか」

「多忙をきわめておられます。あす民訴裁判所で大きな事件の審理がはじまるもので」

「ブラザー・シャードレイクが来たとお伝えください。クロムウェル伯爵の用事でうかがったと」

　それを聞いて事務官は目をまるくし、扉の向こうへ消えた。ほどなくもどり、辞儀をしてわたしを中へ通した。

いているというよりも暮らしていた。その応接室はわたしが見たどの部屋よりも豪奢《ごうしゃ》だった。鮮やかな赤と緑の高価な壁紙が壁を覆っている。マーチャマウントは書類の散らばった大きな机の向こうで、主教がすわってもおかしくない背もたれの高い椅子に坐していた。大柄な体を包んでいるのは前身頃が黄緑の高価な黄色のダブレットで、胆汁質の性格が強調されている気がする。赤みがかった薄い髪は頭頂部を隠すようにていねいに梳かしつけてある。近くのクッションには、毛皮でふちどりをした法服と上級法廷弁護士の白い職帽が掛かっていた。帽子は階級章であり、法廷弁護士が達しうる、判事の地位につぐ最高の位を示している。肘のそばには、葡萄酒用の銀の台つき杯が置かれていた。

マーチャマウントは法律の虫で、もたらされる高い社会的地位をこよなく愛する人物として知られていた。三年前に上級法廷弁護士に選任されてから、貴族ぶった態度や習慣が目立つようになり、リンカーン法曹院じゅうの笑い草になるほどだった。噂では、より上の判事の地位をめざしているらしい。マーチャマウントが出世したのは宮廷の反改革派の知遇を得たことに負うところが大きいと言われているが、この男の知力を侮《あなど》るべきでないとわたしは知っていた。

マーチャマウントは立ちあがり、微笑と軽い会釈でわたしを迎えた。その黒っぽい目が鋭く警戒しているのがわかる。

「ブラザー・シャードレイク。公爵をお招きしてのわが午餐会に来てくれたのかい」マーチヤマウントは謙遜《けんそん》の笑みをつくろった。きょうの会がマーチャマウントの主催だとは知らなかった。〝わが午餐会〟という言い方がいかにもこの男らしい。

「のぞかせてもらいます」

「仕事の調子は？」

「順調です、ありがとうございます」

「葡萄酒はどうかな」

「せっかくですが、まだ早いのでけっこうです」

マーチャマウントは腰をおろした。「例のウェントワースの事件の弁護を引き受けたそうだな。不愉快な事件だ。金の軟膏《ウングエントウム・アウリ》はたいして手にはいるまい」

わたしは硬い笑みを浮かべた。「ええ。報酬はわずかですよ。実は、こちらへうかがったのは別の殺人事件についてです。マイケル・グリストウッドとその兄が無惨にも殺害されました」

相手の反応を注意深く見守ったが、マーチャマウントは悲しげにうなずいてこう言っただけだった。「ああ、知っている。おぞましい出来事だ」

「どうしてご存じなんです」わたしは鋭く尋ねた。「クロムウェル伯爵の指示で、事件は内密にされています」

マーチャマウントは両手をひろげた。「マイケルの奥方がきのう会いにきたんだよ。家が自分のものになるときみから聞いて、夫と知り合いだったわたしに名義変更の手続きを頼みたいとね」目が鋭くなる。「ギリシャ火薬の製法書が消えたって?」

わたしは息を吞んだ。一瞬、いまのことばがよどんだ空気中にとどまったかに思えた。

「ええ。ですから、クロムウェル伯爵は迅速かつ内密な調査をお望みになったのです。夫人がもう手続きをはじめたとは」わたしは付け加えた。「なぜビールナップに頼まなかったのでしょう。立場が夫と近いのに」

「金がないからだよ。報酬が払えないとなると、ビールナップは即座にはねつけるだろうが、わたしがときどき慈善活動をするのを夫人は知っていた」マーチャマウントは自己満足の笑みを浮かべた。「わたし自身は小口の財産案件を扱わなくなって久しいが、後輩でひとり、夫人の力になれる者がいる」

そうだ。この男は、旧教の教義にあるとおり、神に対する功徳を積むことを期待して慈善活動をするたぐいの人間だ。凝った儀式や仰々しいラテン語といった、旧来の習慣を好んでもいる。

「その法廷弁護士に事情を明かしてはなりません」わたしは言った。「伯爵はこの話が漏れるのをお望みではない」

マーチャマウントはこちらの強い態度に少しむっとした。「そのくらいはわたしにもわかるとも。グリストウッド夫人には、ギリシャ火薬についてひとことも話さなかったよ。むろん夫人は、夫とその兄が殺されたと言っただけだ。このごろではそれが珍しいというわけでもないがね」ことばを切った。「検死審問はおこなわれないのか」

「伯爵のご判断しだいです。そしてわたしは、ギリシャ火薬について知っている関係者全員と話をするようにとの指示を受けています。あなたの関与について何もかもお話しいただきたい」

マーチャマウントは椅子に腰を据えて両手を組んだ。手は角張っていて力強いがなめらかで、その色は赤い顔と好対照に真っ白だ。片方の中指には巨大なエメラルドをあしらった金の指輪が輝いている。慎重に考えこむ表情を装ってはいるが、そこにわたしは怯えを感じとった。グリストウッド夫人から聞いた話は衝撃だったにちがいない――クロムウェルが調べをおこなうだろうと想像がついたはずだし、クロムウェルを納得させられなければ、いくら貴族ぶっていてもロンドン塔へ送られかねないと知っているだろう。

「マイケル・グリストウッドのことはよく知らなかった」マーチャマウントは言った。「何年か前に、手伝いの事務弁護士が要らないかと向こうから近づいてきたんだよ。それまではブラザー・ビールナップと仕事をしていたが、仲たがいをしたという」

「そう聞いています。何が原因だったんでしょう。ご存じですか」

マーチャマウントは眉を吊りあげた。「マイケルは小利口に動く性質《たち》だったが、ビールナップが誰彼かまわず欺くのには耐えられなかった。だから、わたしと仕事をするなら、悪賢く立ちまわるのはいっさいなしだと言ってやった」

わたしはもっともだと思いながらうなずいた。

「いくつか小さな仕事をやらせてみたが、正直なところ出来がよくなかったから、それきり頼まなくなった。増収裁判所へ行ったと聞いても驚かなかったよ。あそこは楽に儲けられる。あの男の魂に神の御慈悲を」

「アーメン」わたしは言った。

マーチャマウントは息をついた。「ところが三月のある日、ブラザー・ビールナップがわたしに会いに執務室へやってきた。そして、聖バーソロミューでマイケルが何を見つけたかを話した。クロムウェル伯爵に取りついでもらいたいと言ってね」両手をひろげた。「わたしは大げさな作り事にすぎないと考え、笑い飛ばした。しかし、書類を見せられて思った。少なくとも――」言いよどむ。「調査すべき余地があるのではないかと」

「ええ、その書類はいまわたしが預かっています」わたしは眉をひそめた。「三月とおっしゃいましたね。でも、マイケル・グリストウッドが書類を見つけたのは去年の秋です。半年のうちに何があったんでしょう」

「それはわたしも疑問に思った。マイケルの話では、冬のあいだはずっと兄といっしょに古い見取り図をもとにして発射装置を作ったり、新たにギリシャ火薬を作る実験をしたりしていたそうだ」

わたしはグリストウッド家の庭の焼け焦げた跡を思い出した。「成功したんでしょうか」

マーチャマウントが肩をすくめた。「本人たちはそう言っていた」

「そして、マイケル・グリストウッドがクロムウェル伯爵と面会するのに、あなたは力をお貸しになったわけですね。グリストウッドは謝礼の支払いを申し出ましたか」

マーチャマウントはわたしに尊大な目を向けた。「あんな者の金など要るものか。書類を伯爵へ届ける手助けをしたのは、そうするのが正当で適切だからだ。むろん、わたし自身で直接取りつぐことはできなかったが」自嘲《じちょう》気味に手を振った。「自力では伯爵の周辺にはたどり着かない。だが、わたしにはレディ・オナーという知人がいる。すばらしい貴婦人で、イングランドのどの女性よりも口が硬いうえ、伯爵との付き合いもある。すばらしい貴婦人だ」微笑を浮かべて繰り返した。「彼女に、伯爵に書類を渡してもらいたいと頼んだのだよ」

それもまた権力への足掛かりのつもりなのだろう。「しかし、製法書そのものを渡したわけではありませんね」

「預かった資料のなかに製法書はなかった。兄弟が羊皮紙から破りとったのだから、ふたりのほかはだれも見ていないと思う。マイケルは製法を破りとったことは認めたが、どこにあるかは言わなかった。あのふたりはそれで金を儲けようとしていたんだ。マイケルはそのことを率直に認めたよ」

「ですが、修道院の資産である以上、その書類は国王のものです。グリストウッドはそれを増収裁判所の長官であるリチャード・リッチ卿に渡し、クロムウェル伯爵のもとへ届けさせるべきでした」

マーチャマウントは両手をひろげた。「むろんそれは承知だが、わたしに何ができたというんだ。製法書を強引に奪うわけにもいくまい？　当然ながら、しかるべき筋へただちに届けるべきだと話したとも」顎を突き出し、蔑みの目でわたしを見おろした。

「そして、それらの書類に手紙を添えて、レディ・オナーに託したんですね」

「そうだ。すると、彼女を介して伯爵から返事が来た。わたしからグリストウッドへ渡すようにとのことだった。その後、わたしを通じて二、三度手紙のやりとりがあった。もちろん封印されていたから、何が書いてあったかはわからなかった」両手をひろげた。「あいにく、それ以上は知らない。わたしは単なる手紙の仲介者であって、ギリシャ火薬については何も知らないし、本物だったかどうかさえ知らない」

「よくわかりました。繰り返しますが、この件については他言無用に願います」

マーチャマウントは両手をひろげた。「もちろんだ。伯爵の調査に協力するとも」

「どんな手段であれ、だれかが接触してきた場合や、何か役に立ちそうなことを思い出した場合には、わたしにお知らせください」

「わかった。そう言えば、火曜日にまた会えるはずだな。レディ・オナーの晩餐会にともに招かれている」

「ええ」

「みごとな貴婦人だ」またしても褒めたたえたのち、わたしに鋭い目を向けた。「彼女にも聞きこみをするのか」

「いずれはします。おそらく、あなたともう一度お話しすることになるでしょう」わたしは立ちあがった。「これで失礼します。仕事におもどりください。火曜日を楽しみにしています」

マーチャマウントは一度うなずくと、椅子の背にもたれ、白い歯を見せて笑みを浮かべた。「ということは、ギリシャ火薬は本物なのか」唐突に尋ねた。

「申しわけありませんが、お答えできません」

マーチャマウントは首をかしげてから、わたしに鋭い目を向けた。「またクロムウェル伯爵の仕事をしているんだな」静かに言った。「知ってのとおり、多くの者がきみには上級法廷弁護士の職帽がふさわしいと考えている。きみはフォーバイザーのような愚か者の前ではなく、民訴裁判所で答弁をすべきだ。それなのに、何度か昇進候補からはずされた。お偉方に気に入られていなかったせいだと言う者もいる」

わたしは肩をすくめた。「人の噂はどうにもなりません」

マーチャマウントはまた笑みを浮かべた。「多くの者が、クロムウェル伯爵はじきに失脚するかもしれないと噂している。国王がアン王妃と離縁したらな」悲しげに首を振る。

「やはり、人の噂はどうにもなりません」

そうした噂を耳にしてわたしも改革派から保守派に転じるのではないか、とマーチャマウントが探りを入れているのがわかった。わたしはただ体の前で手を組み、黙していた。マーチャマウントは少しふくれ面になった。「まあ、引き留めては悪かろう」立ちあがって会釈をした。

わたしは心のなかで苦笑した。放免してやるという言い草にだ。けれども、マーチャマウントの目をのぞきこみ、やはりこの男は怯えていると感じた。

12

中庭へ出ると、黒い法服を着た法廷弁護士たちがあちこちからグレート・ホールへ向かっていた。そのなかに、いつものようにひとりで歩くビールナップの姿があった。ビールナップには友人がごくわずかしかいないようだが、当人はまったく気にしていないらしい。いまから話すと遅くなるため、午餐会が終わるまで待たなくてはならない。グレート・ホールへはいる人の列に加わったところ、やや前方にゴドフリーの姿が見えたので肩を叩いた。

リンカーン法曹院のグレート・ホールは実に豪華に設《しつら》えられていた。水平の跳ね出し梁を具えたアーチ型の天井の下で、色鮮やかなタペストリーが数多くの蠟燭の明かりを受けて輝いている。深い色合いのオーク材の床板は磨き抜かれて光沢を放っている。ホールの北の端にある丈高の卓の中央には、玉座のような椅子がノーフォーク公のために用意してある。ほかの長卓は丈高の卓と直角をなして並び、当法曹院で最高の銀器が置かれている。人々が着席しつつあった。派手なダブレットの上に短い黒の法服を身につけた、経歴のよさで選ばれた学生数名が、丈高の卓から最も遠い席についた。最も近くには、白い職帽を顔に巻いて汗ばんでいる上級法廷弁護士がすわり、そのあいだに評議員と法廷弁護士が着席した。

評議員であるゴドフリーとわたしには上級法廷弁護士につぐ席を占める資格があるが、驚いたことに、ゴドフリーは肩で人を押し分けて進み、ノーフォーク公の席になるべく近い席についた。わたしはその隣に腰をおろした。反対側の隣には、フォックスという名の老齢の評議員がいる。本人が飽きることなく語りつづけるところによると、リチャード三世の御代《みよ》にリンカーン法曹院の学生だったフォックスは、このホールが建造されるのを目のあたりにしたという。席についたとき、わたしのほぼ真向かいの席をめぐって評議員のひとりと言い争っているビールナップの姿が目に留まった。ビールナップは弁護士になって十五年経つものの、評判が芳しくないためここへ呼ばれたことがない。にもかかわらず、席のことで憤然と言い争っている。そのような議論はばかばかしいと思ったらしく、相手の評議員は席を譲った。ビールナップは痩せた顔に満足そうな笑みを浮かべて腰をおろした。

事務官が杖を鳴らした。全員が起立し、リンカーン法曹院の役員たちが入室してきた。黒い法服に交じって、大きな襟を黒い毛皮でふちどりした、高位を示す濃い緋色の長衣に身を包んだ男がいた。第三代ノーフォーク公爵トマス・ハワードだ。あまりに小柄なので驚いた。それに老けてもいる。長い顔には深い皺が刻まれ、宝石を飾った幅広の帽子の下からは白く薄い髪がのぞいている。わたしには、とるに足りない人間のように見えた。ふつうの服を着ていたら、だれの目にも留まるまい。ハワード家の紋章の色である赤と金を組み合わせた仕着せを身につけた従者十名余りが散開し、壁際に立ち並んだ。

リンカーン法曹院の役員たちが会釈をして微笑み、ノーフォーク公に着席を勧めた。マーチャマウントが丈高の卓の席にいるのにわたしは気づいた。役員ではないが、本人が言ったとおり、この午餐会を催《もよお》すのにひと役買ったからだろう。マーチャマウントは悠々と笑顔を振りまいている。クロムウェルにとっての、すなわち宗教改革にとっての最大の敵とはどの程度懇意なのだろう。わたしは好奇心に駆られ、ノーフォーク公の皺の刻まれた顔をじっくり観察した。その顔つきはこれまでに見ただれよりも冷酷で、高い鼻の下の薄い唇はきびしく閉じられている。小さな黒い目は鋭敏な計算のもとで人々を品定めしている。一瞬目と目が合い、わたしは視線を落とした。

最初の料理が運ばれてきた。星や半月の形に刻んだ温野菜に砂糖とビネガーのソースをふんだんに掛け、冷肉を添えたものだ。昼食なので、晩餐会で出されるほどの馳走ではないが、料理の準備にはかなりの手間がかかっていた。わたしは感心してゴドフリーのほうを向いた。

「この食事だけで来た甲斐《かい》があるようなものだな」とささやいた。

「来た甲斐などまったくない」ゴドフリーはノーフォーク公に目を据えていた。ふだんは愛嬌のある顔に苦々しい表情が浮かんでいる。

「そんな渋面をしているところを見つかるなよ」わたしは小声で注意したが、ゴドフリーは肩をすくめて見据えつづけた。ノーフォーク公は収入役のカフリー評議員と話している。

「わが国の防衛は、フランスとスペインの連合部隊には太刀打ちできまい」ノーフォーク公がカフリーに太い声で言うのが聞こえた。

カフリーが微笑んだ。「閣下ほど軍事経験が豊富なかたはまずおりませんよ。フロッデンではスコットランド軍を撃破なさいましたね」

「相手がだれであれ戦いは恐れぬが、戦力の釣り合いはとれていなくてはならん。三年前に北部の反乱が起こったときは、敵軍に見合うだけのじゅうぶんな兵力がなく、国王とわたしは巧妙に説得して向こうの部隊を解散させた。そのあとで、あの田舎者どもを叩きのめしてやった（一五三六年から三七年にかけての「恩寵の巡礼」を指す。前作『チューダー王朝弁護士シャードレイク』巻末の「史実に関する著者注」参照）」ノーフォーク公は冷たい笑みを浮かべた。

マーチャマウントが横から身を乗り出した。「フランスとスペインにその手は通用しません」

「それはそうだ」ノーフォーク公はためらいがちに同意した。

「ですから和解が必要です。つまらぬ諍《いさか》いばかりを起こすドイツ人たちとの生半可な同盟など、なんの役にも立ちません」

フォックス老人がわたしのほうへ体を寄せた。「公爵は収入役と話をしていらっしゃるな。そう言えば、トマス・モアは収入役の職を拒んで一ポンドの罰金を科せられたものだ。そう、モアがアン・ブーリンを王妃として認めなかったときには、国王がより重い罰をお与えになった」

「ブラザー・カフリーは少し困っているようですね」この法曹院にトマス・モアがいた時代の懐旧談がはじまらぬうちに、わたしは言った。

「カフリーは改革派で、公爵は福音派をからかうのが大好きだからな」伝統主義者であるフォックスは満足そうに言った。

ノーフォーク公は収入役に冷ややかに微笑みかけている。「徒弟たちだけでなく」大きな声で言う。「なんでもない女どもまでもが、近ごろは聖書を読んで神のことばを理解できると思っている」声をあげて笑った。

「いまは許されていますから」カフリーが力なく答えた。

「それも長くはあるまい。国王は聖書の閲覧を家長のみに限定なさるおつもりだ。わたしはそれをさらに絞りこみ――聖職者だけにしたい。わたし自身は聖書を読んだことがなく、この先読むつもりもない」

話し声が届く各卓の上席についた者たちは、一様にノーフォーク公を見つめていた。満足げな者もいれば、顔をこわばらせた者もいる。ノーフォーク公は明るく鋭い目で一同を見やり、皮肉っぽく微笑んだ。

すると、わたしが止める間もなく隣のゴドフリーが立ちあがった。全員の視線が注がれるなか、深く息をついて《たえ》ノーフォーク公のほうを向き、大声で言った。「聖書は万人の読み物です。この世の最も妙なる光を、真実の光をもたらすものです」

ゴドフリーのことばが部屋じゅうに響き渡った。どの卓でも目が瞠られる。ノーフォーク公は体を乗り出し、指輪をはめた手に顎を載せて、冷ややかな好奇の目でゴドフリーを見据えた。わたしは友の法服の袖をつかんですわらせようとしたが、振り払われた。

「聖書はわれわれを偽りから真実へ、イエス・キリストの御前へ導いてくれます」ゴドフリーはつづけた。法学生が何人か拍手をしたが、法曹院の役員に鋭くにらまれて静かになった。ゴドフリーは、自分がいかに大それた真似をしたかに突然気づいたように顔を赤らめたが、それでもさらにつづけた。「みずからの信仰ゆえに殺されたとしても、わたしはふたたび真実を述べるべく墓からよみがえるでしょう」そう言って、ようやく腰をおろした。

ノーフォーク公が自席で立ちあがった。「いや、そうはなるまい」落ち着いた声で言う。「そなたはほかのルター派の異端者ともども、地獄で泣き叫ぶことになる。気をつけたほうがよいぞ。口が災いして首を失い、早く墓穴にはいらぬようにな」ノーフォーク公は着席した。殺さんばかりの眼光でゴドフリーをにらんでいたマーチャマウントのほうへ身を乗り出し、耳もとでささやきはじめた。

「いったい何を考えていたんだ、ゴドフリー」わたしは言った。「処罰を受けるかもしれないぞ」

ゴドフリーはこちらを見た。ふだんは温和な顔が鋭い表情を帯びている。「かまわんさ」吐き捨てるように言った。「イエス・キリストは恵みを与えてくださるわが救い主だ。そのことばを愚弄《ぐろう》させはしない」目が独善的な怒りで輝いている。わたしは顔をそむけた。信仰心で感情が高ぶっているときのゴドフリーは、ときに別人になる——危険な人物に。

午餐会はようやくお開きになった。ノーフォーク公と従者たちが列をなして出ていったとたん、部屋は騒然となった。ゴドフリーは席についたまま、無数の視線を浴びて気をよくしているように見える。何人かの法廷弁護士が――おもに伝統主義者が――席を立って部屋をあとにした。フォックス老人がひどく動揺した様子で立ちあがった。わたしも腰をあげた。ゴドフリーが非難の目を向けてくる。

「もう少しいてくれないか。それとも、これ以上付き合いたくないか」

「勘弁してくれ、ゴドフリー」わたしは強い調子で言った。「仕事があるんだ、山ほどな。ほかにも付き合わなくてはいけない相手がいる。帰ってしまう前にビールナップをつかまえないと」ちょうどそのとき当人が扉へ向かっていた。わたしは急いであとを追い、まぶしい中庭へ足を踏み出して日差しに目を細めているビールナップをつかまえた。

「ブラザー・ビールナップ」単刀直入に言った。「話がある」

「今週の審理についてですか」ビールナップは笑みを浮かべた。「ところで、ご友人はとんだ笑い物だな。きっと懲戒処分――」

「審理の話じゃない。クロムウェル伯爵から依頼を受けた。きのうマイケル・グリストウッドが殺害された件について調べるようにと」

ビールナップは目をまるくし、口をあんぐりとあけた。知らなかったふりをしているなら、なかなかの出来だ。とはいえ、法律家というのは、聖史劇を演じるどんな役者よりも芝居がうまいものだ。

「あなたの部屋へ行こうか」

ビールナップは呆然《ぼうぜん》として黙したままうなずき、先に立ってゲートハウス・コートを横切った。角の建物のせまい階段をきしみを立てながらのぼり、二階の執務室に着いた。調度類は質素で、安っぽい机がひとつと、書類が雑然と積まれた使い古しの作業台がいくつかある。ひときわ目立つのは、部屋の隅に置いてある鉄帯を巻いた巨大な櫃だ。分厚い板でできていて、鉄の箍と南京錠《なんきんじょう》でがっちりと閉めてある。院内の噂では、ビールナップは稼いだ金貨をすべてそこへしまい、夜ごと指ですくいあげては数を勘定しているらしい。だが、中身を使うことはめったにない。借金の返済を求める仕立屋や居酒屋の主人に裁判所で何年も追いかけまわされてきたことはよく知られていた。

ビールナップは金庫を見て、一瞬ほっとしたようだった。たいがいの弁護士は守銭奴という評判が立つのを恥ずかしく思うはずだが、この男は気にならないらしい。すぐ隣の部屋で暮らしているので執務室に金庫を置けば安心であり、守衛や夜警のいる法曹院はロンドン一安全な場所だ。そのとき、グリストウッド兄弟を殺した犯人たちがセパルタスの作業場の櫃をどうしたかが、ふと思い出された。

ビールナップは帽子を脱いで金髪の巻き毛を指で梳いた。「すわりませんか」

「ありがたい」わたしは机の近くに腰をおろし、書類にざっと目を走らせた。驚いたことに、ハンザ同盟の紋章がついたものや、フランス語で書かれたものがある。

「フランス商人と仕事を？」

「金になるのでね。このごろ、フランス人は税関で問題を起こすことが多くて」

「戦争の脅しをかけてくるのだから無理もない」

「戦争など起こりません。国王は危険を承知していらっしゃる。午餐会で公爵がおっしゃっていたように」ビールナップはその話題を打ち切った。「そんなことより、マイケル・グリストウッドに何があったんです」

「きのうの昼、自宅で殺されているのが見つかった。兄もいっしょにだ。製法書の行方はわからない。なんの話かはわかるな」

「気の毒に。ほんとうにひどい話だ」視線が部屋じゅうにさまよった。わたしとは目を合わせない。

「マーチャマウント以外のだれかに製法書のことを話したのか」

ビールナップはきっぱりと首を横に振った。「いや、話していません。マイケルが聖バーソロミューで見つけた書類を持ってきたとき、わたしはクロムウェル伯爵に届けるべきだと言いました」

「本来なら国王のものであるにもかかわらず、報酬を求めた。それはあなたの案だったのか、それともマイケルか」

ためらったのち、ビールナップはまっすぐにこちらを見た。「マイケルですよ。でも、そのことで言い争ったりはしていません。絶好の機会だし、それを逃がすのは愚かというものだ。わたしはマイケルに、マーチャマウントに掛け合ってやると言いました」

「謝礼と引き換えに？」

「当然ですよ」片手をあげる。「でも――でも伯爵は話に乗ったのですし、わたしは哀れなわたしはもう一度書類に目をやった。「ひょっとしてフランス人に話を持ちかけたのではないか。この秘密をクロムウェル伯爵から遠ざけておくためなら、フランス人はより多くの額を提示しただろう」

「とんでもない、そんなことをしたら反逆罪になる！　このわたしがタイバーンではらわたを抜かれて生殺しにされる危険をあえて冒すとでも？　信じてください」

わたしは何も言わなかった。ビールナップは腰をおろし、ぎこちない笑い声をあげた。「それに、何から何までばかげた話だと思ったんですよ。マイケルをマーチャマウントに引き合わせて礼金を受けとって以来、いまのいままでなんの音沙汰もない」わたしに指を突きつける。「この件に巻きこまないでもらいたいね。誓ってもいいが、わたしはいっさいかかわっていない！」

「マイケルが最初に書類を持ってきたのはいつだ」

「三月です」

「書類を見つけてから六か月も待ったのは？」

「マイケルの話では、錬金術師のお兄さんとその製法で実験をしたり、新しくこしらえたり、船に向けて発射するための装置を作ったりしていたそうです。わたしにはわけがわからなかった」

「恥知らずだよ、ビールナップ」

仲介役にすぎ――」

マーチャマウントの言い分と同じだ。「なるほど。その発射装置だが、兄弟は自分たちでそれを作ったんだろうか」

ビールナップは肩をすくめた。「さあ。マイケルはそれが完成したとしか話しませんでした。さっきから言っているように、わたしは何も知らない」

「装置や製法書がしまわれている場所については？」

「いいえ、何も。わたしは書類さえきちんと読んでいません。マイケルが見せてくれましたが、半分はギリシャ語で書かれていたし、ほかのは読めてもさっぱり意味不明でした。ほら、昔の修道士には遊び心のある連中がいたでしょう？　暇つぶしに偽の文書を作ったりした」

「そういうたぐいの書類だと思ったのか。冗談にすぎない偽造文書だと？」

「よくわからなかったんですよ。マイケルをマーチャマウントに紹介したあとは、厄介払いができてせいせいしたものだ」

「宣誓保証人屋にもどれるから？」

「仕事にもどれるからです」

「いいだろう」わたしは立ちあがった。「きょうのところはこれまでだ。マイケルが死んだことや、わたしと話をしたことは他言無用に頼む。もし口外したら、クロムウェル伯爵の前で申し開きをしてもらう」

「だれにも言うつもりはないし、いっさいかかわりたくありません」

「あいにくそうはいかない」わたしは硬い笑みを向けた。「火曜日にウェストミンスター・

ホールの法廷で会おう。そう言えば」さりげないふうを装って付け加えた。「例の受領権者の問題は解決したのか」

「ええ、まあ」

「それは妙だな。托鉢修道院には年金受給者はいないと思っていたが」

「わたしのところにはいるんです」ビールナップはわたしをにらんで言った。「信じないなら、リチャード・リッチ伯爵に尋ねたらいい」

「ああ、そう、増収裁判所でその名を口にしていたな。目をかけられているとは知らなかったよ」

「そうじゃない」よどみなく答える。「ただ、あの事務官がリチャード伯爵と打ち合わせをしていたのを知っていたんでね。だから急ぐように言ったまでです」

わたしは微笑んでその場を立ち去った。受領権者の件はこちらが正しいはずだが、確認してみよう。だが、受領権者についての問いに対するビールナップの答にはどこか腑《ふ》に落ちないものがある。それまで怯えていたのに、リチャード・リッチの名前を口にするなり、急に自信ありげな態度になった。なんとなく、そのことが気になってしかたがなかった。

13

疲労を覚えながら、チャンセリー・レーンを自宅へ向かって歩いた。いまごろはもうバラクがもどっているだろう。バラクがそばにいない時間はよい息抜きになった。何はさておき体を休めたかったが、グリストウッド夫人のところへきょう行くと言ってしまった。また市街を移動しなくてはならない。だが、残りはわずか十一日だ。そのことばが靴音に合わせてこだまする気がした。十‐一‐日、十‐一‐日。

バラクは外出先からもどり、庭で腰かけていた。日陰の長椅子に足を載せ、かたわらにはビールが置いてある。「ジョーンはしっかり世話をしているようだな」わたしは言った。「王子さまになった気分だ」

わたしは腰をおろし、マグにビールを注いだ。時間を見つけて理髪店へ行ったらしく、バラクの頬がなめらかになっている。自分の濃い不精ひげが気になり、あれほど大事な午餐会の前にひげを剃っておくべきだったと気づいた。もっと当たり障りのない用件で訪ねていたら、マーチャマウントに指摘されていただろう。

「弁護士たちの話はどうだった」バラクが訊いた。

「ふたりとも仲介役にすぎないと言っている。きみのほうは？　司書は見つかったのか」

「ああ」バラクは午後の日差しに目を細くした。「変てこな野郎だったよ。教会の付属礼拝堂でミサを捧げてるところを見つけた」苦笑いをする。「こっちの要求を聞いていい顔をせず、ウサギみたいに震えはじめたんだが、あすの朝八時に聖バーソロミューの門の外で会うことになった。もし来なかったら、クロムウェル伯爵のお尋ね者になると言ってやったよ」

わたしは帽子を脱いで自分をあおいだ。「さて、そろそろウルフズ・レーンへ向かったほうがいい」

バラクが笑った。「暑そうだな」

「暑いとも。きみが長椅子でのうのうと休んでいるあいだも、こっちは仕事をしていたんだ」わたしはだるい体を起こして立ちあがった。「すべきことを片づけよう」

わたしたちは厩へ歩いていった。きのうふだんより遠くまで歩いたチャンセリーは、また太陽のもとへ連れ出されて不満げだ。老馬だから、引退させてやる潮時かもしれない。背中に乗ったとき、鞍に法服が引っかかりそうになった。ある種の厳粛さを与えてくれるので、グリストウッド夫人と向き合うのに役立つだろうと思って着たままでいたが、この陽気に法服はつらかった。

出発したあと、言うべきことを頭のなかで復習した。ギリシャ火薬を発射する装置について何か知っていないかをはっきりさせる必要がある。きのうグリストウッド夫人が何かを隠していたのはまちがいない。

バラクの声が思考をさえぎった。「あんたら弁護士の職業の秘訣《ひけつ》はなんだ」

「どういう意味だ」あざけりのにおいを嗅ぎ、わたしはうんざりして言った。

「どんな職業にもそれぞれの秘訣があり、徒弟が学ぶ秘密がある。大工は壊れない机の作り方を、占星術師は人の運命の占い方を知ってるが、弁護士はどういう秘訣を知ってる？　おれには、はした金のために弁を弄する方法だけのように思えてならない」バラクが横柄に微笑みかけてきた。

「法曹院で学生たちが取り組んでいる法律の問題をいくつか勉強してみるといい。そうすれば、そんな減らず口もきけなくなる。イングランドの法律は長年にわたって整えられた詳細な規則から成っていて、そのおかげで人々は争い事を整然と解決できる」

「それより、人を正義から遠ざけることばの藪《やぶ》に思えるね。財産権の法律は忌々しいでたらめにすぎないと伯爵は言ってる」バラクが鋭い目を向けてきたので、クロムウェルの意見に反論するかどうかをうかがっているのかもしれないと思った。

「なら訊くが、きみは法律にかかわった経験があるのか」

バラクは顔を前へもどした。「ああ、あるさ。親父が死んだあと、おふくろが再婚した相手が事務弁護士だった。口がよくまわる、なかなかの詭弁家《きべんか》だ。でも、グリストウッドと同じく、資質がまったくくちがった。どう解決したらいいかわからない裁判沙汰に人を巻きこんで、それで金を稼いでた」

わたしはむっつりと言った。「法律家がみな完璧だとはかぎらない。どの法曹院も問題のある事務弁護士を規制しようとしている。逆に、弁護士のなかには真摯《しんし》にひとりひとりの権利を守ろうとしている者もいる」自分でそう言いながらも、退屈に聞こえるのはわかっていたが、バラクが見せた唯一の反応である皮肉な笑みにいっそう苛立ちが募った。

チープサイドを進んでいるとき、羊の群れを通すために、グレート・クロスのそばで足止めを強いられた。大貯水池には、かごを持った水売りたちの長い行列ができている。どうやら水量がひどく少ないらしい。

「北の水源が干あがったら、ロンドンは困ったことになるな」わたしは言った。

「ああ。オールド・バージでは、夏はいつも火事に備えて手桶《ておけ》の水を用意しておく。でも、水不足だからな」

わたしは周囲の建物を見まわした。規則では火事を避けるために石造りにせよと義務づけられているにもかかわらず、多くが木造だ。ロンドンは、冬は湿度が高いが――粗末な住居の湿気と黴《かび》のにおいには吐き気を催すこともある――夏は危険な季節となり、人々は〝火事だ！〟という警告の叫びを聞くのを、もうひとつの夏の恐怖である疫病と同じくらい恐れていた。

甲高いわめき声が聞こえ、わたしはすばやく振り向いた。不潔なぼろをまとった十歳にもならない物乞いの少女が、パン屋からほうり出されたところだった。人々が足を止めて見ている前で、少女は小さなこぶしで店の扉を叩いた。

「弟を殺しただろ！　パイの中身にしたんだろ！」

通行人が笑った。少女は泣きじゃくりながら、扉に寄りかかったままくずおれ、うずくまって涙を流していた。その足もとに一ペニー銅貨を置いて足早に立ち去る者もいた。

「あれはいったい何事だ」わたしは尋ねた。

バラクが顔をゆがめた。「気が動転してるんだ。ウォルブルックやストックス・マーケットのあたりで弟といっしょに物乞いをしてた子だ。たぶん修道院の救貧所から追い出されたんだろう。二、三週間前に弟が行方知れずになり、誰彼となく詰め寄って、あんたが弟を殺したと叫んでる。あの店だけじゃなくてな。いまじゃすっかり笑い物だ」眉をひそめる。「かわいそうにな」

わたしはかぶりを振った。「年々物乞いが増えている」

「気をつけないと、おれたちの多くもそうなりかねない」バラクは言った。「さあ行こう、スーキー」

わたしはさっきの少女を見た。棒のような腕を痩せた体に巻きつけ、なおも扉に寄りかかってうずくまっている。

「行かないのか」バラクが訊いた。

わたしはバラクのあとについてフライデー・ストリートを進み、ウルフズ・レーンへはいった。きょうのような暑い晴天の日でも、せまい通りは陰気くさく、張り出た上階が日差しをほとんどさえぎっていた。多くの家々がいまにも崩れそうな角度に傾いている。錬金術師の看板の下の扉が、厚板と釘でぞんざいに補修されていた。馬をおり、バラクが扉を叩いた。

わたしは法服から茶色いほこりの層を払った。

「あのしなびた雌鴉がこんどは何を言うか見ものだな」バラクが低い声で言った。

「なんということを言う。夫を亡くしたばかりなんだぞ」

「気にするものか。あの女が考えてるのは、この家の権利証書に自分の名前を載せることだけだ」

扉をあけたのはクロムウェルの臣下のひとりだった。会釈をして言う。「こんにちは、バラク殿」

「やあ、スミス。異状はないか」

「はい。死体は片づけました」

どこに片づけたのだろう。クロムウェルは都合の悪い死体の隠し場所を持っているのだろうか。

女中のスーザンが現れた。もう落ち着いた様子だ。

「やあ、スーザン」バラクがそう言って片目をつぶると、スーザンは顔を赤らめた。「奥さまの様子はどうだい」

「きのうよりはましです」

「もう一度奥さまと話をしたいんだが」わたしは言った。

スーザンは一礼して、中へ招じ入れた。わたしは廊下にある年代物のタペストリーにふれた。重くて、ほこりっぽいにおいがする。「きみの主人はこれをどこで手に入れたんだろう」わたしは興味を覚えて質問した。「みごとな作品だ。とても古い」

スーザンはタペストリーを嫌悪の目で見た。「聖ヘレン女子修道院の院長のお屋敷にあったものです。増収裁判所が要らないと言ったそうですが――すっかり色があせてしまって、なんの価値もありません。ほんとうに見苦しいし、風ではためくとぞっとするんですよ」

スーザンはわたしたちを居間へ案内すると、女主人を呼びに部屋を出ていった。異様なまでに黒焦げになった庭がここからも見えた。オーク材の立派な梁を具えた広い部屋だが、家具は安物で、食器棚には見栄えのしない銀器がわずかに並んでいるだけだ。グリストウッド兄弟には、この家を買うのは分不相応だったのではないか。増収裁判所の役人としてのマイケルの稼ぎはけっして多くないはずだし、錬金術師の収入はおそらく不安定だろう。

グリストウッド夫人が部屋にはいってきた。きのうと同じ安手の服を身につけ、顔を心労でこわばらせている。気のないていで辞儀をした。

「恐縮ですが、あといくつかお訊きしたいことがありまして」わたしは穏やかに言った。「上級法廷弁護士のマーチャマウントにお会いになったそうですね」

夫人は険しい目でわたしをにらんだ。「自分の身の振り方を考えなくちゃいけませんから。ほかにだれもいないんでね。弁護士にはマイケルが死んだとだけ言いました。それが事実ですから」苦々しく付け加えた。

「そうですか。ただし、ここで起こったことについてはなるべく口外しないでください。いまのところは」

夫人はため息を漏らした。「わかりました」

「では、きのうの件についていくつかお尋ねします。どうぞお掛けください」

夫人はしぶしぶ椅子にすわった。

「あなたとスーザンが買い物に出かけたとき、ご主人とお兄さんの様子はふだんと変わりませんでしたか」

夫人はうんざりしたようにわたしを見た。「ええ。わたしたちは市場が開く前に家を出て、昼ごろもどりました。マイケルはきのう増収裁判所へは出かけないで――二階へ行って、例のひどいにおいがする実験を手伝ってました。買い物から帰ると、玄関の扉が壊されていて、それからあの――あの赤い足跡に気づいたんです。スーザンは家にはいるのをいやがったけど、わたしが連れこみました」ことばを切る。「なんとなくわかりました。ここにはだれもいない、生きた人間はいないってね」硬くこわばった顔から少し力が抜けたように見えた。

「二階へあがって、ふたりを見つけました」

わたしはうなずいた。「使用人はスーザンだけですか」

「うちにはあの娘しか雇う余裕がないんです。気の利かない役立たずだけど」

「近所の住民で、何かを見たり聞いたりした人はいませんか」

「そっちの聞きこみで、隣の奥さんが大きな鈍い音や派手な物音を聞いたと言ったらしいけど、義兄《あに》が仕事をしてるときは、そんなの珍しくもなかったわ」

「もう一度工房を見たいんです。わたしといっしょに来られそうですか」

きのうの狼狽《ろうばい》ぶりがわたしの頭をよぎったが、きょうの夫人は無表情で肩をすくめただけだった。

「お望みなら。遺体はもうありませんけど。見終わったら、あの部屋を片づけてもいいかしら。ひとりで食べていくには、貸し間にしなくちゃいけないんで」

「けっこうですよ」

夫人は部屋を貸さなくてはならないことや収入が途絶えてしまったことについてさらに文句を言いながら、ゆがんだ階段を先に立ってのぼっていった。その後ろにバラクがつづき、声を出さずに夫人の口真似をした。わたしは険しい目でにらんだ。

階段をのぼりきると、夫人は口をつぐんだ。工房の扉は依然として蝶番ひとつでぶらさがっている。わたしは廊下にあるほかの扉を見た。「あちらはなんの部屋ですか」

「わたしたち夫婦の寝室と、義兄の寝室。三つ目はサミュエルががらくたをしまってた部屋」

「サミュエル？」

夫人は渋い顔をした。「セパルタスのことよ。サミュエルが本名で洗礼名。セ、パ、ル、タ、ス、のことよ」あざけるように強調して繰り返した。

わたしは夫人が指さした扉へ歩いていき、押しあけた。ギリシャ火薬の発射装置があるかもしれないと思ったが、壊れた椅子や瓶や割れたフラスコが雑然と並んでいるだけだった。部屋の隅では、ビネガーの瓶に保存された大きなヒキガエルがこちらを見あげている。バラクがわたしの肩越しに中をのぞきこんだ。わたしは、布の上に置いてあった湾曲した大きな角《つの》を手にとった。小さく削ったかけらがいくつもある。

「これはいったいなんですか」

グリストウッド夫人はまた鼻を鳴らした。「サミュエルいわく、一角獣の角だそうよ。持ち出して見せびらかしたり、細かく砕いて食事に入れたりしてね。部屋の借り手がつかなかったら、煮こんでスープにしてやるわ」

わたしは扉を閉めて廊下を見まわした。床板はむき出しで、干からびた古いイグサが隅に溜まり、壁には大きな亀裂が走っている。夫人がわたしの視線を追った。「ええ、この家は倒れかかってますとも。テムズ川の泥の上に造られた通りだから、それがこの暑さでからに乾くんですよ。しょっちゅうきしんで、そのたびに肝を冷やすの。ひょっとしたら頭の上にまるごと崩れ落ちてきて、悩みがすべて解決するかもしれない」

バラクが大きく眉を吊りあげた。わたしは咳払いをした。「工房へ行きましょうか」

死体はなくなっていたが、床は血に覆われたままで、硫黄のにおいが混じった独特の臭気がかすかに鼻を突いた。グリストウッド夫人は壁に飛び散った血痕を見るなり、蒼白《そうはく》になった。

「すわってもいい？」

わたしはここへ連れてきたことに罪の意識を覚えた。工房の残骸のなかから椅子を見つけて、夫人をすわらせた。しばらくして顔に血の気がもどると、夫人は壊れた櫃に目をやった。

「マイケルとサミュエルは去年の秋にあれを買ったの。重いのを苦労してここへ運んだわ。中に何がはいっているかはぜったいに教えてくれなかった」

わたしは空の棚に顔を向けた。「あそこに何があったかはご存じですか」

「サミュエルの粉とか薬とか。硫黄とか、石灰とか、何やらわけのわからないものとか。ひどいにおいがしたものよ。それに音も」夫人は暖炉を顎で示した。「サミュエルがあそこで薬をあたためてると、この家が修道院教会の高さまで吹っ飛ぶんじゃないかって、こわくなったこともときどきあった。だれであれ、ふたりを殺した人間はサミュエルの瓶も持ち去った。どういうわけかは知らないけどね。サミュエルは自分には深遠なる知識があると言い張ってたけど、そのせいで結局はこのありさまよ」うんざりしたように言う。「しかもマイケルを道連れにして」そこで急に声が詰まった。唾を呑み、きびしい顔つきにもどす。わたしはじっと観察した。夫人はなんらかの強い感情を押さえこもうとしている。悲しみ？　怒り？　恐怖？

「気がついた範囲で、ほかに何か持ち去られたものはありませんか」

「ないわね。でも、ここへはなるべく来ないようにしてたから」

「お義兄《にい》さんの仕事をあまりよく思っていなかったんですか」

「マイケルとわたしはふたりで楽しく暮らしてたのよ。前の工房の賃借期間が切れて、いっしょに大きな家を買おうとサミュエルが言いだすまではね。サミュエルは、火薬職人のために石灰を精製しているうちはよかったけど、大きな仕事に取り組みはじめてからおかしくなった。身のほど知らずの欲を掻いたのよ、錬金術師はみんなそう」夫人はため息を漏らした。「何年か前には、古い本を読んで、白鑞《しろめ》の強度を高める方法を見つけたと思いこんでね。ところがまったくうまくいかなくて、白鑞細工師の同業組合に告訴された。この数週間、マイケルはいつも簡単にほだされて、いつの日か兄がひと財産築くって信じてた。この数週間、マイケルとサミュエルは一日の大半をこの工房で過ごしてたわ。驚くべき秘密を発見したと言ってね」血まみれの戸口へふたたび目を向ける。「人の欲ときたらね」

「ふたりがギリシャ火薬ということばを口にしたことはありますか」わたしは夫人の顔を見つめた。夫人は躊躇してから答えた。

「わたしの前ではないわ。何度も言うように、ここで何をしてたか、わたしには興味がなかったから」椅子の上で落ち着かなげに体を動かす。

「実験がときどき庭でおこなわれていたそうですが、ふたりは容器や管のある大きな装置を持っていませんでしたか。そのようなものを見かけたことは？」

「ありませんよ。あれば気づいたはず。庭へ持ち出してたのは、液体と粉末のはいったフラスコだけ。クロムウェル伯爵の家来がうちじゅうを引っ掻きまわして探してたのは、それじゃないんでしょ？　何かの書類だと思ったけど」

「ええ、そうです」わたしは静かに言った。装置のことを持ち出したとき、グリストウッド夫人の目が警戒気味に細くなった。「金属でできた大きな機械も探しているのです。ほんとうに何も知りませんね？」

「誓って、何も知りません」

グリストウッド夫人はまちがいなく嘘をついている。わたしはうなずいて、暖炉へ歩み寄った。きのうと同じ場所に栓のついた小瓶が転がっていたが、意外にも、床板にこぼれていた粘り気のある液体は蒸発したらしく、床の上にはかすかなしみしか残っていなかった。指でふれたところ、完全に乾いている。わたしはためらったのち、小瓶を拾いあげた。中身がまだ半分残っている。

「ひょっとして、この液体が何かご存じありませんか」

「いいえ、知らない」声が高くなる。「ギリシャ火薬も、製法も、書類も、なんのことかぜんぜん知らない！　知りたくもない！」夫人は叫び、両手で顔を覆った。わたしは小瓶をハンカチで注意深く包んでから、もしかしたらこれがギリシャ火薬そのものかもしれない、爆発して炎を噴くかもしれないという強烈な恐怖心を抑えつつ、ポケットに滑りこませた。

グリストウッド夫人は涙をぬぐい、椅子にすわったまま床を見つめていた。つぎに発せられたのは、冷ややかなささやき声だった。「犯人たちに夫のことを話したのがだれなのかを突き止めたいなら、あの女のところへ行くといい」

「あの女とは？」

「マイケルの買ってた売春婦よ」バラクとわたしは驚いて目を見交わした。夫人は先をつづけた。その声は冷たい水の細い流れのようだ。「三月に醸造所の女主人から聞いたの。サザークの売春宿へマイケルがはいってくところを見たって。うれしそうに話してたものよ」夫人は苦々しげにわたしを見た。「本人に問いただしたら、認めたの。二度と行かないと言ったけど、わたしは信じなかった。ときどき酔っぱらって帰ってくることがあったから。売春宿のにおいをさせて、満足そうに目玉をむいてね」

そのことばに、バラクが声をあげて笑った。夫人は食ってかかった。「おだまり！　女の恥を笑ったね！」

「はずしてくれ」わたしはバラクにそっけなく言った。逆らうかと一瞬思ったが、バラクは肩をすくめて部屋を出ていった。夫人は険しい目でわたしを見た。「マイケルはその穢《けが》らわしい女に夢中だった。わたしが怒って叫んでも、かようのをやめなかった」唇をきつく噛む。「昔はいつだってマイケルを思いどおりにできたし、ばかげた計画に深入りしないよう歯止めをかけられたのに、サミュエルが来てから、義理の兄やら淫売《いんばい》やらのせいで夫を失ってしまった」壁に飛び散ったおぞましい血痕にふたたび目をやったのち、猛々《たけだけ》しいまなざしをわたしに向けた。「一度、色事に溺れているだけなのかって訊いたら、その淫売はやさしくて話ができるんだとマイケルは言った。だから、あんたも話をすればいい。バンク・エンドにある〈司教の帽子〉っていう売春宿にいるバスシバ・グリーンって女よ」

「わかりました」

「サザークじゃやりたい放題ね、市の管轄外だから。川のこっち側なら、あの淫売は頬に焼き印を押されるはず。わたしがかわりに押してやりたい」

悪意ある発言にもかかわらず、わたしはジェーン・グリストウッドが気の毒に思えた。ひとりきりにされ、あとに遺されたものと言えばこの大きなあばら家だけだ。夫に対してどんな感情をいだいていたのだろう。さっきあらわにした蔑みと恨みだけでない何かがあるのはまちがいない。件《くだん》の売春婦への意趣返しもしかねない。

わたしは夫人の目を見つめて、やはり何かを隠していると感じた。そのバスシバ・グリーンとやらを見つけてから、またここへ来よう。

「ありがとうございます、グリストウッド夫人」わたしは言い、会釈をした。

「これでおしまい？」夫人はほっとしたようだ。

「とりあえずは」

「あの女に訊いて」辛辣な口調で繰り返した。「あの女に」

階下へおりていくと、裏手から話し声が聞こえた。男が何やらつぶやくと、不意に女がくすくす笑う。「バラク！」わたしは鋭い声で呼んだ。

バラクが姿を見せた。オレンジをかじっている。「スーザンがくれたんだよ」そう言って、食べかけの果実を股袋へしまった。「船からおろしたばっかりだ」

「行くぞ」わたしはそっけなく言い、先に立って外へ出た。午後の日差しに目を細めた。薄暗い家のなかよりも明るい。

「しかめっ面マダムはなんだって？」馬の手綱を解きながらバラクが尋ねた。

「あてこすりを言うきみがいなくなって、はかどったよ。マイケルは売春婦と会っていたそしい」

「〈司教の帽子〉なら知ってる。ちんけな店だ。増収裁判所の役人ならもっと高級なところで遊べるもんだと思ってたけどな」互いに馬に乗った。わたしは帽子の位置をずらして、首に日差しがあたらないようにした。

「おれのほうはスーザンからあの家のことを聞き出したよ」出発すると、バラクは言った。

「夫人が取り仕切ろうとしてたけど、どうやら亭主もその兄もほとんど相手にしなかったらしい。兄弟はとても仲がよかった。ふたりとも一攫千金《いっかく》を狙《ねら》ってたそうだ」

「スーザンはマイケルがサザークで遊蕩《ゆうとう》していたことを知っていたのか」

「ああ。そのせいで夫人がとげとげしくなったと言ってた。でも、あれを見ただろう、しなびた雌鴉を」

「夫を失くしたばかりで、あのぼろ家のほかには何もないんだ」

バラクは鼻を鳴らした。「どうやらマイケルは、金が目当てで、そのころ三十歳近かった夫人と結婚したらしい。夫人の家族になんらかの醜聞があったんだ。それが何かはスーザンも知らなかった」

わたしはバラクを見た。「どうしてあの夫人をそうきらうんだ」

バラクは笑った。声にはジェーン・グリストウッドに劣らぬ苦々しい響きがあった。「どうしても知りたきゃ言うが、あの女はおれのおふくろを思い出させるんだよ。おれたちが部屋にはいったとたんに、家の権利に関する話をあんたに訊いたところなんかがね。まだ二階で亭主が血まみれで倒れてるっていうのに。おふくろもそんなふうだった。親父が死んで一か月も経たないうちに、うちにいた下宿人と結婚した。それでおれは家を出た」

「夫に先立たれた女は先のことを考えざるをえない」

「したたかなもんだ」バラクはわたしより少し前へ出て話を打ち切り、その後はふたりとも無言で馬を進めた。わたしは目に流れこむ汗をぬぐうために手をあげどおしだった。こんなふうにロンドンを行き来することには慣れていない。熱気に焼かれた路上の生ごみから、胸の悪くなるような汁がしみ出している。ダブレットのなかの腋《わき》は汗びっしょりで、ズボンはチャンセリーの鞍に張りついたかのように感じられる。これはチャンセリーにとっても試練であり、バラクの馬についていくのに苦労している。今後は可能なかぎり舟で移動しよう、とわたしは心に決めた。スーキーとバラクにとっては問題ないだろうが、ともにチャンセリーとわたしより十歳若い。


チャンセリー・レーンへ帰り着いたころには日は傾いていた。わたしはジョーンに食事の用意を頼んだ。居間にはいり、やれやれと思いながら肘掛け椅子にぐったりと身を預けた。バラクはクッションをいくつか集め、無作法にも床に寝そべって言った。

「で、調べはどこまで進んだ。きょうは終わったも同然だよ。つまり、残りはあと十日しかない」

「これまでのところ得たものは、答よりも手がかりのほうが多い。しかし、今回のように複雑な調査の場合は、はじめはそんなものだ。売春婦に会いにいかなくてはな。それから、グリストウッド夫人はまだ何かを隠している気がする。きみの部下のスミスはあの家に張りこんでいるんだな」

「別の指示がおりるまではな」バラクはさっきのオレンジを取り出し、音を立ててかじりついた。「あの女は食えない雌鴉だと言ったろ」

「たぶん例の装置に関することだ。あの家に保管していたとは思えない」

「なら、どこだ」

「わからない。どこかの倉庫だろうか。だが、財産関係の書類には、ほかの物件についてはは何も書かれていなかった」

「調べたのか」

「ああ」

わたしはポケットから小瓶を取り出して、バラクにそっと手渡した。「この液体が床にこぼれていた。ほぼ無色でにおいもないが、なめると強烈な刺激がある」

バラクは栓をはずして注意深くにおいを嗅いでから、指にほんの少し垂らした。それを舌先へ持っていき、わたしと同じように眉をひそめた。「ああ、ほんとだな！　でも、こいつはギリシャ火薬じゃない。前にも言ったが、あれはものすごい悪臭がする」

わたしは小瓶を受けとって栓をし、ゆっくりと振りながら、中で透明な液体が渦を巻くのを見つめた。「これをガイに見せたい」

「何を話すかに注意するならな」

「まったく、何度言えば気がすむんだ」

「おれもいっしょに行こう」

「好きにしろ」

「弁護士ふたりからは、具体的にどんな話を聞き出したんだ」

「マーチャマウントもビールナップも、自分は仲介役にすぎないと言っている。ビールナップがどうも怪しい。リチャード・リッチとなんらかのかかわりを持っている。ただし、それがギリシャ火薬と関係があるかどうかはわからない。ビールナップは外国の商人と取り引きがあるらしい。税関との交渉を代行していると言っていた。机に書類があったよ。クロムウェルなら交易の記録を手に入れられる。クロムウェルの部下のだれかに調べてもらえないだろうか。わたしには時間の余裕がない」

バラクはうなずいた。「おれから手紙を送ろう。あのビールナップとかいう野郎の顔をどこで見たか思い出そうとしてるんだが、まだわからないな。ずいぶん昔なのはたしかだ」

扉にノックがあり、ジョーンが盆を手にはいってきた。わたしたちの服がほこりだらけなのを見て舌打ちしたので、わたしは新しいものを二階にそろえておくように頼んだ。ビールを注ごうとして身をかがめたとき、背中から痙攣《けいれん》が走り、わたしは顔をゆがめた。

「ご無理をなさらないほうがいいですよ」ジョーンが言った。

「休めばよくなる」

ジョーンが出ていき、わたしたちはようやくビールにありついた。

「きょうのノーフォーク公は自信たっぷりの様子だった」わたしは言った。「午餐会で改革派を攻撃したんだ。わたしの友人がそれに反撃して、困ったことになりそうだ」

「弁護士は全員が改革派だと思ってたが」

「全員ではない。もしクロムウェルが失脚したら、ほかのロンドン市民と同じく、態度をひるがえして時流に従うよ。恐怖心と出世願望から」

「とにかく時間がない」バラクが言った。「あすは例の司書と聖バーソロミューで会う必要がほんとにあるのか。話を聞くべきなのは認めるが、やつのいる寄進礼拝堂で会うこともできる」

「だめだ。この件の発端を自分の目で見なくてはならない。すべてがはじまった場所へ行かなくては。あすは聖バーソロミューへ行ってから、ガイに会い、それからサザークで売春婦の話を聞こう。ウェントワース一家との面会もあるな」わたしは息をついた。

「あと十日か」バラクが首を左右に振る。

「バラク」わたしは言った。「わたしは憂鬱質かもしれないが、きみはどう見ても楽天家だ。きみひとりにまかせたら、なんにでもあわてて跳びつきかねない」

「この仕事はどうしても片づけなきゃならない。それから、きのうあとを尾けられていたことを忘れるなよ」

「そんなことは百も承知だ」わたしは立ちあがった。「さて、例の古い書類にもう少し目を通しておくとしよう」

わたしはバラクを残し、自分の寝室へ向かった。けさリンカーン法曹院までひとりで歩いたときの不安な思いがよみがえる。外出するときは、街に通じた男、バラクといっしょのほうが心強いのは認めざるをえない。だが、その必要がないようにと願った。

14

翌日、五月三十一日の朝は、それまでにも増して暑かった。わたしとバラクはまた早朝に馬で出発した。聖バーソロミューへ行くには通りを北上するので、川を利用することはできない。太陽はまだ空の低いところにあり、地平線にたなびく薄雲を明るい桃色に染めつつあった。バラクはゆうべも外出し、わたしが寝入ってから帰ってきた。朝食のときは不機嫌そうだった。おそらく二日酔いだったか、女に追い出されて自尊心を傷つけられたかだろう。わたしははじめてロンドンへ出てきたころに父にもらった古い革の鞄に、錬金術の本を何冊か詰めてきていた。あとでガイに見せるためにだ。

市街は日曜日の休息を終えて生き返りつつあった。鎧戸や棚板の音を響かせながら、店主たちは新しい週の準備を整え、店先の物乞いを悪態をついて追い払っている。日の光にさらされて赤く荒れた顔をした者たちは、よろめきながら通りへ出ていく。そのなかの幼い少女が、チャンセリーとぶつかりそうになった。

「気をつけなさい」わたしは声をかけた。

「そっちが気をつけな、背曲がりのくそ野郎！」不潔な顔のなかの怒りに燃えた目がこちらをにらんだ。パン屋で騒ぎを起こしていた少女だ、とわたしは気づいた。片脚を引きずりながら歩み去るのを目で追う。「かわいそうに」わたしは言った。「物乞いは働き者の額の汗をなめているると人が言うときには、ああいう子のことまで考えているんだろうか」

「まあな」バラクが少し間を置いて言った。「ゆうべは例の古い書類から何か探り出せたか」

「古代ギリシャの戦争についていろいろ書かれていたよ。偽装工作が多かったそうだ。アレクサンダー大王は、軍勢の数を多く見せかけるために、大群の羊の尾にたいまつを結びつけた。敵方のペルシャ人はその夜営を見て、実際よりはるかにおおぜいの兵士がいると思いこんだ」

バラクは鼻を鳴らした。「そんなのばかげてる。羊が逃げたかもしれないだろ。なんにせよ、それがおれたちの仕事とどう関係するんだ」

「その話がどういうわけか頭に残ったんだ。バビロニアでの戦いで古代ローマが用いたある種の液体についての記述もあった。リンカーン法曹院に古代ローマの戦争に関する本が何冊かある。探してみよう」

「あまり時間がかからないならな」

「ビールナップと税関の件について、クロムウェルに手紙を書いてくれたか」

「ああ。それと、ゆうべはおれたちを尾けてた男についてさらに調べてみた。手がかりなしだ」

「あれ以来見かけないな。きっとあきらめたんだろう」

「かもしれないが、油断はしないつもりだ」

とある路地で、死んだマスチフ犬の横を通り過ぎた。ふやけた死骸がとてつもない悪臭を放っていた。人々はなぜロンドンへ押し寄せるのだろう。往々にして路上での物乞いに行き着く暮らしのために、なぜネズミのごとき争奪戦を演じにやってくるのだろう。おそらく金の魔力のせいだ。どうにか食いつなげるだろうという希望や、金持ちになりたいという夢のせいだ。

スミスフィールドへ通じる幾多の裏通りのひとつ、聖セパルカーズ小路を抜けて、大きな広場へ出た。けさのスミスフィールドは静かだが、それは家畜商人が何百頭もの牛を売りにくる市場が開かれていないせいだ。広場の一方の端には、聖バーソロミュー小修道院付属の慈善病院が高い塀に囲まれてひっそりとたたずみ、増収裁判所の守衛が門番をしていた。去年、その小修道院が解散したとき、患者は病院から追い出され、自力で生きていかなくてはならなくなった。富裕層の寄付で新しい病院を建てるという話があるが、まだ実現していない。

聖バーソロミュー小修道院は付属の慈善病院と直角をなし、すでに取り壊されたものもあるが、いくつもの高い建物が広場に影を投げかけていた。小修道院の門番小屋の外にも守衛が立っている。職人たちが何かの箱を運び出し、壁際に積みあげているのが見えた。青い長衣を着た徒弟の一団がその周囲を忙しく動きまわっている。

「キッチンの姿が見あたらないな」バラクが言った。「守衛に訊いてみよう」

わたしたちは広場を横切りはじめた。雑草の茂みのあいだに小道が走っている。一か所、地面がむき出しになった大きな区画があった。草が生えていなくて、土が黒焦げの灰と混じり合っている。異端者の火刑がおこなわれた場所だ。かつてクロムウェルはわたしに対し、自分の肖像画を焚《た》きつけに使った旧教徒を火あぶりにしたいと言ったことがあり、二年前にそれを実行に移した。ここでフォレスト修道士が焼き殺されたときは、一万もの見物人の目の前で、聖人の木像を使って薪に点火され、苦痛を長引かせるべく炎の上に鎖で吊るされた。フォレスト修道士は教会に対する国王の優位を認めなかったため、法律上は火刑ではなく反逆者として処刑されるべきであったが、クロムウェルはそのような些細《ささい》な点にこだわらなかった。わたしはその場に立ち会わなかったものの、いま火刑の痕跡から目をそらしながら、そのむごたらしい死を思い起こさずにはいられなかった。炎で皮膚が焼け縮み、火のなかに落ちた血液が音を立てて蒸発するさまを。想像を蹴散らすべくかぶりを振り、門番小屋の前で手綱を引いてチャンセリーからおりた。

職人が運び出している箱には、古びた茶色の骨がいっぱい詰まっていた。徒弟の一団が中身をくわしく調べており、ぼろぼろに破れた埋葬布の切れ端を道に投げ捨てて、頭蓋骨《ずがいこつ》を取り出しては、こびりついた緑色の苔をていねいにこそげていた。守衛はよく肥えた巨漢で、作業を無関心のていで見つめている。わたしたちは馬の手綱を柱に結びつけた。バラクが守衛に歩み寄り、徒弟たちを顎で示す。「あいつらはいったい何をしてる」

「骨の苔をこすり落としてるんです。リチャード卿が修道士の墓地を一掃なさってまして」

守衛は肩をすくめた。「薬剤師の連中が、死人の頭蓋骨についた苔は肝臓に効くといって、徒弟たちを送りこんできたというわけです」ポケットを探り、半月の形をした小さな金の装身具を取り出した。「埋葬品のなかには変わったものもある――この修道士は十字軍の遠征に加わったんです」片目をつぶってみせる。「あの若造どもに死体漁りをさせてやったから、ささやかな特別手当てですよ」

「ここに用があって来た」わたしは言った。「キッチン殿と会うことになっている」

「クロムウェル伯爵のご用だ」バラクが言い添えた。

守衛はうなずいた。「その男ならもう来ています。教会への立ち入りを許可してやりました」好奇心に満ちた抜け目ない目つきで、わたしたちをじろじろ見た。

わたしは門口へ歩み寄った。守衛は一瞬ためらったのち、脇へよけてわたしたちを通した。

門番小屋の先の光景が目にはいり、はたと足が止まった。立派な教会堂の身廊《しんろう》は取り壊され、残っているのは木材が帆柱さながらに突き出た巨大な瓦礫《がれき》の山だけだ。教会堂の北の端は残され、風雨を防ぐために大きな木の壁が築かれていた。隣接する屋根つきの歩廊もほとんどが取り壊され、集会用の会堂の鉛の窓枠は取りはずされている。院長の屋敷が先のほうに見えた。リチャード・リッチが購入した優美な邸宅だ。裏庭では物干し綱から洗濯物がぶらさがり、はためくシーツのあいだを三人の幼女が走って遊んでいる。周囲の荒廃とは妙にそぐわない。修道院の建物が解体されるのはこれまでにも見たことがあるが――このご時世に、見たことのない者がいようか――これだけの規模のものははじめてだ。残骸には不気味な静けさがまとわりついている。

バラクは笑い、頭を掻いた。「ほとんど残ってないな」

「職人はどこにいる」わたしは尋ねた。

「増収裁判所の仕事なら、朝はゆっくりはじめるさ。給金がいいのがわかってるから」

バラクの先導で、木の壁に設けられた扉へ向かって瓦礫のなかを一歩一歩進んでいった。せいぜい十人余りの修道士のための、巨大で贅沢《ぜいたく》なこの手の修道院教会を、わたしはこれまでずっと軽蔑してきた。設立の目的が病院に奉仕するためなのだから、資源の無駄づかいはいっそう不快に感じられる。とはいえ、バラクのあとから扉を抜けたとき、聖バーソロミュー小修道院教会の残存する建物のなかの壮麗さは認めざるをえなかった。アーチ型の支柱が連なる壁は緑と黄土色で豪華に彩られ、ステンドグラスの窓が並ぶ百五十フィートの高みにまでそびえている。南側が木の壁でふさがれているので中は薄暗いものの、聖遺物箱が置かれていた壁龕《へきがん》は空《から》で、付属礼拝堂の聖像がすべて取り払われているのが見えた。ただし、主祭壇の近くには天蓋つきの大きな墓が残っている。その前に蠟燭が一本ともされていた。かつては何千となくともされていたはずだが、いまはその一本だけだ。墓の前に、頭を垂れて立つ人影があった。わたしたちはタイル張りの床に足音を響かせながら、その男へ歩み寄った。空気にかすかなにおいを感じた。何世紀も焚かれてきた香の香りだ。

近づくと、人影が振り向いた。五十歳ぐらいで背の高い痩せた男で、白い司祭服を身につけていて、白いものの交じるもつれた髪が不安げな面長の顔をふちどっていた。こちらを見る目には警戒と恐怖が宿っている。影に覆われた壁に紛れこみたいと願っているかのように、体を後ろへのけぞらせた。

「キッチン殿ですか」わたしは尋ねた。

「はい。シャードレイク殿ですね」キッチンの声は思いのほか高かった。バラクに不安げな目を向けたので、きのう手荒な真似をされたのだろうかと思った。

「蠟燭の件は申しわけありません」キッチンは早口で言った。「つい――おのれに負けてしまいました。創設者の墓を見たものですから」すばやく身をかがめ、指を焼く熱い蠟に顔をゆがめながら火を揉み消した。

「かまいません」わたしは言った。墓を見ると、薄暗がりのなかに、ドミニコ会の黒い修道服を着て祈りの形に腕を曲げた、驚くほど真に迫った彫像が横たわっていた。

「ラヒア院長」キッチンが小声で言った。「この教会の創設者です」

「ええ。とにかく、気になさらなくてけっこうです。去年グリストウッドという人物があるものを見つけた場所を見たいのです」

「はい」キッチンは唾を吞み、なおも怯えている様子だった。「グリストウッド殿が、見つけたものについて口外するな、そむいたら死刑だとおっしゃいましたので、わたしは誓ってだれにも話していません。あの、こちらのかたがおっしゃったことはほんとうなのですか？グリストウッド殿が殺されたというのは」

「ほんとうです、ブラザー」

「ブラザーではありません」キッチンは小声で言った。「もう修道士ではありませんから。だれひとりとして」

「そうでした。申しわけない――つい口が滑りました」わたしは教会を見まわした。「残されたこの部分も取り壊されるんですか」

「いいえ」キッチンの顔が少し明るくなった。「地域のかたがたが教会区の教会として残すことを請願なさったんです。みなさん、ここに愛着があるもので。リチャード卿がそれをお許しになりました」

そして、院長が死んだ暁には、近隣住民の支援がリッチにとって有利に働く、とわたしは思った。周囲を見まわす。「去年の秋に増収裁判所の役人がここの地下聖堂であるものを見つけたことが、そもそものはじまりなんですね」

キッチンはうなずいた。「そうです。院長が解散に応じたあと、増収裁判所の人たちが資産の調査にやってきました。わたしが図書館にいますと、グリストウッド殿がはいってきました。地下聖堂で見つけた奇妙なものについて何か資料はないかと訊かれました」

「地下聖堂は倉庫として使われていたんですか」

「そうです。広い部屋で、何百年も前のものがしまわれていました。わたしは二十年間司書をつとめましたが、古いがらくたがあったことしか知りません。誓ってほんとうです」

「信じますよ。つづけてください」

「グリストウッド殿に、見つかったものを見せてもらえないかと頼みました。すると、この教会堂へ連れてこられました。当時はまだ完全な姿で、身廊は取り壊されていませんでした」木の壁を悲しげに見やる。

「地下聖堂があるのは教会堂のどの部分ですか」

「あちらの壁のそばです」

わたしは力づけるように微笑んだ。「では、見せてもらいましょうか。もう一度蠟燭に火をつけてください」

キッチンはぎこちない手つきで蠟燭をともすと、鉄の鋲《びょう》が打たれた扉の前へわたしたちを案内した。そのゆっくりと落ち着いた歩き方は、若き修道士だったころに身につけたのだろう。キッチンが扉をあけると、盛大なきしみがあがり、広い教会に響き渡った。

キッチンの先導で石段をおり、教会の全長にわたって伸びる細長い地下聖堂へ足を踏み入れた。真っ暗で、湿っぽいにおいがする。キッチンが先に立って進み、蠟燭でがらくたや壊れた彫像を照らし出した。修道院長の特大の椅子――豪華な装飾が施されているものの、木食い虫の害で穴だらけ――が前方に浮かびあがったつぎの瞬間、暗闇のなかから人の顔がぼんやりと現れ、わたしは悲鳴をあげそうになった。後ろへ跳びのいてバラクにぶつかったが、片腕がもげた聖母マリアの像だと気づき、顔が紅潮した。バラクが愉快そうに笑い、白い歯がきらめくのが見えた。

キッチンが壁の近くで立ち止まった。「ここへ連れてこられました。壁際に樽がありました。木でできた重そうな古い樽が」

「大きさは？」

「ほこりに跡がついています」

キッチンが蠟燭を持った手をおろすと、敷石の上のほこりに大きな円形の跡が残っているのが見えた。葡萄酒の樽と同じくらいで、大ぶりだが、桁《けた》はずれではない。わたしはうなずいて立ちあがった。キッチンが蠟燭を胸の近くで持ったので、皺の寄った顔が体から切り離されたように見えた。

「樽の蓋はあいていましたか」わたしは尋ねた。

「はい。増収裁判所の役人が近くにひとりいて、蓋をこじあけるのに使った鑿を手にしていました。わたしたちを見てほっとした様子でした。グリストウッド殿がこう言いました。〝このなかを見てくれ、ブラザー〟──そのときわたしはまだ修道士でした──〝そして、中身が何かわかれば教えてもらいたい。ただし、言っておくが、においがきついぞ〟と。グリストウッド殿は笑っていましたが、わたしはもうひとりの役人が蓋をあける前に十字を切るのを見ました」

「で、中には何が？」わたしは尋ねた。

「真っ黒でした」キッチンは答えた。「地下聖堂の闇よりも深い、暗黒そのものです。そして、それまでに嗅いだことのない、おぞましいにおいがしました。何かが腐りかけているような、それでいて気が抜けたようでもある、妙に甘い、つんと鼻を刺すにおいです。喉を刺激されてむせ返りました」

「おれが嗅いだにおいだ」バラクが言った。「あんた、うまいこと言い表したな」

キッチンは唾を呑んだ。「手に持った蠟燭を樽の上へかざすと、中の暗黒に明かりが映りました。あまりにも異様な感じがして、危うく樽のなかへ蠟燭を落としそうになりました」

バラクが笑った。「やれやれ、落とさなくてよかったよ」

「中身は液体だとわかりました。粘り気があってぬるぬるして。指でふれてみました」キッチンが身を震わせた。「恐ろしい感触でしたよ。するとわたしはそれが何かまったくわからないと言いました。すると、役人がセント・ジョンという名前の記された銘板を指さし、それを見たところ、樽は百年前からここにあることがわかりました。もしかしたらこれに関する資料が図書館にあるかもしれない、とわたしは言いました。実のところ、その場を離れたかったんです」キッチンは不安げに周囲を見まわした。

「お気持ちはわかります」わたしは言った。「中身は真っ黒だったのですね。昔の人たちがつけた名前のひとつが〝暗黒火〟だったのも、それで説明がつきます」

「地獄の暗黒です。グリストウッド殿はうなずいて、もうひとりの役人に樽に蓋をするように言ってから、わたしといっしょに図書館へもどりました」

「そこへ行きましょう」わたしは言った。「さあ、ここから出たいんでしょう」

「ええ、ありがたい」

わたしたちは教会へ引き返し、陽光のもとへ出た。キッチンが足を止めて瓦礫を見つめた。目の端に涙がにじんでいる。かつて、修道士や托鉢修道士は、修道院生活にはいるときに個人としての法的人格を失い、いわば死者と見なされた。先だって、彼らの法的地位を復活させる法律が議会を通過した。リンカーン法曹院では、修道士たちはクロムウェルのおかげで〝人生に復帰した〟という冗談がささやかれている。だが、どんな人生にだろう。「行きましょう、キッチン殿」わたしは静かに言った。「図書館へ」

キッチンのあとについて、屋根を取り払われた集会用の会堂を抜けていった。その先は庭を横切らざるをえない。庭ではまだ子供たちが遊んでいて、洗濯物を取りこんでいる女中がわたしたちをじろじろと見た。

半ばまで進んだとき、扉が開き、上質な絹のシャツを着た小柄な男が出てきた。わたしははっと息を呑んだ。リチャード・リッチだとすぐにわかった。リンカーン法曹院の会合で顔を合わせたことがある。「くそっ」バラクは声をひそめてそう言ってから、近づいてくるリッチに深々《ふかぶか》と礼をした。わたしとキッチンも頭をさげた。キッチンの目は恐怖で見開かれている。

リッチがわたしたちの前で足を止めた。繊細な目鼻立ちの端整な顔を怪訝そうに曇らせて、鋭い灰色の目でわたしたちを値踏みしている。

「ブラザー・シャードレイク」愉快な驚きだと言わんばかりの声つきだ。

「覚えていらっしゃいましたか」

「背曲がりのことはけっして忘れないさ」微笑むリッチを見て、冷酷漢だという評判を思い出した。異端者の取り調べではみずから拷問具を操ったこともあると言われている。驚いたことに、庭で遊んでいた幼い少女たちが、両手をひろげてリッチに駆け寄った。「お父さん、お父さん！」と声をあげる。

「おいおい、お父さんはいま忙しい。メアリー、家のなかへ連れていけ」

女中が子供たちを集めた。連れられていく娘たちの姿をリッチは見送った。「わたしの子供たちだ」表情をゆるめて言う。「もっときびしくしつけろと妻には言われているがね。それはそうと、きみたち三人はうちの庭でいったい何をしている。おや、かつてのブラザー・バーナードじゃないか。白がよく似合っているぞ。ドミニコ会士の黒よりも」

「あの――わたしは――その――」哀れなキッチンは口がきけなかった。

わたしはリッチに劣らぬさりげない口調を心がけて言った。「キッチン殿に図書館を案内してもらうところです。クロムウェル伯爵が見学をお許しくださったので」

リッチは首をかしげた。「本は一冊も残っていないぞ。増収裁判所の者がすべて燃やしてしまったからな」哀れなキッチンにあざけるように微笑みかける。

「建物の設計を見たいのです」わたしは言った。「図書館を建てたいと考えておりますので」

リッチは含み笑いをした。「まだ屋根がついているうちに見たほうがいいな。そうか、リンカーン法曹院でたいそう稼いでいるにちがいない。あるいは、クロムウェル伯爵からたんまりもらっているのか？　また寵を得ているそうだな」鋭い目がさらに険しくなる。「まあ、図書館を見学してもよいと伯爵がおっしゃったのなら、そうすればよい。屋根の梁に巣を作っている鴉に糞《ふん》を落とされないよう気をつけろ。くそ忌々しい教皇派のつぎは鳥の糞だぞ」

うなだれているキッチンにふたたび微笑みかけた。わたしへ視線をもどしたときには、口をきつく引き結んでいた。

「だが、つぎにうちの庭を通りたいときは許可をとれ、シャードレイク」リッチはそれ以上何も言わず、子供たちのあとから家のなかへはいった。キッチンが体の向きを変え、塀に設けられた門のほうへわたしたちを足早に導いた。

「ここに来るのはまずいと思ったんだ」バラクが言った。「伯爵はリッチに何も知られたくないと言ってた」

「何も話さなかったじゃないか」わたしはばつの悪い思いをしながら言った。

「何かおかしいと思ってるさ。振り向くなよ、あのくそ野郎が窓の向こうで見張ってるぞ」

キッチンのあとについて門を抜け、三方を屋根のない建物に囲まれた、踏みつけられた芝地へ出た。キッチンが指し示した。「図書館はあそこ、施療所の隣です」

かつては広々とした立派な図書館だったにちがいない場所へ足を踏み入れた。二階の高さまである空の書棚が壁を覆い、床には壊れた戸棚や破れた手稿が散らばっている。教会堂よりもこの光景のほうが、わたしをいっそう悲しい気持ちにさせた。床に線状の影を落としている、骸骨さながらのまばらな屋根の梁を見あげる。鴉の群れが鳴き声をあげて飛び立ち、旋回してから、またおり立った。ガラスのない窓越しに、芝の生えた中庭とその先の家々がちらりと見えた。中央にある噴水は干あがっている。キッチンがあたりを見まわす様子が惨めそうに感じられた。

「それで」わたしは静かに尋ねた。「グリストウッド殿とここへ来て、何を見つけましたか」

「セント・ジョンという兵士についての記録を探すように言われました。慈善病院で亡くなった人たちが書き残したものは、ここにすべて保管してあります。セント・ジョンの名前で書かれたものがいくつかあり、グリストウッド殿はそれを全部持っていきました。そして翌日またここへやってきて、午後いっぱいを費やし、ビザンティウムやギリシャ火薬に関する文献を片っ端から調べていました」

「それについて調べていると、どうしてわかったんですか」

「わたしも手伝ったからです。グリストウッド殿はさらに書類をいくつかと、本を何冊か持っていきました。それらはいっさい返却されないままで、やがて書棚がすべて空にされて、何もかもが燃やされました」キッチンは首を振った。「中には大変美しい本もあったのですよ」

「しかし、いまとなってはどうにもなるまい」

突然けたたましい羽音がして、鴉がまた飛び立った。上空を旋回し、騒々しく鳴いている。

「なぜあんな鳴き方をするんだ」バラクがつぶやいた。

「あなたはグリストウッド殿が書類を探すのを手伝ったわけですね。そのうちのどれかを見ましたか」

「いいえ、見ていません。知りたくなかったんです」キッチンは真剣な顔でわたしを見た。顔じゅう汗みどろだ。ここは太陽がまともに照りつけるので暑い。「わたしは度胸のある人間ではありません。何物にも煩わされずに祈りに専念することだけがわたしの望みなのです」

「なるほど。樽がどうなったかは知っていますか」

「グリストウッド殿が荷車に載せて運び去りました。行き先は知りません。尋ねませんでしたから」キッチンは深く息を吸うと、手をあげて、司祭服の上に着ている白い法衣の襟をひろげた。「すみません、とても暑くて――」そう言って横へ一歩踏み出した。どこからか、硬質の音がかすかに聞こえた。

キッチンの動きがわたしの命を救った。突然、キッチンが甲高い叫び声をあげて前へつんのめり、二の腕に石弓の太矢が食いこんで、白い法衣の上に赤い鮮血が噴き出した。わたしは慄然とした。キッチンはよろけて壁にぶつかり、怯えた顔で自分の腕を見つめた。

バラクが剣を抜き、窓へ飛びかかった。そこにはクロムウェルの屋敷からわたしたちを尾けていたあばた面の男が立っていて、青い目を光らせてバラクを見据えつつ、新たな太矢を石弓につがえた。しかし、バラクが迫ったので、男は一瞬ためらったのち、音を立てて武器を落とし、庭を逃げていった。バラクが割れたガラスにかまわず窓枠の向こうへ飛び出したが、男はすでに修道院の塀をよじのぼっていた。そのばたつく足をバラクがつかもうとしたものの、わずかに遅かった。襲撃者は塀を乗り越えて走り去った。バラクもよじのぼって塀の上に肘を載せたが、しばし通りを見おろしてから、またがずに地面におりた。剣を拾って窓まで歩いてもどり、ふたたび窓枠を越えた。その顔は怒りに満ちていた。

わたしは身をかがめてキッチンを慰めた。キッチンは床に倒れ、腕をつかんですすり泣いていた。指のあいだから血が噴き出している。「あの書類を見なければよかった」うなり声で言う。「わたしはほんとうに何も知りません。誓います」

　バラクがひざまずき、驚くほどやさしい手つきでキッチンの手を傷口からどけた。「どれ、見せてみろ」腕をじっくりと観察する。「たいしたことはない。太矢の先が反対側から出ている。外科医に引っこ抜いてもらえばいいさ。ほら、腕をあげろ」キッチンは身震いしながら言われたとおりにした。バラクはポケットからハンカチを取り出して止血帯を作り、傷口の上で腕を縛った。

「さあ行こう。この向かいに家畜商人の怪我を診る外科医がいる。そこへ連れていくよ。腕は高くあげていろ」バラクは震えているキッチンを助け起こした。

「だれがわたしを殺そうとしているのですか」キッチンは泣き言を漏らした。「わたしは何も知らないのです、何も」

「その矢はわたしを狙ったものでしょう」わたしはゆっくりと言った。「キッチン殿が動かなかったら、わたしに命中していたはずだ」

　バラクの顔は真剣で、いつものふざけた調子は消えていた。「ああ、そのとおりだ。いったいどうして、おれたちがここにいるのを知ったんだろうな」

「たぶん、うちから尾けてきたのだろう」

「ひとり、説明できそうなやつがいる」バラクは険しい顔で言った。「キッチンを外科医へ連れていってから、ちょっと話を聞くことにしよう。さっきの野郎はもうもどってこないだろうが、念のために窓から離れていろ。すぐにもどる」

わたしは衝撃のあまり、おとなしくうなずくことしかできなかった。バラクがうなり声をあげるキッチンを支えて外へ連れ出し、わたしは壁にもたれた。心臓が喉から飛び出るかと思うほど激しく鼓動し、体じゅうに冷や汗をかいている。にわかにこの場がひどく静かに思えた。リッチの屋敷はここから遠いので、何も聞こえなかったにちがいない。クロムウェルのせいで命が危険にさらされるのはこれで二度目だ。バラクが床に置いていった、ずんぐりとしたまがまがしい石弓に目を向けた。にわかに騒がしい音がしてぎくりとしたが、鴉が梁にもどってきただけだった。

数分後、バラクともうひとりの話し声が聞こえた。大声で抗《あらが》う巨漢の守衛が戸口から追い立てられてきた。相手は大男であるにもかかわらず、バラクがその腕を体の後ろで万力《まんりき》のように締めあげていた。手を離して部屋のなかへ突き飛ばす。守衛は瓦礫のなかへどさりと倒れた。

「あんたにそんな権利はない！」守衛が叫んだ。「増収裁判所がこのことを知ったら――」

「くそ増収裁判所など知ったことか！」バラクが叫び返した。守衛の汚れた長衣をつかみ、引っ張って立たせた。剣は鞘《さや》におさめてあったが、今回はベルトから恐ろしい短剣を抜き、守衛のたるんだ喉にあてがった。「よく聞け。おれはエセックス伯に仕えていて、どうとでも好きな手段をとる権限を持っている。たとえば、きさまの喉首を掻き切るとかな」守衛が息を吞み、目を見開く。バラクはその頭をつかみ、顔をわたしのほうへ向けさせた。「おれがたったいまここから連れ出した司祭が、こちらにいらっしゃるクロムウェル伯爵の弁護士を狙った石弓の太矢に撃たれた。撃った男を中へ通せたのはきさましかいないんだ、この腐れでぶ。さあ、吐け」

「知らない」守衛はうわごとのように言った。「ほかにも入口が――」

バラクは手を下に伸ばして急所をきつく握りしめた。守衛は悲鳴をあげた。

「白状します、白状しますよ！」

「なら、さっさと言え！」

守衛は息を呑んだ。「あなたがたが到着してしばらくして、別の男が近づいてきたんです。異様ななりの学者風の男で、あばたがありました。エンジェル金貨を一枚見せて、あなたがたふたりがここで何をしているのかと訊きました。わたしは――ある人物と会っていると答えました。男は金貨をやるから自分も中へ通してくれと言いました。エンジェル金貨だったんですよ。わたしは金に困ってるんです」

「見せてみろ」

守衛はベルトを探って大きな金貨を取り出した。バラクがそれをつかんだ。「よし、こいつはおれがもらっておく。怪我をした仲間の治療代だ。さて、その男について訊こう。何か持ってなかったか。たとえば、石弓とか」

「石弓なんか見ていない！」守衛がわめいた。「大きな鞄を持ってましたが、中身はわかりませんでした！」

バラクは守衛から一歩離れた。「なら行け、豚野郎。さあ。それから他言は無用だぞ。べらべらしゃべったら、クロムウェル伯爵のお尋ね者になるからそう思え」

守衛は身をすくませた。「クロムウェルなんかにそむくなんてめっそうもない、いえ、クロムウェル伯爵に――」

「失せろ！　くそ野郎！」バラクは守衛の体を転がし、戸口から蹴り出した。荒い息をしながらわたしのほうを向く。

「あばた面をあんたに近づけてすまない。油断したよ」

「四六時中見張っているわけにもいくまい」

「教会の瓦礫のどこかにまぎれていたにちがいない。ちくしょう、なかなかやりやがる。あんたはだいじょうぶか」

わたしは深く息をついて法服のほこりを払った。「ああ」

「この件を伯爵に報告しなくてはな。すぐにだ。いまはホワイトホール宮殿にいらっしゃる。いっしょに行こう」

わたしは首を横に振った。「無理だよ、バラク。ジョーゼフとの約束がある。すっぽかすわけにはいかない。わたしにはまだエリザベスの命に対して責任がある。そのあとガイに会うつもりだ」

「わかった。四時間後に薬剤師の店の前で待ち合わせて、いっしょにサザークへ行こう。さっきここへ来るときに教会の時計が九時だったから――一時でどうだ」

「いいだろう」

バラクは疑わしげにわたしを見た。「ひとりでほんとに平気か」

「何を言うんだ」わたしは苛立って吐き捨てた。「一日じゅうくっついていたら、仕事にかかる時間が倍になる。さあ」「チープサイドまでいっしょに行こう」

バラクは心配そうな顔をしていた。わたしが考えていたのは、三人目の殺害が企《くわだ》てられたと知ってクロムウェルはどんな反応をするだろうということだった。

15

　オールダーズゲートに着いたとき、バラクがようやく口を開いた。「やっぱり聖バーソロミューへは行くべきじゃなかったよ」不機嫌そうに言った。「あの哀れな司祭が撃たれたことと、リッチに警戒させたことのほかに、どんな成果があった？」

「ギリシャ火薬が発見されたいきさつはグリストウッド兄弟の言い分どおりだったと確認できたじゃないか。樽にはいった——何かと——製法書があったのは事実だと」

「ようやく信じる気になったのか。そいつは大きな前進だな」バラクは皮肉たっぷりに言った。

「法律を学んでいたころ」わたしは言った。「ある教師が、どんな案件にもあてはまる問いかけがあると言っていた。その問いかけとはこうだ——どんな手がかりが意味を持つのか」

「で、答は？」

「あらゆる手がかりが意味を持つ。訴訟を起こす前に、すべての事実、すべてのいきさつを把握しなければならない。そしてわたしは、きょうも出かけていって、多くを学んだ。たとえわが身が犠牲になりかけたとしてもだ。ガイといっしょに検討したい手がかりがいくつかある」

バラクは肩をすくめた。聖バーソロミュー小修道院への訪問が危険をともなう時間の空費だったという考えを改める気はないらしい。馬を進めながら、わたしはふと、ギリシャ火薬について何かを知る者全員の命が危ないのではないかと思った。マーチャマウント、ビールナップ、そしてレディ・オナー。

「伯爵にはリッチに会ったと報告せざるをえないな」バラクが言った。「喜ぶはずはないが」

「そうだな」わたしは唇を噛んだ。「怪しい人物が三人とも、この国で最も高い地位にある危険な人々とつながっているというのが気になってしかたがない。マーチャマウントはノーフォーク公と、ビールナップはどうやらリッチと。そしてレディ・オナーはだれもとつながっていると言っていい」眉をひそめる。「リッチとビールナップはいったいどんな関係にあるんだ。ビールナップが嘘をついているのはまちがいない」

バラクは鼻を鳴らした。「それはあんたが突き止めることだ」チープサイドに着いた。「ここで別れようか。一時にあのムーア人の店で会おう」

バラクは南へ去り、わたしはチープサイドにはいった。にぎわう露店の列のあいだを進みながらも、絶えず周囲に目を光らせていた。このような人ごみで襲撃してくる者はいまい、と心に言い聞かせた。逃げおおせる前につかまるのが落ちだ。群衆のなかに部下を従えた警吏が何人もいたので、ほっと胸をなでおろした。商人の立派な屋敷が数多く建ち並ぶウォルブルック・ロードを歩いていくと、少し進んだところで、行きつもどりつしているジョーゼフの姿が見えた。馬をおりて握手をする。ジョーゼフは緊張して元気がない様子だった。

「けさもエリザベスの面会に行ってきました」かぶりを振る。「相変わらず何も言わずに横になっているだけで、会うたびに顔色が悪くなって痩せていきます」わたしをまじまじと見る。「お疲れですか、シャードレイク殿」

「新しく引き受けた案件が厄介でして」わたしは大きく息をついた。「では、ご家族と対面しましょうか」

ジョーゼフは顎を引きしめた。「覚悟はできています」

つまり、わたしも覚悟をする必要があるというわけだ。チャンセリーの手綱を引き、ジョーゼフのあとについて堂々たる新しい邸宅へ向かった。ジョーゼフが玄関扉を叩く。迎えたのは、新しい袖なし胴着と上質な白いシャツを着た、長身で黒っぽい髪の三十歳くらいの男だった。男は眉を吊りあげた。

「ほう！　エドウィン卿が、あなたが来るとおっしゃっていました」

相手の無礼な態度にジョーゼフは顔を赤くした。「弟はいるかい、ニードラー」

「いらっしゃいますよ」

ひと目見ただけで、わたしはその執事が気に入らなかった。長い黒髪を持ち、幅の広い狡《こう》猾《かつ》そうな顔をした男で、がっしりした体には余分な脂肪がつきはじめている。思いあがりを許された厚かましい使用人だ。「どなたか、馬を厩へ連れていってもらえませんか」わたしは尋ねた。

ニードラーは下働きの少年に馬を引いていくよう声をかけてから、わたしたちを家のなかへ案内した。広い廊下を通り、手すりに紋章らしい獣の彫刻を施した派手な階段をのぼっていく。やがて、タペストリーの掛かった豪華な内装の応接室へ足を踏み入れた。窓の外には都会の屋敷にしては広い庭が見えた。格子垣で囲った小道のある花壇が芝地へとひろがっている。水不足のせいで端の芝は褐色を帯びている。ナラの木の下に長椅子が置かれ、そのそばに煉瓦造りの丸井戸があった。井戸の口には封がされていた。

クッションのついた椅子に四人が腰かけていた。驚いたことに、全員が黒い服を着ている。ラルフが死んで二週間ほど経っているはずで、そんなに長く喪服を着つづけるというのは珍しい。四人のうちただひとりの男がエドウィン・ウェントワース卿だ。間近で見ると、肉づきのよい赤ら顔だけでなく、どことなく神経質そうな気配もジョーゼフと似ている。エドウィン卿は長衣のへりをいじりながら、怒りを宿した険しい目でわたしを見つめていた。

娘たちは隣り合ってすわっていた。ジョーゼフの説明どおりかわいらしく、どちらも黒いドレスの肩に金髪を垂らし、顔は乳白色で、はっとするほど大きな紫がかった青い目の持ち主だ。ふたりとも刺繍をしていたが、わたしがはいっていくとクッションに針を置き、慎み深い笑みをちらりと浮かべてから頭をさげた。礼儀正しいが、見ていていささか苦しくなる。育ちのよさそうな静かな物腰で、膝に置いた手をじっと動かさずに坐している。

その部屋にいる三人目の女は、姉妹とはあまりにもかけ離れた印象の人物だった。ジョーゼフの母親は背筋をまっすぐに伸ばし、黒いふちなし帽の下に雪のように白い髪を束ねて、ジョー青筋の立った両手を杖の上で組み合わせていた。瘦せぎすで、皺と痘瘡の跡がそこかしこに目立つ青白い皮膚の下に頭蓋骨の凹凸《おうとつ》がはっきりと見える。皺の寄ったまぶたが、衰えた両目を永遠に覆い隠している。哀れを誘う姿であるはずなのに、どういうわけか部屋の空気を支配していた。

　最初に口をきいたのはその老女だった。わたしのほうへ顔を向けて、長い顎を突き出す。

「ジョーゼフといっしょに来た弁護士だね」かすかに田舎の訛りがある澄んだ声で言った。明らかに義歯とわかる、真珠のように白い歯がのぞく。わたしは思わず身震いした。死人の歯を木の土台で口のなかに固定するというのは、わたしの大きらいな奇想だ。

「そうです、お母さん」エドウィンがわたしに嫌悪の目を向けた。

　ウェントワース夫人はゆがんだ笑みを浮かべた。「真理の探究者ね。こちらへおいで、弁護士さん。あなたの顔を知りたいの」指輪をはめた鉤爪《かぎづめ》さながらの手をあげる。目の見えない人が自分より地位の低い相手にときどきするように、わたしの顔をさわりたいのだと気づいた。もともと農民の妻だった女の厚かましい要求に応じ、わたしは重い足どりで近づいて、身をかがめた。夫人の両手が顔と頭を驚くほど静かにかすめるあいだ、部屋じゅうの視線が注がれるのを感じた。

「誇り高い顔」夫人は言った。「頑固で、憂鬱質」わたしの肩を軽くなでる。「ああ、本のはいった肩掛け鞄と、弁護士の法服のなめらかな肌ざわり」そこでことばを切る。「あなたは背曲がりだそうね」

侮辱するつもりなのか、それとも、歳のせいで思うがままにしゃべっているだけなのかと思いながら、わたしは深く息をついた。

「そうです、奥さま」

夫人は木の歯茎をちらりとのぞかせて微笑んだ。「まあ、立派な顔立ちに慰めを見いだすがいいわ。あなたは聖書を読む教徒かい？　以前エセックス伯その人と親交があったそうだね。神よ、エセックス伯を敵からお守りください」

「少し前まで存じあげていました」

「エドウィンは教皇派をこの屋敷へ立ち入らせないの。娘たちにも宗教の本を与えて、聖書について学ばせている。ちょっと早すぎる気もするけれどね」夫人は息子に向かって手を振った。「この人の質問に答えなさい、エドウィン」ぶっきらぼうに言う。「何もかも話しなさい。おまえたちふたりもだよ」

「サビーヌとエイヴィスはもう勘弁してやってもいいでしょう、お母さん」エドウィンが哀願の口調で言った。

「いいえ。おまえたちもだよ」エドウィンのふたりの娘が瓜《うり》ふたつの大きな青い目を祖母へ向けた。父親と同じく、この老女の呪縛にとらわれているらしい。

「この件に片をつけなくてはなりません」夫人はつづけた。「シャードレイクさん、あなたにも想像がつくでしょう。ラルフがエリザベスの手にかかって死んだせいで、わが家にどれほどの悲しみがもたらされたのか。三週間前、わたしたちは幸せでした。希望に満ちていた。

それが、いまはこのとおり。そのうえ、ジョーゼフがエリザベスの肩を持つから、よけいに始末が悪い。ジョーゼフに対するわたしたちの気持ちは察しがつくでしょう。きょうを最後に、二度とこの屋敷へは入れないつもりです」夫人は長男へ顔を向けることなく、静かに淡々と話した。ジョーゼフは叱《しか》られた子供のようにうなだれた。この老女傑《じょけつ》に刃向かおうとする、内に秘めたジョーゼフの勇気はどれほどのものか。

「わたしの認識は正しいだろうか」エドウィンが兄とよく似た太い声で尋ねた。「もしエリザベスが有罪だと納得したら、弁護をやめるというのは。それがきみの職業の規則だというのは」

「厳密にはそうではありません」わたしは答えた。「有罪であると知、っ、て、い、る場合には、弁護をやめなくてはなりませんし、わたしもそうするつもりです」間を置いた。「事件について、わたしの理解している内容をお話ししてもよろしいでしょうか」

「よかろう」

わたしは自分の知っている事件のいきさつを述べた。姉妹が悲鳴を耳にし、窓から外を見て、庭へ駆けつけたこと。ニードラーがやってきて、井戸でラルフの死体を見つけたこと。もう一度恐ろしい話を聞かされる姉妹をわたしは気の毒に思った。ふたりはまたうつむいて無表情な顔をしていた。

「しかしながら」わたしは話をこう結んだ。「エリザベスが井戸へ突き落とすところはだれも見て、い、ま、せ、ん。少年が足を滑らせたのかもしれません」

「なら、エリザベスはなぜ自分でそう言わないの」夫人が鋭く言った。

「尋問されると真実が明るみに出るとわかっているからだ」エドウィンがにわかにきびしい口調で言った。「エリザベスが殺したに決まっている！　きさまは九か月いっしょに暮らしたわけでもない。あいつならやりかねないのを知らない！」母親が身を乗り出して腕に手を置くと、エドウィンは椅子に深く腰かけて腹立たしそうに息をついた。

「そのあたりをくわしく話してもらえますか」わたしは言った。「わたしが知っているのは、ジョーゼフさんから聞いた話だけなので」

エドウィンは兄に怒りの視線を投げかけた。「あの娘は図々しく、扱いづらく、乱暴だった。そう、ただの小娘なのに乱暴だった」

「最初からですか」

「弟の葬式が終わって、ここへ来た日から無愛想だった。すべてを失ったのだから、わたしたちは大目に見るつもりでいた。こちらはできるだけの面倒を見るつもりでいたし、わたしは貧しくはない。もっとも、ロンドンへ出てきたときはいまの兄と似たようなものだったが」悲しみと怒りのただなかにありながらも、エドウィンの胸が誇らしさで一瞬ふくらんだ。「娘たちには、あたたかく迎えるように言った。リュートやバージナルの弾き方を教え、外出の折も連れていくようにな。大変な感謝のされ方だったよ。話してやりなさい、サビーヌ」

姉のほうが顔をあげて、人形のような目をわたしに向けた。「わたしたちに対してひどい態度をとりました」静かに言った。「オルゴールを鳴らすよりもましなことをしたいと言ったんです」

エイヴィスが付け加えた。「お友達の家や、若い紳士と出会える晩餐会に誘いましたが、一、二度出かけたあと、もう行きたくないと言いました。お友達のことを頭が空っぽの気どり屋だと言って」

「わたしたち、努力したのに」サビーヌが真剣な口調で言った。

「わかっているよ」姉妹の祖母が言った。「おまえたちはできるだけのことをした」

エリザベスは読書が好きで農場を愛していたとジョーゼフが話していたのをわたしは思い出した。エリザベスは独立心のある娘で、従妹たちとは相容《あいい》れないにちがいない。女らしい関心事にしか興味がなく、よい結婚だけをめざしているらしいこの姉妹とはうまくいかないだろう。だが、共通する趣味がないからといって、殺人につながるとは考えにくい。

「しばらくすると、わたしたちとはほとんど口をきかなくなりました」エイヴィスが悲しげに言い添えた。

姉のサビーヌがうなずいた。「ええ、自分の部屋にこもるようになって」

「自分の部屋があったんですか」わたしは驚いた。ほとんどの家庭では、未婚の娘は子供部屋でいっしょに寝るものだ。

「この屋敷は広いのでね」エドウィンが傲然《ごうぜん》と言った。「家族全員にそれぞれの部屋を与えてやれる。エリザベスも同様だ」

「いっしょに寝たことは一度もないの」サビーヌが言った。「だって、わたしか妹がいっしょに何かをしようと誘いにいくと、あっちへ行けと叫ぶのですもの」顔を赤らめる。「そのうち、わたしたちに汚いことばをぶつけるようになりました」

「礼儀というものを待ち合わせていなかった」エドウィンが言った。「まったく娘らしくなかったよ」

ウェントワース夫人が身を前へ乗り出し、ふたたび一座を支配した。「ますますわたしたちが憎らしくなっていくようでしたよ。食事の席ではていねいなことばを聞いたためしがなかった。しまいには自分の部屋で食べると言いだしたんで、そうさせました。あの子がいると食事が台なしになるからね。目が見えないと、その場の空気に敏感になるものなんですよ。エリザベスのまわりの空気は、わたしたちに対する理不尽な憎しみで邪悪になっていった。ひどく邪悪にね」

「一度、ぶたれたこともあります」サビーヌが言った。「庭でのことです。あたたかくなってくると、エリザベスは外の長椅子にひとりでいるようになりました。ある日、そこで本を読んでいたエリザベスのそばへ行って、市壁の外へサンザシの花を摘みにいかないかと誘いました。すると、いきなり本を持ちあげて、恐ろしいことばを口にしながらわたしの頭を叩きはじめたんです。わたしは家のなかへ逃げました」

「それはわたしも見たよ」エドウィンが言った。「書斎で仕事をしていたら、エリザベスがわたしのかわいそうな娘に飛びかかるのが窓から見えた。わたしはエリザベスに、その日の残りは自分の部屋から出ないように言いつけた。あの娘が何をしでかすか、そのとき気づくべきだったよ。わたしが悪いんだ」突然両手に顔をうずめ、声を乱した。「わたしのラルフ、わが息子よ。あんなふうに死んで横たわり、異臭を放つとは――」悲痛な声ですすり泣いた。

姉妹がふたたびうつむき、ウェントワース夫人が顎を引きしめた。「あなたが恐怖を呼び覚ましているのはおわかりだね、シャードレイクさん」エドウィンのほうを向く。「さあ、息子よ、しっかりおし。エリザベスがラルフにどんな仕打ちをしたか話してやりなさい」

エドウィンがハンカチで顔を拭いた。兄をにらみつけ――ジョーゼフ自身もまた泣きそうな顔をしている――それから、わたしにきびしい目を向けた。「最初は、娘たちよりもラルフと気が合うのではないかと思っていた。ラルフもわが道を行くほうだったのでね。それに、ラルフは仲よくなろうとつとめていたし、家族に人が増えて喜んでもいた。はじめはうまくやっているように見えた。何回かいっしょに田舎の散策へ出かけたり、チェスをしたりしていた。ところが、あの娘はやがてラルフのこともきらうようになったのだよ。うちへ来てひと月くらい経ったある晩、夕食の前にこの部屋にいたとき、ラルフがエリザベスにチェスをしようと誘ったことがあった。エリザベスは不機嫌そうにではあるものの、承知した。ラルフはませた子供だから、すぐに優勢になった。前へ身を乗り出してエリザベスの城《ルーク》の駒を奪い、こう言った。〝ほら。ぼくのものだ。この鴉《ルーク》がこれ以上ぼくの兵士たちの目をつつき出すことはないぞ〟と。するとエリザベスは、怒りの叫びをあげてチェス盤を空中へほうり投げ、駒を部屋じゅうに散らかしてから、ラルフの頭に強烈な一発を食らわした。すすり泣くラルフを残して、自分の部屋へ走っていった」

「恐ろしい一幕だったね」夫人が言った。

「その件があってから、エリザベスには近づくなとラルフに言い聞かせた」エドウィンはつづけた。「でも、無理もないことだが、ラルフは庭を愛していた。そして、エリザベスはよく庭にいた」

「エリザベスは異常だ、という言い方ができるのかもしれません」夫人が言った。「本人が口をきこうとしなければ、たしかなところはだれにもわからない。でも、わたしに言わせれば、邪悪な妬みです。従妹弟たちが自分より教養があり、この家が自分の失った家族よりもすばらしいから、妬んでいるのよ」こちらへ顔を向ける。「わたしはすべてを感じとり、耳にした。あの娘の不条理な憎しみと暴力が育っていくのをね。というのも、エドウィンが街にいたり、孫娘たちが出かけたりしているあいだも、わたしは家にいましたから」ことばを切ってため息をついた。「さあ、シャードレイクさん、わたしたちの話はお聞きになったね。いまもまだ、エリザベスがラルフをあの井戸に投げ落としたのではないと疑うのかい」

　わたしは答を避けた。「奥さまはその日、こちらにいらっしゃったんですか」

「自室にいましたよ。ニードラーが急いでやってきて、何が起こったか話してくれてね。ニードラーに井戸の底へおりるよう命じたのはこのわたしです。引きあげられたあと、哀れなラルフの顔にさわった」死に顔にもう一度ふれているかのように、骨張った手を空中で振る。きびしい表情がつかの間ゆるんだ。

わたしは姉妹のほうを向いた。「きみたちはお父さんとおばあさんの意見に賛成かい」

「はい」エイヴィスが答えた。

「そうでなければいいのに、と神に祈りました」サビーヌが言い添えた。両目を手でこする。

「おばあさま」従順な口ぶりで言った。「目がかすみます。ベラドンナを垂らしたほうがいいですか」

「あれはよい薬だよ。瞳を大きくするから、もっと美人に見える。ただし、ほんのちょっぴりね」

わたしは夫人を嫌悪の目で見た。ベラドンナの汁はそのように美容の目的で使われると聞いたことがあるが、毒薬にはちがいない。

しばし考えたのち、立ちあがった。「帰る前に、エリザベスの部屋と、できたら庭を見せてもらえませんか。ほんの数分ですみます」

「もうじゅうぶん――」エドウィンが言いかけたが、またしても母親がさえぎった。

「ニードラーに案内させなさい。ジョーゼフもいっしょに。それがすんだら、ふたりとも帰ってよろしい」

「母さん――」ジョーゼフが立ちあがり、母親のほうへ一歩近づいた。夫人が杖に載せたこぶしを握りしめる。一瞬、ジョーゼフを殴《なぐ》るのではないかと思ったが、さっと顔をそむけただけだった。ジョーゼフは顔を引きつらせて後ろへさがった。エドウィンは兄に怒りのまなざしを向けたのち、呼び鈴を鳴らした。執事が現れ――あまりにすばやいので、扉の向こうで聞き耳を立てていたかに思えた——主人に一礼した。

「ニードラー」エドウィンがきびしい口調で言った。「シャードレイク殿が、エリザベスの使っていた部屋、それから庭をご覧になりたいそうだ。ご案内したあとで、お見送りをしろ」

「かしこまりました、エドウィン卿」ニードラーの態度は卑屈だった。「なお、料理人が夕食にクロウタドリはいかがでしょうかと申しております」

「こんどはソースが多すぎないように」夫人が鋭く言った。

「承知しました、奥さま」

エドウィンも母親も別れの挨拶をする様子を見せず、姉妹はうつむいていた。その直後、サビーヌがニードラーをちらりと見て頬を赤らめるのが見えた。この下品な男に気があるのだろうか。若い娘の好みというのはさまざまで、まさに蓼食《たでく》う虫も好き好きだ。

ニードラーがわたしたちを連れ出し、音を立てて扉を閉めた。わたしは部屋を出ることができて安堵した。ジョーゼフは青ざめている。ニードラーが不審そうにわたしたちを見て言った。

「殺人犯の寝室が見たいって？」

「被疑者の部屋だ」わたしは冷たく返した。「それと、ことばに気をつけたまえ」ニードラーは肩をすくめ、先に立ってひとつづきの階段をのぼった。ある部屋の扉の鍵をあけ、わたしたちを中へ通した。

この家でほかにどんな目に遭ったにしろ、エリザベスは立派な部屋を与えられていた。羽毛のマットレスが敷かれた四柱式のベッドに、ガラスの鏡がついた化粧台に、衣装箱。床には上質なイグサが敷かれ、あたたかい空気のなかへ心地よい香りを放っている。化粧台の上の棚には本が何冊か置いてあった。題名を見て驚いた。ティンダルの『キリスト者の服従』、カヴァーデイル訳の新約聖書、そして信仰修養書五、六冊のほか、『健康の城』や、ウェルギリウスとルカヌスによるラテン語詩集まである。ちょっとした学術図書館だ。

「エリザベスは信心深いのかい」わたしはジョーゼフに訊いた。

「ウェントワース家全員と同じく、敬虔《けいけん》な信徒です。聖書を読むのが大好きでした」

新約聖書を調べた。頻繁に読んだ形跡がある。ニードラーのほうを向く。「エリザベスは宗教の話をよくしていたのか」

ニードラーは肩をすくめた。「たぶん、自分の罪や家族への接し方を反省して、神の助けを求めていたんでしょう」

「神の助けを受け入れたようには見えない」

「まだ時間はあります」ジョーゼフがつぶやいた。

「エリザベスは女中を使っていたのか。洗面や着替えを手伝う小間使いを」

ニードラーが眉を吊りあげた。「使おうとしませんでしたよ。召使いは自分をばかにすると言って」

「ばかにしていたのか」

「おそらく――変わり者でしたから」

「グリッツィーはどうした?」突然ジョーゼフが尋ねた。部屋の隅にある、藁の敷かれたかごを指さしている。「エリザベスの飼っていた、年老いた猫です。ピーターと住んでいた家から連れてきたんですよ」

「逃げましたよ」ニードラーが言った。「知らない家に来ると、猫はよく逃げ出しますからね」

　ジョーゼフは悲しげにうなずいた。「とてもかわいがっていたのに」つまり、エリザベスは愛猫までをも奪われたわけだ。わたしは衣装箱のひとつをあけた。ドレスが詰まっていて、きちんと整頓されていた。わたしはもうじゅうぶんに見たと言い、部屋を出た。あたたまったイグサのにおいが鼻に残っている。ニューゲート監獄の土牢の不潔な悪臭との著《いちじる》しい相違を思った。

　ニードラーの案内で階下へもどり、通用口から庭に出た。陽光の満ちたのどかな場所で、花のまわりを虫がのんびり飛びまわっている。ニードラーが先に立ち、乾いた芝地を横切っていく。井戸の前で立ち止まり、大きなナラの木陰にある長椅子を指さした。「お嬢さまたちの悲鳴を聞いてわたしが駆けつけたとき、あの娘はその長椅子にすわっていました。サビーヌさまとエイヴィスさまは井戸のそばに立って、両手を揉み絞っていました。〝ラルフがいないの〟とサビーヌさまがわたしに叫びました。〝エリザベスが井戸に突き落としたのよ〟と」

「エリザベスは何も言わなかったのか」

「うつむいてそこにすわっていただけです。むっつりした表情で」

わたしは井戸に歩み寄った。ジョーゼフは躊躇して近づかなかった。井戸の口に円形の板が取りつけられ、煉瓦に打ちこんだ金属の輪に南京錠で固定されている。

「封をしたばかりのようだな」

「ええ。ご主人さまがその蓋をさせたのは先週のことです。少し遅すぎましたね。もっと早くそうしておくべきだった」

「中を見せてもらいたい。錠の鍵は持っているか」

ニードラーは平然とわたしを見た。「エドウィン卿が鍵をすべて捨て去るようお命じになりました。その井戸が使われることは二度とありません。水はもう何年も汚染されていましたた。もっとも、わたしがおりたときには空でしたがね。この春はほとんど雨が降りませんでしたから」

わたしは身をかがめた。木の板と井戸のふちとのあいだに一インチ余りの隙間が一か所ある。さらに顔を近づけた瞬間、穴から立ちのぼるにおいに思わずのけぞった。死んで腐りつつあるものが放つ異臭だ。ラルフの遺体のにおいについてジョーゼフが言っていたことを思い出した。わたしはジョーゼフを見た。長椅子に腰をおろして、さっき出てきた応接室の窓を見つめている。家族に受けた仕打ちがかなりの痛手だったにちがいない。わたしは、無表情のまま傍観しているニードラーのほうを向いた。

「この井戸のなかから強烈な悪臭がする」

「申しあげたように、水が汚染されているんです」

「井戸の底へおりたときは、どんなにおいがしたんだ」

「それはひどかったですよ」ニードラーは肩をすくめた。「でも、においなど気にしていられず、かわいそうなラルフさまの体を手探りで見つけようとしました。おろした縄梯子が切れないように祈りながら。さて、ご用がおすみなら、わたしは昼食の指図にかからなくてはなりません」

　わたしはニードラーをしばし見つめてから微笑んだ。「ああ、ありがとう、見るべきものはすべて見たよ」

　ニードラーの目が険しくなる。「ご主人さまへのおことづてはありませんか。たとえば、あの娘の弁護をおやめになるとか」

「伝えたいことがあれば、エドウィン卿にじかに連絡をとるよ、ニードラー。さあ、ジョーゼフさん、失礼しましょう」

　ジョーゼフはもの憂《う》げに立ちあがり、わたしのあとから廊下へ引き返した。ニードラーがあけた玄関扉から、わたしたちは通りへ出た。ニードラーはわたしの馬をこちらへ呼ぶと言ったのち、音を立てて扉を閉めた。石段で待っているとき、ジョーゼフがわたしをじっと見て言った。

「母が言ったとおり、エリザベスが罪を犯したと思いますか」

「いや、エリザベスは無実だという思いがますます強くなっています」わたしは眉をひそめた。「この家には、何かおかしいものがある」

「母は非凡な女性です。たいていの男よりも強い。いまは見る影もありませんが、若いころは美人でした。いつでもエドウィンをいちばん愛していて、わたしのことは農場で満足しているしがない息子と見なしていました」

わたしはジョーゼフの腕に手を置いた。「実に勇敢でしたよ。エリザベスのために自分を犠牲にするというのは」

「苦しい思いをしました」

「そうでしょう。それはそうと、幼いころにエリザベスが乱心の徴候を見せたことはなかったでしょうか」

「いいえ、いっさいありません。この屋敷へ引きとられるまでは快活そのものでした」

「家族の者が近づいてきたときにかぎって敵意を見せていたらしいのが興味深い。そのほかは、ひとりになりたかっただけでしょう」いったんことばを切ってから言った。「ジョーゼフさん、あの井戸の底には何かがあると思いますよ」

「なんですって？　どういうことですか」

「まだわかりません。でも、ラルフの死体のにおいについての話を思い出しましてね。井戸のなかから、よく似たにおいがしました。底に汚い水があるなら下水のにおいとも考えられますが、おりたときに水はまったくなかったとニードラーは言っていました」ことばを切った。「井戸の底にはほかのものがあると思います。何かの死体が」

ジョーゼフの目が見開かれた。「なんですって？　なんの死体ですか」

「わかりません。見当もつかない。よく考えないと」わたしはジョーゼフの腕に手を置いた。

「おお、神よ、いったい何が起こったというのか」

教会の時計を見て、ゆうに十二時を過ぎていると知り、わたしはもう一度ジョーゼフの腕にふれた。「あいにくだが、きょうもこれで帰らなくてはなりません。どうしてもはずせない約束がありましてね。つぎの手を考えておきます。宿屋に連絡をすればいいですか」

「ええ、この件が解決するまで滞在するつもりです」ジョーゼフはきっぱりと言った。

「農場はどうしているんです」

「近所の人たちに頼んであります。ずっと雨が少ないので調子は振るいませんが、わたしが帰ったところでエセックスに雨を降らせることはできませんから」

チャンセリーを連れた下働きの少年が、屋敷の角をまわって姿を現した。ファージング銅貨を受けとりながら、わたしたちをじろじろと見た。わたしは肩掛け鞄をまっすぐにして、チャンセリーの背に乗った。

「また連絡します、ジョーゼフさん。近いうちに」

ジョーゼフはわたしの手を握った。ウォルブルック・ロードを歩み去るその背中を、わたしは見送った。大柄でがっしりとした後ろ姿には、なぜか不屈の意志のようなものが感じられた。そう、わたしもたやすく屈してはならない。わたしはガイの店までの短い道のりをチヤンセリーに乗って進んだ。その途中、行き交う人々のなかに長身の青白い人影を見かけて、一瞬心臓が高鳴ったが、それはただの見知らぬ老人で、店へはいっていった。わたしは小さく肩をすくめ、馬首を南へ向けた。

16

ガイの店に着いたとき、バラクの馬は見あたらなかった。まだクロムウェルのところにいるのかと思いながら、チャンセリーを柵につないで店のなかへはいった。

作業台で薬草を乳鉢ですりつぶしていたガイが、驚いて顔をあげた。「やあ、マシュー。きょう会えるとは思っていなかった」

「ガイ、頼みがあるんだ。教えてもらいたいことがあってね。それはともかく、ここで待ち合わせをしている。不遜《ふそん》な笑みを浮かべた茶色い髪の若い男と。見かけなかったろうか」

ガイは首を横に振った。「だれも見ていない。けさは薬草の準備にあてている。頼みというのは、ウェントワースの事件と関係があるのか。その後どうだ」

「刑の執行は停止されている。ちょうどいま、ウェントワース邸へ行ってきたところだ。でも、教えてもらいたいのはまた別の件だ。約束どおり夕食に招待できていないのは申しわけないが、新たな問題に追いかけられていてね。その件とウェントワースの件とで息つく暇もない」

「かまわない」ガイは微笑んだ。しかし、ガイは孤独で、うちへ来るのを楽しみにしているのをわたしは知っていた。肌の色が暗いから、仲間に誘われることはめったにない。わたしは背中から鞄を滑らせ、刺すような痛みに少し顔をしかめた。

「例の体操はつづけているか」ガイが尋ねた。

「ここ数日はしていない。さっきも言ったとおり、体をひねる暇もなかった」

「弓の弦みたいに張りつめて見えるぞ、マシュー」

わたしは腰をおろし、額の汗をぬぐった。「無理もない。何者かに殺されかけたばかりだ」

「なんだと？」

「いずれはわかることだから話そう。すべてを明かすことはできないが、クロムウェルがエリザベス・ウェントワースの重石責めに二週間ほどの猶予を与えたんだよ。わたしがある任務を引き受けるならばという条件つきでだ。今回は修道院とはなんの関係もないが、またしても殺人が起こったり、悪事が――」窓の外を見て、口をつぐんだ。「いま外で馬をつないでいるバラクという若者は、クロムウェルがわたしの助手役に任命した男だ」

「ということは、きみの頼みというのはクロムウェルのためなのか」ガイは真剣な顔でわたしを見た。

「残忍な殺人犯をつかまえるためだ。それ以上は話せない――クロムウェルの名前を出すべきでもなかった。あまりに危険だ」わたしは息をついた。「力を貸す気になれないのなら、無理にとは言わない」

扉が開いてバラクがはいってきた。壁に並ぶさまざまな瓶を落ち着かなげに見てから、薬剤師の長衣を身につけた肌の浅黒いガイを見た。ガイが会釈をした。

「バラク殿、ごきげんよう」ガイは例によって、いささか舌足らずの発音で言った。バラクはさぞ風変わりで異質だと感じたにちがいない。

「はじめまして、薬屋殿」バラクはあたりを見まわした。この手の店に来たのははじめてなのだろう。見るからに頑健そのものの体をしている。

「ビールはいかがですか」ガイがバラクに訊いた。

「ありがたい」バラクが答えた。「暑い日だから」

ガイがビールをとりにいくと、バラクがわたしのそばへ来た。「伯爵は心配してる。この件が片づくまで、キッチンを安全な場所へかくまってくれるそうだ」

「それはよかった」

「あんたは悠長すぎると言ってたぞ。あすまでレディ・オナーに会わないというのを気にしてる。実演まであと十日しかない。国王から当日が楽しみだと言われたそうだ」

「なら、奇跡をおこなう者を探したほうがいいかもしれない」

バラクがそばを離れ、ガイがスモールビールの杯をふたつ手にしてもどってきた。わたしはとても喉が渇いていたので、ありがたく飲んだ。ガイが作業台の端に立ち、少しのあいだバラクを入念に観察した。貫くような視線を注がれて居心地の悪そうなバラクを見て、わたしは小気味よく感じた。

「さて」ガイが静かに言った。「頼み事というのは何かな」

「錬金術師を相手にせざるをえなくてね」わたしは言った。「あの手の仕事についてまったく知識がないので、助言をもらえるとありがたい」鞄をあけて錬金術の本を作業台に並べた。そして、ポケットから小瓶を慎重に引き抜いて差し出した。「この奇妙な液体が何か、心あたりはないだろうか」

ガイは注意深く小瓶の栓をはずし、中身を少し指にたらしてにおいを嗅いだ。ガイが前かがみになって舌先をつけたので、「気をつけろ、焼けるようにひりひりするぞ」とわたしは警告した。

驚いたことに、ガイは笑った。「心配無用。謎などない。これは命の水《アクア・ウィータエ》だ。ただし、高濃度に蒸留されている」

「アクア・ウィータエ？」わたしは呆気にとられて笑った。「安い葡萄酒を蒸留し、ただれ目や憂鬱質の治療のために処方されるという液体か？　もともとはポーランドで使われていたという」

「そうだ。ただし、効能を買いかぶりすぎていると思うがね。ただ酔っぱらわせるだけだ」ガイは液体のついた指をこすり合わせた。「ほんの一杯で、馬の目を見えなくすると言われている。どこで手に入れたんだ」

「錬金術師の工房の床に落ちていた。その工房は――もう使われていない」ガイがきびしい目でわたしを見る。

「どこで手に入れたかはどうだっていい」バラクが口をはさんだ。「中身はそれにまちがいないんだな」

ガイがバラクを長々と見据えた。店から出ていけと言うのではと思ったが、ガイは笑みを浮かべてわたしのほうを向いた。「まちがいないはずだ。ただし、液体のとろみと舌を焼くような刺激からすると、濃度は非常に高い。どこから来たものかも言いあてられると思う。だがその前に、これが何かを証明する方法がある。それをお目にかけよう。かなりの見ものだよ、バラク殿。少し待ってくれ」

ガイは小瓶を注意深く作業台に置いて、部屋を出ていった。

「いいか、バラク」わたしは言った。「ガイは友達だ。口のきき方に気をつけろ。それに、けさの守衛のように虐《しいた》げるべき相手じゃない。怒りを買うだけだ」

「ちょっと見たかぎりじゃ信用できない」

「それはきみもお互いさまだろう」

ガイが蠟燭と上薬のかかった小皿を手にもどってきた。鎧戸を閉めたのち、例の液体を慎重な手つきでほんの少し皿にあける。そして、蠟燭を近づけた。

器のなかで、青い炎が二インチの高さまで燃えあがった。わたしは息を呑み、バラクはあとずさりした。

「店が焼け落ちるぞ！」バラクが叫んだ。ガイはまた笑うだけだった。

「何かを燃やすほど火の勢いは強くないし、すぐに消えるよ」見守っていると、青い炎は燃えあがったときと同じくすばやく沈み、黄色に変わり、細々と明滅し、やがて消えた。ガイはわたしとバラクに微笑みかけた。「ほら。これがアクア・ウィータエの特徴だ。あの青い炎だよ。ずいぶん強い調合なのはまちがいない」ふたたび鎧戸をあける。「注目すべきは、においも煙もない点だ」

「どこから来たかもわかるとのことだが」バラクが言った。口調がていねいになっている。

「ああ。われわれ薬剤師は、昨今のイングランド人が旅する世界の未知なる場所に新しい薬草や調合物はないかと、つねに目を光らせている。薬剤師組合ではいつもそれが話題になる。数か月前、ビリングズゲートに上陸した船荷の噂を聞いた。果敢にも果てなき雪の世界へと、バルト海を渡って出かけた船が持ち帰ったものだ。無色透明の液体で、あちらで飲まれているという。試しにビールのようにがぶ飲みした連中は、ひどく気分が悪くなったらしい。どうやらそれと同じもののようだ」

「その船荷はどうなったんだ」

「そこまでは知らない。同業者が何人か珍しがって手に入れようとしたが、売れてしまったと言われたらしい。これをもっと手に入れたいのなら、船乗りが行く酒場で聞きこみをするしかないだろう」

わたしは考えながらうなずいた。奇妙な燃え方をするどろりとした濃厚な液体。ギリシャ火薬に似ている点もあるが、まったく異なる点もある。キッチンによれば、修道院にあった液体は黒くて強烈なにおいがしたそうだし、さっき見た炎が船を焼きつくしたとはおよそ考えられない。だがもし、この液体が製法の一部だとしたらどうだろう。ほかのものが加わると性質が変わるとしたら。

「ガイ、錬金術にはどのくらい明るい？」わたしは尋ねた。鞄から錬金術の本を取り出して作業台に並べた。「こうした本は不可思議なわけのわからぬ単語ばかりで、わたしには理解不能だ」

ガイは一冊手にとってざっとめくった。「錬金術は悪評が高い。ひょっとしたら不当なまでに蔑まれているかもしれない。錬金術師は自分たちの仕事を秘密の覆いが掛かったままにしたがるし、書物を著すときも自分たちだけにわかるようなことばで埋めつくしたがる」そう言って笑った。「古い本のなかには、だれにも理解できないと思えるのもあるよ」

「そしてそれが人々を感心させて、暴《あば》かれるべき大いなる謎があるにちがいないと思わせる」

ガイはうなずいた。「だが、その点に関しては、古代の治療法や秘伝を用いる医師と変わらない。それを言うなら、法律家ともだ。きみたちは法廷で常人には理解できない古いフランス語で答弁することがある」

バラクが急に大きな笑い声をあげた。「そのとおりだ」

ガイは手をあげて制した。「とはいえ錬金術は、われわれを取り巻く世界を研究する自然科学の一部だ。神はこの世界にしるしや手がかりを残された。努力をすることでわれわれが物事を理解するように。病気を治したり、よりよい作物を育てたり――」

「鉛を黄金に変えたり？」わたしは間を置いてつづけた。「水に火をつけたり？」

「おそらくね。そして錬金術の仕事は、あえて言えば占星術や医学と同じように、そうした手がかりを読みとることだ」

「男性器に似ているという手がかりゆえに、サイの角が生殖力をもたらすとされるようにかい。でも、ガイ、そうして特徴と類似を探すことの大半は単なる欺瞞だ」

「ああ、そうだ。錬金術師が深遠なる秘伝の知識だとうそぶくのは、自分たちの仕事を近寄りがたいものにするためのまやかしにすぎないことが多い」

「つまりは、やはりきみも、錬金術は怪しげな仕事だと思うんだな？」

「そういうわけでもない。卑金属を金に変えうる賢者の石を見つけたと言い張る連中はおおぜいいるが、注意深く観察をおこない、物質の構造や変化を研究することによって真《しん》の業績を成しとげようと懸命につとめた者は同じくらい多くいる。四大元素である土、空気、火、水がいかに作用してわれわれの知る物体すべてを構成しているか。熱はいかにしてあるものを別の物体へ変化させるか——たとえば、葡萄酒をアクア・ウィータエへ。

そして、あらゆるものは四大元素からできている。土、空気、火、水だ。その奇妙な液体のように、どんな新しい物体が現れても、基本となる四つの元素に分解して再構成できる」

ガイは微笑んでつづけた。「世の中には真に新しいものはない。少なくとも、新しい元素はない。しかし、すぐれた錬金術師は、たとえばウィールド地方で現におこなわれているように、よりよい鉄を生み出すために溶鉱炉で鉱石を溶かす術を注意深い観察によって見つけたりする」

「あるいは、白鑞を丈夫にする方法を」グリストウッド夫人から聞いた、失敗に終わったセパルタスの実験を思い出して、わたしは言った。

「そのとおりだ。たいがい、土の性質を持つ不純物を取り除けるかどうかが問題となる」ガイは笑みを浮かべた。「神はわれわれに、古代の書物に記された秘法によってではなく、観察という地道で確実な方法で地球の秘密を解明させようとなさっている。そう考える思想家にわたしは賛成だ。たとえ、奇妙な考えを唱える者がいてもだ。地球が太陽のまわりをまわっていると言うあのポーランド人のようにな」

「なるほど」わたしはあることを思い出していた。「溶鉱炉と言ったな。それで思い出したが、金属は溶鉱炉で鍛えられる。だから、錬金術師は鋳物師と仕事をすることが多いはずだ。鋳物師の工房には溶鉱炉がある」

「そのとおり」ガイが同意した。「薬草を蒸留するのにここでは火で間に合わせるが、鉱石や金属を溶かすには溶鉱炉が必要だ」眉を寄せる。「おかしな話だな、マシュー。これがどう関係するんだ」バラクに目をやる。「きみたちの仕事と」

「よくわからない」わたしは一考した。「たとえば、ポンプと管のついた大きな金属の容器を作るのにも、やはり鋳物師は必要になる」

「ああ。たいていの錬金術師は、仕事を手伝ってもらうためにロスベリーの鋳物師とよく打ち合わせをしている。秘密を分かち合うなら、むろん、信頼できる相手でないといけない」

「ガイ」わたしは興奮を覚えつつ言った。「先週ここでわたしが若い鋳物師に会ったのを覚えているか。あの若者は、ロスベリーで錬金術師と組んでいる鋳物師はだれかを知っているだろうか。それに、市の上水道の仕事や、ポンプと弁のある装置を手がけている職人がだれかを」

ガイは躊躇した。「おそらくな。そういうのは特別な仕事だろう。だが、マシュー、危険をともなう問題なら、あの若者を巻きこみたくない」

「クロムウェル伯爵の命令でもか」バラクが言った。

ガイがバラクのほうを向いた。「好きに命令するがいい」落ち着き払って言った。

バラクがにらみつけた。「ああ、そうするさ、スペイン野郎」

「よさないか、バラク、だまっていろ」わたしは怒って言った。「きみの意見はもっともだ、ガイ。こちらの知りたいことは、市の記録を見れば造作もなくわかる。上水道の件でどの職人が雇われたかを調べればいい」

ガイはうなずいた。「そうしてもらえるとありがたい」バラクに向きなおる。「ちなみに、わたしはスペイン人ではない。五十年前にスペインに征服されたグラナダ王国の出身だ。わたしの両親はイスラム教徒で、フェルナンドとイサベルにスペインから追放された。ユダヤ人とともにね——きみの名前はユダヤ人のものだな」

バラクは顔を赤らめた。「おれはイングランド人だぞ、薬屋」

「いまはそうなのか」ガイは眉を吊りあげた。「まあいい。わかってくれてありがとう、マシュー。仕事の無事を祈るよ」握手をしてから、苦笑いを浮かべてわたしを見た。「目が輝いているぞ、マシュー、調査の進展が見こめるからだな。ところで、この本を預かってもいいだろうか。ざっと目を通してみたい」

「ぜひそうしてくれ」

「もっと話がしたければ、わたしはここにいる」ガイはバラクに冷たい一瞥をくれた。「異国の人間がいても許されるかぎりは」


店の外で、わたしは憤然とバラクに向きなおった。「大手柄だよ。きみの言動はわれわれの調べに大いに役立った」

バラクは肩をすくめた。「無礼なムーア人め。まったく、醜い野郎だ」

「そういうきみは」わたしは鋭く言った。「きみ自身がつねづね他人をそう呼ぶが――くそ野郎だよ」

バラクはにやりとしただけだった。

「鋳物師を見つけるのにガイの協力が得られなかったのはきみのせいだから、市庁舎へ行って、上水道がらみで市が雇った鋳物師全員についてくわしく尋ねてきてもらおう。わたしはいまからウルフズ・レーンへ行き、グリストウッド夫人にあといくつか質問してみる。マイケルとセパルタスが鋳物師を訪ねていたなら、それについて知っていたはずだ」

「例の売春婦を探しにサザークへ行くことになってたじゃないか」

「一時間半後にスティールヤードの波止場で待っている。やれやれ、屋台でパイでもつまむ時間があるかどうか」容赦ない午後の熱気のなか、わたしは額の汗をぬぐった。バラクはためらっている。文句を言いだすかもしれない。かなり頭にきているので、わたしは喜んで応戦するつもりだった。しかし、バラクはただ笑みを浮かべ、黒い馬にまたがって、駆け足で走り去った。

クイーンハイズへ通じるせまい道を馬で進んでいるうちに、怒りは引いていった。ふと気づくとまた、物陰に怪しげな動きがないかと怯えながら目を光らせていた。通りは閑散とし、人はみなできるだけ屋内で暑さを避けている。日差しで頬が刺すように痛むので、帽子を目深《まぶか》にかぶりなおした。戸口から飛び出して壁沿いを走っていくネズミに、思わずぎくりとした。

グリストウッド家の様子に変わりはなく、壊された玄関扉は補修されたままだった。ノックをすると、音が家のなかに響いた。ジェーン・グリストウッドがみずから扉をあけた。例によって白い頭巾と灰色のドレスを身につけていて、これまで以上にだらしない感じがした。ドレスには食べ物のしみがついている。夫人はうんざりした様子でわたしを見た。

「またあなた？」

「ええ。入れていただけますか」

肩をすくめて、扉をあけたままにした。「あのうすらばかのスーザンは出てったよ」

「護衛はどこです」

「台所で酒を飲んで屁《へ》をひってる」夫人は先に立って古びたタペストリーの前を通り過ぎ、冴えない居間にはいると、わたしが口を開くのを立ったままで待った。

「何か変わったことはありましたか」わたしは尋ねた。

「ええ、この家はわたしのものよ。マーチャマウント上級法廷弁護士から紹介された弁護士に会ったの」夫人は苦笑を漏らした。「まあ、それはそれとしてね。下宿人を置かないと。このみすぼらしいぼろ屋敷に上等の間借り人を入れるの。わたしのお金はあの人にとられたから」

「あの人とは？」

「マイケルよ。結婚したとき、わたしを手放したい父親から持参金をたんまり受けとったの。それは全部消え失せて、残ったものと言えばこのとおり。修道院からまともな家具ひとつ持ち帰ることもできず、もらってきたのはあの見苦しくて古くさい壁掛けだけ。あの売春婦には会ったの？」ぶっきらぼうに話題を変えた。

「まだです。ところで、質問があります。セパルタスは最近の実験で、鋳物師といっしょに仕事をしていたのではないかと思うんですが」

　夫人の顔に表れた怯えの色が、図星であると告げていた。声が高くなる。

「言ったでしょう。この家を吹っ飛ばすんじゃないかってこと以外には、あのばかげた仕事になんの関心もなかったって。どうしてそんな質問ばかりするの？　亭主に先立たれたひとりぼっちの哀れな女に！」

「あなたは何かを隠していらっしゃる」わたしは言った。「それがなんなのか、ぜひとも知りたいんです」

だが、夫人は聞いていなかった。目を大きく見開いて、窓の外の庭を見つめている。「またあの男だ」とつぶやく。

わたしはすばやく振り返った。塀に設けられた門があいていて、門口にひとりの男が立っていた。あばた面の男ではないかと恐れたが、そこにいたのは、ずんぐりした黒っぽい髪の若い男だった。わたしたちが見ているのに気づくと、背を向けて逃げ出した。わたしは戸口へ歩み寄り、そこで足を止めた。仮につかまえたとしても、その後どうなるというのか。難なくねじ伏せられるのが落ちだろう。夫人に向きなおったところ、食卓の椅子に腰をおろし、痩せた身をよじってすすり泣いていた。わたしは夫人が落ち着くのを待った。

「あの男が何者かをご存じなんですね」わたしは問いただした。

夫人が哀れな顔をあげた。「いいえ、知るはずないでしょう！　どうしてわたしを面倒に巻きこもうとするのよ。きのうあの男がうちを見張ってるのを見たの。午後じゅうずっとあそこで見張ってて、こわくて震えあがりそうだった。あの男はマイケルを殺した一味のひとりなんでしょう？」

「わかりません。でも、護衛に報告すべきです」

「これはわたしの罪に対する罰よ」夫人は小声で言った。「神がわたしに罰をお与えになっている」

「罪とは？」わたしは鋭く訊いた。

夫人は大きく息をついてから、わたしの目をまっすぐに見た。「若いころ、わたしは器量よしじゃなかった。器量はよくないけど、あっちの欲は盛んで、十五のときにある徒弟と乳繰《ちちく》り合ったの」

夫人の口がいかに悪いか、忘れていた。

「そして子供ができた」

「なるほど」

「わたしは息子を手放して、必死で罪を償《つぐな》わなくてはならなかった。日曜日にはかならず礼拝の前に教会で罪を告白し、自分がいかに穢れているかを打ち明けた。肉欲の罪に関しては、昔の教えは最近のものより断然きびしかった」

「お気の毒に」

「三十のとき、ようやく結婚相手が見つかった。というより、父が見つけてきたの。父は大工の棟梁《とうりょう》で、未払いの借金についてマイケルに相談に乗ってもらったことがあった。マイケル自身にも未払いの借金が何件かあって、例によって無謀な金策にのめりこんでいたのが、わたしの持参金のおかげで債務者監獄行きを免れたわけ」夫人はため息をついた。「でも、神は罪をお忘れにはならないのね？　ずっと罰をお与えになるんだわ、永遠に」家事で荒れた両手をまるめ、こぶしを固めた。

「鋳物師についてですが」わたしは言った。

夫人はしばらくこぶしを握ったままでいた。つぎに口を開いたとき、声の緊張は和らいでいた。

「息子は聖ヘレン女子修道院に預けられた。修道女たちはぜったいにわたしを近づけなかったけど、わたしは洗濯女に袖の下を渡して様子を聞いてたの。十四のとき、息子は鋳物師の見習いに出された。

ようやく修道女たちの手を離れたので、デイヴィッドのところへ行って名乗り出た。それから毎週、会いにいってるの」そう言って、夫人は勝ち誇ったような微笑を浮かべた。

「そして、セパルタスがあなたがた夫婦と家を買い、仕事を手伝ってくれる鋳物師を探していたと？」

夫人が目をまるくした。「なぜそんなことを知ってるの」

「推測です」

「だまってたのは、この恐ろしい出来事にデイヴィッドを巻きこみたくなかったからよ」

「もしほかの者に関与が知れたら、息子さんの身が危ないかもしれない。しかし、息子さんがこれまでずっと真っ当な仕事をしてきたなら、恐れることは何もありません」

夫人は腰を浮かした。「危ない？　デイヴィッドの命が危ないの？」

わたしはうなずいた。「でも、居場所を教えてくだされば、あなたと同じように、クロムウェル伯爵がお守りくださるはずです」

夫人は早口でまくし立てた。「名前はデイヴィッド・ハーパー。ハーパーはわたしの旧姓なの。ロスベリーのピーター・レイトンという職人の手伝いをしてる。セパルタスがいっしょに仕事をしたのはそのレイトンよ」

「レイトンは上水道の修理の仕事をしましたか」

鋭い目を向ける。「なんで知ってるの」

「また推測です」

夫人は立ちあがった。「いますぐデイヴィッドに会いにいく。警告しなくちゃ。あの子があなたに会う前に知らせておいてやらないと――鋳物師同士は絆《きずな》が固いの」

「それはけっこうですが、わたしは息子さんとレイトンに会わなくては」

「そちらへ手紙を送っても？」

わたしはうなずいて、住所を知らせた。

「わたしたち親子を助けてくれるわね？」夫人が震え声で訊いた。わが子を思う母親そのものので、とげとげしさは消えていた。

「全力を尽くします。こちらの護衛とも会って、注意を怠らぬよう念を押しましょう。ロスベリーへは護衛を連れていらっしゃるといい。扉はすべて施錠して」石弓のことが頭に浮かぶ。「窓の鎧戸も閉めてください」

「でもこの暑さじゃ――」

「そのほうが安全です」あばた面の男と、ずんぐりした若い男。血染めの足跡がふた組あったのを思い出した。犯人はやはりふたり組だ。

17

スティールヤードの波止場にたどり着き、ほっとひと息ついた。満ち潮が悪臭芬々《ふんぷん》たる泥をつかの間水面下に沈め、川から心地よいそよ風が吹いてくる。バラクの姿が見あたらないので、チャンセリーを厩に預け、ビールナップの顧客であるハンザ同盟の商人たちが所有する高々とした倉庫をながめた。そうしたドイツ商人に古くから認められているバルト海沿岸地域との貿易特権は、わが国の冒険商人たちにしだいに軽んじられるようになっていた。かなたの凍《い》てつく海から例の奇妙な液体を持ち帰った商人もそうだろう。ビールナップは商売上のつてを通じてあのポーランドの酒のことを知っていた可能性があり、グリストウッド兄弟がそれを入手したのもビールナップを介してだったのかもしれない。

わたしは鞄を肩に掛けた。川は混み合っていた。上下流を往来したりサザークへ渡ったりする船客だけではなく、船遊びとそよ風を楽しもうと日よけつきの小舟を雇った裕福な人々もいて、あちらこちらで色鮮やかな帆が行き交っている。その光景に目をやりながら、あのなかにレディ・オナーと侍女たちもいるのだろうかと思った。

だれかが肩にふれた。振り向くと、バラクがそこにいた。

「市庁舎で何かわかったか」わたしはそっけなく訊いた。バラクのガイに対する扱いにはいまも腹を立てていた。

「ああ、上水道の仕事を請け負った鋳物師の一覧を手に入れたよ」バラクは恥ずかしそうな顔をしていた。他人に対するがさつな態度は、慎重な対処を要する今回の調べにふさわしくないと気づきはじめたのかもしれない。

「こちらも必要な情報をグリストウッド夫人から聞き出せた」わたしはバラクにグリストウッド夫人の話をすべて伝えた。バラクから職人の一覧を受けとり、うなずいた。ピーター・レイトンの名前が目に飛びこんだ。

「よし、これは役に立つ。われわれが正しい方向をめざしていることを裏づけている」

「オールド・バージにも寄ってきた」バラクが言った。「何か知らせがある場合は、そことあんたの家の両方に手紙を送るように頼んである。クロムウェル伯爵の事務官から一通届いていたよ。ビールナップはハンザ同盟の商人、それにフランス商人とも、若干の取り引きがあるらしい――税関での輸入品の申告といったお決まりの仕事だ」

「どのくらい手数料をとっているんだろう」

「フランス商人とのつながりは危険だ」バラクは真剣な顔でわたしを見た。「フランスの焼き討ち船がテムズ川をさかのぼってくるところを想像してみろ」

「想像したくないな」

「そう言えば、前にどこでビールナップを見たのか思い出したよ」

わたしは興味を惹かれてバラクを見た。「どこでだ」

「親父が死んだあとおふくろが再婚した相手は事務弁護士だったと話したろ？　その事務弁護士がビールナップおかかえの宣誓保証人のひとりだったんだ。ビールナップがうちへ来て、妙な野郎と知り合いだというふりをしろと話してたのを覚えてる。そいつは巡回裁判で自分が聖職者だと言い張って、主教館に監禁されてたらしい」

「鮮明に覚えているんだな？」わたしは勢いこんで訊いた。「法廷で宣誓できるくらいに」

「ああ、いまでははっきりと思い出した」

「そのとき、きみはいくつだった」

「たぶん十歳かそこらだ」

わたしは顎をなでた。「となると、きみの証言は法廷で採用されないかもしれない。ご両親とはいまも連絡をとっているのか」

「いや」バラクは顔を赤らめて唇を引き結んだ。「もう何年も会ってない」あざけり笑いにうってつけの、いつもは上を向いている大きな口の端が、下を向いた。

「たとえそうでも、こっちは相手の弱みを握ったことになる。よくやった」雇い主が使用人に用いるような褒めことばにどう反応するか見守ったが、バラクはうなずいただけだった。

わたしはさらに思いきった。「けさわたしがウェントワース邸を訪ねたのは知っているだろう？」

「ああ」

「錠前破りは得意か」

　バラクは眉を吊りあげた。「なかなかのもんだぜ」

「そうじゃないかと思った」わたしはウェントワース邸で起こったことを話して聞かせた。井戸のなかから異臭がしたというくだりで、バラクは口笛を吹いた。

「夜のうちに庭へ忍びこんで、井戸の錠をあけたい。そしてきみに、井戸の底へおりて様子を見てもらいたい。縄梯子が要るだろうな」

　バラクは笑った。「おいおい、無茶を言うなよ」

「わたしに対するクロムウェルの注文ほどは無茶じゃない。どうだ？　きみがウェントワース事件を手伝うのも約束のうちだぞ」

「わかったよ。あんたには借りがある。友達の件で怒らせちまったからな」それがバラクにとって精いっぱいの詫びなのだと、わたしにはわかった。

　そのとき、日よけのついた舟が波止場に止まり、身なりのよいフランドル人の商人ふたりがおり立った。バラクとわたしはその舟に乗りこみ、船頭が舟を出した。穏やかな茶色の川面に出るのは心地よかった。川のほとりで首を縦に振る風格豊かな白鳥を見つめた。まわりの日よけつきの小舟から大きな笑い声が聞こえ、頭上ではカモメが鳴いている。

「あすはビールナップの訴訟があるんだったな」バラクが言った。

「思い出させないでくれ。今夜はその準備にあてないと。だが、やつをもう一度問いただすよい機会だな」

「マーチャマウントのような上級法廷弁護士というのは、地位がどういう意味を持つんだ」

「上級法廷弁護士だけが民訴裁判所での弁論権を持つ。数は少なく、国王と判事によって任命される。判事そのものも上級法廷弁護士のなかから選ばれることになっている」

「あんたがその候補になったことは？」

わたしは肩をすくめた。「そういうことは陰でささやかれて決まるものだ」

不意に耳をつんざく喇叭《らっぱ》の音がして、わたしは一驚を喫した。川の真ん中の舟があわてて脇へよけ、金色に塗られた、天蓋つきの大きな船が現れた。国王の仕着せを身につけた十人余りの漕ぎ手が、太鼓の音に合わせてすばやく櫂をさばいている。王室御座船の航跡で激しく揺れる小さな舟の上で、ほかのだれもがそうしているように、わたしたちは帽子を脱いで頭をさげた。天蓋が玉座をすっぽりと覆い、国王を日差しから守っている。中でお供をしているのはクロムウェルだろうか。いや、キャサリン・ハワードかもしれない。御座船はホワイトホールのある川上へ進んでいった。

船頭が言った。「アン王妃が離縁されたら、宗教がまた変わるって噂だな」

「そうかもな」わたしは当たり障りのない答を返した。

「下々の人間はついていけねえや」船頭は櫂のほうへ頭を垂れた。

サザークの聖メアリー・オーヴァリーの波止場で舟をおりた。バラクのあとについて川岸へあがった。滑る階段をのぼっていくと、ウィンチェスター主教館が見えてきた。わたしは息を整えるためにしばし立ち止まり、物々しいノルマン様式の建物の正面と、真昼の日差しに輝く大きな薔薇窓をながめた。ウィンチェスター主教は売春宿を含めたサザークの大部分を管理している。主教のロンドンの別邸であるこの屋敷で、国王はこの春キャサリン・ハワードとたびたび食事をともにしたと言われている。このなかで、どのような反クロムウェルの陰謀が企まれたのだろうか、とわたしは思った。

バラクがウィンチェスター主教館の高い壁に沿って歩きはじめた。粗末な家々が密集する東のほうへ向かっていく。わたしはあとにつづいた。

「サザークへ来たことはあるのか」バラクが尋ねた。

「ない」サリーへつづく街道を通ったことは何度もあるが、その先の通りへ——売春婦と罪人の巣窟《そうくつ》へ——足を踏み入れたことは一度もない。バラクは自信たっぷりに歩を進めていた。いつもの人を食ったような薄笑いを見せる。

「売春宿に行ったことは？」

「ある」わたしはそっけなく答えた。「だが、もっと高級なところだ」

「ほう、庭園や木陰があるような店か」

「法学生のころだから、若気の至りだよ」

「あんたがお上の人間だと気づくと、ウィンチェスターの鵞鳥《がちょう》たちは内気な鳥になりかねない。遊びではなく仕事で来たとほのめかすだけで、店にもはいらないうちに、信じられない速さで路地を飛び去ってく。ここではおれの言うとおりにすべきだ」バラクは真剣な顔でわたしを見た。

「よかろう」

「法服は脱げ――女たちを怯えさせる。客のふりをするんだぞ、いいな。おれはあんたの召使いで、ちょっとしたお楽しみのためにあんたを川のこっちへ連れてきた。女主人は売春婦と酒を飲むように勧めてくる。もし食い物を勧められたら、いくら高くても注文しろ。売春婦が安い場合はそれが利益を得る一手段であって、ここの女たちはそういう手合いだ」

わたしは法服を脱いで鞄のなかに押しこんだ。脱いで気楽になった。

「店にはいったら、人に勧められたからと言っておれがバスシバ・グリーンを指名するから、あんたは女と差しになって質問しろ。だが、おれならけっして親しくなりすぎない。こういう店はフランス病で有名だ」

「その売春婦が店にいるとどうしてわかる」

「宿なしの連中のなかに顔なじみがいてな。前にそいつらに金をやって、ある家を見張らせたことがある」バラクは笑みを浮かべて声を落とした。「保守派のとある高貴な聖職者が、ここの男娼館のひとつにかよいつめてた。そのネタは伯爵にとってたいそう役立ったもんだ」

わたしは首を左右に振った。「手段を選ばずか」

「まあな。そいつらがバスシバの勤務時間を知ってる――きょうの午後は店にいるはずだ」

木骨造りの小さな家々が密集する界隈へはいった。未舗装の路地にはごみの悪臭が立ちこめ、豚と痩せこけた犬が餌を漁っていた。サザークの規則に基づいて、すべての売春宿は白く塗られており、ほかの家々の漆喰が薄汚いのでよく目立った。扉の外には、裸のアダムとイヴ、ベッド、寝巻きなどが描かれた、淫《みだ》らな看板が出ていた。わたしたちはとあるみすぼらしい家の前で足を止めた。塗料は剝げかかり、外の看板には司教の帽子がぞんざいに描かれている。窓には鎧戸が引かれている。中から騒々しい男の笑い声が聞こえた。バラクは餌をつついていた雌鶏を足で追い払い、堂々と玄関扉を叩いた。

扉をあけたのは中年の女だった。小柄でずんぐりとし、角張った醜い顔は縮れた赤毛に囲まれている。白い頰に黒っぽいWの文字が目立ち、かつてロンドンで〝売春婦《whore》〟の焼き印を押されたのだとわかった。女はわたしたちを疑わしそうに見た。

「やあ、よろしく」バラクが微笑んだ。「ロンドンからわがご主人さまをお連れした。静かなところがお好みでね」

女はわたしをじろじろ見てから、うなずいた。「どうぞ」

女のあとについて薄暗い部屋へはいった。中は通りよりも蒸し暑く、不潔な体臭と、片隅で燃えている、安い香料でかろうじてごまかした粗悪な獣脂蠟燭のにおいとで、空気がむっとしている。煙を発する獣脂蠟燭が食卓を照らし、そこに商店主とおぼしきふたりの中年男が腰をおろしていた。ひとりは肥えて陽気そうで、もうひとりは痩せて落ち着かなげだ。ふたりはわたしたちに軽く会釈をした。食卓には林檎《りんご》のパイが置かれ、男たちの前には料理の載った皿がある。男の隣にはそれぞれ売春婦がすわっていた。太った男のほうは豊満な女、もうひとりのほうは十六歳くらいの神経質そうな娘だ。どちらも胴着をはだけて乳房をあらわにしていた。その恰好で食卓についているさまは、艶《なまめ》かしいというよりも奇っ怪に見えた。

女主人が食器棚のほうを指し示した。ビールの容器のそばに、脂じみた袖なし胴着を身につけた痩せこけた少年が立っていた。「食事はなさいますか」

「ああ、ありがとう」

女主人がうなずきかけると、少年はふたつの杯にビールを注ぎ、食卓に置いた。肉づきのよい売春婦が寄りかかるようにして客の耳に何やらささやき、しゃがれ声で笑わせた。

「二ペンスずつよ」女主人が言った。わたしは代金を手渡した。女主人は硬貨をまじまじと見てからベルトにはさんだ財布に入れ、虫歯もあらわに赤い口でにっと微笑んだ。

「楽にしてね。あとふたりほど女の子を呼びますから、楽しいお昼にしましょう」

「女の子はご主人さまにだけでいい」バラクが言った。「このかたは恥ずかしがり屋だから、おとなしくて、やさしく接してくれる子をお望みだ。シバだかバスシバだかいう子がここで働いてると聞いたんだが」

女主人の目が急に険しくなった。「だれに聞いたの」

「市庁舎で会った男だ」わたしは答えた。

「なんの仕事をしてる人？」

「覚えていないが、よくある食事会でだった」顔に笑みを張りつける。「わたしはやさしい子が好きでね。その男がバスシバがいいと言っていた。やさしい子には代金をはずむよ」

「なんとかしてみましょう」女主人は奥の扉の向こうへ姿を消した。

「おれのもじゅうぶんやさしくてむっちりしてるぜ」太った商店主が言った。「なあ、メアリー」売春婦がわたしに片目をつぶって笑い声をあげ、血管の透けて見える大きな乳房を揺らして男の首に腕をまわした。

どこからか女主人の呼ぶ声がした。「ダニエル、おいで！」少年が部屋から駆け出していった。くぐもったささやき声が聞こえ、ほどなく女主人がもどってきた。

「バスシバが部屋でお目にかかります。よければ飲み物をお持ちくださいな」

「ありがとう、置いていくよ」わたしは席を立ち、つとめて乗り気に見せようとした。

「酒を飲んで時間を無駄にしたくないってか？」太った商店主が含み笑いをした。

女主人はわたしを従えて、凹凸のある床板を重い足どりで歩きながら、閉じた扉がいくかある暗い廊下を進んだ。わたしは急に不安になり、自分がひとりだということを強く意識した。ある扉が開いてぎくりとしたが、容色の衰えた売春婦がさっと顔をのぞかせてすぐに扉を閉めた。女主人が別の扉を叩いた。「バスシバの部屋よ」そう言うと、気味の悪い笑みを浮かべてわたしを部屋のなかへ入れた。扉は閉まったものの、遠ざかる足音が響かないので、外で聞き耳を立てているのがわかった。

部屋はせまく粗末で、安物の行李《こうり》と、車輪つきの大きくて古いベッドがあるだけだった。鎧戸が半開きになっているにもかかわらず、汗のにおいがした。ベッドに娘が横たわっている。わたしはどういうわけか、バスシバは可憐な娘だろうと予期していた。ところが実際は、若くはあるものの、張りのない太った顔つきと浅黒い肌をしていた。なぜだかわからないが、その顔にはどこか見覚えがあった。バスシバは着飾ろうともせず、しみのついた古いドレスを着て横になっていた。紅も差さず、黒髪は灰色がかった枕の上で乱れ放題だ。最も魅力があるのは大きくて知的な茶色の目だが、それは歓迎ではなく恐怖をたたえてわたしを見据えていた。一方の頰骨のあたりに、大きな痣《あざ》と治りかけの切り傷がある。

「やあ、バスシバ」わたしは静かに言った。「きみはやさしい子だと聞いているよ」

「だれがそう言ったの」バスシバの声は怯えがちで震えていた。

「市庁舎で会った人だ」

「あなたの階級のお客さんはひとりしかいなかった」バスシバが言った。「しかも、その人は死んだわ」驚いたことに、その目の端には涙がにじんでいた。どうやら、マイケル・グリストウッドのこの売春婦への思いは一方的ではなかったらしい。バスシバはなおも怯えた様子でこちらを見つめていた。わたしがふつうの客ではないことに、なぜこうもすぐ気づいたのか。わたしはバスシバの怯えた顔をじっと見てから、ベッドの端に鞄を置いて注意深く腰をおろした。

「誓って、危害を加えるつもりはない」わたしはなだめるように言った。「だが、ここへ来たのは、グリストウッドの死について調べるためだ。わたしは弁護士だ」

「何も知らないんだけど」バスシバはすかさず言った。

「そうだろうとも。わたしはただ、グリストウッドがきみとどんな話をしたのかを知りたいんだ。仕事の話はしただろうか」

　バスシバが戸口へ目をやったので、わたしは声を抑えた。

「謝礼は払う。かならず」いったんことばを切った。「きみたちは相思相愛の仲だったのか」

「そうよ」バスシバの顔に反抗の色が浮かんだ。「ふたりとも思いやりに飢えていて、お互いにそれを与え合ったのよ。マダム・ネラーはお客と親しくするのをいやがったけど、どうしようもなかった」

「どうやって知り合った」すばやい進展に、わたしは気をよくした。

「ある日、増収裁判所のお役人たちといっしょにマイケルがこの店に来たの。川の南へ飲みにきて、最後にこの店に行き着いた。マイケルはわたしを喜ばせ、笑わせてくれて、つぎはひとりで会いにきてくれた。奥さんとうまくいってなかったのよ。陽気なところがまるでない女だって言ってた」

「奥方には会ったことがある。たしかに朗らかな人ではないな」

「でも、仕事の話はいっさいしなかった」バスシバはまた戸口へ目をやった。痣は青黒い。女主人に殴られたのだろうか。

「マイケルは持っていたある書類について何か言わなかっただろうか。あるいは、兄弟で取り組んでいた仕事について」わたしはやさしく問いかけた。

「何も知らない」バスシバは震える声で答えた。「ほかの人たちにも言ったけど――」

「ほかの人たち？」わたしはすかさず尋ねた。

バスシバが頰を指さした。「これをくれた人たちよ」

外で重い足音が響いた。だれかが女主人にささやく声がしたのち、扉が大きく開き、わたしは後ろへ跳びのいた。ふたりの男が部屋にはいってきた。ひとりは棍棒を手にした頭の禿《は》げた大男。もうひとりはずんぐりした若い男で、顔立ちがバスシバにそっくりだ。弟にちがいない。わたしにはその若者がだれなのか、ひと目でわかった。グリストウッドの家の庭で見かけた男だ。若者が手に持った長めの短剣をこちらの喉に突きつけたので、わたしはベッドから跳びあがった。戸口に女主人の心配そうな顔がちらりと見え、大男が扉を閉めてその前に立ちはだかった。

「こいつは手をあげなかったか、シバ」わたしの顔から視線を話さずに、若い男が尋ねた。

「だいじょうぶ、ジョージ。でも、間に合うかどうか不安だった」

「こいつは手をあげたのか」

「いいえ。ずっとしゃべらせてた。またマイケルの話よ」

「ちくしょう、マダム・ネラーのやつ、屑《くず》どもを中へ通しやがって」若者はわたしのほうを向いた。「こんどはつかまえたぜ。無防備な女を殴って逃げようったってそうはいくか」

わたしは両手をあげた。「誓って言うが、何かのまちがいだ。この人に会ったのはきょうがはじめてだ」

「ああ、だが、先週ここに来てシバを殴ったあばた面の相棒はちがう。ほかの売春婦がおれを呼びにこなかったら、シバは殺されてたはずだ」若者は姉のほうを向いてこぶしを握った。

「別の部屋にいるのはあいつか？　あばた面の男か？　それともその仲間の、鼻にこぶのあるあのでかい野郎か？」

「マダム・ネラーはちがうって言ってる。相手をしてくれてるはずよ」

「あばた面の男？」わたしは訊いた。「背の高い、青白い顔の？　その男がマイケル・グリストウッドのことを尋ねたのか」

「ああ、あんたの相棒だろ」

わたしは大声でバラクを呼ぼうかと考えたが、若者は凶暴そうな目をしていて、すぐにもこちらの喉を切り裂きかねなかった。わたしはつとめて冷静な声で言った。「どうか聞いてくれ。その男はわたしの命も狙っていて――きょうわたしを殺そうとした。わたしは危害を加えるつもりなどない。ただ、バスシバにマイケル・グリストウッドのことを訊きたかっただけ――」

「あの男も同じことを訊いた」バスシバが言った。「マイケルの書類についてや、お兄さんの仕事について。自分は弁護士だと言ってた」

若者の目が怒りで光った。「背曲がりが弁護士になれるとは知らなかったな」こちらへ歩み寄り、短剣を首へ突きつける。「あんたが弁護士なら、だれかに雇われているはずだ。だれに雇われた」

「クロムウェル伯爵だ」わたしは答えた。「わたしの助手が伯爵の印章を持っている」

若者と扉の前の大男が目を見交わした。「ああ、ジョージ」バスシバがうなるように言った。「わたしたちが何をしたっていうの」

若者はわたしの腕をつかんで反対側の壁へ叩きつけ、喉に切っ先を突きつけた。「なぜだ。クロムウェルがいったいどうかかわってる」

「ジョージ」そのとき、バスシバが両手を揉み合わせて叫んだ。「お上に何もかも話しましょうよ。慈悲にすがって――」

ジョージは憤然と姉のほうを向いた。「慈悲だと？　クロムウェルの？　だめだ、この背曲がりと連れを殺して、死体をテムズに捨てよう。こいつらがここにいたという証拠は何も残らない――」

部屋の外に立つ女主人の叫び声が響き、それから大きな物音がした。扉が勢いよく押し開かれ、棍棒を持った大男がよろめいて部屋を横切った。そのままベッドに倒れこみ、バスシバが悲鳴をあげる。バラクが飛びこんできた。すでに鞘から抜いていた剣を、振り向いたジョージ・グリーンの刃物を持ったほうの腕に振りおろした。ジョージはわめき、短剣を落とした。

「無事か？」バラクが尋ねる。

わたしは息を呑んだ。「ああ――」

「廊下でこいつらの立てた物音が聞こえたんだ。押し殺そうとはしてたようだが」バラクはジョージのほうを向いた。ジョージは自分の腕をつかんでいて、指のあいだから血が流れ出ている。「だいじょうぶだ、相棒。ちょっと傷つけただけだ。腕をちょん切ることもできたが、それは控えたよ。お返しに、ちょっと話を聞かせてもら――」

「危ない！」わたしは叫んだ。大男がベッドから跳びあがって棍棒を振りあげ、バラクの頭に殴りかかろうとしていた。わたしは大男に突進し、どうにか平衡《へいこう》を崩させた。大男はよろけて壁にぶつかった。バラクが振り向いたその瞬間、ジョージは呆然とした姉の手をつかみ、鎧戸をあけて窓から飛び出した。バスシバが悲鳴をあげながら弟につづく。大男は体勢を立てなおすと、棍棒を捨てて、開いた戸口から逃げていった。

バラクが窓に駆け寄った。「ここにいろ！」と叫び、角を曲がって逃げようとするバスシバと弟を追って飛び出していった。わたしはベッドに腰をおろし、気を静めようとつとめた。しばらくして、家が静まり返っていることに気づいた。みな逃げたのだろうか。脂じみたベッドから腰をあげてジョージの短剣を拾い、食堂へ引き返した。売春婦たちと客の姿はない。食卓では女主人がひとり、両手で頭をかかえていた。倒れたジョッキのあいだに鬘《かつら》とおぼしき縮れた赤い髪が置いてある。自前の髪は薄く、白いものが交じっていた。

「あの」わたしは声をかけた。

女主人は顔をあげてこちらを見た。絶望の表情が浮かんでいる。「うちの店はこれでおしまいなの？」

わたしは腰をおろした。「そんなことはありません。バスシバとマイケル・グリストウッドの関係と、バスシバへの襲撃についてお尋ねしたい。わたしたちがバスシバを訪ねてきたとき、あなたが心配したのはその襲撃があったからですか」

女主人はうなずいてから、おそるおそるわたしを見た。「あんたがクロムウェル伯爵の名前を口にしたって聞いたけど」小声で言う。

「はい。わたしは伯爵の命令で動いています。しかし、サザークにどんな売春宿があろうが、店主が楯突《たてつ》かないかぎり、伯爵は気になさいません」

女主人はかぶりを振った。「こういう商売じゃ、お客とねんごろになっちゃいけないの。器量がよくなかったり盛りを過ぎてたりすると、そうなることがときどきあって、バスシバも二十五を超してるんでね。恋に落ちたと思いこんじまうことがある。マイケル・グリストウッドが気に入らないってことじゃないよ。法律家にしては陽気な人だった。何度となく、この食卓をいっしょに囲んで楽しく過ごしたもんだ。でも、バスシバとふたりきりになると、泣いてはおのれの不幸を嘆いてた」女主人の口が苦々しげにゆがんだ。「あいつはとんだ疫病神《やくびょうがみ》だよ。こういうしるしをつけとくべきだったんだ」女主人は自分の頬を指さした。薄明かりのなか、Wの文字がくっきり際立って見える。しるしがけっして消えないよう、火傷の跡に灰がすりこまれたのだろう。

「で、あなたはバスシバを説得したのですね」

「深入りしすぎているのがわかったときにね。そういうのは決まって揉め事になるから」鋭く青い目でわたしを見据える。「グリストウッドからある話を聞いて、バスシバが心配してたのはたしかだよ。何かの問題に巻きこまれてたらしい」

「どんな問題かわかりましたか」

「いや、バスシバは口を割らなかった。そのうち、マイケルが来なくなったんだよ。バスシバは捨てられたと思った。川向こうのクイーンハイズへ様子を見にいって、マイケルが死んだと泣いて帰ってきてね。ここを離れて故郷のハートフォードへ帰るようにってあたしは言い聞かせた。でも、あの子は弟のそばを離れたがらなかった。弟は川で船頭をしていてね」

「仲がいいんですか」

「とってもね。すると、三人組がここへやってきた。あんたみたいな小細工はせずに、剣を抜いて踏みこんでくるなり、ほかの子たちを追い出して、バスシバを呼べと要求した」

「で、そのひとりが、痘瘡の跡がある背の高い男だった」

「そう。凸凹《でこぼこ》だらけのひどい顔だった。もうひとり、醜い面の悪党もいたよ」

「その連中を送りこんだのはだれか、知っていますか」

「いいえ」女主人は十字を切った。「たぶん悪魔だろうよ、物騒な顔をしてたもの。女の子たちは逃げてった。あたしはきょうと同じように、下働きのダニエルにジョージを呼びにいかせたんだ。ジョージは十人余りの船頭仲間を連れて駆けつけた。そのときには、バスシバは自分の部屋であばた面の男に殴られてた。でも、多勢に無勢で、三人組は逃げてった」

「バスシバから何か聞き出したんだろうか」

女主人は肩をすくめた。「さあ。バスシバには出てってもらったよ。こういう店は揉め事の評判が立つとおしまいだから。もう辞めた子だって何人かいる。そしたらけさ、バスシバがもどってきて、もう一度雇ってくれって言うの」また肩をすくめる。「こっちも女の子が足りないから、働いてもらうことにした。あたしもばかだね」

扉が開き、バラクが息を切らしてはいってきた。「逃げられた。ネズミの巣穴へ走っていきやがった!」マダム・ネラーをにらむ。「化け物ばばあの言い分はなんだって?」

「外で話す」わたしは立ちあがった。財布を取り出して、エンジェル半金貨を一枚食卓に置いた。「バスシバがもどるか、居場所がわかるかしたときに知らせてくれたら、あと二枚渡そう。重ねて言うが、傷つけるつもりはない」

女主人は硬貨をつかみとった。「クロムウェル伯爵のお咎めもなしだね」

「こちらの頼みを聞いてもらえるならだ。わたしの住まいはチャンセリー・レーンにある」

硬貨をポケットにしまった。「わかったよ」そう言って、そっけなくうなずいた。

バラクとわたしは外へ出て、あたりは閑散としていたものの警戒を怠ることなく、急いで波止場へ引き返した。テムズ川は相変わらず混み合っていて、客待ちをしている舟は一艘《いっそう》もなかった。バラクが階段のいちばん上に腰をおろしたので、わたしもそれにならい、肩が痛むので鞄をおろした。女主人から聞いた話をバラクに伝えた。「それはそうと」最後に付け加えた。「さっきは命を助けてくれて感謝している」

バラクは悲しげに微笑んだ。「こっちも助けてもらった礼を言うよ。危うく頭をぶち割られるところだった。例の井戸の件はどうする。今夜行きたいのか」

「いや、リンカーン法曹院へ行ってあすの裁判の準備をしなくては。それに、ギリシャ火薬に関する本も探したい」

バラクは川を見渡した。日が傾き、川面を銀色に染めつつある。「あすは六月一日だ。となると、残りは九日だ」苦笑いをする。「ほら、おれの助けが必要だろ？」

わたしは深々とため息をつき、バラクの目を見た。「ああ」

バラクは笑った。

「今夜きみに頼みたいことがある」わたしは言った。「ロスベリーの居酒屋をまわって、ウエントワース一家についてどんなことでもいいから何か知っている者がいないか、聞きこみをしてもらいたい。頼んでいいか」

「いいとも。夜、酒が飲めるならことわるもんか。船乗りの酒場にも行って、あのポーランドの酒について尋ねてみよう」

わたしはウィンチェスター主教館を見やった。仕着せ姿の使用人たちが忙しそうに立ち働き、立派な赤い敷物がひろげられている。「ガードナー主教は来客中らしいな。見ろ、舟が来た。早くここを出よう」

18

バラクとわたしはチャンセリー・レーンのわが家で早い夕食をとった。きょうの冒険でくたびれ果て、会話はほとんどなかったが、仲間意識の深まりが感じられた。バラクは早めに食事を終え、夜に酒場で聞きこみをして過ごすため、歩いて市街へ引き返していった。ロンドンには教会と同じく居酒屋が山ほどあるが、これまでにもクロムウェルのために情報収集をしてまわったことがあるのだろう。ひとつまちがえば危険な仕事だ。こちらはビールナップの裁判の準備をし、リンカーン法曹院の図書館で本を探さなくてはならない。わたしはしぶしぶ立ちあがり、もう一度法服を着た。

外は日が沈みつつあり、暑い夏ならではの鮮やかな夕焼けが見られた。小手をかざして通りに出、怪しい人影がないかとあたりを見まわした。閑散としたチャンセリー・レーンを急ぎ足でリンカーン法曹院へ向かい、門をくぐって安全圏にはいるや、ほっと息をついた。

青く塗られた長い馬車が中庭に停まっているのが見えた。御者台で男が居眠りをし、馬たちはおとなしく飼い葉袋から餌を食べている。高位の客だろうが——ノーフォーク公の再訪でないことを願った。

多くの窓から蠟燭のぼんやりとした明かりが見えるのは、開廷期がはじまって法廷弁護士が遅くまで仕事をしているからだ。熱せられたほこりっぽいにおい――いやなにおいではない――が敷石から立ちのぼり、沈みゆく太陽がゲートハウス・コートの煉瓦塀を真っ赤に染めている。学生の一団が笑いながら市街の盛り場へ繰り出していく。切れ目入りの色鮮やかなダブレットを着た、若くて威勢のよい洒落者《しゃれもの》たちだ。

執務室へ向かおうとしたとき、グレート・ホールの外の長椅子に腰かけているふたつの人影が見えた。驚いたことに、マーチャマウントとレディ・オナーだった。マーチャマウントはレディ・オナーのほうへ半ば身を乗り出し、切羽詰まった低い声音で話している。レディ・オナーの顔は見えないが、緊張した様子だ。わたしは地下室の柱の陰ににじり寄り、そこで見守った。ほどなくマーチャマウントが立ちあがり、辞儀をして足早に歩み去っていく。その顔は冷たくこわばっていた。わたしは少しためらったのち、レディ・オナーへ歩み寄り、帽子をはずして深々と一礼した。レディ・オナーは、袖が大きくふくらみ、胴部に花の刺繡を施した絹のドレスを着ていた。わたしはいまだ散髪の時間がとれないままで、顔を覆う汗まみれの不精ひげが気になった。しかし、レディ・オナーは当世風にひげを伸ばしていると思うかもしれない。

「こんばんは、またお越しになったんですね」

レディ・オナーはわたしを見て、フランス風の頭飾りの下へひと房の髪を隠した。「ええ。マーチャマウント上級法廷弁護士とまた別の相談があって」穏やかに微笑む。「お掛けになって。あすの晩餐会にはおいでになるでしょう？」

わたしはマーチャマウントが坐していた場所に腰をおろした。レディ・オナーのまとう魅惑的な香気がかすかに感じられる。「楽しみにしております」

レディ・オナーは中庭を見まわした。「ここは心の安らぐ場所ね。わたくしの祖父がここで学びましたの――そう――七十年前に。ハータムのヴォーン卿です。ボズワースの戦いで亡くなりました」別の学生の一団が庭を横切り、騒々しい笑い声をあげた。レディ・オナーは微笑んだ。「かつてはああいう若者だったにちがいないわね。法曹院に入学したのは、領地を治めるうえで役立つ法律の知識を得るためでしたけれど、ロンドンでのお楽しみのほうにより関心があったでしょうから」

わたしは微笑んだ。「いつの時代も変わらぬものがあります。いまのような混乱した世でも」

「ええ、そのとおりね」レディ・オナーは急に力強い口調で言った。「このごろでは、ああいう学生たちは地主階級の子息でしょう。楽しい時間を過ごしたあとは、お金を儲けるための仕事に就く。このごろはだれもがそればかり考えています」不意に眉がひそめられ、口の両端に悲しげなくぼみができる。「いざ近づいてみると、実は思ったような紳士ではないこともあるわ」

「それは悲しいことですね」レディ・オナーはおそらくマーチャマウントのことを言っているのだろう。いっしょのところをわたしに見られたとは気づいていない。わたしは盗み見したことを後ろめたく思った。

「ええ、そう」レディ・オナーはふたたび微笑んだ。「でもあなたは、お金儲けだけを考えているかたではなさそうね。そういう執着心とは相容れない憂《うれ》いを帯びていらっしゃるもの」

わたしは笑った。「どうでしょうか。鋭い観察眼をお持ちですね、レディ・オナー」

「いつもそうとはかぎらないわ」レディ・オナーは一瞬黙した。「きのう、あなたのお友達がノーフォーク公に食ってかかったそうね。大変な勇者か、大変な愚か者か、どちらかにちがいない」

「どうしてご存じなんです」

微笑が浮かぶ。「自前の情報源があるのよ」たぶんマーチャマウントだろう。レディ・オナーは謎めかすのが好きらしい。

「おそらく、勇者であり、愚か者でもあるのでしょう」

レディ・オナーは笑った。「ひとりが両方になれるものかしら」

「なれるでしょう。ゴドフリーは熱心な福音主義者です」

「あなたもそうなの？　クロムウェル伯爵に仕えているのなら、改革派のはずね」

わたしは暮れゆく中庭を見やった。「若いころはエラスムスの著作の虜《とりこ》になったものです。古い教会の悪弊が消え去って、人々が信仰を通じて崇《あが》め合う平和な国家、という理想像に夢中になりました」

「わたくしもかつてはエラスムスに魅了されましたよ」レディ・オナーは言った。「でも、彼の望んだようにはならなかったでしょう？　マルティン・ルターが教会を猛攻撃し、ドイツは大混乱に陥った」

わたしはうなずいた。「エラスムスはルターについてはまったく言及していません。賛成するとも反対するとも。そのことがいつも不思議でなりませんでした」

「起こりつつあったことにあまりにも衝撃を受けたからだと思うわ。かわいそうなエラスムス」レディ・オナーは悲しげに笑った。「エラスムスはよく、聖ヨハネによる福音書の第六章を引用していたでしょう？　〝生かすものは霊なり、肉は益するところなし〟と。でも、人は感情に支配されるものであって、それはこの先もずっと変わらない。そして、なんとしても権力者を倒そうとする。だから、人間は理性の力だけで完璧になれると考える人々はつねに失望させられるのよ」

「それは気が滅入りそうな教訓ですね」わたしはしんみりと答えた。

レディ・オナーは体をこちらへ向けた。「ごめんなさい、今夜は憂鬱な気分なの。これで失礼しなくては。あなたもお仕事をしにいらしたのでしょう。窓の向こうに見えた、蠟燭の上にかがみこんでいる人たちのように。気を散らせてしまったわね」

「よい気晴らしでしたよ」こちらの世辞に、レディ・オナーは小首をかしげて微笑んだ。わたしは躊躇したのち、ことばを継いだ。「実は、お尋ねしなくてはならないことが――」

レディ・オナーは片手をあげて制した。「ええ。その話が持ち出されるのを待っていました。でもどうか、今夜は勘弁して。疲れて気分がすぐれないので、家に帰りたいの」真剣な顔でわたしを見る。「亡くなったと聞いたわ。マイケル・グリストウッドとそのお兄さんが。ゲイブリエルからね。あなたが話を聞きにくるだろうとも」

「ふたりとも殺害されたのです」

もう一度片手をあげた。「知っています。でも、今夜はどうしても無理なの」

「門のそばの馬車はあなたのですか」

「ええ」また真剣な表情でわたしを見据える。「あすお話ししましょう、シャードレイクさま。お約束します」

押しきるべきだったが、わたしは立ちあがって辞儀をするにとどめた。レディ・オナーはドレスの裾で敷石をかすめながら、門のほうへ優雅に歩いていった。わたしは背を向けて執務室へ向かった。ゴドフリーの部屋の窓に明かりが見えた。

わが友は執務机で、わたしの訴訟案件の書類に渋い顔で目を通していた。机にある蠟燭のまわりを蛾が飛び交っては、愚かにも羽を焼かれている。ゴドフリーの金髪は手で梳いたところが突っ立ち、小さな読書用眼鏡のせいで老けて学者風に見えた。

わたしは微笑んだ。「ゴドフリー、わたしの仕事でこんなに遅くまで？」

「ああ、でも自分がそうしたいからだ。気をまぎらわせるのにちょうどいい」ゴドフリーはため息を漏らした。「収入役のもとへ出頭して自分のおこないの申し開きをすることになると、きょうわかった。きっと重い罰金だろう」悲しげに微笑む。「だから、きみのぶんの案件が増えて助かるよ。ただし、スケリーが書類の順序をちゃんと整えてくれるといいんだが。哀れなことに、努力はしているが、どういうわけか何ひとつまともにできていない」

「ノーフォーク公にあてこすりを言うのは危険だぞ」わたしはまじめに言った。「あてこすりなど言っていない。聖書を擁護しただけだ。それが違反行為なのか」

蠟燭の明かりに眼鏡を光らせつつ、ゴドフリーは首を横に振った。

「どういう方法をとるかによる。ひとつまちがえば火刑にされかねない」

ゴドフリーの顔がこわばった。「永遠の至福に比べれば、半時間の苦しみがなんだ」

「言うのはたやすい」

ゴドフリーは肩を落として大きく息をついた。「わかっている。きのう福音派の司祭がまたひとりつかまった。はたして自分に火刑になる覚悟があるのかわからない。ジョン・ランバートの処刑を見たんだ。覚えているか」

「ああ」わたしは殉教者ランバートの誇り高き最期についてバラクが話していたのを思い出した。

「彼の勇気を見届けることで自分を鼓舞しようと思ったんだ。勇敢この上なかった。とはいえ、むごいことに変わりはない」

「むごいに決まっているさ」

「激しい風が吹いて、べったりとしたおぞましい煤が見物人にかかったのを覚えているよ。そのころにはランバートは死んでいた。しかし、火あぶりになって当然の者もいる」ゴドフリーは急に怒りをあらわにした。「修道士のフォレストが焼き殺されるのも見た。教皇派の反逆者だ」こぶしを握りしめる。「体から汗のように血が流れ出て、ついには魂が地獄へ堕ちた。ときには火刑も必要だ。教皇派に勝利は断じてない」ゴドフリーの顔にまたしてもあの冷たく取り憑かれたような表情が浮かび、人がそのように温厚から残忍へ一瞬で豹変《ひょうへん》しうることに、わたしは身震いした。

「失礼するよ、ゴドフリー」わたしは静かに言った。「市議会対ビールナップの案件の準備をしなくてはならない」友のこわばった顔を見つめた。「だがもし、罰金刑が重くて困るようなことがあったら、いつでも相談してくれ」

ゴドフリーの表情がふたたび和らいだ。「ありがとう、マシュー」かぶりを振る。「修道院解体の収益が、ビールナップのような卑劣漢の手に渡るのは嘆かわしいことだ。国民のための病院や真の教区学校を建てる資金にすべきだよ」

「ああ、そのとおりだ」そう言いながらもわたしは、いまの世はだれもが金儲けしか考えていないというレディ・オナーのことばを思い出していた。

二時間かけて裁判の準備をした。判例記録を読み返し、こちらの弁論を大まかに組み立てた。それから鞄に書類を入れて肩に掛け、図書館まで歩いていった。聖バーソロミュー小修道院からグリストウッドが持ち出した書類に書いてあった、東ローマ帝国より何百年も前に古代ローマ人に知られていたギリシャ火薬とよく似た液体について、さらに調べたかったからだ。古代ローマ人が用いたものの、東ローマ帝国のように成功しなかった物質とは何か。伝説に名高い古代ローマの軍事力を思えば、奇妙な気がした。

すでにほとんどの窓は暗かったが、図書館の窓からは黄色い明かりが漏れていた。中へはいると、薄闇のなか、巨大な書棚がのしかかるようにそびえていた。ただひとつの明かりは司書の机から発せられ、ローリーが蠟燭の小さな輪に囲まれて作業をしていた。ローリーは法律書の研究を何より愛する年老いた学究肌の人物で、いまはブラクトンの書を読みふけっている。法廷に近づいたことは一度もないが、判例法の該博な知識を有し、上級法廷弁護士からひそかに助言を求められることもたびたびある。わたしが歩み寄ると、ローリーは立ちあがって一礼した。

「蠟燭を借りてもいいだろうか、ローリー。探したい本があってね」

ローリーは相好《そうごう》を崩した。「何かお手伝いできることはありますか？　財産法でしょう、シャードレイク殿」

「きょうはけっこうだ。ありがとう」わたしは棚から蠟燭を手にとり、ローリーの机でともる一本から火を移した。それから、古代ローマの法律と歴史に関する書物がおさめられた書棚へ歩いていった。手もとには書類に言及されていた著作の一覧がある。リウィウス、プルタルコス、ルクルスなど、いずれも偉大な編年史家によるものだ。

わたしが読みたい書物は一冊残らず消えていた。本の並びに隙間があり、半ば空になっている。妙だ。わたしの前にマイケル・グリストウッドがここへ来たのだろうか。しかし、書物が貸し出されることはめったになく、借り手は上位の法廷弁護士にかぎられている。グリストウッドは事務弁護士にすぎなかった。司書の机は巧みな位置に配されていて、ローリーに見咎められずに半ダースの本を持ち出すことはだれにもできない。わたしは司書の机へ引き返した。ローリーが顔をあげ、問いかけるような笑みを浮かべた。

「わたしが読みたい本がすべて持ち出されているんだ、ローリー。この一覧にあるものすべてが」わたしは紙を手渡した。「そんなにたくさん貸し出されているとは驚いたよ。だれが借りているのか教えてもらえないか」

ローリーは一覧を見て眉間《みけん》に皺を寄せた。「これらは貸し出されておりませんよ。誤った場所にしまわれているのでは？」見あげる笑顔のぎこちなさから、ローリーが嘘をついているのがわかった。

「書棚に広い隙間があった。ほら、貸し出し図書の一覧があるはずだろう？」

こちらのきびしい口調に、ローリーは落ち着かなげに唇をなめた。「お待ちください」書類を調べるふりをしたのち、大きく息をついてふたたびわたしを見た。

「いいえ。貸し出しはされておりません。係の者が位置をまちがえたにちがいありません。あすわたしが調べておきます」

そんなふうに嘘をつかれて、わたしは悲しみで胸がうずいた。しかし、ローリーが怯えているのもわかった。

「大事な問題なんだ、ローリー。それらの書物が必要だし、貴重なものばかりだ。この問題は図書館長に訴えなくてはならない」

「やむをえません」ローリーは唾を呑んでそう言った。

「ヒース館長に会うとしよう」しかし、ローリーがだれに怯えているにしろ、それは館長より恐ろしい相手だ。

ローリーはただ繰り返した。「やむをえません」

わたしはきびすを返してその場をあとにした。図書館の外で、こぶしを握って悪態をついた。いつも何者かに先まわりをされている。だが、わかったことがある。件《くだん》の書物には、たしかにギリシャ火薬に関することが書かれている。別の場所をあたればいい。市庁舎の図書館に行ってみよう。

門へ歩いていく途中、天気の変化に気づいた。空気がまとわりつくような湿気を帯びている。「おやすみなさい」と門番が声をかけてきた。チャンセリー・レーンへ出ようとしたとき、ゲートハウスのそばで何かが動くのが目に留まった。すばやく振り向くと、ゲートハウスのすぐ脇に大柄な若い男が立っていた。窓明かりに愚鈍そうな丸顔とこぶのある鼻が照らし出される。わたしの手が腰の短剣に伸びた。男はこちらの動きを目で追い、背を向けた。足音が通りを遠ざかっていく。

わたしは荒い息をつきながらゲートハウスのアーチの下に引き返した。鼻にこぶのある男、とジョージ・グリーンが言っていた。あばた面の男もいるのではないかとあたりを見まわし、通りの向かいの〈改宗者の家〉の暗闇に目を凝らしたが、人影は見あたらなかった。さっきの大男はリンカーン法曹院までひそかにわたしのあとを尾け、不意打ちを食らわそうと待ち伏せしていたにちがいない。わたしは身震いした。

しばらく待ってから、耳をそばだてて用心しつつ、暗い通りを進んだ。ようやくわが家の門へはいって安堵したが、夜にひとりで外出するのは軽率だと悟り、悪態をついた。

19

翌朝目覚めると、いまにも雨が落ちてきそうな厚い雲の層が市街を覆っていた。寝室の開いた窓からはいる空気は重く蒸している。きょうは六月一日だ。中央刑事裁判所でのエリザベスの再審理まで、そして国王の御前でギリシャ火薬の実演がおこなわれるまで、残り九日となった。

朝食の席でバラクに、消えた本のことと、リンカーン法曹院の外の暗がりにいた男のことを話した。バラクのほうは、ゆうべの酒場めぐりでの収穫を報告した。例の奇妙なバルト海の酒は、ビリングズゲートの川岸の〈青猪《あおいのしし》〉亭で売りに出されていたらしい。また、ウォルブルック近辺の酒場へも行ったが、ウェントワース家の使用人はひとりも見あたらなかったという。まじめで信心深い者たちとして知られているようだ。

「隣の家の使用人と話ができたが、ウェントワース一家は人付き合いを避けてるとしか言わなかった。そのかわり、老《お》いぼれの飼い犬が行方知れずになった話を一時間もしゃべりまくってたよ」

「忙しい夜だったな」ゆうべビールを牛飲したはずなのに、バラクは実に溌剌としていた。

「あばた面の男と鼻にこぶのある男についても探りを入れてみた。収穫なしだ。あいつらはよそ者にちがいない。もうお役御免になったかと思いはじめてたんだが、あんたの話を聞くとそうでもなさそうだな」

ジョーンが便りを持って部屋にはいってきた。わたしは封を切った。

「グリストウッド夫人からだ。十二時にロスベリーでわたしたちと会うそうだ。裁判が時間どおりに終われば間に合うだろう」

「なんなら、とりあえずウェストミンスターまでいっしょに行こうか」

けさバラクに頼みたい仕事はほかにない。「ありがとう。そのほうが心強い。落ち着いた黒い服は持っているのか」

「ああ、必要とあらば、ちゃんとした恰好もできるぜ。今夜はレディ・オナーの晩餐会だな」バラクは片目をつぶった。「さぞかし楽しみだろ」

わたしは鼻を鳴らした。リンカーン法曹院でレディ・オナーと会ったことはバラクに言わずにいた。もし話したら、その場で尋問しなかったわたしを激しく責めたにちがいない。そして、バラクの非難ももっともだ、とわたしは思った。

舟に乗るためにテンプル波止場へ歩いていく途中、行き交う人々が険悪な空模様を見あげていた。重く不快な空気のなか、わたしはすでに汗ばんでいた。場合によっては、じきに雷雨になるだろう。早朝にもかかわらず、フリート・ストリート沿いに小さな人だかりができていた。何を待っているのかと思ったら、やがて、鉄の車輪が路面の敷石をこする耳障りな音と、「気をしっかり持てよ、兄弟！」という叫び声が聞こえた。きょうは絞首刑の執行日だ。市の赤と白の制服を着た守衛が列をなして歩き、四頭立ての大きな荷馬車が通り過ぎていく。より多くの民衆の目にふれさせるために――そして犯罪者の末路を見せしめにするために――フリート・ストリートを経由してタイバーンの刑場へ向かうところだ。

わたしたちは足を止めて荷馬車を通した。中には十二名の罪人が乗っており、両手を後ろで縛られ、首には縄が掛けられていた。そのなかにエリザベスがいた可能性もあったし、来週にはそうなることもまだありうる。重罪犯の最後の旅の終着点は、タイバーンにあるいくつもの大きな絞首台だ。その下に荷馬車が停まっているあいだに、縄が絞首台の鉤に固定される。そして、荷車が引き離されて馬が前へ進むと、罪人たちは首を吊った状態で残され、知り合いのだれかがかかとを引っ張って首の骨を折ってやらないかぎり、ゆるやかに窒息死する。わたしは身震いした。

最後の旅路を行く死刑囚のほとんどはうなだれていたが、恐るべき空元気を振り絞って群衆に笑顔でうなずく者もひとりかふたりいた。馬泥棒で有罪になった老女と息子の姿が見えた――若い男は顔を引きつらせてまっすぐ前を見つめ、母親は白髪交じりの頭を息子の胸に預けてもたれかかっている。荷馬車はきしみを立てて過ぎ去った。

「行こう」バラクがそう言い、人ごみを肩で押し分けて進んだ。「あの光景はどうしても好きになれない」小さな声で言う。「タイバーンで、昔なじみの両脚を引っ張って最後のダンスを終わらせてやったことがある」真剣なまなざしでわたしを見る。「おれが例の井戸へおりるのはいつだ」

「今夜と言いたいところだが、晩餐会がある。あす、かならずだ」

舟に乗って川を進みながら、後ろめたい気持ちになった。一日遅れるたびに、エリザベスはもう一日土牢で過ごし、ジョーゼフはもう一日不安のどん底で過ごすことになる。ウェストミンスター・ホールの張り出した部分がおぼろげに見えはじめ、わたしはビールナップの裁判に意識を集中するよう胸に言い聞かせた。ひとつずつ片づけろ、そうしないと頭がおかしくなる。バラクにまじまじと顔を見られ、自分が口に出してそう言ったことに気づいた。


開廷期の常として、ウェストミンスター宮殿の庭は人であふれていた。人波を縫ってウェストミンスター・ホールにはいると、法律家と依頼主、書店主と買い手が、洞窟のような天井の下の古の敷石の上を歩いていた。わたしは背伸びをして、仕切りに群がる見物人の頭越しに王座裁判所を見やった。木の手すりのそばで弁護士が一列に並んで待ち、その向こうでは裁判所の役人が書類を山積みにした大きな机についている。王室の紋章のタペストリーの下では、背もたれの高い椅子に腰かけた判事が退屈そうな顔で弁護士の弁論に耳を傾けていた。その判事がみずから旧修道院領をいくつか買った横着者のヘスロップだとわかり、わたしは狼狽した。ヘスロップが自分と同じ卑劣漢を相手どった訴訟を支持するとは考えにくい。きょうは法の博打《ばくち》で弱い札を引いたと痛感し、わたしはこぶしを握りしめた。とはいえ、ゆうべの準備で反論の余地なき議論を進める用意ができていて、ほかの条件はすべて対等だ。

「シャードレイク殿」ぎくりとして振り向くと、市議会の代理人のひとりであるヴァーヴィーがすぐそばにいた。わたしと同じ歳の、事務官らしいまじめな男で、筋金入りの改革派だ。わたしは辞儀をした。ヴァーヴィーは成り行きを見届けるために送りこまれたのだろう。市議会にとって重要な裁判だからだ。

「ヘスロップはかなりの速さで審理を進めています」ヴァーヴィーが言った。「われわれの順番はもうすぐですよ、シャードレイク殿。ビールナップも来ています」ヴァーヴィーが顎を向けた先には、法服に身を包んだわが敵が、ほかの法廷弁護士とともに手すりにもたれて立っていた。

わたしは無理に笑みをつくろい、肩から鞄をあげてみせた。「準備は万端です。ここで待っていてくれ、バラク」

バラクはヴァーヴィーをじっと見つめた。「ちょっとしたいたずら日和《びより》だな」陽気に言った。

わたしは仕切りのなかへはいって判事席に一礼し、手すりのそばに立った。ビールナップが振り向いたので、軽く会釈をした。数分後、それまで審理されていた案件が終わり、両当事者が――ひとりは笑顔、もうひとりは渋面《じゅうめん》で――手すりを抜けていった。「ロンドン市議会とビールナップ」事務官が呼んだ。

わたしはまず、問題の汚物溜めの造りがずさんなため、隣接する共同住宅へ汚物が漏れ出して住人の生活を惨めなものにしていると訴えた。そして、ビールナップのおこなった改装が手抜き工事であると指摘した。「古い修道院をそのように粗末で危険な住宅に造り変えるのは、市の条例のみならず公共の福利に反します」

椅子にゆったりと腰かけたヘスロップは、退屈そうな顔でわたしを見た。「ここは大法官裁判所ではない。法律上の争点はなんだね」

ビールナップが満足げに微笑むのが見えたが、こちらの備えはできていた。「ただいまのは前置きです、判事。わたしの手もとには、不法妨害の案件において、修道院領に対する市議会の主権を認める半ダースの先例があります」わたしはそれらの写しを判事に手渡し、内容を手短に説明した。話しながら、ヘスロップの顔にうつろな表情が浮かんだのが見てとれ、心が沈んだ。判事がそういう顔をするときは、すでに考えがまとまっているということだ。しかし、わたしは断固として主張をつづけた。弁論を終えると、ヘスロップが鼻を鳴らし、相手方にうなずいた。

「ブラザー・ビールナップ、そちらの意見は」

ビールナップが一礼して立ちあがった。ひげを剃ったばかりの痩せた顔に自信に満ちた笑みを浮かべたその姿は、寸分の隙もない立派な弁護士に見えた。微笑を浮かべてうなずいてみせる。あたかも、正直者の自分がいまから真実を語りますよというように。

「畏れながら申しあげます」ビールナップは言った。「われわれが生きているのは、この街が大きく変わりつつある時代です。修道院の解散によって過剰なまでの土地が市場に出まわった結果、地代は安くなり、事業家は投資から利益を得るためにできうるかぎり最善の転換を図らなくてはなりません。でなければ、さらに多くの旧修道院領が廃墟《はいきょ》と化し、無宿者の巣窟となります」

ヘスロップがうなずいた。「ふむ、そうなると、市がその問題に対処せねばならなくなる」

「ご納得の行く解決につながると思われる先例がひとつあります」ビールナップは判事に一枚の書類を手渡した。「〈ドミニコ会士対オーカム小修道院長〉です。不法妨害で院長を告発した案件ですが、国王評議会へ差しもどされました。というのも、修道院は国王の管轄下にあったからです。すべての修道院の建物がいまもそうであるようにです。したがって、元来の譲渡証書に関する問題が生じる場合は、国王に諮《はか》るべきと存じます」

ヘスロップがゆっくりと書類に目を通しながらうなずいた。わたしは聴衆を見渡した。そして凍りついた。豪華に着飾った男が、従者を両脇に従えて手すりの近くに立っていた。まわりの人々は、近寄りすぎるのを恐れるかのように、その男から数歩距離を置いている。毛皮でふちどりをしたガウンを身にまとったリチャード・リッチが、氷の海のように冷たいあの灰色の目でわたしを見据えていた。

ヘスロップが顔をあげた。「なるほど、ブラザー・ビールナップ、そなたの意見に賛成だ。この判例によって解決されると思う」

わたしは立ちあがった。「判事、反論をしてもよろしいでしょうか。わたしがお渡しした判例のほうが、件数も多く、年代もいまに近い――」

ヘスロップは首を横に振った。「どちらの先例が慣習法をよりよく表しているかを決める権利はわたしにあり、ブラザー・ビールナップの先例が王権の問題をじかに扱った唯一の案件だと――」

「しかし、ブラザー・ビールナップはその建物を購入したのです、判事。契約書を交わして――」

「きょうは案件が立てこんでいるのだよ。原告の勝訴、訴訟費用は被告の負担とする」

わたしたちは法廷をあとにした。ビールナップは笑みを漂わせている。リッチが立っていた場所へ目をやったが、姿は消えていた。リッチが長官をつとめる増収裁判所の事務所が近くにあるのだから、その姿をウェストミンスター・ホールで見かけても驚くにはあたらないが、なぜあんな目でわたしを見ていたのだろうか。わたしはヴァーヴィーとバラクがいるところへ歩いていった。これで、エリザベスとビールナップ、ふたつの裁判で敗訴するところをバラクに見られたことになり、わたしは顔を赤らめた。「きみが来るときは悪運まで運んでくるな」ばつの悪さを隠そうと、ぶっきらぼうに言った。

「あきれた判決だ」ヴァーヴィーが憤然と言った。「法律を無意味なものにしている」

「そのとおりです。残念ながら、訴訟費用は高くつきますが、大法官裁判所へ訴訟を提起するしかないと思います。さもないと、あの判決がロンドンの旧修道院領の買い手すべてに対し、市の規則を破ってよいという白紙の委任状を与えることに――」

バラクに肘で小突かれ、わたしは口をつぐんだ。ビールナップがすぐそばに立っていた。わたしは眉をひそめた。依頼人と話している同業者に近づくのは、弁護士同士の礼儀に反する。ビールナップも眉根を寄せていて、動揺している様子だ。

「大法官裁判所へ訴訟を提起する？」ビールナップが言った。「でも、また敗訴するだけですよ。市議会にそのような出費をさせて――」

「いまのは内々の話だ。しかし、わたしの助言はそのとおりだ。さっきの裁定には偏りがある。大法官裁判所は判決を覆すにちがいない」

ビールナップがあきれたふうに笑った。「そのときが訪れればの話ですがね。このところ、大法官裁判所の審理待ちの案件がどのくらいあるかご存じですか」

「必要なだけ待つとも」わたしは相手の目を見た。いつものごとく、ビールナップの目はそらされた。「ひとこといいか」わたしはビールナップをほかのふたりから離れたところへ連れていき、身を近づけた。「この案件がヘスロップの担当一覧に載ったのはどういうわけだ。ちょっとした金品の受け渡しがあったのか」

「そのような言いがかりは――」ビールナップは息巻いた。

「あなたならやりかねない。自分の懐《ふところ》にかかわる場合にはね。だが、大法官裁判所では正々堂々戦ってもらう。それに、わたしがもうひとつの件を忘れたと思うな。あなたとフランス商人とのつながりを調べている。連中は製法書に大金を支払いかねないからな」

それを聞いて、ビールナップの目が大きく見開かれた。「めっそうもな――」

「そう願おう、あなた自身のために。もし反逆行為にかかわっているのなら、いろいろな意味で危険な火遊びをしていたと気づくことになるだろう」

はじめて、ビールナップが怯えた顔をした。「誓って、かかわっていない。この前話したとおりだ」

「ほう？　そうだといいが」わたしは一歩退《しりぞ》いた。ビールナップが服のほこりを払って落ち着きを取りもどし、いかにも恨みがましい目を向けてきた。

「今回の裁判には経費が掛かっているので」一瞬声を震わせて、ビールナップは言った。「市議会に明細書を送ることに――」

「ああ、好きにどうぞ」わたしは背を向け、困惑顔のヴァーヴィーとバラクのもとへもどった。ビールナップはそそくさと立ち去った。

「訴訟費用の明細書を送るとのことでした」わたしは笑みをつくろって言った。「ヴァーヴィー殿、市議会にはわたしの助言を受けて入れてもらう所存です。今回の結果については返す返すも残念です。わたしの考えでは、判事が買収されたのではないかと」

「だとしても驚きません」ヴァーヴィーが答えた。「ビールナップの噂は聞いていますから。できるだけ早いうちに、あなたの見解をまとめたものをお送りいただけますか。裁判の結果を受けて、市議会がやきもきするでしょうから」

「わかりました」

ヴァーヴィーは一礼し、人ごみのなかへ消えていった。「ビールナップになんと言ったんだ」バラクが尋ねた。「痛い目に遭わせるつもりかと思ったぜ」

「まだ目を離していないぞと警告した。フランス商人とのつながりを調べていると言ってやった」

「ビールナップにまちがいない。おれの――おれの継父に会いにきた、あのくそ野郎は」バラクはそのことばを苦々しく口にした。

わたしは唇を引き結んだ。「ビールナップが偽の宣誓保証人の商売をしている件について、さらに調べられないだろうか。証言のできそうな大人を見つけるんだ。そうすれば脅しの材料に――」

ことばを呑んだ。まわりの群衆にざわめきが起こり、ふと見ると、リッチがこちらへ迫ってきていた。顔に笑みが浮かんではいるが、わたしに据えた目は法廷で見たときと同じく冷ややかだ。

「ブラザー・シャードレイクと、逆立ち頭の助手だな」リッチはバラクに微笑みかけた。「髪に櫛《くし》ぐらい入れてくるべきだ、法廷へ来る前には」

バラクは平然と見返した。

リッチは笑みを漂わせてわたしを見た。「無礼な男を連れているものだな、ブラザー・シャードレイク。礼儀作法を教えるべきだ。きみ自身も少し学ぶべきかもしれん」

リッチの視線にうろたえながらも、わたしは一歩も引かなかった。「申しわけありません、リチャード卿。何をおっしゃっているのかわかりかねます」

「きみは自分の立場を超えた問題に首を突っこんでいる。土地争いをしている田舎の農場主の依頼に専念していればいい」

「どの問題のことでしょうか」

「わかっているはずだ」リッチは言った。「白《しら》を切るのはよせ。気をつけないと、泣きを見ることになるぞ」そう言うと、きびすを返して歩み去った。一瞬の静寂がおりた。

「あいつは知ってる」バラクは低く張りつめた声で言った。「ギリシャ火薬のことを知ってる」

「どうやって？　どうやって知ったんだ」

「さあな、だが知ってる。ほかに何が言いたいというんだ。たぶん、例の空白の六か月のあと、グリストウッドはあいつに会いにいったんだろう」

わたしは眉をひそめた。「しかし——わたしを脅すということは、クロムウェルを脅すことだ」

「伯爵が関係していることは知らないんだろう」

わたしは考えこみながら、リッチの後ろ姿を見つめた。「ビールナップがそそくさと立ち去ったつぎの瞬間に、リッチが現れるとはな。そして、あの日の増収裁判所で、ビールナップはリッチとかかわりのある何かをしていた」

「たぶんリッチの保護を受けてるんだろう」バラクは唇を引き結んだ。「伯爵に報告しなきゃいけない」

わたしはしぶしぶうなずいた。「まったく、リッチも関与しているとはな」人にぶつかられ、むっとして大声で言った。「さあ、早くここから出よう。ロスベリーへ行かなくては」

20

　川はまたしても混み合っていて、波止場で舟を待たなくてはならなかった。バラクが胸壁に背をもたせかけた。

「ビールナップが判事に賄賂を渡したと思うのか」バラクは尋ねた。

「だとしても驚かない。公正さにかけては、ヘスロップの評判はよくない」

「大法官裁判所《チャンセリー》へ上訴したら勝てるのか」

「そのはずだ。あそこなら問題の本質を見てくれる。だが、いつ審理を受けられるかは予想もつかない。手続きに時間がかかるのはビールナップの言うとおりだ——のろのろしているから、あえて馬にチャンセリーと名づけたくらいだよ」わたしはバラクを真剣に見た。「ビールナップおかかえの宣誓保証人をだれか見つけてもらいたい。謝礼を払ってもいいし、クロムウェルの同意が得られれば、おそらく訴追は免れる。ビールナップを動かす梃子が必要なんだよ。リッチが味方についているならなおさらだ」

「ああ、やってみよう」バラクはこちらに向きなおった。「だが、継父には会わない。たとえおふくろとやつの住んでる場所を知ってても。たとえ伯爵のためであっても」

「そうなのか。きみの忠誠心には際限がないものと思っていたが」

バラクの目が光った。「おれは親父を愛してた。くそのにおいがしててもだ。おふくろは知らん顔だったけどな。おれが生まれて、親父はあの仕事に就いた。それがなければ、いまごろおれはここにいない。おれが十二のとき、親父は死んだ」わたしは関心を持ってうなずいた。いまはじめて、気むずかしい相棒が素顔をさらけ出しつつあった。

「例のずる賢い事務弁護士は、長いあいだうちの下宿人だった。名前はケニーだ。おれたちがふた部屋を使い、そいつが家の大部分を占領してたよ。口のうまいやつで、おふくろはそいつが好きだった。おふくろにとっては――」バラクは吐き捨てるように言った。「ひとつ格上の鎖の環みたいなものだったんだ。親父が死んでまもなく再婚したよ。哀れなくそ親父はまだ土の下で冷たくなってもいなかったのに。そのとき、おふくろはおれになんと言ったと思う？　ウルフズ・レーンのぼろ屋敷から帰るときにあんたが言ったのと似たようなものだ。〝夫に先立たれた哀れな女は、先のことを考えなくちゃいけないんだよ〟ってな」

「それはそのとおりだ」

「そのあと、おれはしばらく変になっちまってな」バラクは大声で笑った。「いまでも少しおかしいと思うことはたまにある。おれは家から逃げ出し、成績はよかったけど学校も辞めた。悪い連中と親しくなった。哀れな子供だって先のことを考えなきゃいけないからな」川をじっと見つめる。「あげくの果てに、ハムを盗んでつかまった。監獄にぶちこまれ、首を括《くく》られるところだったよ。大きなハムで、一シリングより値打ちがあったからな。でも、監獄の長がパトニーの出身で、おれの親父の名前を知ってたんだ。同郷のよしみってことで、クロムウェル伯爵とつてがあった。結局、おれは伯爵の前へ連れていかれ、仕事をもらった。最初は使い走りだったが、そのうちほかのこともまかされるようになった」わたしに向きなおる。「だから、あらゆる意味で、伯爵はおれの恩人だ。命の恩人なんだよ」

「なるほど」

バラクは立ちあがり、大きく息をついた。「ロンドン塔の近くに継父とビールナップが会ってた居酒屋がある。ビールナップの一味が打ち合わせに使った場所だと思う。そこへ行って探してみよう」

わたしはバラクを見た。「きみが弁護士によい印象を持たないのも当然だな」

「あんたはたいがいの弁護士より正直者だ」バラクがつぶやくように言った。

「お母さんとも義理のお父さんとも会わないのか」

「一、二度街で見かけたが、いつも避けることにしてる。あいつらにとっちゃ、おれなんか死んだも同然だ」

舟でスリー・クレーンズ波止場まで行ったあと、北へ歩いてロスベリーへ向かった。バラクの大股の足どりについていくのに、わたしは急ぎ足で歩かなくてはならなかった。食料品商会館のそばで、哀れを誘うべく化膿した腫《は》れ物だらけの顔をさらして戸口にすわる物乞いを、上等なダブレットを着た若い紳士数人がからかっていた。

「おい、きさまは兵士になるべきだ！」若者のひとりが言った。「いまの軍隊はだれでもいいから人手を必要としている。国王の敵や教皇と戦うためにな」革の鞘から剣を抜いて振りまわす。物乞いは、戦うどころか立ちあがれそうもなく、うろたえてあとずさり、口のきけない者が発するかすれたうなり声をあげていた。

「こいつ、英語が話せないんだ」別の若者が言った。「異国の人間かもな」

バラクが手に剣を持って近づいていき、しゃれたいでたちの若者の目をまっすぐに見た。「ほっといてやれ」バラクは言った。「おれと運試しをしたいというなら話は別だが」

若者は目を細くしたが、剣を鞘におさめて立ち去った。バラクはポケットから硬貨を一枚取り出し、物乞いのそばに置いた。「行こう」そっけなく言う。

「勇気ある行動だった」わたしは言った。ギリシャ火薬の樽に記されていた文言が脳裏によみがえった。ルプス・エスト・ホモ・ホミニ――人は人にとって狼なり。

バラクは鼻を鳴らした。「ああいうくそ野郎は、反撃できない連中をいじめることしか能がない」地面に唾を吐いた。「あれで紳士とはな」

ロスベリー・ストリートに着いた。前方に聖マーガレット教会が見えて、その横から細い道が伸び、小さな建物が密集して金属の音が鳴り響く区域へとつづいていた。その絶え間ない騒音のせいで、ロスベリーには鋳物師しか住んでいないも同然だった。

「グリストウッド夫人は息子の鋳物工場で会うそうだ」わたしは言った。「先へ進もう、ナグズ・レーンだ」

　二階家にはさまれたせまい路地にはいった。灰と炭のかけらが路傍のごみと交じり合い、熱せられた鉄のにおいが鼻を突く。ほぼすべての家に工房が併設されていて、その開いた扉から、中で職人が働いているのが見えた。鋤《すき》が石の床をこすり、石炭が溶鉱炉にくべられ、そのなかに真っ赤に溶けた金属の輝きが見えた。

　ついに、小さな家の前で足を止めた。工房の扉は閉まったままで、バラクが二度ノックをした。扉が開き、焦げ穴だらけの古い作業着に分厚い前掛けをした、痩せて筋骨たくましい若者が、わたしたちを胡散くさそうに見た。その顔は、グリストウッド夫人の細く鋭い目鼻立ちを思わせた。

「ハーパーさんですか」わたしは尋ねた。

「はい」

「シャードレイクです」

「どうぞ」若者は愛想がよいとは言いがたい口調で答えた。「中に母がいます」

　わたしは若者のあとについて、小ぢんまりとした工房へはいった。火のついていない溶鉱炉が部屋を占め、その脇に石炭の山がある。扉のそばにはさまざまな容器が積み重なっている。片隅の腰かけにグリストウッド夫人がすわっていた。わたしに向かってそっけなくうなずいた。

「どうも、弁護士さん」夫人は言った。「息子です」

　ハーパーはバラクに顎を向けた。「この人は？」

「わたしの助手だ」

「鋳物師は団結心が強い」ハーパーは警告するように言った。「大声をあげるだけで、ロスベリーの人間の半分がここへ飛んでくる」

「危害を加えるつもりはまったくない——話を聞きたいだけだ。わたしたちがマイケルとセパルタスの実験に関していろいろと調べていることは、お母さんから聞いたね？」

「ええ」ハーパーは母親の隣に腰をおろし、わたしを見た。「ふたりはポンプと容器を組み合わせたものを作りたいと言いました。ぼくの力ではとうてい無理だけど、ぼくがいつも手伝いをしてる人は、上水道の修理の仕事を市から請け負ってます」

「ピーター・レイトンだね」

「はい。レイトンさんが鉄を鋳て導管や容器を作るのを、ぼくが手伝いました」ハーパーが鋭い目を向けてきた。「母の話では、それを知る者の身が危ないとか」

「かもしれない。それについてはわたしたちが力になれると思う」いったんことばを切った。

「その容器に入れる液体だが、きみは見たのか」

ハーパーは首を横に振った。「それは秘密で、ぼくは知らないほうがいいとマイケルに言われました。マイケルたちはレイトンさんの工房の庭で実験をしました。庭全体を借りきって、レイトンさんをぜったいに近づけませんでしたね。庭は高い塀で囲まれていて、ふだんは導水管にする鉛管が置いてあります」

ハーパーは、詰まるところ義理の父親であるマイケルと、どのような関係にあったのだろう。おそらく、愛情で結ばれていたのではなく、こういう職業ゆえに利用されたのだろう。

「その装置はどんなものだった？」わたしは訊いた。

ハーパーは肩をすくめた。「複雑でした。水の漏らない大きな容器にポンプがついてて、管が伸びてました。何週間かかけて作ったあと、レイトンさんにもう一度やりなおしと言われました——管が太すぎると」

「マイケルたちに最初に仕事を頼まれたのは？」

「十一月です。完成には一月までかかりました」

クロムウェルのもとへ行く二か月前だ。「それはたしかだね」

「はい」

「その装置はどこに置いてあったんだろう。レイトンの庭だろうか」

「だと思います。庭を使うのに大金を払ってたから」

グリストウッド夫人が苦笑いを漏らした。「レイトンさんがお金を受けとったの？」

「ああ、そうだよ、母さん。前払いを要求してた」

夫人は眉をひそめた。「なら、マイケルはそのお金をどこで手に入れたのよ。マイケルもセパルタスも一文なしだったのに」

「おそらく別のだれかが出したんでしょう」わたしは言った。

「ほかに考えようがないね」夫人は辛辣な口ぶりで答えた。「わたしはマイケルのばかげた計画に十五年近く付き合ってきた。食卓にパンすらろくになかったこともあった。それも何もかも終わったよ。マイケルは死んで、デイヴィッドは危険にさらされて」そこで息子に目を向け、表情を和らげた。「あなたがたふたりの安全は保証しましょう」わたしは言った。「ただし、レイトンと話がしたい」デイヴィッド・ハーパーを見た。「わたしが来ることは話したのかい」

「いや。言わないほうがいいと思って」

「工房に行けば会えるだろうか」

「はい。レイトンさんはフリート・ストリートの導水管を修理する新しい契約をとったんです。この前の金曜日に、ぼくに鋳造の仕事をくれると言ってました。ご機嫌でしたよ」

「そこへ案内してもらえるだろうか」

「用件はそれでおしまいね？」夫人が訊いた。

「これ以上お手を煩わせることはありません」

夫人は息子にうなずいた。ハーパーが立ちあがり、先に外へ出た。夫人は急ぎ足であとを追った。

わたしたちはロスベリーのさらに奥へ路地を進んだ。開いた戸口から、上半身裸で汗だくの鋳物師たちが溶鉱炉で作業しているのが見えた。通り過ぎるわたしたちに珍しそうな目を向けてくる。曲がりくねった路地の突きあたりにある角家の前で、デイヴィッドが立ち止まった。ほかより大きな家で、工房が隣接し、その脇に高い塀がある。

「まわりがやかましく、火の気もある」バラクがわたしにつぶやいた。「ここなら注意を引くことはない」

「ああ。ここを選ぶとはなかなか利口だな」

ハーパーが家の玄関扉を叩いた。工房の窓と同じく鎧戸がおろされている。工房の扉も試したが、施錠されていた。

「レイトンさん」ハーパーが呼びかけた。「レイトンさん、デイヴィッドです」申しわけなさそうに振り向く。「鋳物師はたいてい歳をとると耳が遠くなるんです。でも、炉に火がはいっていないのは変だな」

わたしは不吉な予感を覚えた。「最後に会ったのはいつだ」

「金曜日です。新しい契約について話を聞きました」

バラクが扉の錠を見た。「おれがこじあけてもいいが」

「いや、鍵を持ってる人を知ってます。火事が起こったときのために、みんな近所の鍵を持ってるんです」ハーパーはそう言って、路地を進んでいった。そこかしこから金属のぶつかる高低さまざまな音が聞こえ、耳のなかで鳴り響いた。グリストウッド夫人が心配そうに両手を揉み絞りはじめた。

ハーパーが大きな鍵を手にもどってきた。扉の錠が開かれ、わたしたちは庭へ足を踏み入れた。そこはマイケルとセパルタスにとって、まさしくあつらえ向きの場所だった。三方を高い塀に囲まれ、隣接する家の窓のない裏手が残りの一方を占めている。山と積まれた管や弁は、導水管に用いるものにちがいない。塀のいたるところに黒い焦げ跡があるのが目に留まった。グリストウッド家の庭で見たものとよく似ているが、こちらのほうが少し小さい。

グリストウッド夫人と息子は、戸口のそばで不安げに立っていた。わたしはハーパーを安心させようと微笑みかけた——いまにも逃げ出しそうな様子だ。

「ハーパーさん」わたしは言った。「教えてもらいたい。この庭で、何かいつもとちがうと思うところはないだろうか」

ハーパーは庭を見まわした。

わたしはうなずいた。「わたしもそう思った。塵ひとつない」

「鋳物師の庭を塵ひとつなくしようなんて、いったいだれが考えるんだ」バラクが言った。

「ここにあったものの痕跡を消し去るためだ」わたしはバラクに上体を寄せて、小声で言った。「何者かが発射装置を運び出したんだろう。それだけでなく、ギリシャ火薬の痕跡すべてを」

「レイトン本人もか？」

「ありうる。さあ、家のなかを調べよう」

わたしが先頭に立って庭を出た。もう一度玄関扉を叩いたが、やはり応答はない。わたしは額をぬぐった。こうして鋳物工場に囲まれていると、かつてないほどの蒸し暑さを感じた。まわりの耳障りな騒音はつづいている。

「工房から家にはいれます」ハーパーが言った。「鍵は同じなので」ためらったのち、工房の扉をあけて、「レイトンさん？」と声をかけながら中へ足を踏み入れた。バラクがあとにつづいた。

「わたしは外にいるから」グリストウッド夫人が不安げに言った。「気をつけて、デイヴィッド」

わたしはバラクのあとから中へはいった。ハーパーが暗い工房の鎧戸をあけると、室内の散らかったさまが目に飛びこんだ。さらに多くの管や弁や坩堝《るつぼ》、それに空の溶鉱炉がある。ハーパーがそのなかから石炭をひとつ拾った。「冷えきってる」

壁の一面に家へ通じる扉があった。ハーパーはしばし躊躇したのち、錠に鍵を差しこんで扉をあけた。またしても暗い部屋だった。嗅ぎ覚えのあるにおいがかすかに鼻を突き、わたしはバラクの腕をつかんだ。「待て」

ハーパーが鎧戸をあけて、振り向いた。そして、口をあんぐりとあけた。そこは居間で、驚くほど調度が整ってはいるが、混沌としていた。食器棚がひっくり返って横倒しになり、銀の皿が散乱している。

ハーパーは顔色を失った。手で口を覆って立ちつくす。

「レイトンも殺したんだ」わたしは小声で言った。「発射装置を奪い、殺害した」

「なら、死体はどこだ」バラクが訊いた。

「たぶん家のどこかだ。血のにおいがする」ハーパーにその場を動かぬようにと言い置いて、バラクとわたしは家の残りを調べにいった。剣を抜いたバラクとともに、せまい階段をのぼる。どこにも異状はなく、荒らされているのは居間だけだった。引き返すと、ハーパーは家から出ていた。窓の外から、母親とともに怯えた表情で中を見ている。坩堝を背負った男が通りかかり、親子を不思議そうにながめた。

「死体を運び去ったんだろう」わたしは言った。「発射装置といっしょにな。ロスベリーで殺人騒ぎを起こしたくなかったんだ」ひざまずいて床を調べる。「ほら、このあたりの床は掃除がされていて、ほこりがまったくない」ひっくり返った食器棚のまわりを蠅が数匹飛んでいるのに気づき、深い息をついた。「さあ、バラク、これを動かすのを手伝ってくれ」

食器棚の下からどんな恐ろしいものが見つかるかと思ったが、あったのは乾いた血の跡だけだった。バラクが口笛を吹いた。

「鍵をどこで手に入れたんだろうな」

「たぶん、レイトンの死体からだ」わたしは玄関の扉を見やった。「玄関が押し破られていない。犯人はおそらく扉を叩いて、応答したレイトンを中へ押しやり、追いかけて殺したんだろう。今回も斧の一撃ですばやく仕留めたはずだ」

「それには危険がともなう。もしレイトンが大声をあげて、近所の人間が駆けつけたら？ハーパーの言うとおり、鋳物師は絆が固い」

「相手はレイトンの顔見知りだったんだろう」わたしは唇を噛んだ。「あるいは、顔見知りがいっしょにいたのか。たぶん、わたしたちが怪しいとにらんでいる四人のうちのひとりだ」

「近所に聞きこみをしよう」

「その手もあるが、人目のない夜に来た可能性が高いと思う。行こう、ここでできることはもう何もない」

ハーパーとグリストウッド夫人のいる路地へ出た。並んで立つと、母子は不安で引きつった表情までとてもよく似ていた。

「何があったんですか」ハーパーが尋ねた。「レイトンさんは――」

「ここにはいない。だが残念ながら、暴行を加えられた形跡が――」

夫人が小さなうなり声をあげた。

「あなたと息子さんの身の安全が気がかりです、奥さん」わたしは言った。「護衛はまだお宅にいますか」

「ええ、ここまでいっしょに来たあと、帰したの」

わたしはハーパーのほうを向いた。「ひとまず、お母さんはきみといっしょにいたほうがいいと思う。わたしがより安全な隠れ家を探そう」

夫人がうろたえた目でわたしを見た。「ふたりは何をしてたの？　マイケルとセパルタスは、ここでいったい何を？」

「危なっかしい連中とかかわっていたのです」

夫人は首を振ってから、例のごとく口もとをきつく引きしめてわたしを見た。「あの売春婦」唐突に言う。「あの女には会ったの？」

「話を聞こうとしましたが、逃げられました」わたしはハーパーのほうを向いた。「何者かが気づかれずに発射装置を運び出したというのはありうるだろうか。おそらくは荷車で」

ハーパーがうなずいた。「得意先や店へ商品を運ぶんで、ロスベリーはいつも荷車が行き来してます。忙しいときは昼も夜も」

わたしはうなずいた。「近所の人たちに聞きこみをしてくれないか。レイトンの姿が見えないとだけ言うんだ。頼めるだろうか」

ハーパーは首を縦に振ってから、母親の肩に腕をまわした。「ほんとうにぼくらの身は危ないんですか」

「お母さんはそうだと思う。お母さんがここにいることを知る者は？」

「ぼくとウルフズ・レーンの護衛だけです」

「ほかのだれにも言わないように。字は読めるかい」

「はい」

わたしは紙切れに自分の住所を書きつけた。「何かわかったら、あるいは何かが入り用になったら、ここへ連絡しなさい」

ハーパーは紙を受けとってうなずいた。母親が息子の腕にすがりついた。このふたりにとって、互いがいてよかった、とわたしは思った。もはや、ほかにだれもいないのだから。

くたびれ果てていたが、晩餐会に備えてひげを剃るべく、理髪店へ寄った。バラクを待たせて顔剃りを終えたあと、舟でテンプル波止場までもどり、歩いて帰宅した。出かける支度をするまで横になることにした。一時間うたた寝をし、すっきりしない気分で目覚めた。相変わらず空はどんよりとし、空気は蒸している。ひと雨来てくれたら、どれほどありがたいことか。起きあがると体のこわばりを感じたので、何日かぶりに、ガイに教わった背中の体操をした。体を折り曲げ、爪先《つまさき》にふれようとして遠く及ばずにいると、扉を叩く音がしてバラクが部屋にはいってきた。バラクは驚きに目をまるくした。

「変わった祈り方だな」

「祈っているんじゃない。背中の痛みを和らげようとしている。それに、勝手に押し入る前に、許しを乞うのが礼儀じゃないか」

「すまん」バラクは悪びれもせずベッドに腰をおろした。「いまから出かけると言いにきたんだ。昔なじみが例のふたり組について何かをつかんだらしい。あばた面とその相棒の大男についてだ。そいつに会ってから、伯爵のところへいく」表情が真剣になった。「リッチの件を報告する。伯爵はあんたに会いたいと言うかもな」

わたしは深く息をついた。「いいだろう。わたしの居場所はわかるな。それから、グリストウッド親子にどこか安全な隠れ家を見つけてもらえないか、クロムウェルに頼んでくれ」

バラクはうなずいて、警告の目を向けてきた。「これまでのところ、手がかりよりも頼み事のほうが多い」

「わかっているさ。だが、最善を尽くしている」

「レディ・オナーのところへは、ひとりで行ってもらわなくてはな」

「まだ明るい」

「伯爵に会ったあと、ビールナップがおれの継父と会った居酒屋を探すつもりだ。あんたが晩餐会にいるあいだは、それにかかりきりだと思う」

「よかろう」

「今夜は例の井戸を調べなくてほんとにいいんだな？　晩餐会のあとで」

わたしはうなずいた。「疲れ果てるにちがいないから、睡眠をとったほうがいい。体調を崩すわけにはいかないんだ、バラク」わたしは腹立たしい思いで付け加えた。「こっちはきみより十年以上長く生きている。そう言えば、歳はいくつだ」

「八月で二十八になる。それはそうと、ある謎を解こうとずっと考えてたんだ。だれであれ、グリストウッド兄弟の殺害を企んだ人物が、ほとぼりが冷めたら外国へ売るつもりで製法書を隠し持っているのはわかる。だが、なぜ鋳物師のレイトンを殺そうとするんだ。なぜかかわった人間を皆殺しにする？」

「レイトンを殺したのは、発射装置を手に入れるためにすぎないかもしれない。人の命などなんとも思わない連中だ」

「それに、あんたの命も狙ってる。あんたがこの件にかかわってるのが気に入らないらしい」

わたしは眉をひそめた。「しかしそれはただ、ならず者たちの雇い主の正体をわたしが突き止めそうだからじゃないか？　あるいは、ギリシャ火薬について何かを発見するのを恐れているのかもしれない。だから図書館から本が消えたのだろうか」

バラクは目を大きく見開いた。「まさか、いまだに偽物だと思ってるわけじゃないだろうな。これだけ見聞きしておいて」

「どうも腑に落ちないことがある。市庁舎へ行って、例の本を探さなくてはな」わたしは頭をかかえた。「ああもう、すべきことが多すぎる」

「たくさんの古い本から何が見つかるのか、おれには見当もつかないよ」バラクはため息を漏らした。「とりあえず、容疑者は四人だ。ビールナップとリッチ。マーチャマウント。それにレディ・オナーだ。レディ・オナーには、今夜かならず探りを入れろよ」

「もちろんだ」わたしは鋭く言った。

バラクがいつものあざけり笑いをした。「あんたはあの女に惚《ほ》れてる。いろいろあってもまだまだ男盛りってわけだな」

「下品な口をきくな。それに、きみ自身が指摘したように、わたしには高嶺の花だ」わたしはバラクを見た。わが家へ来た最初の晩に女に会うと言っていたが、そのほかにどんな女とかかわってきたのかはわからない。このごろはフランス病の恐怖があるが、それでもたくさんの女がいたのかもしれない。

バラクはベッドに仰向けに寝そべった。

「ビールナップとリッチ、マーチャマウントとレディ・オナー。そのうちのひとり、あるいは何人かが人殺しだ。高貴な人々と言っても所詮《しょせん》そんなものだよ。立派だと信じてたわけじゃないが」

わたしは肩をすくめた。「立身出世をして高貴な位に就こうという考えは、価値あるものだとわたしはずっと思ってきた。しかしおそらく、そうした理想はエラスムスが望んだキリスト教国家と同じように灰燼《かいじん》に帰すだろう。こんな目まぐるしい世の中だ。いったいだれにわかる」

「残るものもある」バラクは言い、微笑んだ。「これの話をしたのを覚えてるか」

「なんの話だ」

バラクは上体を起こしてシャツのボタンをはずした。鎖の先に何か金色のものがついていて、広い胸で輝いていた。十字架ではなく、むしろ小さな円筒に似ている。バラクは鎖を首からはずして差し出した。「ほら」

わたしはその円筒を観察した。表面にはかつて彫刻がなされていたが、時を経て金がなめらかにすり減っている。「親父の家系に代々伝わってきたものだ」バラクが言った。「ユダヤ教となんらかの関係があるらしい。親父はメザと呼んでたよ」肩をすくめる。「幸運のお守りとして身につけてる」

「細工がすばらしい。とても古いもののようだな」

「ユダヤ人が追放されたのは二百年以上前のことだろう？　そのなかのひとりがキリスト教へ改宗したとき、ひそかに持ってて子孫に残したんだろう。昔をしのぶよすがとして」

わたしは手のなかでひっくり返した。とても小さいが、円筒は中空で、片側に切れこみが走っている。

「親父の話では、昔はそのなかに小さな羊皮紙の巻き物を入れて、扉のそばに置いていていたらしい」

わたしはメザをバラクに返した。「それはすごいな」

バラクはもとどおりに首に掛け、シャツのボタンを留めて立ちあがった。「そろそろ行くよ」きっぱりと言った。

「わたしも支度をしなくては。クロムウェルへの報告がうまくいくよう祈る」

バラクが出ていって扉が閉まると、わたしは窓のほうを向き、乾ききったわが庭を見やった。いまでは雲が厚く垂れこめ、まだ遅めの午後にもかかわらず、夕暮れのように薄暗い。わたしは櫃の錠をあけて、いちばん上等の服を探した。テムズ川の果てのどこからか、遠い雷鳴が聞こえた。

21

レディ・オナーの屋敷は、ビショップスゲートにほど近いブルー・ライオン・ストリートにあった。中庭を具えた大きくて古い四階建ての邸宅で、建物の正面がじかに通りに面している。大掛かりな改装がなされてからさほど日が経っていないらしい。この屋敷がガラスの館と呼ばれるわけはひと目でわかった。正面全体に真新しい菱形ガラスの窓が配され、中央のいくつかにヴォーン家の紋章がはいっている。目を凝らすと、武勇の縮図である、剣と楯を持って後ろ脚で立つ獅子が見えた。とはいえ、建物全体から女性らしい趣が感じられる。改装がおこなわれたのは夫の死後ではないだろうか。

玄関の扉はあいていて、仕着せ姿の使用人が外に立っていた。窮屈な一張羅を着てきたものの、こうした上流階級の集まりには不慣れなので、垢抜《あかぬ》けない男に見えるのではと不安になった。ダブレットの襟から絹のシャツの襞襟《ひだえり》を引っ張り出し、刺繍が見えるようにした。

この晩餐会へはチャンセリーに乗ってきた。わが老馬はこのところの激務から快復したようで、速歩《はやあし》で軽やかに駆けた。馬をおりて厩番に手綱を渡すと、別の使用人が辞儀をしてわたしを家のなかへ導いた。豪華に飾り立てた廊下を通って、広い中庭へ出た。ここでもすべての部屋に大きなガラス窓があり、壁にはヴォーン家の紋章のみならず紋章獣の彫刻が施されている。庭の真ん中に噴水があり、ほどよく水が湧いて軽やかな水音を奏《かな》でている。向かい側には、二階を占める大きな宴会場が見えた。開いた窓の向こうでは蠟燭の炎が揺らめいて、中で立ち働く人々に変幻自在の影を投げかけている。銀器のふれ合う音が聞こえた。レディ・オナーがギリシャ火薬の一件にかかわっているとしても、金が必要だからではないのはたしかだ。

使用人は広い階段をのぼり、ある部屋へわたしを案内した。卓の上に湯を満たした鉢が並び、ひと山の手ぬぐいが置いてある。鉢は金でできていた。

「手を洗われますか、お客さま」

「ありがとう」

すでに三人の男が手を洗っていた。絹のダブレットに織物商組合の記章をつけた若者と、聖職者の白い長衣を着た年配者。広い顔に晴れやかな笑みを浮かべてこちらを見あげた三人目の男は、ゲイブリエル・マーチャマウントだった。「やあ、シャードレイク」朗らかに言う。「きみは甘党だといいがね。レディ・オナーの宴はまちがいなく砂糖まみれだ」どうやら今夜は愛想よくすることに決めたらしい。

「あまり得意ではありません。歯が気になりますし」

「きみもまだ自前の歯か」マーチャマウントはかぶりを振った。「上質の砂糖だけを食べて生きていると人に思わせるために、女性がわざと歯を黒くする近ごろの風潮には我慢がならない」

「同感です。美しくありません」

「人々の尊敬を集めうるのなら、虫歯の痛みに耐える甲斐はあるという話を聞いたことがある」マーチャマウントは笑った。「だが、レディ・オナーの階級、真の貴族階級の婦人は、そのような効果を蔑んでいる」手を拭いてこれ見よがしにエメラルドの指輪をはめたのち、肉づきのよい腹を叩いた。「さあ、行こうか」ナプキンの山から一枚とり、肩に掛けた。わたしもそれにならい、食事室へと向かった。

細長い食事室には古い水平跳ね出し梁を具えた天井があった。壁は十字軍の物語を描いた色鮮やかなタペストリーで覆われていて、出発する兵士にローマ司教が祝福を与える場面では教皇冠に丹念な刺繡が施されている。宵闇《よいやみ》のなか、銀の燭台《しょくだい》に立つ大きな獣脂蠟燭に火がともされ、室内を黄色い光で満たしていた。

部屋を占める巨大な卓を見やった。蠟燭の炎が金銀の食器に映ってまたたき、給仕人たちが足早に行き来しつつ、一方の壁際に置かれた広い台に皿やグラスを並べている。わたしはいつものように正餐用のナイフを持参していた。父から譲り受けた銀のナイフだ。このような金持ちばかりの席ではさぞかし粗末に見えることだろう。

とりわけ凝った装飾の施された高さ一フィートの塩入れが、卓の最上席の、背もたれが高く分厚いクッションのついた椅子の向かいに置かれていた。それはつまり、ほぼ全員の客が塩入れより下座につくことを意味し、したがって、最高の身分の客がひとり招かれているということだ。クロムウェルかもしれない、とわたしは思った。十人余りの客が立ち話をしていた。ほとんどが年配の男だが、婦人も少数いて、中には頰を明るくするために紅を塗りたくっている婦人もいる。職服である赤い長衣に身を包んだホリーズ市長のまばゆい姿もあった。聖職者が数名いるが、そのほかはほとんどが織物商組合の制服を着ていた。窓をあけ放っているにもかかわらず、室内はうだるように暑く、だれもが汗ばんでいる。張り輪で大きくひろげたスカートを身につけた女性はことさら不快そうだった。

部屋の片隅に、十六歳くらいの少年が緊張した面持ちで立っていた。髪は黒くて長く、痩せた青白い顔は、その年ごろにときおり見られる発疹《ほっしん》のせいでひどく醜い。「あれはヘンリー・ヴォーンだ」マーチャマウントが小声で言った。「レディ・オナーの甥《おい》だよ。ヴォーン家がかつて有していた爵位と領地の継承者にあたる。レディ・オナーがリンカーンシャーから呼び寄せて、宮中で拝謁を賜ろうとしている」

「不安そうですね」

「ああ、哀れな若者だ。国王の好きなにぎやかで陽気な連中とは大ちがいだよ」マーチャマウントはことばを切り、急に感情をこめて言った。「わたしにも跡継ぎがいたらな」わたしが驚いて顔を見ると、マーチャマウントは悲しげに微笑んだ。「妻が五年前に出産の折に命を落としてね。男の子が生まれるはずだった。わが家系への紋章授与を最初に申請したときは、妻とわたしに跡継ぎができると期待していた」

「それはお気の毒でした」なんとなく、マーチャマウントが家族に先立たれて心に傷を負った人物とは思いも寄らなかった。

わたしがはめている頭蓋骨の形をした形見の指輪を、マーチャマウントが顎で示した。

「きみもだれかを亡くしたのだな」

「ええ。一五三四年の疫病で」そう言いながらも、わたしは後ろめたさを感じていた。ケイトが死の直前に別の男との婚約を宣言していたからだけでなく、この二年間は彼女を思うことがますます少なくなっているからだ。急に苛立ちを覚え、この指輪を身につけるのをやめるべきだと思った。

「先日話し合った、例の不愉快な問題は解決したのか」感傷は消え去り、マーチャマウントの目が鋭くなった。

「前進しつつあります。調べを進めているうちに奇妙な出来事がありました」わたしは図書館から消えた書物のことを話した。

「館長に報告すべきだよ」

「そうするつもりです」

「それらの本がないと、きみの調べは――その――妨げられるのか」

「わずかに遅れるだけです。図書館はほかにもありますし」相手の顔をじっと見守ったが、マーチャマウントは重々しくうなずいただけだった。給仕係が角笛を手にして長い音を奏でた。一同が静まり、レディ・オナーが部屋にはいってきた。目もあやな緑のビロードの、張り輪で大きくふくらました胸高のドレスを着て、真珠の輪がいくつもぶらさがったフランス風の赤い頭飾りをつけている。頬紅を塗っていないのを見て、わたしはうれしく思った。彼女の色艶《いろつや》のよい顔には無用だ。しかし、部屋じゅうの視線を集めたのはレディ・オナーではない。一同の目は、彼女の後ろにつづく男に釘づけだった。この暑さにもかかわらず、毛皮でふちどりをした淡い緋色の長衣と分厚い金の鎖を身につけている。わたしは気が滅入った――またしてもノーフォーク公だ。ノーフォーク公が卓の上座へ歩いていって一同を尊大に見まわすあいだ、わたしはみなと同じく辞儀をしていた。意気消沈しながら考えた。日曜日の食事会でわたしがゴドフリーの隣にいたことを、ノーフォーク公は覚えているだろうか。クロムウェルの最大の敵の注意を引くことだけはなんとしても避けたい。

レディ・オナーが微笑んで手を叩いた。「みなさま、どうぞご着席ください」驚いたことに、わたしの席は上座に近く、隣にいるのは、時代遅れの箱型の頭飾りとスクエアカットのドレスを身につけて胸もとに大きなルビーのブローチを輝かせた、肉づきのよい中年婦人だった。その隣が、ノーフォーク公のすぐ下座にすわるマーチャマウントだ。レディ・オナーは緊張した面持ちの少年をノーフォーク公の隣の椅子へ導いた。ノーフォーク公は探るような目で少年を見つめた。

「閣下」レディ・オナーが言った。「こちらはわたくしの甥、ヘンリー・ヴォーンです。田舎から出てくるとお話しいたしましたわね」

ノーフォーク公は少年の背中を叩き、急に親しげなそぶりを見せた。「ようこそ、ロンドンへ」耳障りな声で言う。「正当な地位に就くために、名門子弟が宮中へ送られるのは喜ばしい。そなたの曾祖父君はわたしの父とともにボズワースで戦った。知っていたか」

少年はますます緊張したふうに見えた。「はい、閣下」

ノーフォーク公は少年を上から下まで見た。「なんだ、痩せっぽちだな。われわれが鍛えてやらねばならん」

「ありがとうございます、閣下」

レディ・オナーはホリーズ市長を少年の隣に案内し、自分はわたしのほぼ真向かいに腰をおろした。その動きを少年の目が不安そうに追った。

「さあ」レディ・オナーが一同に向かって言った。「葡萄酒と最初の砂糖菓子をいただきましょう」手を叩くと、身じろぎもせずに待っていた給仕係がいっせいに動きだした。色つきの模様が精巧に刻まれた繊細なヴェネチアン・グラスにはいった葡萄酒が、客の前に並べられた。わたしがグラスを手にとって愛《め》でていると、ふたたび角笛が鳴り、甘いカスタードソースの大皿にゆったりと身を落ち着けた、白砂糖でできた白鳥が運びこまれた。一同が拍手をし、ノーフォーク公が声をあげて笑った。「テムズ川の白鳥はすべて国王のものだぞ、レディ・オナー！　これをつかまえるのに許可は得たろうな」だれもが追従笑いをし、それぞれに手を伸ばしてすばらしい砂糖菓子にナイフを入れた。レディ・オナーは悠然と構えながらも、部屋のなかで起こる出来事すべてに目を配っていた。わたしはレディ・オナーの女主人としての腕前に感心しながら、話を聞く機会がいつ訪れるだろうかと考えていた。

「あなたも弁護士でいらっしゃるの？　マーチャマウント上級法廷弁護士のように」隣の婦人が尋ねた。

「さようです。マシュー・シャードレイクと申します」

「わたくしはレディ・マーフィン」婦人は威厳たっぷりに答えた。「夫が今年、織物商組合の収入役をつとめておりますの」

「組合会館には仕事で出入りをいたします。マイケル殿にお目にかかったことはありませんが」

「組合の噂では、あなたはほかのお仕事をかかえていらっしゃるとか」婦人は厚化粧の顔のなかで鋭く際立つ小さな青い目で、わたしを咎めるように見た。「ウェントワース家の姪の不名誉な一件で」

「たしかに、わたしが弁護人をつとめております」

婦人はにらみつづけた。「エドウィン卿は息子さんのことで打ちひしがれていてよ。性質《たち》の悪い姪に対して、正義の裁きの遅れが許されたと嘆いているわ。主人もわたくしもエドウィン卿のことはよく存じているの」その話題を締めくくるかのように、婦人は付け加えた。「被告人には弁護を受ける資格があります」わたしはノーフォーク公がマーチャマウントに熱心に話しかけているのに気づいた。ヴォーン家の少年は無視され、途方に暮れて卓に目を落としている。ありがたいことに、ノーフォーク公はわたしに見覚えのあるそぶりは見せていない。

「あるのは首を吊る資格よ！」レディ・マーフィンは引きさがろうとしなかった。「そんなふうに正義が回避されていては、主を持たない不躾な物乞いがロンドンにあふれるのも当然ね！　エドウィンは息子を深く愛していたのよ」激しい口調でつづけた。

「エドウィン卿とお嬢さんたちにとって、つらい出来事なのは存じています」相手がひと晩じゅうこの調子でないことを願いながら、わたしは穏やかに言った。

「お嬢さんはふたりともいい娘さんだけど、息子の代わりになることはできません。エドウィン卿はすべての望みを息子に託していたのよ」

「しかし、お嬢さんたちに聖書を読ませていたのではありませんか」わたしはこの厄介な状況をせいぜい利用したほうがよいと心に決めた。この人は一家をよく知っているから、何か興味深い話をふと漏らすかもしれない。

レディ・マーフィンは肩をすくめた。「エドウィン卿は進んだ考えの持ち主ですからね。宗教を学ばせても娘のためにはならないとわたくしは思います――未来の夫は妻と議論を交わすのを好まないのではなくて？」

「好む者もいるでしょう」

レディ・マーフィンは眉を吊りあげた。「わたくしは字を書くことすらいっさい学ばなかったし、そうした物事をすべて夫にまかせることができてよかったと思っていましてよ。サビーヌとエイヴィスが望んでいるのもそういうことにちがいないわ。とってもお行儀のよいお嬢さんたちですもの。かわいそうなラルフはいたずら好きだったけれど、男の子とはそういうものでしょう」

「おや、そうだったのですか」わたしは尋ねた。

「噂では、ラルフの悪さが原因で母親が早世したそうよ」うっかり言いすぎたことに突然気づき、レディ・マーフィンは鋭い目を向けてきた。「だからと言って、無惨に殺されていいわけではないわ」

「ええ、もちろん。そのとおりです」わたしは真の殺人犯はまだつかまっていないと信じていると言いかけたが、レディ・マーフィンはこちらの答を同意と受け止め、満足そうにうなずいてレディ・オナーを見た。

「あのかたは教養のある女性よ」反感をにおわせる口ぶりで言った。「でも、夫から引き継いだ地位があり、その気になれば自立して生きていくこともできる。わたくしの望む生き方ではないけれど」

ノーフォーク公がマーチャマウントによく通るささやき声で話すのが耳にはいった。「うんと言わないかぎり、甥を取り立ててはやらん」わたしは頭を低くして、マーチャマウントの返事を聞きとろうとしたが、声が小さくて無理だった。「けしからん」ノーフォーク公は苛立たしげに言った。「わたしの命令には従うだろう」

「おそらく従いますまい」こんどはマーチャマウントの答が聞こえた。

「ええい、女がわたしの命にそむくなどということがあってなるものか。こちらの望みがかなわぬかぎり、甥の手助けはいっさいせぬと伝えろ。向こうは薄氷を踏んでいるも同然だ」

ノーフォーク公はグラスから長々とひと飲みしたあと、レディ・オナーをじっと見据えた。ノーフォーク公の顔が赤くなっているのを見て、しばしば酒に酔って粗暴になるとの噂を思い出した。

レディ・オナーがノーフォーク公と目を合わせた。ノーフォーク公は笑みを浮かべてグラスを掲げた。レディ・オナーもお返しにグラスを持ちあげて微笑んだが、わたしにはその笑みが不安げに見えた。使用人がレディ・オナーのかたわらに現れ、何かをささやいた。レディ・オナーはうなずいて、ほっとした様子で立ちあがった。「みなさま、先月到来してから人々を驚かせている、新世界の黄色い食べ物をご存じのかたも多いでしょう」ことばを切ると、何人かの男たちが下卑《げび》た笑い声をあげた。「今夜はマジパンに載せて少々ご用意いたしました。みなさま、新世界の最も甘い果物です」

レディ・オナーが腰をおろし、給仕係が卓に半ダースの銀の皿を並べると、さらに笑い声と拍手が起こった。皿のマジパンの上に、淡い黄色の風変わりな三日月形のものが並んでいる。下卑た笑い声のわけがわかった。それらの大きさとだいたいの形が、大きく勃起《ぼっき》した男根に似ているからだ。

「これなのね、みんなが笑っているのは」レディ・マーフィンが言った。「なんて破廉恥《はれんち》なのかしら」下品なユーモアに接したときに富裕な女性がするように、忍び笑いを漏らして無邪気な娘のように装った。

わたしはその奇妙な果物をひとつ手にとり、かじりついた。硬くて、苦い味がする。そのとき、人々が皮をむいて中の黄白色の実を出しているのに気づいた。わたしもそれにならった。果実はぱさついていて、あまり味がなかった。

「これはなんと呼ばれているんですか」やはりひとつ食べ終えたレディ・マーフィンに、わたしは尋ねた。

「わたくしの知っているかぎり、名前はないわね」レディ・マーフィンはそう言って笑いさざめく卓を見やり、しかたがないとでも言いたげに首を振った。「なんて破廉恥なのかしら」

レディ・オナーがわたしの名前を口にするのが聞こえ、そちらを見ると、彼女が微笑みかけていた。「市長のお話では、旧修道院領が関係する厄介な訴訟で市議会の弁護人をつとめていらっしゃるそうね」

「はい、レディ・オナー。あいにく一回目の裁判では敗れましたが、二回目はかならず勝ちます。全市民のためにそれらの建物を規制する市の権限にかかわる問題ですから」

ホリーズ市長が深刻な顔でうなずいた。「そう願いますよ。疫病をもたらす不潔な体液を寄せつけないために、清潔に関する規制が徹底されねばならないことを、人々は理解していない。それに、いままでは非常に多くの家が粗末な貸し間として貸し出されている」得意な話題に気をよくしたかのように、生き生きと話した。「指物師組合会館のそばの家が、先月倒壊したのはご存じですかな。賃借人が十四人と、通行人が四人死んで——」

「すべて倒れるがいい！」上座から叫び声があがり、全員の視線がノーフォーク公に注がれた。呂律《ろれつ》がまわらず、まぎれもなく泥酔しているのがわかった。マーチャマウントとのやりとりで機嫌を損ねたらしい。「この大いなる汚穢溜めに集まる病んだ民衆の上に、家がどんどん倒れればよい。そうすれば、おのれの居場所へ逃げ帰る者もいくらか出てこよう。われわれの父親の時代に連中が働いていた土地へな」

　リンカーン法曹院の食事会のときと同じく、一同に深い静寂がおりた。ヴォーン家の少年は卓の下にもぐりこみたそうだ。

「でも、修繕が必要な建物が多いのはだれもが認めることですわ」レディ・オナーが言った。さりげない調子を心がけてはいたが、声にぎこちない響きがあった。「先週の説教で、ガードナー主教はこうおっしゃらなかったかしら。国の秩序を保つには、だれもがそれぞれの身分に応じて尽くすべしと」保守派の有力主教の当たり障りのないことばを引用しつつ、だれかが場の緊張を和らげてくれるのを期待して卓を見まわした。今夜は論争を避けたいらしい。

「そのとおりです、レディ・オナー」わたしは助け船を出した。レディ・オナーが感謝の微笑を送ってくる。「われわれはみな、公益のためにつとめるよう心がけるべきです」

　ノーフォーク公は鼻を鳴らした。「そなたのつとめはなんだ。事務仕事だろう。見覚えがあるぞ、弁護士。この前の日曜に、わたしに向かってルター派の意見をまくし立てた愚か者といっしょにいたな」ノーフォーク公の冷酷なまなざしに、正直なところ、わたしは怖じ気づいた。「そなたもルター派か」

　すべての視線がわたしに集まった。肯定の返事をしたら、異端者の嫌疑をかけられることになる。一瞬ことばが詰まり、恐怖のあまり答えられなかった。ひとりの婦人が手で顔をなで、頬紅に跡が残るのが見えた。また雷鳴がとどろいた。近くなっている。

「いえ、閣下」わたしは言った。「エラスムスの信奉者というだけです」

「あのオランダの男色家か。若いころ別の修道士に淫欲を催したと聞いたが、相手の名前がなんだったか知っているか、んん？」ノーフォーク公は薄笑いを浮かべて一同を見まわした。「ロゲルス。尻性交《ロゲル・アス》だよ」突然の大きな笑い声が呪縛を解いた。卓のいたるところで男たちがノーフォーク公とともに笑いだした。ノーフォーク公が若きヘンリー・ヴォーンのほうを向いて軍人時代の話をはじめると、わたしは心臓を高鳴らせつつ椅子の背に深々ともたれた。

レディ・オナーが手を叩いた。「音楽を」リュートの演奏者ふたりと、派手な衣装を身につけた若い男が現れた。男は、聞こえはするが話の邪魔にならない大きさの声で流行の曲を歌いはじめた。わたしは卓の様子をうかがった。会話は散漫になり、暑さやら酒やら甘い食べ物やらのせいで、客の多くはうんざりと疲れているように見える。さらに砂糖菓子が供され、中にはマジパンでできたガラスの館そのものに苺を添えたものもあったが、客はほんの少し手をつけただけだった。

若い男は声を震わせて「おお、やさしいロビン」と哀歌の一節を歌い、客は話をやめて耳を傾けた。その歌は一同を覆ったらしい陰鬱な気分にそぐうものだった。ノーフォーク公ただひとりが、またマーチャマウントに話しかけている。レディ・オナーがわたしの目を見て身を乗り出した。

「先ほどは助けてくださってありがとう。おかしなことになって申しわけないわ」

「会話が紛糾するかもしれないと聞いていましたから」こちらも身を乗り出した。「レディ・オナー、お話ししたいことが――」

急に警戒の表情が浮かぶ。「中庭で」レディ・オナーが小声で言った。「のちほどね」

外から鋭い雷鳴がとどろき、だれもがはっとした。涼しい風が部屋を吹き抜ける。人々は安堵のつぶやきを漏らし、だれかが「ようやく雨が降るんだろうか」と言った。

そのことばを合図として、レディ・オナーがほっとした様子で立ちあがった。「少し早いのですが、みなさん、すぐにお発《た》ちになって、雨が降りだす前に帰路につかれたほうがいいでしょう」

一同は席を立ち、椅子に張りついていた長衣やスカートの後ろを払った。みなが礼をする前で、ノーフォーク公がわずかによろめきながら立ちあがった。接待主にそっけなく会釈をすると、おぼつかない足どりで部屋を出ていった。

ほかの客がレディ・オナーに別れを告げるあいだ、わたしは居残っていた。マーチャマウントがレディ・オナーに上体を寄せて、熱心に話しかけるのが見えた。リンカーン法曹院のときと同じく、レディ・オナーの返答に満足がいかなかったらしく、その場を離れたマーチャマウントは眉間にかすかな皺を寄せていた。わたしのそばを通るとき、足を止めて眉を吊りあげた。

「気をつけたまえ、シャードレイク」マーチャマウントは言った。「わたしが仲裁してもよかったのだが、きみはノーフォーク公の不興を買おうとしているようだ。時勢が変われば、なんらかの影響があるかもしれん」冷たくうなずくと、部屋をあとにした。

なんらかの影響か。もしノーフォーク公がクロムウェルに取って代われば、教皇派を除く全員に容赦ない影響が生じるはずだ。そして、もしわたしがギリシャ火薬を見つけられなかったら、国王は激怒するにちがいない。だれであれ、この一件の黒幕が望んでいるのはそういうこと——教皇派の勝利——なのか。あるいは、単なる金儲けなのか。

わたしは階下へおり、中庭に出て扉のそばに立った。また雷が鳴った。ますます迫っている。宵の風が雷鳴とともに歌っているかのようだ。こうして外へ出た者はだれもいなかった。おそらく厩へまっすぐ向かったのだろう。ノーフォーク公がレディ・オナーからどうしても得たいものはなんだろうかと考えた。マーチャマウントはそれが何かを知っている。

何かが肘にふれた。わたしはぎくりとして振り向いた。レディ・オナーがかたわらに立っている。目鼻立ちのくっきりと整った顔がほんのり紅潮していたが、今宵の出来事のあとではそれも当然のことだった。

「ごめんなさい、シャードレイクさま、驚かせてしまって」

わたしは会釈をした。「そんなことはありません、レディ・オナー」

レディ・オナーは重苦しいため息をついた。「きょうは最悪だったわ。あれほど不機嫌な公爵を見たのははじめてよ、あなたには申しわけないことをしました」かぶりを振る。「わたくしの責任です」

「え？　どうしてですか」

「お酒の進み具合を使用人に見張らせるべきでした」レディ・オナーはそう言って大きく息をつき、わたしをまっすぐに見た。「ところで、わたくしに質問がおありなのでしょう。グリストウッド兄弟のことでしたわね。マーチャマウント上級法廷弁護士から聞きました」穏やかにそう付け加えた。

「ご友人なのですか、上級法廷弁護士は」

「友人よ、ええ」レディ・オナーはすばやく答えた。「あいにく、わたくしからお話しできることはほとんどありません。マーチャマウント上級法廷弁護士と同じく、わたくしはただの仲介者でした。上級法廷弁護士に頼まれて、包みをクロムウェル伯爵にお渡しし、中身は伯爵にとって大変興味深いものにちがいないということづてを伝えました。わたくしが催した晩餐会のあとのことです、ちょうどいまのような」レディ・オナーは苦笑した。「それだけです。その先のやりとりはリンカーン法曹院を通じておこなわれました。わたくしはグリストウッドと面識すらありません」

レディ・オナーの答はあまりにも出来すぎの気がした。それに、こうしてすぐそばに立っているうちに、あることに気づいて衝撃を受けた。レディ・オナーのまとっている香りは、ギリシャ火薬の書類にしみついていた麝香のようなにおいと同じだ。

「その包みが何かはご存じでしたか」わたしは尋ねた。

「ギリシャ火薬の古い秘密に関する書類。マーチャマウント上級法廷弁護士がそう話してくれました。ほんとうは話すべきではなかったのでしょうけど、あの人はわたくしを感心させたがるから」レディ・オナーは気恥ずかしそうに笑った。

「書類を預かっていたのはどのくらいの期間でしたか」

「数日です」

「中身をご覧になりましたか」

レディ・オナーは口を閉じ、胸をふくらませて大きく息を吸いこんだ。

「ご覧になったのは知っていますよ」わたしはやさしく言った。彼女の嘘を聞きたくなかった。

レディ・オナーは驚いた顔をした。「なぜ？」

「あなたが身につけているそのかぐわしい香りが書類に残っていました。かすかな残り香でしたから――いまのいままでわかりませんでしたが」

唇を噛む。「わたくしは穿鑿好きな女の性分をじゅうぶんに持ち合わせているのね、シャードレイクさま。ええ、書類を読みました。そのあとで包みを手放しました」

「内容は理解できましたか」

「ええ、錬金術の本のほかはすべて。手をつけなければよかったと思うくらいには」わたしの目をまっすぐに見る。「いけないことでした。それは承知しています。ですが、申しあげたように、わたくしは知りたがり屋な性分なのです」かぶりを振る。「でも、知らないほうがよいことがあるというのも承知しています」

「つまりあなたは、あの書類を預かって開封した唯一の人物というわけですね。マーチャマウントが見ていなければの話ですが」

「ゲイブリエルは用心深いから、それはありえないわ」

けれども、マーチャマウントは書類がギリシャ火薬に関するものだと知っていた。そのことをノーフォーク公に話したのだろうか。この一件にノーフォーク公はレディ・オナーに、もっとくわしく話すよう迫っているのだろうか。ノーフォーク公その人がかかわっているかもしれないと思うと、胃が締めつけられる思いがした。だからノーフォーク公はわたしを覚えていたのだろうか。

「書類にはほんとうにギリシャ火薬の秘密が書かれていると思いましたか」

レディ・オナーはためらってから、わたしの目を見た。「おそらくそうだろうとわたくしには思えました。兵士の回想録は実に明快でした。それに、書類はとても古いもので、偽物ではなかった」

「破りとられた個所がひとつありました」

「見たわ。わたくしが破ったのではありません」はじめてレディ・オナーの目に恐怖の色が浮かんだ。

「わかっています。それが製法書です。グリストウッド兄弟が隠したんです」

川のどこかで稲妻が光った。またしても雷鳴がとどろき、ふたりともぎくりとした。不安のあまり、レディ・オナーは口をきつく引き結んでいる。真剣な顔でわたしを見た。「シャードレイクさま、わたくしが書類を読んだとクロムウェル伯爵に報告なさるの？」そう言って唾を呑んだ。

「そうせざるをえません。残念ながら」

また唾を呑んだ。「寛大な措置をお願いしてくださる?」

「ほんとうにだれにも話していなければ、なんのお咎めもありません」

「話していません。誓います」

「では、あなたは書類を読んだことを率直に認めたと伯爵に伝えましょう」とはいえ、香りに気づいたことをわたしが言わなかったら、そうしていたかははなはだ疑問だ。

レディ・オナーは安堵の吐息をついた。「申しわけないことをしたと伝えてちょうだい。実を言うと、いつか見つかるのではないかと不安だったの」

「グリストウッド兄弟が死んだとマーチャマウント上級法廷弁護士から聞いたときは、恐ろしい思いをなさったでしょう」

「ええ、殺されたと聞いて大変驚きました。ほんとうに愚かでした」急に熱っぽい口調になった。

「そういうことでしたら」わたしは言った。「大目に見てもらえるでしょう」クロムウェルが同意してくれるのを願った。

レディ・オナーはわたしをまじまじと見た。「大変なお仕事ね。殺人事件の調べを二件もかかえているなんて」

「まさかとお思いでしょうが、わたしの専門は財産法です」

「あの〝おしゃべり〟レディ・マーフィンから、ウェントワース一家について何か参考になる話は聞けて？　ふたりで話していらっしゃったとき」

実に目配りが行き届いている。「たいして聞けませんでした。すべてはエリザベスの口を開かせられるかどうかに懸かっています。このところ、そちらの事件を疎《おろそ》かにしていますが」

「心配なのね」レディ・オナーは早々と平静を取りもどし、軽い口調にもどった。

「依頼人ですから」

レディ・オナーはうなずいた。頭飾りの真珠が窓の明かりを受けてきらめく。「あなたはきっと、血なまぐさい殺人事件を扱うには心根がやさしすぎるかたなのよ」かすかに笑みを浮かべる。

「先週申しあげたとおり、わたしは単なる雇われ弁護士です」

レディ・オナーは微笑んで首を横に振った。「いいえ、あなたはそれ以上のかたよ。はじめてお会いしたときにそう思ったわ」首をかしげてから、こう言った。「あなたの存在には悲しみが満ちているように感じたの」

わたしは驚いてレディ・オナーを見つめた。突然、涙が目の端ににじみ、まばたきをして抑えた。

レディ・オナーはまたかぶりを振った。「ごめんなさい。言いすぎました。もしわたくしが庶民だったら、厚かましいと言われるところね」

「あなたはむろん人並みはずれたおかたです、レディ・オナー」

レディ・オナーは中庭を見やった。稲光が彼女の悲しげな表情を照らし出し、つづいて雷鳴が届いた。「もう三年になるけれど、いまでも主人がいなくてさびしく思うわ。お金が目当てで結婚したと人は噂するけれど、わたくしは主人を愛していました。それに、わたくしたち夫婦は友人同士でもあった」

「それはすばらしいことです」

レディ・オナーは首をかしげて微笑んだ。「そして、ふたりでいっしょに過ごした時間の思い出と、いまの地位を残してくれました。働かなくても暮らせる資産があることは、大いに感謝をしなくてはなりません」

「あなたはその地位にふさわしいかたです」

「男の人すべてが同意するわけではないわ」レディ・オナーは少し離れて噴水のそばに立ち、薄闇のなかでわたしと向かい合った。

「マーチャマウント上級法廷弁護士はあなたを崇拝しています」わたしは思いきって言った。

「ええ、そうです」レディ・オナーは微笑んだ。「ご存じのとおり、わたくしはヴォーン家に生まれました。若いころは、立ち居ふるまいを学んだり、刺繍をしたり、会話をするためのほどよい読書をしたりして過ごしました。良家の子女の教育というのはとてもつまらないものです。ほとんどの子はなんの不満もなさそうだったけれど、わたくしはあまりに退屈で叫びたかった」笑みを漂わせる。「ほら、厚かましいと思うでしょう。でも、男のかたの問題に首を突っこまずにはいられなかったの」

「いえ、とんでもない。わたしも同感です」ウェントワース家の姉妹が思い出された。「型どおりにしつけられた令嬢は、つまらなく思います」そう口にしてすぐ、言わなければよかったと悔やんだ。軽薄なことばと受け止められかねない。レディ・オナーに心を惹かれているものの、それを気どられたくなかった。なんと言っても、彼女はまだ容疑者のひとりだ。

「レディ・オナー、わたしはクロムウェル伯爵から任務を託されています。もし――もし何者かが例の書類に関する話を聞き出すべく、あなたに圧力をかけているのであれば、伯爵が庇護《ひご》をお与えになります」

レディ・オナーはわたしの目を直視した。「近々庇護を与えることができなくなるという噂もあるわ。国王の結婚問題を解決できなければ」

「噂にすぎません。いま伯爵がお与えになる庇護は本物です」

レディ・オナーはためらったのちに微笑んだが、その笑みは硬かった。「お気づかいには感謝しますが、わたくしは庇護を必要としてはおりません」しばし顔をそむけてから、またあたたかい笑みを浮かべてわたしに向きなおった。「なぜ結婚なさらないの、シャードレイクさま。ありきたりの女性はみな退屈だから？」

「そうかもしれません。もっとも――わたしは魅力のある結婚相手ではありませんが」

「見る目のない相手にとってはそうかもしれません。でも、知性や繊細さを尊《とうと》ぶ女性もいます。だからこそ、わたくしはすばらしいお客さまを卓へ招こうとつとめているのよ」レディ・オナーはわたしをじっと見つめた。

「ときには意見の衝突で険悪な雰囲気になっても」わたしは言い、会話を冗談にした。「それはわたくしが支払う代償よ。おいしい食事の席で分別ある議論をすることで仲直りができたらと期待して、考えの異なる人々を集めるのだから」

わたしは眉をあげた。「その議論をご覧になって楽しんでいらっしゃるんでしょう?」

レディ・オナーは笑い、指を立てた。「見抜かれたわね。でも、たいていはなんの害もないの。ノーフォーク公もお酒を召していないときはよいお客さまよ」

「甥御さんにご一族再興の望みを託していらっしゃるんですか。国王の側近の地位を取りもどしてもらいたいと。ノーフォーク公ならそれができましょう――ギリシャ火薬に関する情報と引き換えにね。ノーフォーク公が最初はあの少年を歓待し、あとで無視したのは、そういうわけなのですか」

レディ・オナーは首をかしげた。「一族には失ったものを取りもどしてもらいたいと思っています。でも、ヘンリーはそれを果たす人物ではないでしょう。あまり聡明ではないし、活発でもない。国王のおそばに仕えられるとは思えません」

「国王の態度はノーフォーク公よりも荒っぽいことがあるという噂ですね」

レディ・オナーは眉を吊りあげた。「ことばに気をつけたほうがいいわ」周囲をすばやく見まわす。「でも、あなたのおっしゃるとおりよ。かつて、ノーフォーク公の夫人が目の前で愛人を見せびらかされることに不満を唱えたとき、ノーフォーク公は召使いたちに、夫人が口を閉ざすまで体の上にすわっているよう命じたという話はお聞きになったことがあって？　鼻から血が噴き出るまで床に寝かせていたそうよ」不快そうに唇がゆがんだ。

「ええ。いまわたしには、きわめて低い身分の出の仕事仲間がいますが、その男とノーフォーク公の態度はそっくりです」

レディ・オナーは笑った。「つまりあなたは、最高の身分と最低の身分の無作法者にはさまれた、棘のあいだの薔薇一輪だということ？」

「哀れな紳士にすぎません」

ふたりとも声をあげて笑った。やがてその声は、頭上でとどろいたすさまじい雷鳴に掻き消された。天が裂けて土砂降りの雨が降り注ぎ、あっという間にわたしたちをずぶ濡れにした。レディ・オナーは空を見あげた。

「まあ、ようやくね！」

わたしは雨が目にはいらぬようまばたきをした。このところの焼けつくような暑さのあとでは、冷たい水が実に心地よく感じられる。安堵のあまり、声が漏れた。

「もうもどらなくては」レディ・オナーが言った。「でも、わたくしたち、もっとお話しすべきだわ。またお会いしましょう。ただし、ギリシャ火薬についてお話しできることはもうないけれど」そしてこちらへ歩み寄り、頬にすばやく接吻《せっぷん》をした。冷たい雨水に打たれながら、わたしは急にあたたかみを感じた。レディ・オナーは振り返ることなく、階段へつづく戸口へ駆け入り、扉を閉めた。雨が激しく降りつけるなか、わたしは頬に手をふれたまま、呆然とその場に立ちつくした。

22

沛然《はいぜん》たる豪雨を浴びながら、帽子にあたる雨粒を無数の小石のごとく跳ね返らせてガラスの館をあとにした。しかし、嵐はすぐにやんだ。チープサイドにたどり着いたころには、最後の消えゆく雷鳴がとどろいていた。下水路はごみから泥になった通りの廃物を半時間で呑みこみ、濁流と化していた。夏の長い夕暮れの名残《なごり》が消えつつあるなか、晩鐘を告げるボウの鐘が背後で大きく鳴り響き、わたしは一驚を喫した。ラドゲートが閉まるので、通してもらうよう頼まなくてはならない。チャンセリーは頭をさげてとぼとぼと歩を進めている。「さあ、老いぼれ馬、もうすぐ家だぞ」そう言って、濡れた白い脇腹を軽く叩くと、チャンセリーはかすかに低くいななないた。

レディ・オナーとの思いがけない会話が、瓶のなかのネズミのように頭のなかを駆けめぐっていた。彼女からの接吻は、慎み深いものとはいえ、貴婦人にしては大胆なふるまいだ。けれども、向こうの態度が親しげになったのは、例の書類を読んだとこちらが認めさせてからだ。わたしは力なく首を振った。彼女に惹かれているのはたしかだし、今夜のことがあってからはますますその思いが強くなったが、用心しなくてはならない。いまは女性への恋慕の情に現《うつつ》を抜かしているときではない。あすは六月二日で、残るはわずか八日だ。

ラドゲートのあたりで騒ぎが起こっていた。債務者監獄がはいっている古い門楼の一方の側で、たいまつを持った男たちが行きつもどりつしている。囚人が脱獄したのかと思ったが、近づくと、足場の組んである外壁の一部が崩れているのが見えた。門番と通行人が見守るかたわら、道に山積みになった板石を調べている警吏の前で、わたしはチャンセリーの歩みを止めた。

「何があったんですか」

警吏は顔をあげ、わたしが紳士だと見てとると帽子を持ちあげた。「壁の一部が壊れたんですよ。古い漆喰が崩れかけていたところをきょう職人が取り除いたんですが、さっきの雨で残りの部分に水がしみて、壁の一部が崩れたんです。厚さは十フィートあります。そのぐらいにしないと囚人がネズミのように這い出てくるんでね」目を細くしてわたしを見あげる。「失礼ですが、古いことばを読めますか。これらの石に何やら書いてあるんです。異教の象徴のようなものが」その声には恐怖がにじんでいた。

「ラテン語とギリシャ語ならわかります」わたしは馬をおり、濡れた丸石敷きの道を薄いパントフル靴（足の先だけを覆うコルク底の木靴）で歩いた。一ダースの古い板石が道に置かれている。そのひとつの内側へ、警吏が明かりを近づけた。そこには、曲線や半円を用いた奇妙な手書き文字で、なんらかの碑文が刻まれていた。

「それはなんだと思いますか」警吏が尋ねた。

「神官がいた時代のものだよ」だれかが言った。「異教の呪文だ。粉々に砕いちまったほうがいい」

わたしは文字のひとつを指でなぞった。「何かはわかりますよ。これはヘブライ語です。むろんこの石は、三百年近く前のユダヤ人追放のあと、シナゴーグから持ってこられたものにちがいない。いつかの修繕に使われたんでしょう――門楼はノルマン時代のものですから」

警吏は十字を切った。「ユダヤ人？　われらが主を殺害した？」銘文を心配そうに見やる。「やはり粉々に砕いたほうがよさそうだ」

「いけません」わたしは言った。「古物研究の対象として興味深いものです。市参事会に報告すべきです――市議会に知らせなくては。このところ、ヘブライ語の研究には新たな関心が持たれていますから」

警吏は疑わしげな顔をした。

「そのとおりにすれば、あなたに褒美があるかもしれませんよ」

警吏の表情が晴れやかになった。「そうします。ありがとうございます」

わたしは古の銘文に最後の一瞥をくれてから、不快な靴音を立てて泥の上を歩き、チャンセリーのもとへ引き返した。門番に門をあけさせ、フリート橋を渡った。下から轟々《ごうごう》たる水流が聞こえ、その音がかつてこのロンドン市内に住んでいたあらゆる世代の人々を思い起こさせた。それぞれの人生を急ぎ足で駆け抜けた、偉大な建築物や王朝子孫を残した人々や、ただ流れ去って世に忘れられた人々を。

自宅に着くと、バラクはまだもどっておらず、ジョーンは床に就いていた。馬を厩へ連れていくのにサイモンを起こさざるをえなかった。眠そうな目をして夜の闇へよろめき去るサイモンの姿を見送りながら、少し後ろめたい気分になった。一杯のビールと蠟燭を持って自室へあがった。開いた窓の外へ目をやると、空は晴れ渡り、満天の星が見えた。もうすでに熱気がもどりつつある。雨水が降りこんで床が濡れ、窓のそばの卓に置いた聖書も湿っていた。聖書の水をぬぐいながら、もう長いあいだ開いていないことを思い出した。ほんの十年前なら、英語の聖書というものが許されただけで喜びに包まれていたにちがいない。わたしはため息をつき、裁判所から持ち帰ったビールナップの裁判の資料へ目を転じた。市議会に対して大法官裁判所への申請を勧める文書を準備しなくてはならない。

夜も更けたころ、バラクが帰宅する音が聞こえた。部屋へ行くと、シャツ姿のバラクが窓の外へダブレットを干しているところだった。

「降られたようだな」

「ああ、あちこち移動して忙しくしてたら、宣誓保証人のたまり場の居酒屋へ向かう途中で大嵐に遭ってね」バラクが真剣な目でわたしを見た。「伯爵に会ってきた。ご機嫌麗しくはない。進展をお望みだ。つぎつぎに現れる避難者ではなく」

わたしはベッドに腰をおろした。「来る日も来る日もロンドンじゅうを駆けずりまわっていると伝えてくれたのか」

「あすは国王に会いにハンプトン・コート宮殿へ行かなくてはいけないが、あさってはおれたちに会いたい、それまでになんらかの進展がほしいとのことだ」

「怒っていたか」

バラクは首を横に振った。「心配してたよ。この件にリッチがからんでるという考えは気に入らないようだ。グレイとも話をした。例によって、非難がましい目でおれを見やがったが、伯爵は心配性だからと言ってたよ」わたしはまた、バラクの虚勢の裏側にある不安を見てとった。主に対する――そして主が失脚した場合のおのれに対する不安を。「晩餐会では何があった」バラクは訊いた。

「ノーフォーク公が来ていた。不機嫌で、酔っぱらっていたよ」わたしは一部始終を話して聞かせた。バラクの不安げな表情を見て虚心に話す気分になり、レディ・オナーの接吻のことまで打ち明けた。よかれあしかれ、バラクとは今回の件にともに取り組む仲だ。からかい混じりのことばを半ば予期したが、バラクは思案顔になっただけだった。

「書類を読んだことがばれたから、あんたの機嫌をとろうとしたと思うのか」

「おそらくな。まだあるんだ」わたしは漏れ聞いたやりとりについて話した。「ノーフォーク公はレディ・オナーに何かを望んでいる。それが何かはマーチャマウントも知っている」

「ちくしょう！　ノーフォーク公まで知ってるかもしれないのか。だとしたら、リッチよりも始末が悪い。伯爵に知らせなくてはな。ノーフォーク公は例の書類の内容をレディ・オナーから聞き出そうとしてると、あんたは思うんだな？」

「おそらくな。あの書類にはたいしたことは書かれていないが、向こうはそれを知らない。でも、もしノーフォーク公がレディ・オナーに圧力をかけているのなら、彼女はなぜわたしに言わなかったのだろう」わたしはバラクをじっと見た。「レディ・オナーはクロムウェルが友に庇護を与えうるのもそう長くないと考えているようだ」

　バラクは肩をすくめた。「噂にすぎない」

「レディ・オナーとはあすもう一度会うつもりだ。書類を持っていき、内容をいっしょに検討したいと言って、さらに問いつめる口実にしようと思う」

　バラクは苦笑して首を左右に振った。「金持ち女の香りに魅せられたな」

「ああ。あの書類のにおいには覚えがあったからな」

　バラクは髪を掻きあげた。「ひょっとしたら、全員がぐるなのかもな。ビールナップ、レディ・オナー、マーチャマウント、リッチ、ノーフォーク公。さぞかし立派なパイが焼けるだろう」

「いや。それではつじつまが合わない。だれであれ、グリストウッド兄弟とレイトンを殺した者は――レイトンも死んだにちがいないから、あえてそう言うが――ギリシャ火薬について何もかも知っている。製法書を入手したうえで、人々の口を封じようとしている。この考えが正しければ、ノーフォーク公はレディ・オナーの口を割らせようとしているはずだ。それはつまり、ノーフォーク公がギリシャ火薬について知らないということだ。いまはまだ」

「伯爵は最初からロンドン塔でビールナップとマーチャマウントとレディ・オナーに拷問台を見せるべきだった」

ロンドン塔にいるレディ・オナーの姿を目に浮かべて、わたしは顔をしかめた。バラクがそれを見て苛立たしげに言った。「こんどの件じゃ好意はなんの役にも立たないぞ」

「その三人がロンドン塔に送られたら、看守や拷問者の口から、ギリシャ火薬が見つかってふたたび行方不明になったという噂がひろがるのにどのくらいかかるだろうな」

バラクが鼻を鳴らした。「だからこそ、伯爵はその手を使わない。もし伯爵が失脚したら、おおぜいがロンドン塔送りになるだろうがな。教皇派が返り咲けば、あんたもおれもそうなるさ」肩をすくめる。「とりあえずおれのほうは別の件で進展があったぜ。あばた面の野郎の正体を突き止めた」

わたしははっとした。「何者だ」

「名前はバーナード・トーキー。デットフォードの出身で、もとは見習い修道士だった」

「修道士だと？」

「ああ、教養ある人物として通ってる。だが、なんらかの理由で聖職を剝奪《はくだつ》されて、青年時代の残りは兵士としてトルコ軍を相手にして過ごし、人殺しの味を覚えたらしい。もうひとりの大男はライトといって、トーキーの昔なじみだ。ふたりでいろんな汚れ仕事を手がけてきたが、一度もつかまったことはない。トーキーは数年前にひどい疱瘡に罹《かか》り、そのせいであのあばた面になったが、習癖は変わらなかった」

「汚れ仕事というのはだれのためだ」

「金を払うならだれでもだ。ほとんどは、晴らすべき恨みがあるが、自分のきれいなお手々を汚したくない裕福な商人だろう。トーキーは数年前に、ロンドンにいられなくなって国内のどこかへ逃げた。しかし、舞いもどった。その後、姿は目撃されるが、昔の友人を避けてるらしい。とにかく、探すように何人かに頼んできたよ」

「向こうが先にこちらを探しあてないように祈ろう」

「それから、宣誓保証人がよく出入りする居酒屋を見つけた」

「忙しかったな」

「ああ。そこの主人に、ビールナップに関するネタにはたんまり礼をはずむと言っておいた。そのうち連絡が来るだろう。それと、船乗りが出入りする居酒屋へも行った。ポーランドから来た船荷について話が聞けたら金を払うと持ちかけたよ。そこの主人は自分の店でミラーという男が例の液体を売ろうとしてたのを覚えてたな。そいつはいま海に出てて、ニューカッスルから石炭を運んでるが、あさってにはもどるという。そのあとでおれたちが店へ行けば、主人がそいつに紹介してくれるそうだ」

「すばらしい。そして、そこからグリストウッドの家まで手がかりをたどれば……よくやってくれたな。ご苦労だった」

バラクはまた真顔でわたしを見た。「すべきことはまだまだある。まだまだな」

わたしはうなずいた。「晩餐会で隣にすわった織物商の夫人が、ラルフ・ウェントワースについて妙なことを漏らしていた。ラルフが母親を早死にさせたと言ったんだ。いったいどういう意味だろう」

「それ以上くわしくは言わなかったのか」

「ああ、そのあとだまりこんでしまった」

突然玄関を叩く音がして、ふたりとも驚いた。バラクが剣に手を伸ばし、ふたりで階段を駆けおりた。ベッドから起き出したジョーンがすでに玄関扉の前にいて、驚いた顔をしていた。わたしはさがるよう身ぶりで示した。「だれだ」と尋ねる。

「お手紙です」子供っぽい声が答えた。「シャードレイク殿宛の至急のお手紙です」

わたしは扉をあけた。少年が封書を持って立っていた。わたしは一ペニーを渡してそれを受けとった。

「グレイからか」バラクが訊いた。

わたしは表書きに目を通した。「ちがう。これはジョーゼフの字だ」封を破って手紙をひろげた。文面は短く、あすの朝いちばんにニューゲート監獄で会いたいと記されていた。そこでは恐ろしい事態が起こっていた。

23

翌朝も早くに出発した。ゆうべの嵐は天候が変わる先ぶれかもしれないという望みはすっかり消えた。暑さはいっそうきびしく、空には雲ひとつない。水たまりはすでに乾きつつあり、路地から押し流されたごみの山から、悪臭を放つ水蒸気が立ちのぼっていた。

けさの予定についてはバラクと衝突するかもしれないと思っていた。ニューゲートへ行ってから、市庁舎でビールナップの案件の上訴を勧める意見書を提出し、ついでにそこの図書館で、リンカーン法曹院から持ち出されたのと同じ本を探すつもりでいた。つまり、ギリシャ火薬とは関係のない用事に何時間か費やすことになる。ところが、バラクは異議を唱えず、自分はもう一度居酒屋へ行って宣誓保証人やトーキーに関する新たな知らせがないかを確認すると言い、驚いたことに、まずわたしとともにニューゲートへ行ってエリザベスに会うと申し出た。わたしはバラクに、午後はレディ・オナーの屋敷を訪ねて尋問すると約束した。

ニューゲートに着き、近くの居酒屋に馬を預けた。物乞い窓の手にはかまわず、監獄の玄関扉を叩いた。

例の太った看守が扉をあけた。「またあんたか」看守は言った。「きょうはあんたの依頼人にさんざん面倒をかけられたぜ」

「ジョーゼフ・ウェントワースは来ているだろうか。ここで会いたいと言われたんだが」

「ああ」看守は戸口に立ちはだかり、わたしたちを阻止した。「あいつはおれに六ペンスの借りがあるが、払おうとしねえ」

「こんどはなんの金だ」

「娘がきのう正気を失ったときに髪を剃った代金だよ。叫んで、吠えて、土牢じゅうを暴れまわったあとにな。鎖で縛りつけてから、血がのぼった頭を冷やすために理髪師を呼んで髪を剃らせた。いかれた連中にはそうするもんだろ?」

わたしは無言で六ペンスを手渡した。看守はうなずいて脇へのき、暗い玄関広間へわたしたちを通した。熱気がニューゲートの厚い石壁をも貫き、中の空気はむっとして臭気が漂っている。どこかで水がしたたり落ちている。バラクが鼻に皺を寄せてつぶやいた。「悪魔の便所並みにひどいにおいだな」わたしたちは長椅子にいるジョーゼフのもとへ向かった。ジョーゼフは打ちひしがれた様子で、わたしを見ても表情は晴れなかった。

「何があったんですか」わたしは尋ねた。「看守はエリザベスが正気を失ったと言っていましたが」

「来てくださってありがとうございます。どうしていいかわからなくて。エリザベスは裁判以来ずっと変わりがなく、ひとことも話そうとしません。そしてきのう、例の馬泥棒の老女が連れ出されました」ジョーゼフはエリザベスからもらったハンカチを取り出して額をぬぐった。「その老女がいなくなったとたん、エリザベスはおかしくなったという話です。叫び声をあげ、壁に体をぶつけはじめて。なぜかはわかりません。あの老女にやさしくされたことなどありませんでしたから。拘束するしかなく、鎖で縛られました」苦悶《くもん》に満ちた顔でわたしを見あげた。「看守たちはエリザベスの髪を、あんなにきれいだった黒い巻き毛をすべて切ってしまい、理髪師の費用をわたしに払わせようとしました。ぜったいに払うものですか——そんなむごいことを頼んだ覚えはない」

　わたしは隣に腰をおろした。「ジョーゼフさん、要求どおりに支払うべきなのはおわかりでしょう。払わないと、向こうはエリザベスをますます手ひどく扱うだけです」ジョーゼフはうなだれ、不承不承うなずいた。看守たちと金のことで言い争うのが、哀れなジョーゼフにとってはなけなしの尊厳を保つ唯一の術なのだろう。

「エリザベスの様子は？」

「いまはおとなしくなりました。でも、切り傷や痣をこしらえて——」

「会いにいきましょう」

　ジョーゼフは不審そうな顔でバラクを見た。「仕事仲間ですよ」わたしは言った。フォーバイザーの審理のあと、わたしとバラクが馬で去ったところをジョーゼフは見ている。「いっしょに行ってもかまいませんか」

　ジョーゼフは肩をすくめた。「ええ。力を貸してくださるならどなたでも」

「では行きましょうか」わたしは感じてもいない快活さを装って言った。「エリザベスに会うとしよう」面会に訪れたのはほんの数日ぶりなのに、もっと時が経っているかに思えた。

　今回も例の太った牢番の先導で、鎖につながれた男たちが横たわる監房の前を通り過ぎ、地下の土牢へ向かった。「けさはおとなしくしてる」牢番が言った。「だが、きのうは大暴れだった。理髪師が来たときは悪魔みてえにもがいて――頭をざっくり切られねえで運がよかったよ。理髪師が剃刀《かみそり》を使うあいだ、じっと押さえつけてなきゃならなかったんだぜ」

　牢番が扉をあけ、わたしたちは以前にも増して強烈な悪臭のなかへ足を踏み入れた。エリザベスをひと目見て、人とは思えぬその姿にわたしは口をあんぐりとあけた。エリザベスは藁のなかにうずくまるように横たわっていた。顔はかすり傷と筋状の血で覆われ、髪は剃り落とされ、青白い頭が血と汚れにまみれた顔とおぞましい対照を成している。わたしはエリザベスのもとへ歩み寄った。

「エリザベス」わたしは穏やかに言った。「いったいどうしたんだ」唇が裂けているのが見てとれた。きのう拘束されたとき、だれかに殴られたのだろう。エリザベスは鮮やかな深緑の目でわたしを見つめ返した。きょうのほうが目に生気がある。怒りを帯びた生気だ。エリザベスの視線が揺らぎ、わたしからバラクへ動いた。

「この人はバラクといい、仕事の仲間だ」わたしは言った。「牢番たちに殴られたのかい」

わたしが手を伸ばすと、エリザベスは体を引いた。金属の鳴る音がし、手首と足首に頑丈な枷がはめられて長い鎖で壁につながれているのがわかった。

「老女が連れ出されたせいなのか」わたしは尋ねた。「それで腹が立ったのか」

エリザベスは返事をせず、例の恐ろしい目つきでわたしを見据えるばかりだった。バラクがそばに来てしゃがみ、わたしに耳打ちした。「ちょっと話をしてもいいか」

わたしは怪訝な思いでバラクを見た。まあ、これ以上悪くなりようがあるまい。わたしはうなずいた。

バラクがエリザベスの前にひざまずいた。「あんたの悲しみがどんなものか、おれにはわからない」やさしい口調で言った。「でも、あんたが話さなかったら、だれにもわからない。あんたは死んで、人は忘れる。そのうち、永遠の謎としてあきらめて、忘れちまう」

エリザベスは長いあいだバラクを見つめ返していた。バラクがうなずいた。「だから、そのばあさんが連れていかれて腹が立ったのかい。ばあさんと同じように、きみも自分の言い分を聞き入れられないまま、この世から引き裂かれるかもしれないと思って」エリザベスの片方の腕が動いた。バラクは殴られるのかと後ろへ跳びのいたが、エリザベスは汚い藁を掻きまわして何かを探しているだけだった。やがて炭の薄片を探しあてた。苦しそうに前かがみになり、足もとの藁を掻き分けて場所をあける。わたしは手伝おうと動きかけたが、バラクが手をあげて制止した。エリザベスはむき出しになった敷石から乾燥した排泄物を払いのけ、何かを書きはじめた。わたしたちが無言で見守っていると、いくつかの字を記したのち、体を起こした。わたしは身を乗り出し、薄暗がりのなかで目を細くして文字を読みとった。それはラテン語だった――ダムナタ・イアム・ルセ・フェロクス。

「それはなんですか」ジョーゼフが尋ねた。

「ダムナタは」バラクが言った。「地獄に落とされる、死刑を宣告されるという意味だ」

「ルカヌスのことばですよ」わたしは言った。「エリザベスの部屋にルカヌスの本がありました。〝死罪となり、夜明けに激昂《げっこう》す〟。戦いに負けると悟り、敗北を喫するよりも自害を選んだ古代ローマの戦士のことを謳《うた》っている」

エリザベスが壁にもたれた。文字を書いて疲れたようだが、視線はわたしたち三人のあいだをすばやく行き来している。

「どういうことでしょう」ジョーゼフが訊いた。

「おそらく、負けるにちがいない裁判を受けて屈辱を味わうより、重石責めで死んだほうがましだと言いたいんでしょう」

バラクがうなずいた。「だから話そうとしないんだな。でも、それはばかげた考えだ。事情を明らかにして無罪を勝ちとる機会を失うことになる」

「ということは、もし答弁をするなら」わたしはゆっくりと言った。「無罪を主張するんだね、エリザベス」

「やっぱりだ」ジョーゼフが言い、両手を揉み合わせた。「さあ、何があったのか話してくれ、リジー。謎掛けで苦しめるのはやめろ。むごすぎる！」エリザベスに対して怒りをあらわにしたのは、それがはじめてだった。わたしはジョーゼフを責める気になれなかった。エリザベスは返事のかわりに、自分の書いた字に視線を落としただけだった。そしてほんのわずかに首を横に振った。

わたしは少し考えたのち、エリザベスのそばへ身をかがめた。膝が鳴って苦痛が襲った。「エドウィン叔父さんのお屋敷へ行ったよ。叔父さん、おばあさん、従妹たち、執事に話を聞いた」それらの名前のどれかを耳にして表情が変わるかどうか注意深く観察したが、エリザベスは怒りのまなざしで見つめ返すばかりだった。「全員、きみが有罪にちがいないと言っている」そう聞くと、口の端のあたりに苦々しい笑みが浮かび、裂けた唇から血が流れた。わたしはさらに近づいて、エリザベスだけに聞こえるように言った。「ラルフが落ちた庭の井戸の底には彼らが隠そうとしている何かがある、とわたしは考えている」

エリザベスが体を引いた。目にありありと恐怖をたたえている。

「井戸を調べてみるつもりだ」わたしは小声で言った。「それと、ラルフは母親にとって大きな心労の種だったという話も聞いた。きっと真実を見つけてみせるよ、エリザベス」

そのとき、エリザベスがはじめてことばを発した。ずっと話していなかったせいで声がかすれている。「あそこへ行ったら、イエス・キリストへの信仰が崩れるだけ」そうささやくと、激しく咳きこんだ。体をふたつに折り、ひどく苦しんでいる。ジョーゼフがマグカップを口もとへ差し出した。エリザベスはそれをつかんで中身を飲んだあと、身をかがめて膝に顔をうずめた。

「リジー！」ジョーゼフの声は震えていた。「どういうことだ。話してくれ、頼む！」しかし、エリザベスは顔をあげようとしなかった。

わたしは立ちあがった。「もう話をするとは思えない。さあ、ひとまずここを出ましょみがあった。

う」土牢のなかを見まわす。反対側の壁際の、老女が横たわっていた汚い藁に、まるいへこ

「このままではじきに病気になっちまう」バラクが言った。「いままでのここでの暮らしで気がふれたとしても不思議はない」

「リジー、頼むからもっと話してくれ！」ジョーゼフが平静を失って叫んだ。「おまえは残酷だ、無慈悲だ！　キリスト教徒にふさわしくないぞ！」

バラクが苛立ちの目を向け、わたしはジョーゼフの震える肩に手を置いた。「さあ、ジョーゼフさん、行きましょう」扉を叩き、牢番の先導で玄関へ引き返した。獄舎の外へ出たときの安堵感は、前回よりも大きかった。

ジョーゼフはなおも興奮していた。「あそこに残しておくわけにはいきません。やっと話しはじめたんですから。あと八日しかないんですよ、シャードレイク殿！」

わたしは両手をあげて制した。「わたしには考えがあるんですよ。それが何かはまだ言えませんが、この謎を解く鍵がまもなく見つかると期待しています」

「謎を解く鍵を持ってるのはあの子です。リジーです！」いまやジョーゼフは叫んでいた。

「エリザベスはそれを渡そうとしない。だから、別の道筋を追っているんですよ」

「別の道筋ですか。わけがわからない。ああ、さっきあの子に何を話したんですか」ジョーゼフはかぶりを振った。

打ち明けたくなかった。弟の家の庭に忍びこむつもりでいることは、ジョーゼフには知ら

せないほうがいい。わたしは声を落ち着かせて言った。「ジョーゼフさん、あすまで待ってください。わたしを信じてもらいたい。それと、こんどエリザベスに面会するときは、どうか説教はしないでください。かえって事を悪くするだけです」

「そのとおりだ」バラクが言った。

ジョーゼフはバラクとわたしを交互に見た。「おっしゃるとおりにするしかありますまい。いくら変になりそうでも」

わたしたちは馬をつないだ居酒屋へ向かった。道がせまく、ジョーゼフはバラクとわたしの少し後ろを肩を落としてついてきた。

「ジョーゼフは我慢の限界に近づいたらしい」わたしはため息を漏らした。「だが、わたしもだ」

バラクは眉を吊りあげた。「犠牲者ぶるなよ。あのふたりがいちばんつらいんだぜ」

わたしはバラクをまじまじと見た。「さっきはエリザベスの心をよくつかんだな。あのことばを書かせたのはきみだ」

バラクは肩をすくめた。「おれは昔、あの娘と同じ考え方をしてたことがある。家から逃げ出したとき、世の中全部が自分の敵になったように感じたものだよ。しょっぴかれたことで、そこから抜け出せたんだ」

「エリザベスの場合は事情がちがう」

バラクはうなずいた。「何かひどいことが起こって、どん底へ突き落とされたにちがいない。そして、だれにも信じてもらえないと思ってる」声を落とす。「今夜、例の井戸の中身をたしかめよう」

24

あすには知らせを送ると約束して、ジョーゼフに別れを告げた。あの井戸の底には何があるのかと考えながら、市庁舎へ向かってチープサイドを馬で進んでいく。水たまりで遊ぶ少年たちを避けるため、慎重に足を運ばせなくてはならなかった。水たまりが小さくなっても、子供たちは泥のなかを裸足で楽しそうに音を立てて歩いている。太陽の熱で水が蒸気と化し、熱気となって地面から立ちのぼっていくさまを思った。土、空気、火、水。その四大元素が、百万通りの方法で組み合わさって、この世のすべてを構成している。だが、ギリシャ火薬を作る組み合わせはどのようなものだろう。

市庁舎に着き、チャンセリーを厩に預けてから、ヴァーヴィーのいる日陰の執務室を訪ねた。ヴァーヴィーは悠長にも入念に契約書を点検しているところで、わたしはその決まりきった平和な仕事を妬まずにはいられなかった。あたたかく迎えてくれたヴァーヴィーに、ゆうべしたためた意見書を手渡した。ヴァーヴィーはときおりうなずきながらそれを読んだあと、目をあげてわたしを見た。

「では、大法官裁判所では勝訴が見こめるとお考えなのですね」

「ええ、裁判が開かれるまでに一年はかかるかもしれませんが」

ヴァーヴィーは意味ありげな目でわたしを見た。「〈改宗者の家〉の六書記室に、通常料金より多めに支払う必要があるかもしれませんね」

「そうすれば、もっと早く順番がまわってくるでしょう。それはともかく、このあと、ビールナップが購入した物件を見にいくつもりです。大法官裁判所の判事は不法妨害の実態を余さず知りたがるでしょうから」

「すばらしい。市議会はこの件をとても重要視していますよ。旧修道院領に建つ共同住宅のなかにはひどいものがあります。安い木のあばら家で、不衛生なうえに火災の危険もある。どこもかしこもからからに乾いていますからね」ヴァーヴィーは窓の外の晴れた青空を見やった。「火事が起こっても、上水道からは火を消し止められるほどの水は手にはいらないでしょう。そうなると、市議会が非難されます。導水管の漏れ口をふさごうとつとめてはいますが、水源から何マイルもつづくものもありますから」

「上水道の修理を手がけている職人をひとり知っています。ピーター・レイトンですが」

「ええ。実は行方を探していましてね。業者に新しい水道管を届けることになっていたのに、姿を見せないもので。レイトンとはお知り合いですか」

「評判を耳にしただけです。熟練した職人だと聞いています」

ヴァーヴィーは微笑んだ。「ええ、あの手の仕事を知りつくしている数少ない鋳物師のひとりです。腕利きの職人ですよ」

おそらくもう死者だろうが、そうは言えなかった。わたしは話題を変えた。「こちらの図書館を見せてもらえないでしょうか。もし目当ての本があったら、一、二冊お借りしても？」

ヴァーヴィーは笑った。「リンカーン法曹院にない本がここにあるはずはないと思いますが」

「探しているのは法律書ではありません。ローマ史に関するものです。リウィウス、プルタルコス、プリニウス」

「司書宛に紹介状を書きましょう。ご友人のゴドフリー・ホイールライトとノーフォーク公の話を聞きましたよ」

ヴァーヴィーは改革派として知られているから、話をしても安全だ。「ゴドフリーはもっと慎重になるべきでした」

「ええ、またしても危険なご時世になりつつありますから」ふたりきりにもかかわらず、ヴァーヴィーは声を落とした。「改悛しないかぎり、再洗礼派の信徒が数名、つぎの週末にスミスフィールドで火刑になる予定です。その準備の手伝いに徒弟全員を集めるようにと、市議会に要請がありました」

「それは知らなかった」

ヴァーヴィーは悲しげにかぶりを振った。「この先が思いやられますね。それはさておき、紹介状を書きましょう」

市庁舎の図書館からも消えているかもしれないとよけいな心配をしたが、目当ての本はすべて書棚にそろっていた。わたしはそれらを夢中でつかみとった。ここの司書は、本は読むものではなく書棚に並べておくべきものと信じている手合いだったが、ヴァーヴィーの紹介状のおかげで借り出すことができた。わたしが鞄に本をしまうところを、司書は苦々しい顔で見ていた。市庁舎の階段をおりながら、わたしは何日かぶりに少しだけ得意な気分になった。そのとき、エドウィン・ウェントワースとまともにぶつかりかけた。

エリザベスのもうひとりの叔父は、前回会ってからほんの数日でひどく老けこんだように見え、顔は苦悩の皺が刻まれて引きつっていた。相変わらず黒い服に身を包んでいる。隣には長女のサビーヌがいて、後ろには大きな会計帳簿らしきものを小脇にかかえた執事のニードラーが従っていた。

エドウィンはわたしを見て、やにわに立ち止まった。しばし愕然《がくぜん》とした様子に見えた。わたしは帽子に手をふれて通り過ぎようとしたが、エドウィンが行く手に立ちふさがった。ニードラーが帳簿をサビーヌに預けて、主人を守るようにかたわらに立った。

「ここで何をしている」エドウィンの顔は赤らみ、声は怒りで震えていた。「わたしの家族について聞きこみか」

「いえ」わたしは穏やかに答えた。「市議会の訴訟案件を手がけておりますので」

「ああ、そうか。きさまら弁護士はどこへでも長い首を突っこむからな。背曲がり男め。あの人殺しを生かしておくのに、ジョーゼフはきさまにいくら払うんだ」

「報酬については話し合っておりません」侮蔑は無視した。「姪御さんは無実だと信じています。エドウィン卿、仮にエリザベスが無実だとしたら、罪のない人間を殺し、罪を負うべき者を野放しにすることになるのだとお気づきにはなりませんか」

「検死官よりわけ知りのつもりか」ニードラーが不遜な口ぶりで言った。

エドウィンの侮蔑よりも、ニードラーの無礼な言い草に、わたしのなかの何かが音を立てて切れた。「あなたはご自分の意見を執事に代弁させるんですか」わたしはエドウィンに詰め寄った。

「デイヴィッドの言うとおりだ。報酬を得られるかぎり引き延ばすつもりでいるのは、デイヴィッドもわたしも承知だ」

「重石責めによる死がどんなものかをご存じですか」わたしは問いただした。大きな声に、階段をのぼっていく市参事会員数人が振り向いたが、かまいはしなかった。「あまりにも重い石の下に何日も横たわるんです。渇きと飢えに苦しみながら、呼吸をしようとあえぎつつ、背骨が折れるのを待つんですよ！」

サビーヌが泣きだした。エドウィンは娘を振り返ったのち、わたしに向きなおった。「哀れな娘の面前で、よくもそんなことが言えたものだな！」と叫んだ。「わたしは息子のために心を痛め、娘は亡き弟のために心を痛めているというのに！　黒ずくめの忌々しい背曲がりの弁護士め！　きさまには子供がいないのだろう！」

エドウィンの顔はゆがみ、口の端に唾が溜まっていた。階段を行き来していた人々が足を止めてこちらを見守り、延々とつづく罵詈雑言に失笑する者もいた。この見世物のせいでエリザベスの名がふたたび話の種にされるのを避けるため、わたしはエドウィンのかたわらを通り過ぎようとした。ニードラーが横へ一歩踏み出して進路をさえぎったが、こちらが鋭くにらみつけると道をあけた。わたしはたくさんの視線を浴びながら、階段をおりて厩へ向かった。

チャンセリーのいる馬房にたどり着いたとき、自分が震えているのに気づいた。頭をなでてやると、チャンセリーはわたしの手に鼻をすり寄せて餌をねだった。エドウィンの激しい怒りにはうろたえさせられた。エリザベスに対する憎しみは異様なほどだった。とはいえ、ひとり息子を亡くしたのは事実で、エドウィンの言うとおり――わたしには子供がなく、どれほどの思いかは想像することしかできない。本のはいった鞄を肩に掛け、馬に乗って出発した。エドウィン一行の姿は消えていた。

わたしはフランシスコ修道会の聖マイケル修道院をめざし、市壁へ向かって北上した。粗末な共同住宅のなかに立派な家々が混在する、閑散として薄暗い通りの中ほどに、聖マイケル修道院はあった。敷地はせまく、教会堂は大きめの教会区教会と同じくらいの大きさだ。広い扉はあけ放たれている。わたしは興味を惹かれ、馬をおりて中をのぞきこんだ。

内部を見て驚いた。身廊の両側が薄っぺらな高い仕切り板でふさがれている。一階にはいくつもの扉が並び、さらにはいまにも崩れそうな階段が上階の扉へつづいていて、貸し間は全部で一ダースある。身廊の真ん中はせまい通路で、古い敷石に泥が散らばっていた。暗い通路だ。仕切り板が横窓をふさぎ、唯一日が差すのは聖歌隊席の上の窓だけだ。

扉のそばに古い洗礼盤があり、数個の鉄輪が打ちこまれていた。床にたまった落とし物の山から、そこが馬をつなぐ場所だとわかった。わたしはチャンセリーの手綱を鉄輪に掛けたあと、中央の通路を進んだ。なるほど、これがビールナップの施した改装か。あまりにもお粗末で、造作はいまにも崩れ落ちそうだ。

上階の扉のひとつが開いた。ろくに家具のない部屋のなかがちらりと見えた。安物の家財が、いまや貸し間の外壁となった色とりどりのステンドグラスの窓明かりに照らされている。痩せた老女が出てきて、階段の上に立った。その重みで階段がかすかにぐらつく。老女はわたしの法服に敵意のこもった視線を投げた。

「あんた、大家の使いで来たのかい」強い北部訛りがある。

わたしは帽子を脱いだ。「いいえ、わたしは市議会の代理人です。こちらの汚物溜めを見にきました。苦情が寄せられているもので」

老女は腕を組んだ。「あれは恥さらしもいいとこだ。三十人で使ってるんだよ、ここの住人と回廊に住んでる連中とで。あのにおいを嗅いだら雄牛だっていちころだよ。近所の人たちには気の毒だけど、あたしらにはどうしようもないだろ？　よそへ越すしかないんだもの！」

「あなたがたを責めてはいませんよ。ご迷惑をかけて申しわけありません。まともな汚物溜めを作るよう裁判所命令を出してもらえたらと考えているんですが、大家が抵抗していましてね」

老女は吐き捨てるように言った。「ビールナップの豚野郎」自分の部屋を顎で示す。「あのごたいそうな窓を取っぱらって板でふさぐまでは、家賃の支払いはしないと言ってある。あの忌々しい旧教の代物のおかげで日の光に焼かれっぱなしだ」

話に熱がはいり、手すりに身を乗り出した。「うちは息子家族といっしょに五人でひと部屋に住んでて、週に一シリングも請求されるんだよ！　先週なんて、床の半分が抜け落ちた部屋もあった——かわいそうに、そこの住人は危うく死んじまうとこだったんだ」

「ひどいですね」わたしは同調した。老女の一家は、牧羊場への転化で北部の土地を追われた何千もの家族のひとつなのだろうか。

「あんたは弁護士だろ」老女が言った。「家賃を払わないと、ビールナップはあたしらを追い出すことができるのかい」

「できるかもしれません。でも、家賃の支払いを渋れば交渉に応じるでしょう」わたしは苦笑いをした。「なんと言っても、損をするのがきらいな人物ですから」同業者をそんなふうに言うのは職業上の倫理に反するが、ビールナップの場合はかまいはしない。老女はうなずいた。

「汚物溜めへはどう行けはいいですか」わたしは尋ねた。

老女は通路の先を指さした。「祭壇の跡の近くに小さな扉がある。汚物溜めは回廊中庭にあるよ。けど、鼻をつまんでいきな」ことばを切る。「ぜひとも力を貸しとくれ。ここは住むにはひどい場所だよ！」

「できるだけのことはしてみます」わたしは会釈をし、老女が指し示した、蝶番がゆるんで傾いた扉へ歩み寄った。老女には申しわけない気がした。この案件が大法官裁判所に持ちこまれる以上、さしあたりわたしにできることはほとんどない。けれども、ヴァーヴィーが六書記室に賄賂を贈れば、少しは解決が早まるかもしれない。

回廊中庭も改装されていた。屋根つき歩廊の柱のあいだが仕切り板で埋めつくされ、いくつものせまくて粗末な住まいが四角く庭を囲んでいた。窓にはカーテンのかわりにぼろきれが掛かっている。最貧困層のためのあばら家だ。かつて修道士たちが行き来した回廊の白い石に日の光が反射し、わたしは目をしばたたいた。

最も小さなあばら家の扉があけ放たれていて、そこから強烈な悪臭が漂ってきた。わたしは鼻をつまんで中をのぞいた。地面に穴がひとつ掘ってあり、煉瓦を土台とした厚板が渡してある。落下式のいわゆる〝ぼっとん〟便所なので、蠅が上まで来ぬように深さは二十フィートはないといけないが、厚板の周囲を無数の蠅が飛びまわっているところを見ると、おそらく十フィートもないだろう。わたしは鼻をつまみ、暗くてすさまじいにおいのする汚物溜めを見おろした。内側には木の囲いすらなく、必須である石の囲いはむろんないのだから、外へしみ出るのは無理もない。バラクの父親がこの手の汚物溜めに落ちたという話を思い出し、身震いした。

便所の外へ出て、ほっと息をついた。市が所有する隣の住宅を訪ねてから、チャンセリー・レーンへもどろう。朝の時間が過ぎていき、照りつける太陽は空の頂に近い。わたしは立ち止まって額を袖でぬぐい、肩掛け鞄の不快な重みを和らげた。

そのとき、ふたり組の姿が目に留まった。教会へ通じる扉の両側にひとりずつ、じっと動かずに立っていたため、すぐには気づかなかった。悪魔に鉤爪で顔じゅうを引っ掻かれたかのような青白いあばた面をした、背の高い痩せた男。もうひとりは大変な巨漢で、小さな手で険しい目をわたしに据えつつ、柄《え》を短く切って恐ろしい凶器に改造した肉切り斧を大きな手でもてあそんでいる。トーキーと、相棒のライトだ。わたしは両脚が震えだすのを感じながら、唾を呑んだ。教会へ通じる扉のほかには、回廊中庭を出る手立てはない。立ち並ぶ扉をざっと見やったが、すべて閉ざされている。住人は仕事か物乞いに出かけているにちがいない。

わたしは短剣を手探りした。

トーキーが短剣を構え、完璧にそろった白い歯を見せて大きな笑みを浮かべた。「尾けてきたのに気づかなかったのか」田舎訛りのある鋭い声で愉快そうに訊いた。「バラクを連れてこないとは不注意だな」汚物溜めのほうへ顎を突き出す。「あのなかに閉じこもるのはどうだ。汚穢屋が来るまで見つからないし、中身のにおいで異臭にも気づかれまい」トーキーは相棒ににやりと笑いかけた。巨漢のライトはわたしを見据えたまま小さくうなずいた。獲物に忍び寄る犬のごとく、わたしからじっと目を離さない。トーキーの目は、猫のごとく抜け目のない、冷酷で鋭い光をたたえている。トーキーは満足げな笑みを浮かべた。

「報酬をいくらもらうのか知らないが」声を平静に保とうとつとめながら、わたしは言った。「雇い主の名前と引き換えに、クロムウェル伯爵がその倍を支払う。約束しよう」

トーキーは笑い、地面に唾を吐いた。「ただの居酒屋のせがれめが」

「雇い主はだれだ」わたしは尋ねた。「ビールナップか？　マーチャマウントか？　リッチか？　ノーフォーク公か？　レディ・オナー・ブライアンストンか？」なんらかの反応を求めてふたりの顔を注意深く見守ったが、どちらも甘くはなかった。トーキーが両腕をひろげてこちらへ近づきはじめ、ライトが斧を振りかざして脇へ寄った。トーキーはわたしを相棒のほうへ向かわせようとしている。ライトの斧の一撃で叩き殺すために。「助けてくれ！」わたしは声を張りあげたが、板張りのあばら家にだれかがいたとしても、仲裁に出てくる者はなかった。窓のぼろきれは微動だにしない。心臓が早鐘を打ち、この暑さにもかかわらず寒気《さむけ》を覚えて、体が麻痺《まひ》したように感じた。今回ばかりは万事休すなのか。わたしはあきらめかけた。そのとき、セパルタス・グリストウッドの無惨につぶれた顔を思い出し、自分もああして死ぬのなら、せめて最期まで戦おうと心に決めた。

　ふたりの視線は、わたしの短剣を持った腕に注がれていた。わたしは反対側の肩をさげて、腕を滑り落ちた鞄の肩紐をつかみ、ライトめがけて力いっぱい振りまわした。重い本が側頭部に命中し、ライトは悲鳴をあげて倒れた。

　わたしは壊れた扉のことを神に感謝しつつ、戸口へ向かって走った。トーキーがすぐ後ろに迫る気配がし、背中に刃《やいば》が突き刺さるのを予期して、わたしは顔をしかめた。扉をつかむと、蝶番からはずれた。振り向いて、トーキーのほうへ扉を突き出す。トーキーが扉にぶつかって叫び声をあげたので、その隙に身廊へ駆けこんだ。さっきの老女がまだ階段の上にいて、隣の部屋から出てきた少し若い女と話していた。通路を駆けていくわたしを見て、ふたりは口を大きくあけた。わたしはふたりの下を通り過ぎ、後ろを振り返った。トーキーが鼻から血を流しながら戸口に立っている。驚いたことに、トーキーは声をあげて笑った。

「このお返しに、あの汚物溜めに生きたまま沈めてやるからな」トーキーはそう言って脇へのいた。ライトが戸口から勢いよく飛び出し、斧を高く掲げてこちらへまっすぐ突進してきた。

と、ライトがわめき声をあげて立ち止まった。頭上から液体が降り注ぎ、つづいて陶器が肩の上に落ちてきた。わたしは上を見た。老女が中身が満杯の便器をライトにぶちまけたのだ。老女の隣室の女も便器を手に部屋から出てきた。やはり、ライトめがけてほうり投げる。こんどは額に命中し、ライトはまたもや叫び声をあげて壁にぶつかり、斧を手から落とした。

「逃げな！」老女が叫んだ。トーキーが目に怒りを宿して通路を走ってくる。わたしは玄関扉へ急ぎ、チャンセリーの手綱を解いた。チャンセリーは目をまるくして不安に身を震わせていたが、わたしが連れ出そうとするとおとなしく従った。逃げるなら馬に乗るしかない——徒歩ではすぐに追いつかれてしまう。ぎこちなく鞍に飛び乗って手綱をつかんだ。すると、手綱が下から奪いとられ、チャンセリーの頭が横へ引っ張られた。見ると、恐ろしいことに、わたしの真下にトーキーがいて、日の光に短剣をきらめかせつつ、歯をむき出しにした笑顔でこちらを見あげていた。わたしは馬に乗ったときに袖に忍ばせておいた短剣を必死で手探りしたが、遅きに失した。トーキーがこちらの下腹めがけて短剣を突き出した。